医见钟情

叶紫 ◆◆ 著

江苏凤凰文艺出版社
JIANGSU PHOENIX LITERATURE AND ART PUBLISHING, LTD

目 录

contents

第一章

怪你过分美丽

深夜。

S市越发地冷了，不过是深秋的季节，窗户上已经落了一层白雾。温寒坐在桌旁写病历，手指冻得有点木，伸手搓了搓食指，裹紧了身上的棉衣，看了一眼窗户，握拳用掌侧在那层薄雾上压了一下。

一个小小的脚印。

她乐此不疲地印着，像是有个小人从窗角一路踩了上去，她撇撇嘴，忘记了是谁教她这样幼稚的玩法的。

夜班总是难熬的，虽然急诊的病人并不多，可也不能安安生生地睡觉，心始终在嗓子眼悬着，听见敲门声就心慌，哪怕是上夜班的护士往来走动，她都会惊醒。

她睡眠本来就浅，加上提心吊胆，睡了反而比不睡还不踏实。

她起身去开水间接了杯热水，撕了一包速溶咖啡进去，轻轻晃了晃杯子。

最近她的偏头痛更厉害了，一熬夜就更加严重，她自己本身是医生，对乱吃药这样的恶习深恶痛绝，所以除了喝咖啡，想不到其他的好法子。

楼道里只听见护士清浅走动的脚步声，温寒叹口气，揉了揉阵痛的太阳穴，低声安慰自己，再熬几个小时就好了。

刚捧了咖啡坐下，身后就传来“笃笃”的脚步声，她使劲按了按眉心，把病历收拾好，不忘暗骂自己一句乌鸦嘴。

跑进来的是上夜班的护士丁洁玲，见了温寒，手一指外头，言简意赅地介绍：“温大夫，急诊送上来的病人，胫腓骨楔形骨折，急诊做了简单的固定止血就直接送来了。”

温寒把棉衣脱了放在桌上，露出内里穿着的白大褂，她边戴口罩边往外走：“怎么不送手术室？”

丁洁玲愣了一下，想着急诊送上来时的交代，赶紧回复：“急诊的老师让你先打钢钉固定，如果有需要的话，他们再接病人上手术室，不过就算上了手术室，手术还得你做。”

打钢钉就是在手术过程中进行的，何必多此一举，温寒回头，几不可察地皱了一下眉。

丁洁玲接收到她的眼神，赶紧补了一句：“来人是院长的亲戚，说担心去手术室的路上折腾太多时间，先来骨科处理一下。”

难怪！急诊要转去骨科，要科室交接，要两个科室挂号，还要做检查、领药，可不折腾时间。

温寒“嗯”了一声，没有多说，抬步往外走。

她身后的丁洁玲这才偷偷松了口气，跟着她出去。

丁洁玲来骨科工作不到一年，是个彻头彻尾的新人。这个科室她最怕的不是护士长，而是温大夫，她说不上来为什么，按理说医疗组和护理组是相辅相成却又互不相干的，温大夫不会给她带来直接威胁，可她就是害怕。

她来了这么长时间从来没有见温大夫笑过，她总是一副沉着冷静的模样。不辨喜怒的表情，眼底像是蒙了一层雾，冷漠淡然却又令人捉摸不透。她说话并不高高在上，为人也不会惹人诟病，可就是太过冷静镇定，生气了是那样的表情，不生气还是那样的表情。

丁洁玲想起同事李惠静的话，说温大夫就是一把咬骨钳，看着精致好看，摸起来却是透心的凉。她当时乐不可支，笑李惠静驴唇不对马嘴的形容，不过回头一想，又觉得有道理，温大夫可不就是这样吗，看起来温良无害，实则冷冰冰的，对任何事、任何人都没有多余的感情。

温寒快步在走廊里穿行，丁洁玲跟在她身后偷偷地思索。她似乎从来没见过温大夫穿便装的模样，她总是穿着白大褂，一条浅色的牛仔裤，一双帆布鞋，常年戴着一副暗黄色的圆框眼镜，镜片上有很多细密的划痕，雾蒙蒙的一片，加上从不离嘴的口罩，她本身的面容几乎无法辨认。

又是李惠静说，说温大夫太刻板，那么年轻的女孩子，非要把自己打扮得跟老修女似的，万年不变的马尾，万年不变的装束，还有那万年不变的磨花了的眼镜。李惠静说，她奶奶有一副一模一样的老花镜，连划痕都差不多，看见温大夫，就像看见了奶奶年轻时候的模样。

丁洁玲笑着捶了她一下，反问："那你怕不怕温大夫？"

"怕什么怕，她又不打我不骂我。"李惠静嘴上反驳，可眼神还是躲闪了一下，丁洁玲了然地偷笑，她们俩一样，都怕。

这种怕和对护士长的那种怕不一样，这是从心底油然而生的近乎本能的反应，说文雅点，叫敬畏，因为对她这个人独特气场的崇拜而衍生出来的敬畏。

胡思乱想间，已经到了清创缝合室内，温寒推门进去，丁洁玲赶紧追上去，顺手带上了门。

温寒推推眼镜，扫视了一下用平车推上来的病人，她的第一反应就是这人真高，两米长的平车堪堪地放下他颀长的身体，他肩宽腿长，看着真是挤得慌。

她的视线一扫而过，最后停在他的左腿上，她抬手摸了摸胫骨外缘，探手一捏，就听见躺着的人闷哼一声，心中了然，抬头看向送他过来的急诊护士："什么原因？"

那护士支吾半天才说："好像是……车祸外伤。"

"你连病因都没搞清楚就往上送啊！转科记录怎么填的！"

丁洁玲看不下去，出声反驳了一句。并不是她多嘴，是因为这样的事儿追问起来特别麻烦。上次就有个没有交接清楚的病人送上来，值班大夫连夜处理伤口、清创缝合，末了，急诊的主班上来才说，交接错了，最重要的不是骨折，是COPD（慢性阻塞性肺疾病），得赶紧转呼吸科。

这样的乌龙事件一出，弄得三个科室都不好做，说好的下不为例，没几天，又来一个拎不清的。

"这个不应该是车祸外伤吧？没有擦伤和软组织损伤，也没有多发伤，只有这一处，倒像是高空坠落，重点落在了左腿上造成的。"

温寒开口，声音清凉细腻，潺潺而过。丁洁玲回头看她，发现她表情未变，依旧是冷然疏离的模样，没有因为交接不清楚有任何不满，专心看着她的病人，仿佛事不关己。

隔着那个雾蒙蒙的眼镜，丁洁玲看不清她的神色，只知道她这样的人才算得上喜怒不形于色，宠辱不露于形，永远的泰然自若。想起她趁着这会儿工夫已经评估了病人的病情，自己却只是逞了口舌之快，顿时觉得泄气，和温大夫比起来，她真的太弱了，像个上蹿下跳的猴子，办不了实事，倒惹了笑话。

“嗯，是从伞上跳下来的，撞到了石块。”

温大夫话音刚落，躺着的人就开口说话了。丁洁玲被这声音惊了一下，竟然没有以专业的态度去评估患者的病情，下意识的反应就是，这个人的声音真好听！

像是带着磨砂质感的中提琴的尾音，浑厚却细腻，低沉有磁性，那声音缓缓穿进耳膜里，带着一股惑人心神的力量，听得她心窝子一颤一颤的，恨不得从胸腔里跳出来。

“好，先去小家里吧，全麻，把值班的麻醉师叫过来。”

小家就是指骨科自己的手术室，虽然规模比较小，可是麻雀虽小，五脏俱全，因此做一台简单的手术是完全没有问题的。

温寒表情未变，吩咐好后就转身出门。丁洁玲被留下来扶病人上手术床，愣愣地想着，或许李惠静说得是对的，温大夫真的像一个清心寡欲的修女似的，她比自己大不了几岁，心思却沉淀得像是饱经了风霜，在她为了那道比声优还要好听的声线激动得面红耳赤时，温大夫却连眼皮子都没抬一下。

果然，人和人是不同的，同样是女人，她永远做不到像温大夫那般超脱。

出了清创缝合室，温寒就转身去治疗室准备东西了。这里虽然有手术室，可是没有巡回和器械护士，一切都得自己来，护理站那群小护士没有上过手术台，倒不如她自己来。

太阳穴还在一跳一跳地疼，因为脱了棉衣，她周身都被寒气笼罩着，冻得瑟瑟发抖，她冲着手心哈了口气，暖暖的白雾散去后，手心依旧冰凉一片，她咬咬牙，只能继续坚持。

无菌手术衣、骨科器械，还有常用的手套针线，她从无菌柜里一样样地取出来，脑子里忽然响起那人刚才说的那句话，“嗯，是从伞上跳下来的，撞到了石块。”

跳伞？年轻男人喜欢挑战极限运动无可厚非，一来是性别使然，二来可以彰显自己的雄性魅力，她可以理解，可是她想不通，为什么要大半夜跳伞，还把自己摔得骨折？

她对这种娱乐项目不是很了解，不知道大晚上黑咕隆咚地挑战极限是不是别有一番滋味。

东西收拾齐全，她把戴着的口罩扔了，换了一个外科口罩，正系着头上的带子，丁洁玲又跑进来了，一副惊慌失措的模样。

“温大夫，病人不配合麻醉。”

温寒顿了一下，没有说话，眉心却不自觉地蹙了一下。丁洁玲了解她这个小习惯，知道她蹙眉就表示她有疑惑了，赶紧解释：“他说不能全麻。”

“嗯，知道了。”

丁洁玲看着她冰冷的若无其事的眼神一时间更慌了，她宁愿温大夫气急败坏地吼她：“为什么不配合，不配合就用约束带绑住啊，不全麻怎么手术？”

这才是遇到棘手的事情时应该有的态度，不管事情能否解决，一开始的烦躁是不可避免的，可是温大夫似乎从来没有过这种看起来合乎情理的反应，不管大事小事，就没见她慌乱过，永远一副镇定自若的表情，让人捉摸不透。

推着手术用物进了小家里，温寒看着在一旁休息椅上坐着的人，手足无措的麻醉师和同样茫然的护士，以及摔了一地的麻醉药品，深感偏头痛更严重了。

“全麻你会好受一点，你是骨折，不是腹腔镜手术，不是打几个眼的问题，如果上了台之后疼得受不了了再局麻，很不利于手术。”

她语气平稳，一贯的波澜不惊，在场的人因为她的这份镇定也收起了刚才的慌乱，理了理思绪，七嘴八舌地开始规劝。

温寒伸手扯了扯口罩，长长地呼了一口气。外科口罩太致密，每次都捂得她呼吸困难，待肺里的气儿攒足了，她才重新戴好口罩，推着器械车的那只手无意识地敲击着上头的器械包，虽然绵软无声，但好在能舒缓她的焦虑。

她头疼得厉害，已经不能靠咖啡缓解了，原本以为能安安生生地挺到交班，怎么也没想到，来了这么一个难缠的病人。

他以为全麻和局麻是一样的，所以自然而然地选择了后者。很多外行人都有这样的顾虑，担心全麻出问题，害怕竖着进来，横着出去，所以尽可能地选择局麻，神志清醒地做手术，睁眼到下台，不怕自己一觉睡过去再也起不来。

她理解这样的心思，可惜，这个手术不可以，他不知道骨折复位内固定是怎样的过程，所以才这么随意地下决定，要是他看见了她杵着钻头在他的骨头上钻眼儿，握着锤子和骨凿把毛衣针粗细的钢钉一下一下地凿进他的骨头里，那声音不亚于钉三合板，到时候，他就会后悔自己的草率了。

再者，她也不希望自己手术的过程中，一直有双明晃晃的眼睛盯着。

那样，她还怎么凿得下去?

“只能局麻，不能全麻。”

他又开口，音色清凉，但是声音微微发颤，听到他压抑着痛苦的声音，温寒这才抬头看他。

她一向脸盲，即便见了好几次面的人她也总是记不住，如果是非认识不可的人，她会强迫自己把那张看起来与其他人无异的脸记在脑子里。

但是大部分情况下是不用的，她面对的是病人，无须知道他们长什么样，反正操作前要三查八对，她从不勉强自己，她只要记住他们的伤口长什么样就好。

可是这个人，她不过看了一眼，那相貌就瞬间印在了她的脑子里。

他长得真特殊，这是她的第一反应。

自然，这个特殊不是指长得奇形怪状，而是长得太好看。

她鲜少这么评价一个男人。从前上学的时候，同寝室的女生常常讨论哪个男明星长得帅，或者说学校里哪个校草帅得人不可自拔，她的态度从来都是不置可否，说不帅，害怕激起民愤；说帅，可她真没觉得那些人有多好看，无非是收拾得利落，长得比较端正。

对，她对所有传说中帅哥的概念只有一个，就是五官端正。

而眼前这个人不能单用五官端正来形容，他的五官生得很立体，让她想起了高中选修课选的人物素描，为了完美的线条和三百六十度无死角的临摹而雕刻出来的精致的雕像，无论从哪个角度看都美好得没有一点瑕疵。

他的眉毛笔直英挺，眉宇间似是攒着一股傲气，微一皱眉，很是唬人。他眉骨高，显得眼窝格外深邃，一双狭长的丹凤眼陷进这窝深邃里，像两潭深海，有股卷人而入的魔力，却又深不见底，让人惶恐。

她又想起了从网上看到的深海图片，海面风平浪静，海底却充斥着奇形怪状的恐怖生物，越往下海水越深，怪物越多，她越看越觉得呼吸不畅，胸口一个劲抽搐。

最后她搜了一下，知道这种症状叫深海恐惧症。

她回神又看了一眼，终于确定，看了他的双眼，她的深海恐惧症犯了。

他虽然长得好看，可是那双眼睛太可怕，她无福消受。

“温大夫，现在怎么办？全麻还是局麻？”

丁洁玲小心翼翼的问话打断了温寒的思路，她敛了神，下意识地抬起右手摩挲了一下耳后那个熟悉的细小轮廓，这才安心，眼神聚焦，看向对面的人。她垂了眼看着他的脖子：“全麻，你放心，不会有问题。”

他的皮肤偏古铜色，是成熟男人最性感的肤色，比起那些小鲜肉牛奶般白净细嫩的皮肤，他这样的肤色更能彰显雄性的特性。男人生来就得比女人强壮结实，这是自然之本，温寒深信不疑。

她盯着他的脖子等他回答，他虽然坐着，可是身上的肌肉还是紧绷着，从耳垂到锁骨的胸锁乳突肌线条流畅，形状完美，是她的解剖课老师最喜欢的那种形状，老教授最常说的话就是：“人很难生得这么好的肌肉的，这些图都是官方版，长在你们身上的都是变异了的山寨版，没这么好看！”

她想说，其实有那么好的肌肉的人还是有的，眼前的人就是一个，她解剖学得最好，隔着皮也能看出那块肌肉下隐藏着厚积薄发的力量。

难怪要在大半夜耍酷跳伞，有这个资本，何乐而不为？

“局麻吧，时间不早了，你要等到什么时候？我从急诊辗转到这儿不是来听你说废话的！”

温寒的思路再次被打断，她摸了摸耳后，又揉了揉阵痛的额角，呼了一口气，抬头，眼神又恢复了平静：“你觉得这是废话？我觉得解释这些很有必要，局麻会很疼。”

原本她想说，要拿凿子和钻头在你骨头上倒腾，你忍得了？可转念一想，随便向患者透露手术过程也不太符合规章制度，便作罢，又补了一句：“很疼！”

不是一般的疼，有些人就算打了全麻，到手术快结束药效减弱的时候还是疼得哭爹喊娘的。她见过一米八、一百八十斤的壮汉在手术床上号啕大哭，拼尽全力地挣扎，她拿着持针钳和线听着手术床不堪重负发出的吱呀声，深感自己不是个医生，倒像个屠夫。

从那之后，她对于打麻药格外上心，术前、术中、术后都要反复地问，反复地确认。

因为那个壮汉给她留下心理阴影了，她再也不想听到男人号啕大哭了。

那人似乎没有体会到她的良苦用心，眉心蹙紧，嘴唇抿得紧紧的，低声开口，态度依旧坚硬：“局麻。全麻不也得本人或家属签字吗？我不签字你也没法操作。”

门板没有关紧，留了一条小缝儿，夜风习习地灌进来。温寒腿上只穿了条牛仔裤，膝盖有点发凉，寒意蹭蹭地爬上来，一路蹿到她的三叉神经，刺激得她额角的青筋快要爆出来了，她头疼得厉害，不想继续拖下去，终于妥协。

“哭的时候不要叫我，我已经提醒过你了。”

“嗯。”

他应了一声算是回答。温寒把视线稍稍上移，在注意到他渐渐发白的脸色后才暗自腹诽，嘴那么硬，说要局麻，到头来还不是紧张得脸色惨白。

死要面子只有活受罪一个下场，没有哪个姑娘觉得这样做帅得很，他要酷不该耍到手术室，所谓自作孽不可活，大抵如此。

既然已经确定了麻醉方式，温寒便把东西放下，摸着耳朵后的轮廓踱步往外走，走到门口，腿上还能感受到那股小风，她郑重其事地又补了一句："拜托你千万不要哭。"可以掉眼泪，但千万不要发出声音。

"呵，借你吉言。"

那声"呵"是他从喉间发出的声音，温寒没有回头，可依旧能感受到他那个拟声词里包含的轻蔑和不屑。

温寒撇撇嘴，挑了一下眉，低声安慰自己，他应该不会哭得很大声，她会尽快完成手术，争取不受荼毒。

麻醉师继续准备麻醉，她重新回到办公室，看着桌上那杯变凉的咖啡，犹豫了一下，还是拿去倒掉了，重新冲了一杯。

热水器上显示的温度只有95摄氏度，她也不在意，拧开水龙头去接，水流如注地淌进去，隔着水帘她忽然想起了那人的眼神，深沉、可怕、难以捉摸，带着不怒自威的气场。

他的眼睛很漂亮，如果她没有深海恐惧症的话，倒是可以仔细打量一下。

"嘶！"

温寒关了水龙头，看着手上还冒着热气的一片红肿，愣愣地眨眨眼。她偏头痛疼得太厉害了，一晚上不停地在走神，实在不行的话，明天得去挂个神经内科了。

正端了咖啡往外走，丁洁玲就走了过来，她下意识地皱眉，还以为又出了什么问题，那丫头赶紧摆手："没事没事，麻醉师正在局麻呢！我就是出来和你聊聊天。"

"嗯。"温寒抿嘴喝一口咖啡，有点烫。

她不太喜欢和别人聊天，不知道如何摆出丰富多彩的表情，也没有耐性去生接别人抛来的烂哏，所以和她聊天只有两个结局，要么是她受不了别人的聒噪主动离开，要么别人受不了她的面无表情被迫离开。

也只有丁洁玲这个丫头愿意看着她冷冰冰的脸自顾自说得开心。

"温大夫，刚才那个病人好帅啊！我从来没见过那么帅的人，似乎不能用帅来形容，我老觉得他的气场很强大，不像是一般的富家子弟，你看看我们高干病房的那几个富二代，长得倒是好看，一个个娇生惯养，矫揉造作的，扎个针都要叫唤半天，一点都不像个男人。”

温寒捧着咖啡坐下，喝了几口之后才觉得额角的痛稍稍缓解，她抬头看向那个一脸花痴的小丫头，轻声“嗯”了一声，算作回答。

她倒没觉得多惊心动魄，只觉得他的眼睛不像是一般人的，那样深不可测的眼神不是一朝一夕练得出来的，必定是经年累月在什么历练人的大环境下培养出来的。

就像是军人自带的那种气场，并不是制服问题，就算他们换了便装，身上的气度也一点不减，这样的气度是吃了无数常人忍不下去的苦才练出来的。

只有深入骨髓，才能渗透到举手投足。

穿衣打扮可以后天培养，但是自身的气场却不是一天两天可以突击出来的。

那个人一定也是受过某种历练才能把目光锻炼得如此锐利如炬。

可是……这关她什么事？

他就算是与生俱来的皇族贵胄和她也没多大关系，躺在手术床上，他和那个号啕大哭的大叔一样，一样是上锤子和凿子的套路，下了手术，桥归桥，路归路，他再帅也碍不着她的眼。

一杯咖啡很快见底，温寒喝得舌头发麻，这会儿才感觉身上重新回暖了，丁洁玲丝毫不在意她的面无表情，还在花痴。

“现在像他那样爷们的人真的不多了，你不知道，他骨折部分止血固定的时候都没打麻药，医生说要打，他说不用，就那么生忍着，我虽然没看到，可是听急诊的护士说，他就是紧紧地皱着眉，额头的冷汗一层层地冒，可就是一声都没哼。”

“没上麻药？”温寒放下杯子，虽然眼底依旧没什么特殊的神色，一贯冷冰冰的，可她开口问了，就表示她有听下去的兴趣。

这对于经常看她冷清脸色的丁洁玲来说，绝对是莫大的鼓励，这样一来，她立刻来了兴头，把知道的消息一股脑儿地倒了出来。

“他说自己职业特殊，不能用麻药，所以在急诊都没用麻药，就这么生疼地一路上来，我们要扶他的时候他也一声不吭，自己一点点地挪到了休息椅上，他扶我肩的时候我能感觉到他手劲特别大，捏得我肩膀火辣辣地疼，他肯定特别疼，不过特能忍，真男人。”

废话！当然疼，那可是骨折，你以为是跑步崴了脚？温寒暗自腹诽，却也没有开口。原本还想多问一句他是什么职业，可是又一想，她可不是那么八卦的人，他是什么职业与她何干，多说无益，再男人也是别人嘴里的谈资，茶余饭后嚼一嚼罢了。

见她兴致缺缺，问了一句之后就没了兴趣，丁洁玲也没了说下去的欲望。温大夫明明也是个年轻女孩子，正常女孩子对于这么优秀的男人不都有点新鲜好奇吗？就算没有花痴幻想，只是出于对一个优秀异性的赞赏也不为过啊！

可是她倒好，只对麻醉感兴趣，只对自己的工作感兴趣，任何越界的事情都一副无所谓的清淡模样，让丁洁玲忍不住怀疑，难不成温大夫真像李惠静说的那样，是个清心寡欲的修女？

意识到自己想得太猥琐，丁洁玲红了脸，随便寻了个借口，赶紧退了出去。

办公室里只留了温寒一个人，她看了看空空如也的杯底，想着那个男人惨白的脸色，却只能看到紧紧皱起的眉头，丝毫不见痛苦扭曲的表情，当下觉得轻松。

总算不用听到男人哭了。

时钟嘀嘀嗒嗒地指向凌晨四点，温寒的头继续疼着，胃里也开始翻腾。熬夜综合征，头疼恶心，她难受得厉害，想着一会儿还有一场硬仗要打，更是不敢有一刻放松。

身体一难受，她的右手下意识地摸向耳后那抹细小的轮廓。她把身体蜷缩在椅子里，把头靠在墙角上，一遍遍地用指腹感受那一点微弱的凸起。

那个小小的、黑色的音符。

就像有毒瘾的人只能靠毒品解瘾一样，她只能靠这个解瘾。只有摸到了那点凸起，她的心才能一点点地放松，就算身体再不舒服，心情也能平缓下来，不那么焦虑不安。

待她心情平复后，麻醉师也出来了，等脚步声接近时，她才放下手，回头看向来人，眼底又是一片若无其事的清冷。

“温大夫，我已经麻好了，就是不知道药效够不够。”

本来要用全麻的，非要改成局麻，药量很难把握，重了怕影响肌体活动度，轻了又怕病人忍不住，这种事不常做，连麻醉师也没把握。

“嗯，我去看看。”

温寒起身，裹紧了身上单薄的白大褂，心中默念，下了手术，一定要回家好好睡一觉。

进了小家里，那人已经躺在了手术床上。从前温寒还没觉得手术床多窄小，可这人一来，她怎么看都觉得这东西尺寸不够。她想着，从上俯视，一定看不到他身下的床，保管连点缝隙都看不见。

那人侧了脸没有看她这个方向，温寒也不准备端详他，拿了小锤子敲了敲他的膝盖，试了试膝跳反射。

没有，很好。深条件反射都没了，已经麻醉好了。

“嗯，差不多了，可以准备手术了。”

温寒一声令下，护士、麻醉师都开始忙碌起来，丁洁玲跟着温寒忙了不少手术，知道她的习惯，小跑着过去替她打开无菌包。温寒把手腕上的皮筋退下来咬在唇上，正准备扎头发，一转头，就瞥见了那人的目光。

锐利、清明，带着不可一世的探究，毫不避讳地直直盯着她，不像是男人看女人的眼神，倒像是猎豹看猎物的眼神，因为好奇，所以凝神。

她呼吸滞了一下，下意识地转了个身，把右耳转到了他看不见的地方。

他看到了她耳后的文身。

意识到这一点后，她无比地烦躁，像是揣了多年的小秘密突然被别人堂而皇之地揭穿了一样，挫败却又无计可施。

丁洁玲跟她搭档了一年多都没有发现，这个人不过见她几面，就已经注意到了这么隐秘的细节，她果然是低估了他。

这样敏锐的洞察力可不是打生下来就能有的，她开始好奇，他到底从事的是什么样的特殊职业？

无菌包打开，温寒也已经戴好了帽子和口罩，她刷了手上台，穿好手术服，麻利熟练地铺好器械台，把器械一件件地拿出来。

这期间，那人一直盯着她。

她后脑勺没长眼睛，可是他的眼神太过锐利，那种无形的压迫感让她即便背着身，也能感受到来自他的压力，那目光带着洞悉一切的探究，紧紧地胶着在她的后背上。

她又开始烦躁，握着骨凿的手忍不住颤抖了一下。咖啡已经无济于事，她的额角又开始疼，她下意识地想要摸向耳后，抬手之后才意识到自己已经戴了无菌手套。

颓败、懊恼，她只能迁怒，把手里的骨凿重重地拍在器械车上。

“温大夫，怎么了？”

听到这头的动静，丁洁玲赶紧跑过来，隔着安全距离关切地问她。温寒狠狠握了握手里的骨凿，一抬头，眼神又归于清明，开口说话，声音清淡，哪有半点浮躁。“没事，手滑了一下。”

“嗯，那就好，我还以为掉在地上了，不行的话我赶紧下去取个新的。”

“没关系。”

温寒答完，低头开始清点器械。因为台下没有巡回护士，所以双人核对是不可能了，她只能自己核对，布巾钳四个，文式钳六个，数到弯钳的时候，两把钳子的钳柄轻轻地磕了一下，致密的金属相互撞击了一下，发出清脆的声响。

在这声响里夹杂着那人几不可察的低笑。

嘲讽的、带着蔑视一切的得意。

他看穿了她的慌乱，所以笑得志得意满。

温寒平生最讨厌的就是被别人洞悉，仿若自己在他们面前就是一潭清水，看一眼，连你能不能起个浪都看得一清二楚，那种被压制、被掌控的感觉毫无尊严可言，她厌恶透顶。

所以，自从工作后，她鲜少与人交谈，也不愿与他人为伍，她冷着脸，独来独往，工作几年下来，外人对她的评价无一例外的是神秘莫测、冷漠疏离、难以看穿。

她很满意这样的效果，她可以安心地待在自己的小世界里，没人可以自以为是地揣测到她的心思。她安于这样的与世隔绝，并且认为这样的平衡是永远不会被打破的。

比如说丁洁玲，她们已经相处了一年多，她仍旧对自己一无所知。

这才是一般人该有的反应，不是吗？

为什么偏是这个人，要这么不屑一顾地打破她的伪装？

她听得出来，他是在嘲笑她这刻意的伪装，他不在意她为了什么，只好奇她被拆穿后的慌乱。她厌恶他，厌恶他这么自以为是，却又让人猝不及防。

不得不承认，她怕他，怕他那种能拨开她全部伪装的锐利眼神。

“温大夫，可以开始消毒了吗？”

丁洁玲已经刷了手，准备往手术区域铺中单了，温寒回神，使劲握了握手里的骨凿，低声道：“好，可以开始了。”

夜风越来越凉，带着渗入骨髓的寒意扑面而来，温寒推着器械车停在床尾，冻得瑟瑟发抖。她冷眼看着床上躺着的人，他微合着眼，细长的眼睛看着天花板，眼神散漫却清明，像是镀了一层薄冰，看似薄弱无痕，实则内里却是波涛汹涌。

他没有看她，她却依旧觉得浑身不自在。

她胆子很小，凡是让她不愉快的，让她烦躁的，她就拼尽全力地去逃避，她没有心思去学会适应，躲避比勉强适应要省事得多。

思及此，她冲丁洁玲道：“把头架安上，挂上中单。”

“嗯，好嘞。”

丁洁玲手脚麻利地去安头架，那人终于把悠远的眼神收回来，像是一片光晕慢慢汇聚成一道耀眼的光束一般，他的眼神锐利得像把手术刀，冷冰冰地扫向温寒，紧接着，他嘴角微勾，冲她扯出一抹微笑。

不带任何感情的纯属讽刺的微笑。

他了然她的躲避，欣然接受她的投降。

头架终于挂好，温寒烦躁得不可自抑，终于放弃压抑，把手上戴好的手套扯了下去，伸手摸着耳后的轮廓，一遍遍地摩挲，紧紧地闭着眼睛，让自己快速地安定下去。

如果不这样，她绝对不能心平气和地做完手术。

在别人看来，她是冷漠的，像块坚冰，靠不近，融不化，但只有她自己知道，她的冷漠只是为了保护自己、躲避繁杂的方法，而这个人，他的冷漠才是与生俱来的，那种从骨子里渗透出来的冷然是不受意识控制的，哪怕他再热情，眼底的冷意也不会消退半分。

这样的人才是真正恐怖的。

一条深绿色的中单把他的目光隔绝，温寒把手放下来，重新换了副手套戴上，心情已经平复，再次沉静得像一潭湖水。她不露痕迹地皱皱眉，心中想着，早知道就该强迫他使用全麻的，他的眼神太迫人，会严重影响她发挥。

手术开始，温寒恢复了一贯的冷漠镇定，眼神清明、全神贯注地准备手术，消毒，切皮，清创，剥离骨头上多余的软组织，用吸引器把骨折端的血污一点点地吸出来，把术野清理得干干净净。

一旁站着的丁洁玲一脸崇拜地看着她，连大气都不敢出一口。她之所以对温大夫又崇敬又畏惧，就是因为她见惯了手术台上的温大夫，那个无论见到怎样触目惊心的血腥场面都能保持镇定、眉心都不皱一下的温大夫，让丁洁玲觉得自己和她压根不是一个世界的。

温大夫可以淡定地锯骨、打孔、钉钢钉，连眼皮都不眨一下，她光是听到那种声音，看着骨凿一下一下生生地砸进骨头里，就觉得心脏被人捏在了手心里，跳一下，颤一下，连带着呼吸不畅。

她亲眼见过一个因为车祸下肢被撞得血肉模糊的病人送过来做紧急手术，她记得她面色惨白地吐了一晚上，之后好几天恶心得吃不下饭，而温大夫却只是皱了皱眉，清理那堆血肉模糊的烂肉时血溅了她一脸，她表情未动，淡定地把所有的烂肉推下手术床。

准备截肢时，丁洁玲已经脸色发白，胃里翻滚得站都站不住了，听着电锯呲呲的响声，飞速旋转的刀片与骨头接触时发出的血肉迸溅的钝响让她几欲瘫痪，可是温大夫连颤都没颤一下。

后来那个患者抢救过来了，虽然截肢了，但是活了过来。温大夫顶着满身的血下台，看着她哆哆嗦嗦的模样，随性地问了一句："害怕了？是不是觉得我像个电锯杀人狂？"

丁洁玲想摇头，她想说，你不像，那种嗜血而淡然的眼神让你像高在上的女王，不可一世，无所畏惧。

只是她开不了口，那场面对她震慑太大，温大夫那样的形象对她的震慑更大，她不知道如何形容自己的心情。

语言太过苍白。

温大夫以为她默认了，把沾满血的手套扔进黄色垃圾桶，摘了口罩看了她一眼，音色依旧平稳得若无其事，她说：“可是，我救了他的命。”

是，如果不是她这般果敢、毫不畏惧、淡定自若，那人是活不过今晚的，她看似残忍，却又是最大的善良。

两相矛盾的情绪交织却又被她完美地消化，从那一刻起，丁洁玲就把她供成了自己的女神。她这样的人，只能高高在上地受人崇拜，任何多余的感情对她都是一种亵渎。

这就是为什么丁洁玲会对温大夫如此敬畏的原因，李惠静曾经鄙视她，说温寒不就是个技术好点的大夫吗？一个冷漠得不近人情的女人有什么好崇拜的，你能从她身上得到点什么，值得你这么崇拜？

她没有解释，因为李惠静没有陪温大夫上过台，所以她不知道，温大夫那时候镇定自若的眼神有多蛊惑人心，任何人都抵挡不了那样的魅力，无论男女。

正走神着，耳边突然传来一阵熟悉的噪声，丁洁玲回神，才发现温大夫已经准备钻孔了。她小心地走到温寒身边，替她扶了扶快要掉下来的眼镜，她低声道谢，丁洁玲高兴地退回去。

没办法，就算温大夫这么冷漠，她还是喜欢接近她。

退回去的时候，一不小心撞到了面架，丁洁玲回头，忽地就看见了病人的脸。她看了一眼掉在地上的中单，正要开口，却见那人伸出食指在唇角比了一下，示意她噤声，她看了看温大夫，知道自己这会儿不该出声打扰她，便闭了嘴，没有说话。

没了中单的遮挡，病人就可以看见手术经过了，虽然看不真切，可又是锤子又是凿子的，阵仗这么大，想装作看不见都不可能。

一般病人恨不得手术前一天就打了麻药睡上一天，术前紧张得全身的骨头恨不得连头盖骨都哆嗦起来，一遍遍地问医生，麻醉了还能不能感觉到疼，会不会手术没完就醒了云云。局麻的病人更甚，术中还有要求戴耳塞的，因为害怕听到手术过程的声音，尤其是骨科的手术，叮叮当当的一通响，疼感觉不到，吓倒吓个半死。

这个病人倒好，给他挡了眼害怕他看见，他还故意把单子拉了，就想看看这锤子、凿子的阵仗。更奇怪的是，他嘴角勾着一抹若有似无的微笑，仿佛挨锤子的不是他自己，而是别人一样，带着一抹常人无法理解的淡然。

丁洁玲小心地摸了摸额头上的汗，心中暗想，这两人都挺不正常的，都带着超凡脱俗的淡定，她深感自己和他们真不是一个世界的。

电钻上好了打孔针和钻头，温寒调整了一下转速，找准位置，握着电钻贴在洁白的骨头上，轻轻一摁。

整个床都狠狠地颤了一下，她抬头，把钻头收回来，看着床上浑身肌肉都骤然紧绷的人，心中了然，麻药的剂量还是不够，深反射倒是没了，可是毕竟是钻骨，就算麻得彻底，也不可能一点都不疼。

“上了几支利多卡因（一种常用的麻醉药品）？”

温寒关了电钻，抬头问一旁的麻醉师。

“上了三支，已经是最大量了，分三次进的。”

三支确实够了，再多的话绝对会影响腿部肌肉的功能，保不齐还会萎缩。

也就是说，再疼，也只能忍着了。

单子不知道什么时候掉了，她就这么直直地看进他的眼睛里。那双眼睛里的锐利没有因为疼痛而有半点减退，他脸色惨白，额头青筋暴起，牙关紧咬，温寒知道光打局麻就钻骨有多疼，心下一凛，竟然有点佩服他。

很少有人忍得住这样的疼痛，虽然她见过很多痛觉不敏感的人，哪怕在他身上拉道口子都不知道的人，可是那种感受和现在却是完全不同的。

一个是没知觉，一个是明明很疼却一声不吭地忍着，这是两个概念，也是两种境界。

她终于信了丁洁玲的那句话，他是个真男人。她见惯了在手术床上疼得哭爹喊娘的男人，习惯了，也着实害怕了，头一次遇到他这样的人，松了口气的同时竟衍生出了罪恶感，倒好像她是那个恶人了。

温寒手指勾着骨凿细小精致的手柄转了转，额角的疼痛一波波地蔓延至整个脑壳，她迎上那道目光，郑重其事地说了一句："现在全麻还来得及。"

因为疼痛，他的目光更像是淬了寒光，那潭深海已经波涛汹涌，里头翻涌的情绪温寒看不懂，她眯了眯眼，倒没之前那么害怕了。

上了台，她是医生，他是患者，单纯的逻辑清明的关系，她得有职业操守，要是怵了，怎么下得了钻？

"不用。"

那道声音变得微哑，压抑着疼痛的嗓音反而变得柔和好听。温寒垂眼扫了一眼他的脸色，他脸色如常，除了面色惨白、眉心紧锁、牙关紧咬外，倒没有她预想的狰狞神色。

她又开始走神，这人还真是能忍，若是换作旁人，估计早就疼得满床打滚了，他耐力过人，她真的开始好奇，他到底是从事什么职业的？

"你是从事什么职业的？"

她这么想着，顺口问出了声，床上的人没有作声，目光胶着在她身上，紧抿的嘴角微微扯出一点弧度，那种不加掩饰的嘲讽。

温寒撇撇嘴，眼神毫不退缩地迎上去，静待他的回答。

那人没作声，一旁的丁洁玲却是惊呆了，她可是头一次见温大夫主动问别人的八卦，以往她主动给温大夫解释病人的情况，她也总是提不起半点精神，被念叨得烦了，就会淡淡地扫她一眼，说句："他干什么的和我有关系吗？"

是，没什么关系，温大夫只关心病人的现病史、既往史、过敏史以及受伤经过，那些杂七杂八的八卦与她的治疗不沾边，她从不浪费心神去多做了解。她专注得很，对于工作以外的任何事情表现出来的淡漠，让丁洁玲一度认为她是个彻头彻尾的工作狂。

而现在看来，似乎并不是，温大夫应该只对自己感兴趣的事情有兴致。

就比如这个病人，皮相好、气场强大，带着一般男人没有的野性魅力，如果说他是只雄性动物的话，那也势必是统领一方的首领。这样的男人是不可多得的极品，温大夫有兴趣也是情理之中的。

丁洁玲深感欣慰，她总算发现了温大夫有女人味的一面，原来她并不是冷漠得不近人情，她只是看不上那些凡夫俗子，只有这样的优质男人才配得上高冷的温大夫。

两人静静地对视着，丁洁玲也很好奇这人的答案，他到底是干什么的，怎么会有这么强大的气场。高管？总裁？应该不可能，那种坐办公室的人，养得白白胖胖的，走路怕累了腿、说话怕废了嘴的人，怎么可能有如此强大的人格魅力？

难不成是特工？经过特训的，可以吃常人吃不了的苦，一天天地上刀山、下火海，练就了一身过人的本领。

哈哈哈，丁洁玲被自己逗乐，正要闷声偷笑，就听见床上的人轻轻说了句："跟你有关系吗？"

手术室里的氛围一时间变得很尴尬，丁洁玲被自己那抹没来得及释放的闷笑噎住，差点岔了气。她狠狠瞪了一眼那个没眼力见儿的男人，我们温大夫好不容易对你有点兴趣你怎么这么不知好歹，等着和温大夫搭讪的人海了去了，要不是温大夫平素永远一副生人勿近的高贵冷艳，这大好机会能轮到你！

她偷偷抬头看了一下温大夫的神色，温大夫神态自若，没有因为他的不给面子有一丝的不愉快，眼神清明淡漠，仍旧看不清她真实的情绪，丁洁玲撇撇嘴，左右看了看。

这两人气场一个比一个足，她像是进了涡流里面，一个旋儿一个旋儿打得她神志不清，她摇摇头，不去理会了，她实在忖度不出温大夫的心思。

天空已经泛了一点惨淡的白色，在漆黑的夜幕中显得格外刺眼，温寒转头看了一眼窗外，看着外头树影婆娑的摇摆模样，心情不甚好。又刮风了，她不喜欢刮风，又冷又灰蒙蒙的，走路都像兜了一肚子的寒气，想想都冷。

回过头之后，她轻轻把大拇指按在钻头开关上，按下去的时候低声开口："是没关系。"

说罢，右手用力，飞速旋转的钻头贴着白色的腓骨钻下去，到了合适的深度，温寒收手，关了钻头，转身从一旁的器械盒里去取固定板和螺丝钉。

床上的人浑身的肌肉都在痉挛，丁洁玲愣神，这时才反应过来，温大夫压根就不是真感兴趣，只不过是为了转移他的注意力，然后再以迅雷不及掩耳之势快速落钻，好减轻他的疼痛。

唉，原来是这样！她还以为温大夫也有少女心的时候，到头来还是她想多了。

床上的人也看出了温寒的本意，眯着眼看向她。他眼尾微微上扬，伸出舌尖舔了舔干涩的嘴唇，不带任何感情色彩地道了句："谢谢。"

温寒并不准备接受他这样敷衍不走心的道谢，垂了眼，连话都没搭，把螺丝放进钻好的洞里，拿了骨凿一点点地敲进去。

她敲一下，他就动一下，他裸着的左腿就在她眼前，肌肉的线条因为疼痛痉挛而变得更加流畅结实，古铜色的皮肤配上这样完美的线条，温寒感叹，上天真是待他不薄，给了他这样好的皮囊。

上好一颗螺丝，她取了电钻，准备上第二颗。电钻的声音响起时，手术间站着的其他人都是神色一凛，面色有些不忍，以往做手术哪怕骨凿打得乒乒乓乓、惊天动地也没人觉得不舒服，因为病人全麻着，毫无意识，没有了那些疼痛的具象化表现，众人便也觉得没什么。

可是现在不同，这人可是清醒的，他每一次抽搐，每一次皱眉，每一次冒冷汗他们都看在眼里，联想着电钻钻骨的感觉，真真的不寒而栗，还哪能镇定得下来。

看一旁的麻醉师一脸的心有余悸，温寒抬起头，顿了一下，直直地看着她，微挑眉："再上点麻药？"

麻醉师赶紧摇头："温大夫，不可以了，这已经是最大剂量了，不能再上了。"

温寒了然地勾勾嘴角，哼笑一声，随即转过头去。麻醉师一时间有些尴尬，是啊，麻药已经上到最大剂量了，还能怎么样，就算看着再疼那也得忍着，自己的担忧既可笑又多余。

或许是因为这个男人太过隐忍和坚毅，麻醉师暗想着，因为他这样，她反而更担心，看他皱眉，看他肌肉紧绷，她的心肝儿都跟着一颤一颤的，恨不得给他再上点麻药，让他不那么痛苦。

但是如果换成一个吵吵嚷嚷、哭天喊地的人，她多半会觉得厌烦，绝不会有半点担忧。

这种情绪很莫名其妙，尤其是对于医者来说，这样的摇摆不定是最不应该的，她不是工作了一两年的丫头片子，不应该这么担惊受怕，可是不知为什么，看着手术床上躺着的人，她心中总是不忍。

等看到他深邃好看的眉眼后，她才恍然大悟，她这哪里是对病人的担忧，根本是因为他的个人魅力，她鲜少见到这么优秀的男人，内心深处的潜意识并不希望这么美好的人受到这样的折磨。

看看她这副春心萌动的模样，再反观温大夫，她的眼神依旧淡定如初，一如既往的冷漠镇定，没有因为那病人的魅力有一丝的波动，也没有因为他忍着钻骨的剧痛一声不吭而有多余的情绪，她低叹一声，从医只有到了温大夫这种境界，才能称作真正的医生。

不管病人是优秀得无可挑剔，或者是普通得不留痕迹，在她眼里，他们就只是她的病人，她要做的，也仅仅是治病救人，目的单纯得让人不得不心生敬佩。

天色一点点地泛白，天已经亮了，温寒狠狠闭了闭眼，忍着额角的剧痛和胃里随之而来的翻滚，定神之后，再次下钻，安螺丝，骨凿定位，用最快的速度把其余的钢钉全部上好。

上好钢钉，她看了看时间，嘱咐一旁候着的麻醉师："等我缝完皮的时候再补一针利多卡因。"

"嗯，好。"

手术已经做了近三个小时，已经过了麻药的半衰期，可以再用一次，要不然疼起来可不是能用撕心裂肺来形容的。

钉好钢板，缝皮，打石膏，做好这一切后，温寒脱了手术服下台，把收尾的工作交给其他人，她用力揉着眉心，快步出了手术室。

在台上的时候，因为神经紧绷，还能勉强支撑，等下了台，浑身松懈下来，脑袋里轰隆轰隆地响，额角的神经像是绷紧的弦，一跳一跳地疼。

她靠在墙上，微张着嘴重重地喘气，一只手摸索着耳后，一只手掏出手机打电话。

电话很快接通，那头的人叫了一声："温寒，你又不舒服了？"

"嗯。"温寒眯着眼，声音懒懒的，没什么精神，"从昨天晚上开始疼，一直到现在，越来越厉害，我感觉像是有把凿子插进了太阳穴，一点一点地砸穿我的大脑。”

“你可以了，别形容得那么恶心。拍过CT吗？把片子给我看看。”

“没有。”温寒换了只脚做支撑点，垂头看着地板上的纹路，眼神有些恍惚。

“那你现在过来，我给你拍一个，顺便帮你看看。”

“我刚下夜班，想回去睡觉，不想拍片子。”

“那你给我打电话干什么！又不拍片子，又不过来让我看，你想怎样？”

对面的人很无语，温寒自己也觉得有点过分了，声音变得柔和了些：“我下午去找你吧，我先回去睡一会儿。”

那头的人像是想起了什么，突然问道：“温寒，你是不是又喝咖啡了？”

“……”她没说话，算是默认。

“我说你怎么老不听话，跟你说了咖啡因刺激脑神经会让你更不舒服，你怎么还喝？还一天天地说病人不遵医嘱，你不也是，把我的话当成耳旁风！”

温寒自知理亏，难得地没有反驳，乖乖地承认错误：“好，我听你的话，保证再也不喝了。”

“好了，你要是真喝我也拦不住你，你可是我祖宗，我哪敢命令你！下午过来作检查，要是不过来以后就别烦我了。”

“是，兰医生。”

兰素是神经内科的主治医师，算是温寒的朋友，她因为偏头痛的毛病经常往神经内科跑，一来二去两人就熟悉了。兰素把她当知己，可她始终是淡淡的，隔着不远不近的距离和她相处，她懒得费尽心思去维持一段友情，也厌烦了朋友之间动不动就掏心掏肺，把自己全部的秘密都告诉对方。

她们觉得那是一种信任，是确定彼此重要性的唯一程序，可是在温寒看来，那只是一个又一个的把柄，把自己的内心世界透露给一个毫不相干的人，这样的傻事她做不出来。

因此，兰素只能算是她愿意多说几句的点头之交，仅此而已。

回办公室换了衣服，温寒揉着额角离开医院，往她的小窝赶。

她住的是医院分配的职工房，因为她工龄比较短，所以买的时候并没有预期中那么便宜，房子也不大，四十平方米，一室一厅，她一个人住着倒也合适，太大了，反而觉得空旷寂寥。

下楼的时候碰到了同科室的同事，她记得他是个副主任医师来着，可是骨科有四个病区，三个主任，好多个副主任，她有点分不清他到底是哪个区的。

他跟她打招呼："温寒，你家在哪里，我送你回去吧，今天风大，挺冷的。"

她抬眼看他，他眼里殷勤的神色让她敬而远之，当即不留情面地拒绝："不用。"

"没关系，正好碰上了，我送你回去吧，这么冷的天你一个人也不方便。"

温寒顿住脚步，裹紧了身上的大衣，推了推鼻梁上厚重的眼镜，目光聚焦在他眼睛上，沉沉地一路望进他的眼底，她开口，语气平淡得事不关己："陆乾，你喜欢我？"

陆乾的脸瞬间憋红，他没想到她问得如此直接，但也没支支吾吾地回避，落落大方地承认："嗯，是的。你是怎么看出来的？"

"无事献殷勤，非奸即盗。"温寒勾唇，面无表情地回答。

陆乾一时间僵在原地，尴尬得不知道该作何反应。他不是没追过女孩子，有害羞地欲拒还迎的，也有落落大方地接受的，再不济，就友好委婉地拒绝，多不过这几种反应，他想到过出师不利，却没想到岂止不利，还倒挨了一耙。

温寒这个女人他可以说入眼很久了。她存在感不强，永远形单影只，独来独往，宽大的白大褂下常年一条牛仔裤加一双平底鞋，头发扎成一束，戴着个划痕多到看不清她眼神的眼镜，打扮普通且死板，从来没有多余的情绪，表情像是刻在脸上，僵硬苍白，看着死气沉沉的。

按理说，他是看不上这样的女人的。

可也只是按理说。

男人都有一个通病，越是得不到的，越是心痒难耐，她是那点朱砂痣，那抹白月光，得不到之前，他从不会多虑到手之后是不是会变成墙上的蚊子血，抑或衣服上的饭粒子。

这女人长相普通，没什么特色，就是身条板正，皮肤白皙，巴掌大的小脸白嫩得似乎捏一下就能掐出水来，配上她拒人千里的冷漠，倒也让他蠢蠢欲动。

他决定出动之前，也有个别男同事劝过他，说温寒不是个好对付的角色，那就是块冰，看着晶莹剔透，招人喜欢，但是一上手，保管冻得你五脏六腑都挂了冰碴子。

他不信那个邪，以他的经验来看，这种冷冰冰不过是装出来的，她不过是没有遇到好男人，遇到了，自然就融化了。

可惜，现在看来，他是错得结结实实，没一点转圜的余地了。

她是真真的不屑。

那双清亮如水的眸子里毫不掩饰对他的排斥，他手足无措，面对她的直白，头一次感到狗拿刺猬——无从下口。

"不麻烦你，我自己回去就可以了。"

看着陆乾脸色不太好看，温寒知道是自己说得过分了。她就是这般德行，本意只是想斩断不相干的联系，只想自己干净利落地工作生活，可是搁在别人眼里就成了假清高，真虚伪，很是不招人待见。

她倒是不在乎别人对她的看法，要是在乎，她早就觍着一张脸去迎合了，所以任由别人怎么说，她依旧我行我素。

直到兰素告诉她，说她性子太阴郁，太孤僻，这种性格是不正常的，得改，下死劲地改，不然很有可能发展成自闭症和抑郁症，然后想不开，最后割腕、跳楼、喝药自杀，再看不到这世间的繁华。

她被说得烦了，赶紧打包票，一定改，一定改，一定做个团结同事、阳光向上的四美五好青年。

因此，她多少得给陆乾点面子，事不能做绝，他本意并不坏。

见她拒绝之后又委婉地给了自己面子，陆乾也不好意思继续纠缠，嘱咐她路上注意安全就转身离开了。

温寒裹了裹身上的外套，摘了眼镜在衣服上擦了擦雾气，这才快步离开。

回了家，她煮了碗面条吃得胃里暖乎乎的才去洗澡，等窝进被子时才感觉浑身活泛起来。额角依旧抽搐，她从抽屉里抠了两粒安眠药就水喝了，蒙头开始睡觉。

熬了整整一夜，她却依旧没有睡个好觉。

她做了特别繁杂冗长的梦，梦里人头攒动，各种熟悉的不熟悉的声音一直萦绕耳边，一声又一声，喊着她的名字："小暖，小暖。"

她慌张地寻找声音的来源，伴着自己的心跳声，她听见他又说："小暖，我叫霍瑾轩。"接着她就看清了他的脸，痞痞的，带着张扬不羁的风度，连眼角眉梢都沾染着风流，他又说："温寒你就是活该！是你自己太傻，轻易把真心交付别人，也不看别人稀不稀罕。"

她追着他的背影哭，猝不及防地惊醒。

卧室里安静得只能听见她的呼吸声和来不及偃旗息鼓的心跳声，窗外阳光正好，耀眼的白光透过窗帘的缝隙洒进来，在地上投下斑驳的影子，温寒瞪大眼睛怔怔地出神，伸手摸了摸脸颊，不出意料摸到满脸的水渍。

有多久没哭过了？有多久没想起那个刻骨铭心却又恨不得挫骨扬灰的名字了？

她掀了被子下床，挪步到卫生间，双手撑在洗手台上，看着镜子里的自己。

脸色苍白，双目凄楚，眼底依旧是仓皇无措，她伪装了那么久，却仅仅因为一个梦就变得如此狼狈。

温寒默想着，或许真的应该好好看看病了。

第二章 当年情

而另一边，病房内。

“亦时，医生有没有说你什么时候能出院？”

说话的人叫张荣华，是邹亦时的同事，两人一起参加的特训。邹亦时出事的时候就是他陪同着过来的，手术过程中，他一直在楼上楼下地跑手续，现在才得空看他。

麻药的药劲彻底过了，邹亦时的眉头紧紧锁着，脸色有些苍白，他伸出舌头舔了舔干涩的嘴唇，低声开口，声音嘶哑：“没说。”

“哎，听说给你做手术的是个女医生，怎么样，长得好看吗？”

张荣华这么一问，邹亦时才眯了眼睛，开始回想那个女人的模样。

她给他最深刻的印象大概就是那白皙得几乎没有血色的皮肤了，那么白，那么剔透，像他爷爷供在书房里头碰都不让人碰的官窑白瓷，胎薄质脆，感觉摸一下就能摸碎了。

除此之外，她的外貌让他提不起半点兴趣：梳得一丝不苟的马尾，松松垮垮地系在后脑勺，发梢干枯变黄，一看就是从没打理过，鼻梁上架了一副看起来就很有年代感的眼镜，划痕模糊得连她的眼神都看不清楚，他暗自嘲讽，这个年代能找到那种眼镜真是比考古都难。

她个子不矮，但是出奇地瘦，身子罩在白大褂底下显得空荡荡的一片，压根看不出一丝身上的曲线。

肤色惨白，穿着普通，打扮呆板，这是他对那个女人的全部印象，这样扔在人堆里随时都能淹没的人，让他提不起半分兴趣。

见他思索半天仍旧不作声，张荣华不怀好意地碰了碰他的胳膊肘，压低声音问：“制服诱惑，还是SM，是不是很爽？”

邹亦时哼笑一声，打落了张荣华的手：“你爽你来试试！”

如果不是后来目睹了手术的全过程的话，他真的就把那个女人定位成无趣刻板了，毕竟他从来没有见过可以把高贵冷艳诠释得那么恰到好处的女人。

她明知道他神志是清楚的，也清楚他的视线一直是畅通无阻的，可是依旧镇定得像是若无其事，动作干净利落地就把钻头压在了他的腿骨上。

秒速60转的钻头穿破他的骨膜打进他的骨髓里，他差点没忍住叫出声，她却连眉头都没皱一下，那双眼睛清亮得不起一丝涟漪。

他咬着牙隐隐佩服她。他见惯了在手术台上淡定自如的医生，可是那种镇定多半来自于患者的毫无反应，可是她不一样，任凭他疼得浑身抽搐，她连眉都没挑一下，钻头和锤子在他骨头上叮当作响，那么瘆人的声音配上他痉挛的肌肉依旧没有让她的神色有丝毫波动。

一个看起来很年轻的女人，怎么会有如此强大的内心？

相比于那些见了虫子就尖叫失控得不能自已的女人，她的镇定是不能单用职业道德来形容的。

“听他们说，这个女医生平时挺冷漠的，整天冷冰冰的，也不怎么和别人相处，冷美人我最喜欢了，下次她来查房的时候，你一定要指给我瞧瞧。”

“她不是你喜欢的类型。”

邹亦时半靠在床上，手搭在额上，扭头看着张荣华，斩钉截铁地开口：“她长得不漂亮，不性感，更不会撩拨人，死气沉沉的模样，是那种让人看一眼就觉得无趣的女人。冷美人是好，但是求而不得和不近人情是两码事，你别费力不讨好。”

张荣华细细品了一下他的话，很清楚地知道，那个女医生就是邹亦时说的不近人情的那一类，他不甘心，反问道：“我怎么觉得你对人家有偏见？”

“不是偏见，是事实，不信的话，你大可以试试。”

“我什么大风大浪没见过，还怕这么点冰碴子。”

邹亦时哼了一声，闭了眼睛不再说话。张荣华知道他是不想聊了，赶紧转移话题，伸手从果篮里掏了一个梨出来：“吃梨吗？我给你削。”

“不吃。”

“那苹果呢？”

“不吃。”

“火龙果？”

“不吃。”

“……”

多番问询无果，张荣华毫不客气地自己捧着果篮开吃。邹亦时看着一旁雪白的墙壁发呆，墙上落了一个不知名的黑色污点，他眯眼看着那个污点怔怔地出神，忽地想起了那女人右耳后的音符样文身，小小的几条纹路，纤细得像是她耳后的脉络。

那么白的皮肤，衬着那么黑的文身，偏偏又文在那么暧昧敏感的部位，俏皮中带着难以言说的性感，他呼吸一窒，第一反应是恨不得吻上去。

他洞悉而又张狂的眼神吓到了她，看她下意识地转了身，把那朵小音符藏在了他看不到的地方，他才暗想，那么呆板的人怎么会有如此妖娆惑人的文身，她的闪躲很明显地告诉他，那朵小音符里一定有故事。

只可惜，他并不感兴趣。

她是有那么一瞬间让他很感兴趣，可是也仅仅是一瞬间，除了那朵文身和她异于常人的冷静从容还让他稍有好奇外，其余的一切都让他没有一点兴致。

“哎，对了，因为你受伤，下周你的任务被停了，换了张恒远。”

张恒远平素就对邹亦时羡慕嫉妒，每每拿他不是军校毕业的来说事。邹亦时不甚在意，但张荣华却对这种小人深恶痛绝，这次让这小人捡了漏，他恨得牙直痒痒。

邹亦时的思绪被张荣华嚼着苹果含糊不清的说话声拉了回来，他愣了愣，眼底瞬间浸了寒意。张荣华被他眼底的低气压吓到，打了一个哆嗦愤慨道：“要不是你受伤，能轮到张恒远那个孙子吗，你为这次努力下了多少功夫领导不清楚？他小人得志，就不怕遭天谴！”

邹亦时眼底的寒意未退，连带着声音也变得阴冷：“他倒是钻了个好空子。”

说完，张荣华也不知道该怎么接话。邹亦时是现役的空军上尉，虽说他实力过人，无论是胆识还是决断力都高人一等，是难得一见的好苗子，可是再优秀也抵不过名不正言不顺。

因为邹亦时并不是从航空航天大学出来的飞行学员。

他原先只是个普通的大学生，是因为他在一次抗眩晕练习中表现优异被领导相中，半路插队进的培训班，之后，他和所有新兵一起训练，脚踏实地地从头做起，因为表现优秀，实力过人，在好几次大型飞行演习中立了头功，所以一步步地爬到了和上尉差不多的位置。

但是，终究是有名无实，邹亦时没有真正的军衔。

原本他还想着借这次机会把军衔落实，哪怕是从少尉做起也可以，却没想到天有不测风云，特训的时候竟然摔伤了腿，被张恒远捡了漏。

这种事情搁谁谁不生气，他是邹亦时的好友，邹亦时特训的时候对自己有多狠他最清楚，别人做三百个高低杠卷腹，他就做四百个，别人做五组原木练习，他就做十组，别人做两个小时的抗眩晕练习，他就做三个小时，别人只羡慕他得来的成就，却没有人去细数他吃了多少别人吃不了的苦。

就说昨天的跳伞，领导的意思是要晚上跳，算作特训，也是为了下周的任务作准备，可是没几个人同意的，领导一生气，就说敢跳的都留下，不敢跳的就别参加任务了。

到最后，张恒远那个孙子自然没去，邹亦时二话没说上了飞机，在伸手不见五指的黑夜从两千米的高空跳伞降落，最后因为评估失误磕在了石头上断了腿。

张恒远那个孙子一边把脑袋缩进乌龟壳里幸灾乐祸，一边夺了邹亦时拿命换来的功劳。

这事要是搁他头上，他肯定要把那个孙子生吞活剥了，左不过上不了军演，多少得拉个垫背的。

思及此，张荣华心里的火腾腾地蹿上来，忍不住破口大骂道：“张恒远那个王八犊子！要是男子汉的话就堂堂正正地比拼，干这种下三滥的事情也不怕老天要开眼劈了他个龟孙子！”

“无所谓了。”

邹亦时略显倦怠地合上了眼，眼底的寒意被收敛，只余下长而浓密的睫毛和睫毛投下的烟灰色阴影。

张荣华又愣住，咽了半嗓子的火气不知道该如何是好，生生地呛了一下，还是没忍住开了口：“邹亦时，你他妈的这是什么反应？”

“要什么反应，像个娘们似的大嚷大叫？”

邹亦时睁开眼睛，狭长的眼尾微微上挑，窗外的阳光正好落进他的眼睛里，泛着刺眼的白光，更显得流光溢彩。张荣华撇撇嘴，不准备无视他眼底的讥诮：“你说谁娘们呢？”

邹亦时没有作声，侧了侧颈子，把头偏转了过去。

他只是觉得张恒远有些小人做派，可是还不至于让他发火动怒，一来他摔伤与张恒远无关，二来张恒远也不是固定的替补，一切不过是意料之外，细想来说也算情理之中，他还没有心胸狭隘到要如此斤斤计较。

要怪，就只能怪他运气不好，明明评估好了地势和降落地点，到最后却遇上了大风，呵，这都是命。

任务完不成是有遗憾，但是让他更烦躁的是伤筋动骨一百天，也就意味着他得在床上躺三个多月。

他烦躁地掐了掐眉心，这才第一天，他就已经不耐烦了。

“哎，对了，萧然然下午要来看你，准奏吗？”

“她来干什么？”邹亦时抬头看向张荣华，眼神不辨喜怒，但是语气绝对算不上欢迎。

“干什么，还能干什么！你可是人家心尖尖上的一块肉，你都成了这个模样了，人家能不来吗？”

萧然然是邹亦时青梅竹马一起长大的女性朋友，两家也算是世交。两人从小学就在一起读书，邹亦时的爸爸把萧然然当成亲闺女似的疼爱，念她一个柔柔弱弱的小姑娘，就让邹亦时时时地保护她。邹亦时像个保镖似的把她从小护到大，直到他读了大学，她学了空乘，两人这才算正式分开。

两人郎才女貌，是恰恰好的天造地设的一对，可妾有意，郎无情，萧然然从来不掩饰对邹亦时的爱慕，而邹亦时连把她当小妹妹的意思都没有，除了人前逼不得已的绅士礼貌外，私底下基本都是冷眼相待。

现下他正因为受伤心情烦躁无处纾解，她还偏来撞枪口，真是没点眼力见儿。

“告诉她不要来了，我不想见她。”

“要告你自己告诉，我可不管你，你又不是不知道萧然然那个脾性，空长了一颗玻璃心，动不动就哭得稀里哗啦的，跟开了水龙头似的！我受够了这水做的女人了，你自己处理去吧！”

“嗯，好。”邹亦时头疼得厉害，想起萧然然梨花带雨，跟江南的梅雨天似的凄楚模样，顿时泄了气，“来就来吧。”

“车到山前必有路，你悠着点吧。”

“借你吉言。”

这头邹亦时为了即将到来的萧然然烦躁，而另一头，温寒的心情也不是很好。

兰素指着她的片子狠狠戳了戳，温寒看着她指甲盖规律地磕在实木的办公桌上，那一声“笃笃”的敲击声让她额角也跟着抽搐。

“你是不是又乱喝药了？安眠药？咖啡因？”

温寒揉揉额头，狡辩道：“咖啡因又不是药。”

“温寒！你怎么老是不听我的话！”

“我哪有不听你的话，我乖乖地吃饭，乖乖地睡觉，生活健康，作息规律，得病又不由我，医者不自医，你又不是不知道。”

“还想骗我？”兰素把片子拿回去，凝神看着她，想要从她那双坦荡的眸子里看出点不一样的情绪来。

她从来不敢自诩了解温寒，她知道自己不是温寒的知己，充其量只能算温寒愿意多说一句话的人，这个女人虽然看着和她敞开心扉说话，实际上她清楚这份熟络背后小心谨慎的疏离。

相处了这么长时间，她对温寒几乎是一无所知，连最基本的她多大年龄、哪个学校毕业的这样无关痛痒的问题都不清楚，不是她没有问过，而是这个女人从来不说。

对于她的过去，她从来都是缄口不言，追问得久了就甩个冷脸远远地躲开，久而久之，也没人敢打听她的私生活了，大家习惯了她这样的刻意隐瞒，八卦的热情过后也就淡味了。

这个女人真的是块冰做的，不管你做什么都融化不了，她可以领你的情，对你感恩戴德，想尽办法报答你，但是你若想用互诉衷肠这样的方法打开她的心门，却是痴心妄想，她把自己封闭得密不透风，连一丝空隙都不透露给别人。

兰素一直好奇，她有没有委屈难过的时候，有没有发火愤怒的时候，如果真的到了那个时候，她也不愿意和别人说，只是自己隐忍着吗?

那样，该多孤独无助?

和她相处了这么久，兰素一直想着能在某些机缘巧合下见到温寒卸下心防变得脆弱的时候，要是真有那个时候，她想做那个给她拥抱的人，能尽一份力，能做那个让她全身心依赖信任的人。

然而，并没有。

兰素从来没有见温寒有过其他表情，她永远都是一副云淡风轻的冷淡样子，喜怒不形于色，眼睛里永远是平静的两潭水，黑漆漆得不起一丝波澜。无论遇到怎样棘手的事情，抑或是烦心的事情，她都是那副表情，淡定得不辨喜怒。

有一次，兰素亲眼看到意识错乱的患者抬手扇了温寒一巴掌，护理站所有人都愣在原地，有吓得尖叫的，有七手八脚拉人的，还有斥责家属不仔细看管的。

只有她淡定得连衣摆都没动。

她蹲下去把眼镜捡起来，扭头吩咐一旁慌乱的护士："给他打一针地西泮，等他睡着之后做个脑电图。"

兰素过去找她的时候，一眼就看见了她脸上那个清晰的巴掌印。

她不知道温寒怕不怕，可疼是一定的，但这个女人一声都没吭。

从那个时候她就知道，这个女人或许生来就与她们不同。

就现在看来，这个女人也依旧没有把她当自己人，说起谎来眼睛都不眨。

两人之间静默着，谁也没有开口，到最后，还是兰素忍不住了，又问了一句："什么时候开始疼的？"

这女人打不得，骂不得，催不得，油盐不进，让她光是着急，却找不到一点突破口。

温寒扶了扶眼镜，仔细想了一下，似乎最近一直有些头疼，从昨天晚上开始忽然加重了，整整疼了一夜，这么想着，就说了实话："昨天晚上开始加重的，其间喝了两杯咖啡，好了一点，上了台手术，下台又开始疼。"

"然后回去吃了安眠药？"

"没有。"

"温寒，你要配合我，你再这样我没法给你看了，你还想不想治病了，虽然你也是医生，可这是在神经内科，不是骨科，我是医生，你是病人，懂吗？"

"嗯，吃了两片。"温寒拗不过她，垂下眼老实回答。没办法，最近头疼得太厉害，靠药物也没办法缓解了，她得乖乖听话。

"好，温寒，从现在开始，我问你的话，你都要如实回答，我不是窥探你的隐私，只是问诊必需的过程，你不能刻意隐瞒。"

看着兰素眼中的严肃认真，温寒裹了裹身上的衣服，下定决心，轻轻地点了点头。

"除了头疼还有没有其他地方不舒服，比如忽然的心烦意乱，不容易入睡，睡着之后又特别容易醒，还容易做噩梦，心情总是郁郁寡欢，这样的症状有没有？"

"都有。"温寒抬眼看着兰素，眼神认真，纯净得不带一丝杂质，她说的是实话，所以眼神坦荡。

只是她的回答却让兰素心中一凛，她接着问："最近食欲好吗？有没有觉得身体特别累？"

"食欲？还好吧，累倒是挺累的，最近急诊比较多，有点吃不消。"温寒老老实实地回答，没准备插科打诨，她平时吃得也不多，应该算不上食欲减退吧，累倒是真的。

兰素又问："性欲呢？有没有觉得性冷淡？"

虽然同为医生，可是兰素问这话的时候还是觉得不好意思，毕竟对面坐着的并不是陌生的病人，而是一个她努力想要接近却始终接近不了的冷美人，骤然问这样的问题着实尴尬，可是没办法，该问的怎么都躲不过。

她这厢尴尬得不知道该如何是好，对面的温寒倒是一如既往的淡定，托着眼镜思索了一下回答她："我应该是性冷淡，因为我看色情片不会有生理反应。"

她这么淡定地开口，兰素更尴尬了，赶紧转移话题："那你有没有一直梗在心口的事，一直无法释怀的那种？"

温寒顿了一下，眼睛里的犹豫一闪而过，最后还是低声说了句："没有。"

"真没有？"

温寒又答："嗯，没有。"

问完这些，兰素心里基本上已经有结果了，只是，她不知道这样的结果该不该如实告诉温寒。

告诉她说："温寒，你不是偏头痛，你是抑郁症前期。"

因为她的片子没有任何问题，神经内科所有相关检查显示的结果都是正常的，兰素甚至询问了耳鼻喉科的主任，主任也说没什么问题。

她原本只是怀疑，但是刚才一问才发现，这女人所有的主诉都和抑郁症前期的症状八九不离十，她心里像是压了块石头，沉沉地坠着，让她喘不上气来。

作为医生，她头一次选择对病人隐瞒病情。

"你先回去吧，我给你开点药你先吃着，两个疗程后我再帮你看看。"

温寒没有看出她眼神中的异样，也懒得询问自己是什么毛病，就算解释了也是一通她听不懂的专业术语，隔个科也算隔半座山，她只需要遵医嘱吃药就好。

领了药正准备回家，丁洁玲的电话就打过来了，她一手抱着药，一手接起电话。

"喂，怎么了？"

"温大夫，那个邹亦时的石膏有些松动了，他说腿有点疼，你能不能过来看一下。”

温寒皱皱眉，疑惑地问了句：“邹亦时是谁？”

电话那头的丁洁玲这才反应过来，温大夫对于人名和人脸向来不怎么敏感，通常都记不住，更何况昨天晚上她压根就没问病人叫什么名字，这会儿肯定对不上号。

“就是昨天急诊接的那个高空坠落造成胫腓骨双骨折的男病人。”

她这么一描述，温寒立刻想了起来，想起那条伤腿的时候顺道就想起了他那双让人有深海恐惧症的眼睛，和那道似乎能洞悉一切的眼神。

她向来脸盲，只记伤口，记不住病人的模样，好多病人出院之后回来看望她，她每每都对不上号，只有病人把自己的诊断背一遍，她才能恍然大悟。

而这次却不同，这个人的脸庞一直清晰地印在她脑海里，那双如鹰隼般锐利的眼睛，高挺的鼻梁，极薄的两片唇，以及因疼痛而紧紧锁着的眉心。

他有一种让人过目不忘的魔力，她也被施了法。

邹亦时，这下，她真的记住了。

下了内科楼，要穿越一条长长的走廊才能到外科楼，路上温寒把手里的药拿出来摆弄着看，瓶身上印的都是英文，她专业英语学得还可以，认出了其中几种药的名字，都是镇静催眠的药。

她诧异，兰素不让她吃安眠药，现在可好，开了一堆比安眠药更冠冕堂皇的安眠药。

她颠了颠手里的小药瓶，无暇深思，脑海里响着兰素的话，要遵医嘱好好吃药，温寒，你还想不想治病了？

她自然想，偏头痛快把她折磨得疯掉了，以往心情烦躁的时候她还能摸摸耳后的小音符平复自己的心情，可是现在这招越来越不管用了，她忐忑难安，不知道除了这法子以外还有什么能安抚她的情绪？

她不能丧失自己这唯一的精神力量，所以，得听兰素的话好好治病。

一路乘电梯上了楼，温寒把手里拎着的药放进值班室的柜子里，一出门，就碰见换了衣服准备上班的胡楚翘。两人视线相撞，温寒面无表情地直视着她，胡楚翘从鼻子里轻嗤了一声，眼白狠狠地翻了一下，扭身出了值班室。

胡楚翘是骨科的另一名主治医师，温寒和她管的病人没有交集，所以对这个人并不了解，她又不是那种喜欢打听别人八卦的人，所以对这个女人没有一点印象。

因此，她不太理解胡楚翘这种莫名其妙的敌意。

桥归桥，路归路，她和胡楚翘在任何方面都没有交集，何来结怨一说？

把药放好，温寒换了白大褂，揉了揉额角，抬步出了更衣室。

那个叫邹亦时的病人住在三号病房，一个带着套间的单人病房。病房在走廊的尽头，温寒拿了口罩戴上，脚步声被长毛的地毯吞噬得一干二净，只余下她斑驳的影子。

开门进了病房，屋里的阳光没有走廊的充足，突然的黑暗令她眼前一黑，她下意识地微眯了眼，等适应了短暂的黑暗后，视线才重新聚焦。

她抬眼看向病床上躺着的人，那人的视线淡淡扫过来，似是有意停留却又不露痕迹地移了过去，没在她身上多做停留，等她定睛再细看时，就只能看见他狭长的眼尾和那一丛浓密的睫毛了。

她定了定神，不去理会那眼神里的意思，越过人群走到床尾。

他的左腿上打了石膏，被迫高高地吊起来制动。虽然大多数人在这种情况下是狼狈局促的，但他恰恰相反，身子半倚在抬高的床头上，右腿微微曲起来，头偏向一侧，露出线条美好的颈侧，神色慵懒得不像是养病，倒像是来度假的。

温寒掏出了兜里的小锤子轻轻地敲了敲他露在石膏外头的脚趾头，抬眼看他："有感觉吗？"

听了她的问话，邹亦时懒懒地扭过头来看她，眼神重新聚焦的那一瞬间，温寒被他眼底鹰隼般的锐利神色刺了一下，心跳无端地就加快了几分，面上却仍不动声色。

也许是因为阳光太刺眼，他有些不适地半合了眼，目光也变得涣散起来，他用右腿蹬着床板把自己的上半身往上靠了靠，找了个最舒适的位置躺好，这才出声回答："有感觉。"

他做这个动作时，温寒一直盯着他右腿的肌肉看，看着那道流畅的线条收紧、起伏，最后舒展，充斥着野性力量的美在她脑海里一点点蔓延，她想着，要是能让老教授看看就好了，她得亲口告诉他，不只是解剖图谱上才有这么完美的肌肉线条，现实生活中也有。

她恶趣味地想着，把他拿来做解剖绝对有划时代的科研意义，把那结实的筋膜剥开，露出内里紧实致密的肌肉和肌腱，再往里是匀称洁白的股骨。

“医生，他伤得厉害吗？严不严重？会不会瘸了啊？”

温寒还没从自己的黑色幽默里醒过神，耳旁就传来一阵呜呜咽咽的娇啼声。她皱眉循着声源回头，等看到比自己高半个头的陌生女人后，她才微微诧异，这么大个人在她身旁，她竟然都没有注意到。

“还好，没关系，末梢循环是好的，反应还算灵活，不会有……”她本来想说骨筋膜室综合征，但又一想，和外行人说这种专业术语他们也听不懂，便转了话头：“不会有事，疼不过是麻药过了，忍一忍就好。”

“你怎么说话呢！什么叫忍一忍！别人问你话呢，你就是这么糊弄病人的吗？什么缘由都不问，就让忍一忍，你算什么医生，你家人躺在这里你也让忍一忍？”

温寒眉头一蹙，对于这个陌生女人把自己家人牵扯进来深感不悦，她勾唇冷笑，如果是她的家人她肯定不会让他们忍着。

她的家人可没有这个男人这样的定力。

只打了局麻药，就那么目光如炬地看着她拿着钻头钻进他的骨头里，把他骨膜上附着的细密的神经一点点地磨断，那种锐痛哪怕是她看着都觉得心口一凛，作为当事人，他除了肌肉痉挛了以外，眼神里连一丝惧意都没有。

那么锐利，像是手术刀的刀锋，冰冷坚硬得没有一丝感情。

这样的人会因为麻药过了的余痛大张旗鼓地把还在休息中的她叫回来？

呵，滑天下之大稽。

她能这么好脾气地来全然是因为刚好顺路，如果她下午不来看病，多半连忍一忍这样的话也懒得对他说。

她不擅长和人打交道，也懒得应付这个娇纵的女人。

迎着那道飞扬跋扈的眼神，温寒摸着脖子上的听诊器，眼底依旧清淡平静，眉峰稍稍上扬，语气不咸不淡："你是邹亦时的家属？"

她第一次叫他的名字，微微拗口，但总算是叫清楚了。

"是！我是他女朋友！"

"既然你想要专业的讲解，那么我讲给你听。邹亦时是双向胫腓骨骨折，做了手术打了石膏，这个显而易见，但因为石膏要起固定支撑的作用，所以势必会压迫肌肉，如果包扎不当的话就会引起骨筋膜室综合征，就是因为挤压使肌肉缺血缺氧，最后坏死，再严重就需要截肢。他现在虽然疼，可是这种疼是可以忍受的，不能随便打麻药，如果打了麻药，我就无法判断他是因为麻药没了知觉，还是因为肌肉坏死没了知觉。这么解释，你清楚了吗？"

温寒的声音不大不小，能让所有人听见，却又不带任何剑拔弩张的气势，声音平静委婉，清丽得像是一道清泉，潺潺而出，不卑不亢，带着安定人心的力量。

她没有埋怨萧然然的蛮不讲理，说话的时候也没带着轻蔑的挑衅，神色平静的仿佛真的只是替萧然然科普。

在场所有人都噤了声，并且理所应当地觉得萧然然太过分了。

萧然然脸上自然挂不住，恼羞成怒地吼了一句："你和我讲这么多废话干什么！"

旁人没什么反应，倒是张荣华忍不住笑出了声，毫不留情地戳破她："不是你要人家专业点的吗？专业了你听不懂，不专业了你又嫌人家不负责，反正怎么着都是你有理！"

温寒还是那副波澜不惊的表情，说好听点是淡定从容，说难听点就是死气沉沉，任凭外界怎么波涛汹涌，都激不起她半点涟漪。

邹亦时眯眼看着床尾站着的两个女人，萧然然是空姐出身，无论是身材还是身高都比那个女人要出彩，加上萧然然化了精致的妆容，又有着后天培养出来的气质，两相对比下来，那个女人就更是暗淡无光了。

惨白的脸色，泛旧的白大褂，干枯得没有一点光泽的乱蓬蓬的马尾，戴着那副呆板老旧的眼镜，腿上一条浅色没有任何纹路的牛仔裤，他想不明白，这个时代为什么还有这样死气沉沉的装扮？

她看起来很年轻，装扮却沉闷得像是中世纪的修女，是真的不修边幅，还是她天生就品位低下？

那头还是两个人的混战，只是主角却换成了张荣华和萧然然。邹亦时定睛寻找那抹消瘦的白色身影，却发现她已经不知不觉地走到了门口，纤长的手指握在门把手上，轻轻地开了一条能容纳她单薄身子通过的缝隙，一闪身，就消失了。

她的手很漂亮，躺在手术床上时她戴着手套，他没太注意，现在看来，那双手很是让他惊艳。

邹亦时终于发现了她能让自己提起一点兴趣的地方，天天动手术刀的人基本上都有一双好手，纤细灵巧，在那方寸之地能把手术刀玩转得花样翻飞，没一双好手怎么行？

这不是定论，却是不成文的规矩。

那女人手指纤长匀称，他脑海里忽然想起一句话，指若削葱根，嗯，她的手就是这样，细细嫩嫩，和她死板晦暗的人相比，那双手着实出彩。

他正看着那扇门出神，张荣华突然从战局中退了出来，回神之后才大叫："欸？人呢？"

"呵。"邹亦时忍不住轻嗤出声，他怎么会不知道张荣华那小子的心思，那小子对于萧然然的态度从来都是井水不犯河水，有事都往他身上推，连话都不愿意和她说。

现在可好，光明正大地让那个娇纵的女人下不了台，她向来心气高，脾气大，怎么能饶过张荣华？

张荣华这么做，完全是为了做给那个女人看的。

可惜，那女人压根就不屑领他张荣华的情。

想想她眼底的淡漠和事不关己，张荣华那点英雄救美的心思就显得更多余了。

"什么人？欸，那个医生呢？"

萧然然也发现少了人，越过张荣华看过去，只看见了紧闭的门板，那个身材瘦小、神色淡然的医生已经不在了。

那女人一副宠辱不惊的表情，没人能忽略她眼底的漠然淡定，可是偏偏存在感又那么弱，她竟然不知道那女人什么时候走的。

"你就是个扫把星！"张荣华气急败坏地瞪了她一眼，扭头坐到一旁的沙发上。

萧然然愣了愣，杏眼一睁，艳红的嘴角勾起，眼底俱是讥诮："你不会是想要泡那个女人吧？"

张荣华被她猜出了心思，也不反驳，懒洋洋地靠在沙发上，跷着二郎腿："是又怎么样？"

"张荣华，你脑子注水了？那种货色你也看得上？"

萧然然从来都是以自我为中心的人，她看得顺眼的，全世界都得喜欢，她看不顺眼的，那有人喜欢就是丢了脑子。

她说话的时候，在场的不只有他们自己人，还有丁洁玲，听到她这么诽谤温大夫，丁洁玲也顾不上什么护理人文关怀，气得脸都变绿了："这位小姐你怎么说话呢！"

萧然然一回头，哼笑一声："我们说话关你什么事？"

丁洁玲到底心气小，做不到像温大夫那样的气定神闲，气了半晌也不知道该如何反驳，说到底，这是人家私底下的交流，爱说什么确实不关她的事，可是她既然听到了，心里就不舒服得很。

只是一来二去，气没出，倒把自己又气着了，她憋红了脸，眼底忍不住水汪汪一片，自己崇敬的人被他们这么诋毁，自己却无能为力，她低了头，眼中含泪地跑了出去。

这下病房里只剩下他们自己人了，张荣华扫了一眼紧闭的门，悠悠地开口："我就看上她那一身皮肉了，懂吗？"

萧然然意味不明地笑了笑，扭身坐在了一旁的椅子上，修长笔直的双腿交叠，妩媚性感的曲线一览无遗，一开口，语气不善："你上过她了，就知道皮肉好不好？穿得那么死板，跟二十世纪三十年代的家庭主妇似的，身体干瘪瘪的，没发育一样，你什么时候这么低俗了，拔了玫瑰就迫不及待地插根大葱进去。"

不得不承认萧然然说的是实话，那个女人确实不出彩，他之所以对她有兴趣，是真的因为她的皮肉。

在这个化妆前人鬼不分、化妆之后美若天仙的年代，他从来没有见过素面朝天的女人。

而那个女人，就是这么个特例。

她和萧然然说话的时候，他离她并不是很近，可是作为视力绝佳的飞行员，他想看的依旧能看得一清二楚。

她肤色白皙剔透，映衬着窗外透进来的阳光，脸上白嫩光滑，连细微的绒毛都清晰毕现，跟刚剥了壳的鸡蛋似的，滑腻得让人恨不得扑上去咬一口。

对于见惯了庸脂俗粉的张荣华来说，这个女人真的让他欲罢不能，那么好的皮肤，想必身上的皮肤更是滑腻柔软，那么白嫩的一片，光是想想，他就有点血脉贲张。

这样的尤物真的不多见了，更何况她只是长相普通，又不是丑得不能直视，他自然不能放过。

“她再不好看也是纯天然，不像你，卸了妆能把男人吓软了！”

他话音刚落，萧然然就沉了脸，不多时眼中就泪雨滂沱了，还没等张荣华反应过来，她已经捂着脸跑出去了。

张荣华很不厚道地想着，应该是跑出去补妆了。

萧然然就属于那种化了妆配上前凸后翘的身材还挺惹眼，但是一卸了妆，不是判若两人，而是判若两个物种。他一直怀疑，萧然然能当上空姐是不是因为他爸是空军上校的缘故。

见那个女人跑出去了，张荣华没有一点罪恶感，扭头促狭地看着一直沉默着的邹亦时，低声在他耳边开口：“那女人，你信不信，我一个月就能把她拿下。”

邹亦时原本也有些和萧然然一样的疑问，那样平淡的嚼不出任何味道的女人，张荣华这样典型以貌取人的公子哥怎么会看得上，不过现在，他倒是省了不必要的口舌。

显然，张荣华看上的是那女人的身体。

作为驰骋情场多年的老手，张荣华看女人一向很准，他把毕生精力都用在研究女人身上，洞察力和敏锐度不亚于在战斗中分析别人的歼击机。

因为颇费工夫，所以他从来没有一次走眼的，对于这一点，邹亦时不得不服，毕竟自己可没有那个可以透过精致的妆容就能看清女人真面目是什么样的能力。

“那女人长得不怎么样，可是皮肤很好，牛奶白的皮肤，水灵灵的，又嫩又滑，她身上只有沐浴露的味道，没有其他化妆品的味道，那么好的皮肤竟然是纯天然的，而且，她身材也不错，胸上的料也不小，只不过是穿得宽大，刻意隐藏了而已，只是不管她藏得多深，都逃不过我的眼睛。”

对于张荣华的突然发情，邹亦时表现得见怪不怪，这个人就是这样，看女人从来只看身材好不好，床上功夫怎么样，只要在床上玩得欢的，他都来者不拒。

邹亦时和张荣华是截然相反的两类人，他对于这方面有严重的洁癖，这种事情是男女最亲密无间的时候才可以做的，他受不了和一个陌生女人做这种事情，也觉得恶心，像是吃了一盘沾了别人口水的菜，浑身不舒服。

因此，他从来都是洁身自好的。

这么想着，他一个正值血气方刚的男人禁欲了这么长时间还真有点不正常。

见他没反应，张荣华又转移了话题，反过来问他：“你觉得那女人怎么样？谈谈你对她的印象？”

印象？死板，呆滞，永远死气沉沉的眼神，打扮得随便刻板，无趣得像个看破红尘的老修女。

再后来，觉得她气定神闲的模样很出人意料，但又一想，她大约是没有心，所以对一切都表现得那么无动于衷，正常人该有的喜怒哀乐在她身上看不到一点痕迹，永远是那副冷淡的表情，一副生人勿近的高傲模样。

“乏味至极。”邹亦时言简意赅地做了最后总结。

“这样啊！不过我听别人说，平时越是冷漠的女人，上了床就越放荡。”

邹亦时勾勾嘴角，想象不出那个女人放荡起来是什么模样。

“对了，她叫温寒，我看见她胸牌了。”

温寒？邹亦时没有作声，却是把这两个字细细咀嚼了一遍，随即嘲讽地低笑一声，还真是人如其名！

“能不能借你想咨询病情找她要个联系方式，或者微信号也行。”

“不行。”

“为什么啊？好人做到底嘛！刚才你不还配合我说腿疼，把她叫过来了嘛！”

“我什么时候说过我腿疼？”邹亦时斜睨他一眼，张荣华被他的眼神唬住，赶紧觍着脸改口：“我说的，我说的，你就当是为了你兄弟的性福着想好不好？她可是你的主治大夫，抬头不见低头见，多问一句又死不了人！”

最后，邹亦时禁不住他的软磨硬泡，点点头答应下来：“知道了，你先闭嘴，我想睡一会儿。”

医生办公室。

快六点的时候，温寒从一堆病历里抬起头，伸了伸懒腰，手下意识地要摸耳后的轮廓，顿了一下还是转去揉了揉额角。

起身的时候不小心把一份病历带到了地上，她蹲下身去捡，等看到病历上的免冠照时，心脏不自觉地突突跳了两下。

邹亦时，她又把这个名字念了一下，还是觉得不顺口。

照片上的他依旧难掩剑眉星目的野性气息，眸底势不可挡的神色似乎要穿透纸张扑面而来，温寒忽然就想起刚才进病房的时候，他看她的眼神。

带着漫不经心的审度，鹰隼般死死地锁着她，眼底依旧黑漆漆的一片，她不敢去看，生怕那深海一般的眼眸把她吸进去。

从她进去到最后趁乱逃跑，他的视线一直紧紧地胶着在她身上，没有人注意到她离开，只有他，从头到尾凝视着她，直到她逃出去，门板才把他迫人的眼神挡了回去。

他看她的眼神不是男人看女人的那种，不像陆乾看她的眼神，眼波流转，欲拒还迎，一眼就能看出是有所企图。

他不一样，他看的眼神像是打量一个猎物，或者是一件待价而沽的商品，他只是在忖度她的价值，或者说她身上有没有能激起他兴致的闪光点。

那种纯粹好奇、居高临下的眼神让温寒很不舒服，她讨厌被别人看穿心思，却每每躲不过他的探究。

她只盼着，他可以以貌取人，不要瞧上她这样其貌不扬的女人，然后能高抬贵手放过她。

“温大夫，你要下班了吗？”

她蹲着身子，手里还握着那张病历，眼前突然蒙上了黑影，她抬头，看见了眼眶红红的丁洁玲。

她若无其事的收了病历：“嗯，收拾完病历就下班，怎么，你有事？”

“没有，我觉得你以后不要去三号病房了，那里的人都不好，都是些什么人，特别讨厌！”

“邹亦时是我的病人，我怎么可能不过去。”她不太明白丁洁玲突如其来的敌意。

“因为他们说你坏话，被我听见了！”

她对别人的小道消息不感兴趣，但是对自己的还是有点兴致的，随即靠在办公桌上，饶有兴致地看着丁洁玲：“说什么了？”

那丫头嗫嚅了半天不开口，眼睛里还有愤恨之色。温寒知道这个丫头待自己好，见不得别人诋毁自己，心中一暖，走过去拍了拍她的发顶：“嘴长在别人身上，别庸人自扰。”

说罢，她就要往前走，那丫头咬牙切齿地开口，声音隐约还有些哽咽：“可是那个男人说要泡你！那个臭不要脸的流氓！”

听她这么形容，温寒想着，说这话的一定不是邹亦时，想来应该是来看他的那个男人。

她停下脚步，无所谓地勾勾唇角，一副事不关己的口气：“我又不是康师傅，想泡就能泡的。”

说罢，她转身离开，只留下丁洁玲看着她消瘦的背影兀自出神。

温大夫为什么一点都不生气呢？一副旁观者的态度，仿佛当事人并不是她，语气清浅地打趣，眼底却没有一点在意，别人的事她不感兴趣也可以理解，可这是她自己的事情，她怎么能够做到一样的冷漠呢？

思及此，丁洁玲暗想着，这才是她崇敬的人，永远一副不食人间烟火的清冷模样，宠辱不惊。

温寒去更衣室换了衣服离开医院，想起家里的冰箱已经空空如也，便准备逛超市买点食材，转着转着不自觉地就转到了医科大，她的母校。

她已经好久没有来过这里了，虽然近在咫尺，可是因为她的刻意疏远，自从毕业后就再也没有回来过。

学校的大门翻修过了，装修得更加大气简约，校门口的小摊点都被清空了，换成了郁郁葱葱的绿化带，许多她上学时经常光顾的小店都关了门，只剩下墙壁上大大的红色的“拆”字。

所谓物是人非，是指东西还是原来的东西，却没了那个陪你看的人。

她却更可怜，连用来怀念的物件都没了，触景生情都没了掉眼泪的地方。

暗自神伤了一会儿，温寒暗笑自己的无聊，裹紧了大衣往回走。

拐过巷口没走几步，就看见了一家伫立在一堆废墟中间的小店，她心中一凛，小跑着过去，等看到那早已褪色的招牌后，不自觉地眼眶一热。

爱物语文身店，恶俗的名字，破烂的小店，热情的老板娘，还有沾满油污的文身器材。

只有这里，依旧是从前的模样。

她抬步进去，迎接她的是一个七八岁的小姑娘，脆生生地叫她：“姐姐，妈妈说不营业了，我们要搬家了。”

她愣了一下，就看见从隔间探出头的老板娘。老板娘还是以前的模样，顶着酒红色的长发，笑起来嘴角有深深的酒窝。

温寒清清嗓子，低声开口：“我想给文身重新上色，可以吗？”

老板娘擦了手出来，二话不说地应允下来：“可以，虽然早就不营业了，可是上个色还是没问题的，你坐，我准备东西，哪儿的文身，上什么色？”

“耳后，脚腕，都是黑色。”

“嗯，好嘞。最近学校要扩建整改，周边的小摊位都不让摆了，我都在这儿待了十几年了，突然要搬走，心里真不是滋味，和学生打了十几年交道，突然就要腾地了，心里空落落的，人老了，对于待惯了的地方总是出奇地舍不得。”

是，就算有十几年的回忆也必须要拔除了，即便回忆再美好也总有新的记忆取代，过去了的是不会被永远纪念的，现实残忍，由不得你不臣服。

“咦，姑娘，我猜一下，你这个文身是我这儿文的吧？用这种墨和这种图样的这附近就我一家，我看你也不像是外地人。”

温寒轻轻点头：“嗯，是七八年前文的。”

他扯着她的手把她拉进文身店，她那个时候一心认定文身的都是坏孩子，抵死不从，他就把她圈进怀里哄着她，吻着她的耳朵低声道：“小暖，文身的不一定是坏孩子，也有可能是情侣，互相为对方留下彼此的印记，多美好！”

她嘟着嘴撒娇：“霍瑾轩，你不许骗我，文身之后你就是我的，我就是你的，咱俩身上可盖了章了，就像猪肉上的检疫章一样，你敢抛弃我，我就诅咒你永远卖不出去！”

他又亲她，闷声低笑：“好好好，卖不出去，就赖在你手里了。”

后来，他给她看文身的图样，她想要文他的名字，他偏要她文一个音符，见她执拗，他只说了一句：“你文这个好看，我喜欢这个，以后亲你的时候就可以亲到这个小音符。”

她羞红了脸，娇滴滴地答应下来。

脚腕上的文身是她追加的，她想要留点专属于他的印记在自己身上，她坚持要文名字，他不许，呵斥她：“我名字那么复杂，不得疼死你。”

她说：“我不怕疼。”

他说：“我舍不得你疼。”

她又心软，最后妥协，只文了他的属相，一条小蛇。

当时她一心沉浸在他给的甜蜜里，从来没有质疑过他的真心，把他说的一切都奉为圣旨，无条件地听从。

直到分手时，他冷眼看着她，说道：“温寒，你就是太傻，轻易地把真心交付给别人，却不管别人稀不稀罕。”

她才恍然大悟，原来，他从来没有稀罕过。

他口中说着怕她疼，实际却是害怕她和他有任何牵扯，害怕自己的名字落在她身上，变成一段永远斩不断的孽缘，他害怕别人知道，她曾经是他的女朋友。

其实，他从来没有真心地待过她，一切，都是她的自作多情。

“姑娘，我弄疼你了？你忍一下，马上就好，就剩一点了！”

听到老板娘的声音，温寒才回神，下意识地摸了摸脸，等感受到手上的湿意后才觉得不好意思：“没关系，不疼，就是想起了学生时代的事情，觉得挺怀念的，有点难过。”

从文身店出来，温寒伸手摸了摸耳后明显清晰的印记，不知是该松口气还是该苦笑，明明已经决定放弃了，可是真当要割舍时，却又放不下这最后一点留恋。

毕竟，她能怀念的就只有这一点点痕迹了。

最后，她还是两手空空地回了家，对着几乎空空如也的冰箱扯了扯嘴角，烧水把仅剩的面条下了锅，放了点盐巴和辣椒拌起来，端到茶几上。

家里空落落的，安静得没有一点声音，温寒打开电视作背景声，这才觉得稍微有了点人气。

电视里放着烂俗狗血的偶像剧，高富帅看上了灰姑娘，女孩虽然长得平凡中带着难以言说的违和感，但是高富帅还是被她的人格魅力吸引得不可自拔，宁可负了天下人也要与她双宿双飞。

温寒吸溜着面条时突然想起了兰素和她说的话：“为什么电视剧要叫电视剧，就是因为太不实际，高富帅能看上灰姑娘，那美女嫁谁？哪有那么多有钱的！没有人有义务透过你丑陋的外表去钻研你的内心，不是所有男人都愿意操内在美！”

对于兰素的这句话，她深信不疑，抬手换了台，看到新闻联播时，才觉得心里踏实。

晚上她睡得格外早，最近失眠多梦，加上头又疼得厉害，睡眠质量很差，每次都得酝酿好几个小时才能勉强入睡。

可是，即便睡着了，也不得安生。

这次的梦里没有霍瑾轩，没有那些囚禁了她整整七年的回忆，整个冗长的梦里就只有一个人。那人身形高大，面容模糊，只有一双眼睛深如寒潭，像是藏了两个漩涡在里面，她一抬头，就被那漩涡吸了进去，之后沉沉地坠进去。

那寒潭就变成了深海，深不见底，暗无天日，她越沉越深，空气被水压一点点地从肺里压出去，直到喘不上气。

在接近窒息的一瞬间，她突然从梦里惊醒，等看到熟悉的天花板后才清醒过来。

卧室的钟摆嘀嘀嗒嗒地摇摆着，一切还是她最熟悉的模样，窗外的月光星星点点地洒进来，在地板上投下斑驳的霜白影子，处在一片黑暗中的她，因为一个梦，汗湿了满身。

她抚了抚依旧痉挛的胸口，终于想起那人的面容，是邹亦时。

温寒披了睡袍去厨房喝水，待心底的悸动舒缓后才重新窝回床上，却再也睡不着，睁眼到了天亮。

人们常说，梦都是相反的，事实证明，这也是骗人的，邹亦时的眼神，确实像深海。

第二天一早，温寒例行查房，查到三号病房时，她脚步一滞，想起了昨天晚上的梦，以及邹亦时在现实中同样锐利的眼神，她头一疼，差点就要退缩。

手搭在门把上，还没动，门板就缓缓移开了，温寒看着面前那只男人的右手，第一反应就是，这人手不好看，关节粗，手指有点短。

“温寒，这么早就来查房了？”见她依旧垂着头，张荣华故作绅士地主动开口，虽然他有点迫不及待地想要享用，可是凡事得循序渐进，他不想吓到这个冰美人。

对于他为什么知道自己叫温寒，为什么不称呼自己为温大夫，而是直呼名字，温寒懒得计较，名字不过是一个代号，是冠在她头上的一个防伪标志，叫对了就行，何必在乎形式。

于是，她抬头，不咸不淡地打了声招呼：“你好。”

她不知道他叫什么名字，也没兴趣知道，只是人家主动和她打招呼，不回应一下显得很不礼貌。

虽然她疲于应付无关痛痒的人际关系，可是该有的礼节还是要有的，毕竟人除了要有性格之外，还要有素质。

推门进了病房，邹亦时还睡着，深邃的双眼轻轻合着，往日犀利的眼神掩在了那一丛浓密卷翘的睫毛下，显得单纯无害。

他似乎有些憔悴，身上那股野性霸道的气息比刚来的时候弱了些，像是沉睡着的猎豹，哪怕身上的肌肉再力量喷薄，神态却是慵懒散漫的，让不设防的人觉得很是纯良无害。

既然他睡着，温寒也没法询问病情，便想着先去查下一个病房。刚抬脚，那个替自己开门的男人就伸手虚拦住了她，眯眼笑着道："温寒，别走，坐会儿，他昨天晚上说背疼，你看看是不是压坏了。"

这人生了双桃花眼，一说话眼窝盈满了轻薄的笑意，温寒不喜欢却也说不上讨厌，不过一个无关的人，与她何干。

走不了，只能去看邹亦时的背，不管是真是假，她都得留心，这人不仅自己气势压人，而且来头不小，她要是照顾不当，轻则罚钱，重则滚蛋，她没那个胆量。

睡着的人即便穿着宽大丑陋的病号服，依旧掩盖不了他长身玉立的气度，他容貌出众，身材又修长挺拔，病号服下像是裹了一根青竹，怎么看都清爽笔挺。

温寒走神地想着，检验帅哥的标准不只有平头和校服，还有病号服。

她拿了听诊器就要往邹亦时的胸口放，后背疼的话她担心是放射疼，只是手还没过去，手腕就被狠狠地捏住了。

她愣住，一抬头，眼神就撞进了那潭深海里，他眼神清亮深邃，哪有半点睡意，一开口，声音倒是带着初醒的沙哑慵懒："你要干什么？"

他的手劲很大，五指并拢地捏紧她细弱的手腕，手指修长，骨节历历在目，却不显纤弱，反而连每个指节都透着蓄势待发的力量。

她忍痛想着，他的手很漂亮，是真正属于男人的手掌，宽厚而有力，透着浓浓的野性美，指骨一定很好看，解剖看的话，肯定是一等一的好模子。

"你的朋友说你背疼，我替你听一听，担心你有内脏痉挛引起的放射痛。"

温寒没有惊慌失措地甩开他的手，也没有被陌生男人接触后的敏感和娇羞，她神色平静，眼神淡得不见一丝波澜，除了疼是真的外，倒真没多余的情绪。

邹亦时松了手，目光冲那女人身后的张荣华扫去，只见那人双手合十冲他直拜，嘴里默念着："拜托，拜托！"

他收了视线，懒懒地敷衍一句："嗯，右肩胛有点疼。"

他刚才是睡着了，但是因为长期在营地里待着，他的警觉度一直很高，哪怕是可以全身心放松的环境，他也不能完全深入睡眠，但凡有点动静，立刻就会清醒过来。

刚才那女人走过来的时候，他其实已经有所察觉了，他能感觉到她轻巧得像是猫一样的脚步声，能闻到从她身上传来的淡淡香气，清冽中透着淡淡的甜馨，不像是香水的味道，倒像是她身上自带的体香。

他一瞬间有些恍然，失了警惕，等她靠近时，他才下意识地掐住她的手腕，抬头看她。

这是第一次，他这么近距离地看她——模样依旧模糊而不出众，他却依着张荣华的话注意到了她白腻的肤色，通透得似乎吹弹可破，迎着光甚至可以看见皮肤下清浅的微蓝色血管。

他手心里握着她的一截手腕，很细的一圈，但是因为骨头小的缘故，握起来也绵软滑腻，他以为，天天上手术台的女人，手是糙了的，哪知并非如此，她的手柔弱无骨，手感极佳。

邹亦时眯了眯眼，不得不佩服张荣华眼神毒辣，那人虽然吊儿郎当，但是看女人的眼光却从未被超越过，能让他看上的女人，绝对有拿得出手的亮点。

这个女人的皮肉，真是难得一见的好。

像他们这种见惯了化妆品堆砌出来的女人的男人，见到这样纯天然的好皮肉，不感兴趣才怪。

正如张荣华所说，光是长得好看皮肉不好有什么用，大爷我上的是她的身子，又不是脸，大不了蒙着脸从后边上啊！

呵，话糙理不糙。

"从什么时候开始疼的？"

温寒把听诊器放在他锁骨中线第二肋间听了听，没有杂音，肺部是没有问题的，又听了听心前区，心率也正常，她抬手摸上他的腹部，正准备按下胆囊的压痛点时，他又开口了，声音依旧慵懒，带着点漫不经心："温寒？"

哦，对，她一直没有自我介绍，她停了手，点点头：“嗯，我叫温寒。”

“你从来没有自我介绍过。”

温寒一愣，不知道他说这些话有什么用意，他眼底深沉，波澜不惊，但是她知道，这平静下一定是暗潮涌动的，只是她道行太浅，看不真切，只能乖乖回答。

“嗯，只是一个称呼而已，叫不叫都可以，我知道你是我的病人就好。”

有些人觉得这么叫会没礼貌，可是温寒觉得无所谓，不过是一个称谓而已，她又不是靠名字吃饭的，用不着这么供着它。

“可是我并不喜欢这样。”

“……”温寒愣住，反应了一会儿才醒神，原来他计较的并不是他一直没有好好称呼过自己，而是在意自己一直没有好好称呼过他。

“哦，对不起，邹先生，是我疏忽了。”

“叫我邹亦时就好，我比你大不了几岁。”

温寒不知道他话里的意思，又读不懂他若无其事的眼神，一时间竟有些茫然。

如果是其他男人，比如说陆乾，比如说邹亦时的这个朋友，她还是有自信看得懂他们的眼神的，那种男人看女人的充满欲望的眼神，眼底的暧昧和迫切她看得一清二楚，也知道该如何应付。

但是眼前这个男人，言语间似乎有暧昧的意思，可是眼底冷硬一片，哪有半点轻浮暧昧的神色，她自嘲一下，觉得自己真是草木皆兵了，邹亦时估计只是单纯地觉得她把他叫老了。

思绪理清，她迎上他的目光，落落大方地重新复述了一遍：“对不起，邹亦时，刚才是我疏忽了。”

他的名字从她嘴中吐出来，带着别样的柔情婉约，邹亦时看着她一张一合的嘴唇，甚至能从那开合间看见她粉色的舌尖和几颗细小白色的牙齿，她没戴口罩，原来艳红娇嫩的嘴唇配上白腻的脸竟也有一种别样的风情。

从漂亮的手到细滑白净的皮肤，再到红润的唇，她像是一颗裹得严严实实的糖，外包装粗鄙普通，但是剥开这层发暗的糖纸后，就会发现里头的惊喜一重接着一重，他甚至有些迫不及待地想要看看，内里的她到底有多甜美。

难怪张荣华会如此迫切，那个从来以貌取人的花花公子怎么会放过这么鲜美的肉，不吃干抹净是绝不会善罢甘休的。

除此之外，她冷艳淡然的气质也算亮点，可是邹亦时明白，这样的气质多半是装出来的，在一个陌生男人面前，就算再有想法，大部分女人还是会选择缄默矜持，欲拒还迎。

他勾唇一笑，想着自己还有三个月时间和她慢慢周旋，突然觉得住院也没有那么无聊了。

在他右手边站着的温寒垂眸摸他的右肋缘，找胆囊的压痛点，脑海里想的却是他意味不明的笑意，那眼底渗出来的寒意让她后脊梁直泛凉，她发誓，他刚才的笑容绝对不怀好意。

像是猎豹在打量毫无反抗之力的猎物，眼底都是势在必得的傲然和从哪里下口的得意。

这人……真是太可怕了。

她摸到压痛点，轻轻用大拇指勾进去压了压，问他："疼吗？"

他但笑不语，温寒怕死了他再像刚才那样笑，呼了口气，又问："邹亦时，这里疼吗？"

"不疼。"

她又把手挪到胸骨下缘，轻轻压了压，又问："疼吗？"

床上的人微合着眼睛，眸光从狭长的眼缝中倾泻出来，带着高高在上的睥睨，好整以暇地盯着她，温寒面色未变，心里却隐隐烦躁，这人就不觉得麻烦吗？

"邹亦时，这里疼吗？"

"不疼。"

后来她干脆省了半句，直接问："邹亦时？"

他也不再计较，会乖乖地回答她："不疼。"

按遍了所有的压痛点，排除了所有可能的放射痛，温寒揉了揉额角，冷眼看着邹亦时，语气还算平静："其实你哪儿都不疼吧？"

压了一圈下来她才发现，他是尽逗着她玩儿了，她被他的眼神唬住，竟浑然不觉。

“我背疼。”邹亦时开口回答，神色依旧自然从容。

温寒斜睨他一眼：“可是你没有放射痛的任何征象，你这个体格也不可能有压疮。”

“我从来没说过是放射痛。”他视线悠悠地看过来，眼神没有以往那般锐利吓人，狭长的眸子里泛着轻轻浅浅的光，那波光底下的神色，温寒看得清楚，是显而易见的促狭。

他从来没有说过，是她先入为主地以为是放射痛，背部痛有很多种，比如说压迫时间长，一个体位持续太久。

他显然是后者，却不说破，只等着看她笑话。

只可惜，他低估了她的定力。她不屑于人情世故的另一方面原因，是因为她觉得无关痛痒，无论是褒奖或者贬低，抑或是仇视嘲讽，在她看来都无关紧要，左不过是别人的看法，她是为自己而过，与别人何干，他们的褒奖不会让她有钱可挣，贬低也不会让她掉一块肉，她何必自寻烦恼。

思及此，她下意识地伸手摸了摸耳后重生的新鲜轮廓，眼底依旧水灵灵的一片静波，不见涟漪，她开口：“那最好，记得多翻身，老是一个姿势躺着不舒服，如果没事的话我就先走了。”

后面还有好几个病房没查，倒是在他这儿平白浪费了许多时间，她近几年性子冷漠，唯一让她兴致高涨的大约就是工作了，爱岗敬业说不上，权当聊以慰藉，所以，影响她工作的，她都给不了好脸色。

说的就是现在这个堵在门口的男人，他挑眉笑看着她，一开口，语气轻浮：“温寒，下班后有时间吗？我请你吃饭吧！”

温寒冷了脸，若是无关痛痒的人，她还愿意给个好脸色，但是惹她不高兴的，她没义务浪费表情。

她深知这人和陆乾不一样，不是一句话就可以打发的绅士，而是个轻佻的流氓，当下也不愿意和他多费口舌。她眉一挑，眼睛微微眯起，嘴角上扬，伸出舌头舔了舔门牙，好整以暇地看着他，迎着他赤裸裸的目光问道：“吃饭之后呢？开房准备睡我？”

她这么直白火辣地开口，倒把张荣华吓了一跳，他见过害羞着欲拒还迎的，也见过生气了骂他流氓的，可没见过她这样犀利的，一时间傻了眼，连反驳都忘记了，只磕磕巴巴地说了句：“不是。”其实怎么不是，不是为了上床，难不成是谈情？笑话！

“呵，我认识你吗？我连你叫什么都不知道，你昨天看了我的胸牌刚知道我叫温寒，我并不觉得我倾国倾城到值得你一见钟情，如果只是为了一夜情讨个刺激……那么抱歉，我并不是个合适人选。”

说完，温寒沉着脸开门离开，压根没有给张荣华任何反应的时间。

等关门声响起时，张荣华才长长地叹了一口气，靠在门板上仰头感叹道：“哇噻，这个女人真是太刺激了，亦时，我快不行了，她说我想睡她的时候，你不知道那个眼神，撞得我心肝疼，我差点忍不住亲上去！这女人真的太稀罕了！”

对于张荣华的轻佻，邹亦时头一次发表评论：“你拿不下她的，死了这条心吧。”

当局者迷，旁观者清，刚才他们两人说话时，邹亦时清晰地从那个女人眼底看出了厌恶，那种迫不及待想要摆脱的厌烦，她放了狠话并不是因为张荣华调戏她，而是不想和他多说废话。

张荣华虽然为人放荡轻佻，可是皮相不错，仗着家里有钱，出手也阔绰，又有空军中尉的军衔，追他的人也是趋之若鹜，像她这样如此厌恶的倒还是第一个。

她这样异于其他女人的表现让他越来越感兴趣，他勾唇想着，他真的迫不及待地想要撕开她的包装了。

不过，来日方长，他不会像张荣华这么毛躁。

出了病房，温寒才发现，其他医生都已经查房回去了。胡楚翘正好从走廊尽头返回来，看到她从三号病房出来后，故意冷哼了一声，用不大不小恰好够所有人听到的声音讥诮道：“呵，难怪看不上副主任，有空军上尉呢，良禽还择木而栖呢，更何况人呢！”

温寒无视了她的话，眼皮都没抬一下就往前走，只剩胡楚翘气得一个劲儿跺脚。

温寒明白了两个事实，一是胡楚翘这莫名其妙的敌意从何而来，因为胡楚翘喜欢陆乾，而陆乾恰好喜欢她，她又恰好不喜欢陆乾。

二是她深海恐惧症的来源，因为邹亦时是空军上尉，职业因素让他有了异于常人的深邃眼神以及迫人的气场，还有健壮野性的身体，搭配他不怒自威的容貌，很难让人觉得平易近人。

她停在四号病房门口，撇撇嘴，又是一贯的念头，与她何干？他是上尉还是上将都和她没有任何关系，他的成就光彩的是他个人，她既没有攀附他的意思，自然就不会在意他的光芒。

她怕的，不过是他压迫人的视线而已，除此之外，再无其他。

查完房，她回办公室看病历，还没翻几页，兰素的电话就来了，劈头盖脸就问她："温寒，最近怎么样？药还吃着吗？感觉好点没，睡得着吗？头还疼吗？"

兰素连珠炮似的发问让温寒无从招架，她避重就轻地回答："还好，头没怎么疼，睡得还可以，好多了。"

"你没骗我？"

她面不改色地回答："嗯，没骗你。"

"那就好。"

第三章
风继续吹

一周后，晚上又是温寒的夜班，她裹着棉大衣在办公室喝咖啡，额角继续一跳一跳地疼，口腔里充斥着速溶咖啡的苦涩，她偷偷想着，这个模样要是被兰素看见了，那女人一定会扒了她的皮。

可是，她忍不住，兰素开的药并不管用，她喝了一周，还是睡不好，依旧噩梦连连，惊醒后便是睁眼到天亮，头疼也没怎么缓解，她抬手摸了摸耳后的小音符，倒是觉得这个法子依旧有效。

正走神着，丁洁玲就跑了进来，一如既往的慌慌张张："温大夫，三号病房的邹亦时觉得腿有点木，我给他敲了敲，他说没知觉。"

温寒敛了神色，把棉衣脱了，整着白大褂往外走："什么时候开始的？"

"他说是今天下午五六点那阵就有点不舒服，现在加重了。"

"嗯，好，我去看看。"

两人一前一后进了病房，温寒环视了一下空荡荡的病房，有些诧异地想着，他竟然没有留陪床的。

她走到床尾时才发现邹亦时正在打电话，声音低低的，间或应一声，眉心蹙得格外紧，声音也很低沉压抑，应该是遇上了什么棘手的事。

"嗯，你先过去，张恒远扛不了事，遇到大事就没分寸了，你帮衬着点，这次的灾害不是很严重，不要慌，做好调度，一定要安排妥当了。"

那头的人应该在回话，他眼神瞟过来，看见了床尾站着的温寒后，低声说了句："抱歉，麻烦你稍等一下。"接着又对电话那头的人说："嗯，好，先这样，有事及时向我汇报。"

他挂了电话，略显抱歉地看着她："不好意思，接了一个电话，让你久等了。"

他突然的绅士倒让温寒有点不适应，她顿了一下，淡然地回了句："没关系，我看看你的腿吧。"

"嗯，今天下午觉得有点麻，当时没注意，现在才发觉小腿没了知觉，有点骨筋膜室综合征，应该是静脉回流不畅，水肿的缘故。"

温寒挑眉，眼神没多诧异，只是觉得他一个空军上尉懂得还挺多。

注意到她瞟过来的眼神，邹亦时低笑一声："这是常识，我粗略懂一点，上学的时候学过。"培训的时候，意外受伤的抢救与处理是重点学科，学飞行的，没有一个敢保证以后会万无一失，所以基本的医学常识都是必须掌握的。

温寒回过头继续查看伤腿，暗自腹诽，也只有他这样恃才傲物的人才敢把这么专业的知识说成是常识了。

她侧着身子检查他的伤腿，邹亦时的目光下意识地就聚焦在了她右耳的文身上，那个小音符似乎比原来更真切了，纯黑的墨色衬着她白净的肤色，说不出的好看，音符旁边就是她小巧粉嫩的耳垂，薄薄的一点，似乎还透着光。

他暗想，她这么呆板的人怎么会文身，又怎么会文在这么暧昧惑人的地方？

不管怎样，他总算剥开了她的第一层包装。

温寒检查好，干脆利落地下了诊断："是有点压迫症状，得把石膏拆了看。"

"嗯，好。"

他应得轻松，但是温寒知道，把石膏拆开重新固定，要承受的疼痛不亚于一场小手术，她下意识地问了一句："要麻醉吗？"

"局麻？"他扬眉，问道。

"嗯，因为纱布会沾着皮肉，撕下来的时候会很疼。"

她这么解说的时候倒是一点都不担心，嘴上说得关切，眼底却是一副淡然的事不关己的模样，邹亦时失笑：“你可真是个二皮脸。”

温寒皱眉，虽然不清楚二皮脸具体是什么意思，但是看他眼底的狡黠也知道不是什么好话，可是她懒得搭理。这样的对话已经超越了普通医生和患者的关系，虽然他话里没有那种得寸进尺的暧昧，但是她宁愿和他隔着最安全的距离，也不愿意顶着他迫人的压力拉近这干巴巴的距离。

“那你用吗？局麻的话药量小点，不会有问题的，利多卡因的副作用很小，尤其是对神经。”

她话音刚落，邹亦时的眼神就猝然锐利起来，像是散开的满天星光突然汇聚，胶着在她身上，又璀璨又灼热。她愣了一下，迎着他的目光看过去，不卑不亢地看着他，只是在触及他深邃的眼神后，还是胆怯地下移了视线，盯着他挺拔的鼻梁，网上说，盯着鼻尖的话对方还是觉得视线是正视着他的。

“你是在关心我？”邹亦时声音懒洋洋的，带着点漫不经心，但是眼神依旧锐利。

温寒叹口气，不愿意让他误会自己的意思：“这不是关心，这是正常的流程，是我的义务，也是你的权利，对于自己病情和相关治疗的知情权，我对每个人都这么说。”

她撇清和他的关系，生怕和他有半点牵扯，他是她惹不起也不想惹的人。

“那动手术的时候你为什么不解释？”

“……”温寒一下子被噎住了，是，当时手术的时候她并没有多解释，因为他执意要局麻，她也没有顾忌到他是军人的缘故，更何况，那个时候他眼神坚定不容动摇，她没必要试图挑战他的权威。

而现在，她从别人口中得知了他是军人，想到他之所以选局麻就是害怕全麻带来的副作用，做军人对身体素质的要求近乎苛刻，她深表理解，所以才多余做了解释。

兜兜转转，她还是坑了自己。

“因为我那个时候不知道你是军人。”

既然已经坑了自己，她也不愿意吃哑巴亏，到时候他要是给自己一个投诉，她这月的奖金打了水漂不说，批斗也指定少不了。

“你怎么知道我是军人，我记得我并没有提过。”

他还是那副随性慵懒的模样，只是眼神里带了探究和玩味，看得她浑身不舒服。

“听别人说的而已。”

“我以为你永远一副事不关己的态度呢。”

她原本只是为了洗脱自己的嫌疑，但不知不觉就进了他下的圈套里，她像是只走投无路的兔子，慌不择路地逃窜时，把陷阱当成了藏身之处。

她终于真真切切地明白过来，她根本不是这个人的对手，她的漠然对于别人来说还算管用，可以作为她保护自己的屏障，但在他面前，除了给他做调剂外，没有半点作用。

他要击垮她，不费吹灰之力。

“你自己决定吧，麻不麻醉都可以，一会儿给麻醉师签个字就行，我去准备东西。”

说完，她就转身准备离开，走到门口，身后传来他云淡风轻的声音。

“你耳朵上的文身是为谁文的？”

他的话一出口，温寒感觉由耳郭到心窝子里都涌上来一股怒意，一个素昧平生的陌生人几次三番地试探她的底线，若是像那个人似的仅仅是出于对她这副皮相的好奇和垂涎，她还勉强可以一笑置之，不予理会，但是眼前这个人却明显不知好歹，她的文身也好，文身背后的意义也罢，都不是他该触及的。

这是她的底线。兔子急了还咬人，他却偏要步步紧逼。

“邹上尉！”她重重地喊了一声他的名字，眼底浮起一丝愠怒，但尽量控制着自己的情绪，还不到气急败坏的地步，她多年没有太大的情绪波动，就算让她和别人生气，她也不知道是该张牙舞爪，还是该大吼大叫，“安心养病才是你的当务之急。”

似乎是她难得的变脸成功地娱乐到了邹亦时，他并没有因为她的厉色而有半点被冒犯之感，反而好整以暇地看着她，嘴角微扬，揶揄地说：“看来我猜对了。”

他神色慵懒散漫，言谈和神情之间都带着浓浓的调笑意味，但是这样的调笑和那个人的却截然不同，不同于那样的轻佻浮躁，反而带了一丝势在必得的得意，似乎他终于抓到了把柄，抓到了能把她抽筋剥皮的软肋。

他眼底沉沉的一片，窗外的阳光连带着婆娑的树影一起倒映在他深邃的眼底，泛着繁复璀璨的光泽，精光乍现，不加掩饰，他嘴角带着笑，话说得轻浮，但是她知道，他眼底却不是这么单纯的神色。

那种狩猎者高高在上的优越感是深入骨髓、无法隐藏的，他把她当成猎物，把玩或者吞噬还不确定，总之，他对她有兴趣，便闲来无事逗弄找趣儿。

这个人要比他那个朋友可怕得多。

“嗯，然后呢？”猜对之后呢？把她当作是一个有故事的女人，然后编排出她铅华洗净之前遭遇的坎坷和情伤，借此深入她的内心，抚平她的伤痛，让她沉迷其中，不可自拔，捧着一颗心到他跟前，感念他如此知心？

“你觉得呢？”邹亦时懒懒地一笑，伸出舌尖舔了舔尖锐的虎牙，阳光打在他脸上，让他棱角硬朗的脸界限分明。

这样的动作由他这样成熟阳刚的男人做出来自然没有什么俏皮可言，温寒看到的就是一副磨刀霍霍向猪羊的阴险狡诈。

“我觉得啊……”她双手插兜走向他，之后微微俯身，伸出一只手撑在床头上，双目从他鹰隼般的眼神慢慢下滑至他的鼻尖。

邹亦时跟随着她的目光微微抬头，从这个角度看，他们的姿势还真是暧昧。他忍不住舔了舔唇，看着她鬓角柔软的碎发在那张白净的小脸旁微微颤动，隔着那副活化石般的眼镜，他并不能看分明她的眼睛，仅仅能看见她娇小圆翘的鼻尖和红润柔嫩的唇，她轻声开口，红色的唇，白色的牙，错落有致地一张一合，鼻尖都是她身上馨香自然的气息。

邹亦时虽然走神，但是在她说完之后，还是很配合地失笑出声。

她说：“我觉得你应该输液了。”

她骤然起身，冷着脸按了床头的呼叫器，声音生硬麻木，像块木头：“丁洁玲，过来给邹亦时挂一瓶头孢呋辛钠。”

说完，她继续双手插兜，规规矩矩并且死气沉沉地离开了病房，邹亦时看着她离开的方向，嘴角的笑意越发浓烈。

接手了邹亦时这个不省心的病人，并没有让温寒的生活有一丝的变化，她本就是一潭死水，怎么砸石头都溅不起多大的水花，因此，对于别人的惊扰，实则无关痛痒。

又上了一个夜班，温寒觉得头痛的症状又加重了，她蜷缩着腿把自己猫进椅子里，伸手在耳后摸着那片小小的印记，但是效果不佳，她郁闷地揪了揪耳垂，只好作罢。

其实这个方法也不是每次都奏效的，除非是抑郁症引起的头痛才能靠这种方式来缓解心理压力，如果是生理上的，还是得乖乖看病吃药。

医者不自医，但温寒偏偏不想叨扰兰素，于是披了大衣去药店拿了两盒止疼药，回来的路上恰好碰到同样下夜班的陆乾，相比于她的憔悴，他看着格外地神清气爽。他敏锐地看到了她手里的药盒，皱眉问道："怎么了，身体不舒服？"

温寒也皱眉，却是因为厌烦，她本就习惯独来独往，孑然一身，不用被这纷乱的人际关系所打扰，现在却因为他的主动进攻而渐渐疲于应付，于是，没什么好脸色地说了声："痛经！"

"不可能。"陆乾一把握住她的手腕，逼着她停了脚步，"你的生理期不是这几天。"

学医的人早被灌输了不分男女的思想，观念里也不觉得难以启齿，但是温寒咂咂嘴，一脸云淡风轻地问他："你怎么知道不是？"

陆乾突然红了脸，如果是面对患者，本着治病救人的专业态度不觉得有什么，偏偏面对着这个冷冰冰却勾得他心痒难耐的女人，这些话就有些让他脸红。

"那个……"他踯躅之间，温寒已经挣脱了他的手，径直上了电梯，等他回神之后想要抬步追进电梯，就见她素白的手指狠狠地戳着关门键，电梯门渐渐关上，把她满脸的冷漠也一并关在了里头。

温寒回了办公室，因为走得急，额头突突地跳得更厉害，她感觉脑袋里的血就要迸溅出来一样，她急急地把药抠出来，就着桌上的水吞下去，刚放下杯子，丁洁玲就慌慌张张地冲进来："温大夫，刘院长找你呢！"

温寒痛苦地闭了闭眼，觉得自己快撑不住了。

进了邹亦时的病房，屋子里乌泱泱的一大片人，有穿着制服的军人，有穿着白大褂的大夫，正中间站着刘院长，阵容强大，百年一见。

“刘院长，您找我？”温寒穿过人群走到院长面前，刘院长已经七十多岁了，但精神依旧矍铄，不怒自威，震慑力与日俱增。

“邹少是你负责的？”刘院长开口，声若洪钟，透着威严，周遭的人都听得肝胆俱颤。

温寒不卑不亢地应了声：“是，从急诊送上来之后就一直是我负责。”

“情况怎么样？”

“胫腓骨双骨折，按临床路径处理之后，现在是术后第七天，出现轻微的骨筋膜室综合征，重新换药包扎，输了消炎药，没什么大碍。”

温寒说完，刘院长厉色道：“怎么会出现骨筋膜室综合征？你是怎么照顾病人的！”

在场的人都如同寒蝉一样噤了声，陆乾一脸担忧地看向温寒，只见她脑袋埋得深深的，乖乖地受训，看得他直心疼。

当着这么多人的面被训斥是件很下不来台的事，颜面尽失不说，饭碗也可能不保，尤其是一个女孩子，奇耻大辱算不上，羞愤难堪是绰绰有余了。

此刻，只消邹亦时说一句“是我自己不听医嘱”，温寒就能免受这无妄之灾，可是邹亦时偏偏不乐意解救她，他就想看看她到底有多硬的皮囊，能装到什么时候。

刘院长又厉声训斥了几句，连带着把不相干的人也训了，大家脸色灰白，不敢作声。

邹亦时一脸看好戏的表情盯着温寒，却忽然发现，她谦恭局促的模样下，眼神却是一如既往的淡漠，压根儿不见半点羞愤，倒仿佛事不关己。

难怪她杵着脑袋，原来不是认错，而是卖乖。

邹亦时怒极反笑，漫不经心地说了句：“刘院长不要生气，既然温大夫有失职之处，那么，就让她留在这里负责照顾我，也算将功补过了。”

话音一落，有人欢喜，有人忧，欢喜的是旁人，因为不用连坐，忧愁的是温寒，她冷冷地扫了邹亦时一眼，满眼的厌恶。

邹亦时冲她勾唇一笑，心中却冷哼道，只有自身利益受到损害时才有反应，真是个冷漠自私的女人。

温寒在家里睡了整整一天，头痛欲裂，胃里翻江倒海，喝了止疼药也不见多大作用，她这是气得急火攻心，药石无医！

晚上她去照顾邹亦时，说得好听点是专职大夫，其实压根儿就是特护，他这明里送了她个人情，暗里却挖了大坑逼着她跳，偏偏她还得念他的好，这样的手段太过阴险，这人比狐狸还要狡猾奸诈！

进了病房，他仰面躺着，被子滑在腰间，露出大片的胸膛。他在军营里待过，又是飞行员，体质自然不是寻常那些羸弱的男人能敌的，肌肉线条紧实流畅，纹理分明，每个细胞都蕴含着经年累月积攒下来的力量，这种野性的力量不是健身房里出出汗就可以达到的，必定得在严苛的自然环境下摸爬滚打，才能成就这一身的阳刚硬朗之气。

温寒扫了一眼，冲他努了努下巴："不冷吗？"

邹亦时笑，意味不明："不冷，我现在有点热。"

温寒不知道这算不算调情，可是她很识趣的调低了空调的温度，给他拉好被子，盘腿坐在沙发上，捧着一颗苹果，专心致志地削皮，像个娴熟的深闺妇人。

她的腰很细，细到像是抽过肋骨，这么一坐，更显得不盈一握，邹亦时眸光一暗，歪头打趣道："一点没有女人该有的样子。"不顾形象，木讷刻板，像块嚼不烂的木头墩子。

温寒把削好的苹果递给他，若无其事地问："那怎么才算女人该有的样子？在一个袒胸露乳的男人面前搔首弄姿？"

邹亦时不羞不恼，并不伸手接，反而盯着她笑，声音低沉好听："成语学得不错。"末了，敲敲她的手腕，"我嫌你手脏！"

哦，对，削苹果之前她忘记洗手了，她无所谓地撇撇嘴，张大嘴狠狠地咬了一口。

伺候完邹亦时，温寒猫在陪侍椅上，脑袋昏昏沉沉的，额角又开始疼，兰素打来电话，她硬着头皮接起来，她又是连珠炮地问："最近怎么样？药应该吃完了吧？怎么没来我这里拿药？"

温寒一愣，还真把这事儿忘了，嗫喏道："最近挺好的，药还有，所以没去拿。"

兰素不信她随口诌的话，正色道："温寒，我现在可没有一点和你开玩笑的意思，你好好回答我的问题，不然你的病谁都治不了。”

温寒乖乖地点头，像是被老师点名批评的小学生，愁眉不展道：“知道了，你问吧，我一定知无不言。”她也害怕就这么拖下去，哪天就想不开了，扒了窗户跳下去把自己给了结了。

“最近头疼得厉害吗？持续多长时间？”

“厉害，一整天，晚上好点。”

“生活、作息都规律吗？心情怎么样，会不会突然觉得烦闷？”

“很规律，就是食欲不佳，心情一般，一直都是这样，没什么大波动。”

“那性欲呢？最近有没有性生活？”

温寒被这个问题卡了一下，下意识地回答：“没有。”

“多长时间了？”兰素继续追问。

温寒开始惆怅，因为之前她骗兰素说她有性生活，这样就让兰素觉得她病情还不严重，可事实上，她还是处女，对此事毫不知情也没有半点兴趣。

一个谎言的背后必定得有千千万万个谎言去补这个窟窿，温寒想了想，随口道：“七天。”

“好，那还不算太久，你抽空过来找我，我再仔细看看。”兰素结束询问，知道她的劣根性，又补了句，“算了，就明天吧，我值班，你别想钻空子。”

“知道了。”温寒挂了电话，欲哭无泪。

手机揣进兜里，她一回头，就见邹亦时正看着她。病房里已经关了灯，她以为他睡着了，却没想到一片黑暗中，他的眼神却依然锐利深刻，见她回头，他懒洋洋地说了句：“难怪那天挫骨的时候血肉翻飞，你连眼睛都不眨，原来是怪我坏了你的好事儿。”

温寒顿时语塞，暗自惊讶她声音如此轻，他竟然也能一字不落地听进去，还真是防不胜防。

“你撒谎了？”邹亦时开口问，明明是询问，语气里却是不容置疑的肯定。

温寒眼底发冷，心中想着，这人倒是从来不把自己当成是外人，窥探别人的隐私没有丝毫羞耻感，他与她是八竿子打不着的关系，这么越界试探她的底线，他的目的，她虽不算自作多情的人，但多少也猜出了几分。

她倒腾了一下双腿，侧坐在椅子上，扭头看着邹亦时，光线太暗，她眯着眼睛，开口轻声道："你怎么知道？"这种隐晦的闺中逸事还不至于到处高谈阔论，呵，他难不成有读心术？

邹亦时侧了侧身子，看着她并不刻意的姿势，目光很坦然地在她身体的曲线上一点点蔓延。这么凹着，她的腰线更分明，蜿蜒下来延伸到笔直的腿。她的腿很长，但看不清具体轮廓，仅露着一截脚腕，月光映衬着，泛着莹白的光泽。

他眼看着她起身大步向他走来，嘴角不经意地勾起一抹笑，这个女人真是越来越让他心痒难耐了。

温寒随手抄起桌上的水果刀，走到他床边时，看着他侧身时露出来的健硕的肱二头肌，轻哼道："偷听，可不是什么好习惯！"说完，手腕用力，狠狠地扎下去。

她的动作并不慢，足够让人猝不及防，但是邹亦时嘴角含笑，神色微动，一把擒住她的手腕，微微施力捏住她的桡骨时，她整条胳膊则变得酸麻异常，动弹不得，手里的水果刀应声掉落，砸在地上，发出清脆尖锐的声响。

邹亦时低笑，眼波流转，语气慵懒异常："偷袭，也不是什么好习惯。"

温寒输得心服口服，因为她深知，邹亦时的道行可不仅仅是这种程度，他在如此放松散漫的状态下，都能准确无误地做出反击，迅捷，敏锐，机警，这都不是一朝一夕能练成的功夫。

她看了看地上明晃晃的刀，甩甩手腕道："松开！"

邹亦时捏得更紧，在她桡骨的凹陷处轻轻按压了一下，酸麻的感觉直逼而来，让她眉头紧皱，头皮发麻，隐隐有了怒意："邹亦时，你给我松开！"

邹亦时依旧笑着，她越生气，他的笑意就越浓："温寒，看来你可不是天生就一石头，无非是事不关己的时候懂得明哲保身。"

温寒反唇相讥："邹少的成语也学得不错！"

邹亦时手腕一用劲，温寒酸得低哼了一声，眉头越皱越紧，心里渐渐有撮火升腾起来。邹亦时看着她眼底的愠怒，微微勾起嘴角，舔了舔右侧的虎牙，手腕又一使劲，温寒整个人重心不稳地跌倒在他身上，他才揶揄道："松开？你自己试试！"

温寒的手腕还被他掐着，整个人却已经躺在了他的胸口，衣服隔绝了他胸口的温度，却隔绝不了他的坚硬与她的柔软之间的不平衡，她彻底被激怒，也不挣扎，另一只手探到他的颈后，摸到寰椎的位置，狠狠地一掐。

邹亦时只觉得颈后像被劈了手刀一样又酸又疼，等他回过神来时，温寒已经远远地逃到床尾了。她居高临下地看着他，声音愠怒，少了平时的呆板木讷，敲敲他打了石膏的腿："下次，就是这里了。"

她转身出门，关门声"咣当"一声响起的时候，邹亦时突然笑出声，伸手摸了摸自己的后颈，自嘲地想着，自己一直引以为傲的自制力竟然就这样被她轻而易举地挑战了。

她贴着他时，他能清晰地感受到她身体的弧度和超乎寻常的柔软，在她探手过来的那一刻，像是要拥抱他一样，他看着她越来越近的白皙莹润的脸颊，还有从尖巧的下巴一直蜿蜒到胸口的高低起伏的弧度，他的眸色暗了暗，喉结竟然不自觉地上下翻滚。

这个女人绝对不是表面上看起来的这样，她刚才在椅子上说话时，因为放松了戒备，所以声音里带了一丝没有掩饰好的娇媚风情，光线虽然不好，但是他依旧能看见她眼神里微微流泻出来的慵懒张狂。

有些东西可以伪装，但有些东西，是深入骨髓的，除非挫骨扬灰，否则永远无法隐藏。

邹亦时眯着眼睛，看了看自己打着石膏的腿，心里想着，他倒是很期待有下一次。

不知不觉，邹亦时已经在床上躺了一个月，张荣华在时隔一个月后终于又来看他。邹亦时养病期间，队里出了不少事，加上出任务，他一来，邹亦时就觉得他看起来比之前灰败了不少，果然是不论男女，少了阴阳调和，都失了几分颜色。

于是，他调笑道：“怎么？欲求不满？”

张荣华一脸颓丧的神色，狠狠地瞪了他一眼，气冲冲地说：“哪有那个闲情逸致！你不知道你这一出事，部队里那些个孙子都蠢蠢欲动，跟闻了荤腥的绿头苍蝇似的，每天都能整出些幺蛾子来。前几天出任务，老大让张恒远去了，你不知道那个臭显摆的，以为自己集万千宠爱于一身呢，我咒他缺了德也摔个断胳膊断腿！”

“张荣华，你骂谁呢！”邹亦时随手抄起桌上的水果刀冲着他飞过去，刀刃穿透他的衣摆狠狠地钉在墙上，刀柄微微震颤，发出沉闷的低鸣声。

张荣华感觉到刀刃沿着自己皮肤擦过去的冰凉触感，忍不住爆了句粗口，又气急败坏道：“大爷，你想玩死我啊！你也不怕把我肠子捅出来！”

“我现在是带病休假，不要和我谈部队的事。”邹亦时看着他揪着衣角往外拔刀子，换了个舒服的姿势懒洋洋地看着他，“部队里事儿多得你没时间去玩？”

张荣华扯了扯自己大衣上的窟窿，几步走来歪在沙发上，眯眼看着他，笑得一脸的不怀好意：“呦呵，先不说我这和黄连一样又干又苦的命，倒是你，最近气色不错，被滋润了？”

两个单身男人在一起聊天不带点荤腥才不正常，邹亦时神色淡然道：“你以为我是你，在酒吧对上眼就能撂到床上，你饥不择食，我的嘴可挑得很！”

“你以为我乐意？找女朋友多不自在，我向来烦别人约束我，而且同一时期只能睡一个女人，想想就无趣得很。”

张荣华的观点，邹亦时不敢苟同，这人向来风流，从不懂得洁身自好为何物，他笑道：“宁缺毋滥，懂不懂？”

说到这里，张荣华突然跟回光返照一样弹跳起来，目露凶光，像是头饿狼，鼻子里呼呼地喘气：“对了，你的主治大夫还是温寒吧？我深思熟虑了一下，觉得要是对方是她的话，哪怕让我睡一辈子，我也乐意，那女人是个尤物，我一定得把她泡到手，你能不能替我想想办法？”

邹亦时似笑非笑，脸色渐渐阴沉下来，对于张荣华这种轻佻的语气莫名地觉得很反感，那个女人，可不适合被这么浪荡地形容，于是，他冷声说道："我准备追求温寒，你乖乖地收起你那些龌龊的心思，否则，下次扎的就不仅仅是你的衣服了！"

"认真的？"张荣华看了看自己的下半身，下意识地并拢了腿，"可别因为我说我想追她，激起你丫的斗志了吧？"

"自然是认真的，我可没有你那么轻浮。"邹亦时满是鄙夷地冷哼了一声，接着闭了眼睛，似乎在闭目养神，但是眉心紧紧皱着，想了一会儿，又说："我的腿伤已经好得差不多了，医院上上下下没少帮忙，是不是该好好感谢一下？"

他眼神扫向张荣华，张荣华真心觉得，眼前这人真是只老狐狸，给你下套的时候比给你戴桂冠都冠冕堂皇，就为圈温寒一个人，不惜动用私权拉上整个医院的人做群演，看来，这人这次是来真的。

邹亦时和他不同，虽然在部队天天接受炼狱般的训练折磨，压力大得像是泰山压顶，但是这人依旧能保持自律，洁身自好，从不贪恋美色，别说春宵帐暖，就连能拉小手的女朋友都没有一个，他每每从红绡帐里出来，都忍不住揣测，难不成这人喜欢男人？

现在看来，这人只是单纯的口味挑剔，只有温寒这种让人欲罢不能的小妖精才能勾起他的兴致。既然如此，他也就不能横刀夺爱，于是摸着下巴道："这个事儿就交给我办了，你放心，兄弟我一定会祝你美人在怀，如鱼得水。"

温寒接到院长电话的时候正在超市买菜，她一手挎着篮子，一手拿着根胡萝卜。她其实最讨厌吃胡萝卜，但是兰素说了，饮食得营养均衡，合理搭配，这样对她的病有好处。

刘院长此番亲自下旨的大意就是邹少为了感念医院全体员工的倾情付出，准备请大家聚餐，聊表谢意，又因为自己是他的主治医生，所以特此通知。温寒把胡萝卜放下，最后还是拿了自己喜欢的朝天椒，语气平淡到事不关己地回答："刘院长，我还有事，就不去了，提前祝大家玩得开心。"

她知道邹亦时不是个简单到可以用富二代、官二代这样的字眼就能形容的人物，但是出手如此阔绰还是让她大吃一惊，他说得对，只有影响到她的切身利益，她才会动容，而这个事，并不在她考量范围内，她没有半点兴趣去自找不快。

刘院长怒气冲冲地说了声：“不知好歹。”

她装作没听见，径直挂了电话。

聚餐的地方在一家高档餐厅，夜色降临，整栋楼染上霓虹灯的凄迷之色，门童穿着干净笔挺的制服，腰板笔直，谦恭有礼，大厅的瓷砖反射着水晶吊灯的光芒，璀璨得晃花了人的眼，穿着一步裙的漂亮服务生领着温寒往包厢走，莲步轻移，美得像画似的。

温寒冷着一张脸，实在愤恨自己竟要处处受制于人，邹亦时一句他现在腿还不是很方便，刘院长就以工作为要挟强迫她过来，她不扰人，却总有人想尽一切办法来打扰她的生活。

进了包厢，一众人脸上俱是错愕，只有陆乾最先反应过来，收起了眼底的惊讶，招呼道：“温寒，来这里坐！”

温寒的眼神从一个个惊讶且疏离的脸上扫过去，她工作这么多年，向来与世隔绝，从不和人交往，他们会惊讶并不意外，只是当她的眼神扫到邹亦时满是兴味的目光时，顿时觉得有种被戏耍了的屈辱感，他似乎总以此为乐。

“不用了，我在邹少旁边就可以。”说罢，她无视了众人异样的眼光，在邹亦时似笑非笑的注视下，面无表情地落座。

饭局因为有她这个扫兴的存在，大家吃得都不是很痛快，气氛中弥漫着难以言说的尴尬，温寒神色如常地吃了东西，低声嘱咐邹亦时：“你慢慢吃，我出去透透风，不要吃辛辣刺激的，不能喝酒，不要久坐，有事叫我。”

说完，她起身离开，从始至终，都和现场热络亲密的氛围格格不入。她一走，众人皆是松了一口气，言谈之间忍不住吐槽了几句，邹亦时眸色变冷，但未发一言，她之所以这么不受人待见，完全是咎由自取，赖不着别人。

吃过饭之后，众人又吵着要上楼唱歌，邹亦时毫不介意，能撕破那女人的二皮脸，付出这么点代价还是值得的。

众人上去唱歌，邹亦时拄着拐杖缓步出了包厢，他腿上的石膏已经拆了，虽然行动还不是很方便，但至少不会有碍观瞻。他眯着眼睛四处逡巡，心中忍不住冷笑，既不告诉他要去哪儿，又没有给他联系方式，偏偏还要大言不惭地说有事找她，这么官方又敷衍的态度应付别人可以，应付他，那就未免失了水准。他看着躲在舞池角落里的温寒，嘴角的笑意越来越深。

和他玩冷漠，她还差了点火候。

温寒原本只是想出来透透气的，却没想到在大厅里遇到了熟人，于芃芃那双涂满丹寇的手拉住她的袖子时，她下意识地想要逃跑。于芃芃像条美女蛇，在她耳边兀自吐着芯子，她说："温寒，你丫变得我一点都认不出来了，这才过去几年，你就把那一身骚气给退干净了，真是不容易！"

既然走不了，温寒也不准备在这大庭广众之下和这旧人拉拉扯扯，她的新生活还没过够，见不得别人逼她回忆过去。

于是，她目光一凛，伸手扯着于芃芃的头发，把她扯向角落里的吧台，之后双手环胸，居高临下地俯视着她，眼睛冷光凌凌，原先的呆板木讷半点不见，变得盛气凌人，她干脆打开天窗说亮话："找我有事？如果仅仅是熟人相见分外眼红，那就免了，咱俩还不是这种互诉衷肠的关系。"

于芃芃画着精致妖艳的妆容，猩红的嘴唇倒吸着凉气，她伸手摸着头皮，啧啧出声："这才像是我认识的温寒，高傲得像只孔雀，哪怕是叛逆放荡，也和我们这种下作的人不一样，我们是奴才，您是女王。"

"你来就是为了告诉我你成了下作的人？"温寒看着她，面无表情地开口，说不上讥讽，但是配着她高高在上的表情，还是让人不舒服。于芃芃冷哼一声，把自己凹得像条蛇一样："还是从前的你可爱些，虽然张扬不羁，但是至少内心善良火热，是个乖宝宝，现在这副死样子真是让人硌硬！"

"好，既然你没什么可说的，那我就走了。"温寒被她啰唆得不耐烦，转身要走，于芃芃得意地一笑，若是论谁能抓住温寒的软肋，她称第二，没人敢称第一。

她轻声开口，声音娇媚妖娆："温寒，霍瑾轩回来了，那会儿玩得太疯，混了个学历，经商了，就在本市，据说是搞进出口贸易。"她看着温寒的背影瞬间变得僵直，心知倒是这一点始终如一，就算她再怎么变，霍瑾轩也永远是她不敢触及的痛。

托了霍瑾轩的福，于芃芃总算有时间和温寒聊聊天，虽然这女人依旧是爱搭不理的样子，但是作为倾听者，倒是不需要过多言语。

"真是时光荏苒，岁月如梭，想当初你可是我们学校远近闻名的一枝花，读高中的小屁孩儿干巴巴的没什么滋味，只有你，每天风情万种，撩人心弦，那些个呆子恨不得把眼珠子抠出来挂在你身上，偏偏你只喜欢霍瑾轩，像是黏在他身上一样。霍瑾轩也不是盏省油的灯，玩世不恭的公子哥儿里，他最出类拔萃，人长得帅，性子又油，是小女生喜欢的痞帅痞帅的类型，你俩当时真是我们学校一道亮丽的风景线。"

她还要往下说，被温寒冷眼一扫给打住了，温寒随手端了杯酒塞到她嘴边："喝了，润润嗓子。"

于芃芃不以为意，端起来喝了一口，酒刚滑进嗓子，就被呛得满眼生泪，捂着胸口直咳嗽，她气急败坏地骂道："温寒，你丫要辣死我啊！"

温寒轻轻一跃，坐在吧台上，端起另一杯，眉头也没皱一下地一饮而尽，之后把空杯子倒扣在于芃芃的脑袋上，俯视着她，一字一顿道："少和我提霍瑾轩，我这会儿能忍你，不代表我回回忍你，你应该知道，江山易改禀性难移，我温寒永远都不是吃素的。"

于芃芃也笑，要说温寒的是风情，那么她的就仅仅是风尘，她把杯子放下来，侧过头瞧了瞧，果然不出自己所料："呦，为霍瑾轩文的身还在呢，这有七八年了吧，看着这颜色可不像啊！"

温寒终于被激怒，人还在吧台上坐着，但是微一俯身，伸手抓住了于芃芃额前的头发，咬牙切齿道："你给我闭嘴，管好你自己的破事儿就行，我的事儿，还轮不到你多嘴！"

于芃芃不说话，就只是微张着血红的嘴唇媚笑，末了，冲她身后眨眨眼，用不大不小的声音问："难怪变得这么贤妻良母了，新相好？"

于芃芃是以色侍人，所以看男人的眼光毒得很，什么样的皮囊搭什么样的里子，她一眼就瞧得出来，唯有这个男人，有着一副难得的好皮囊，却像是一汪深海，勾得人心里荡漾，却深不见底，高深莫测。他的筋骨铮铮，不是寻常男人为了臭美而刻意打造出来的，那种夹杂了风霜历练的阳刚野性，比一般男人更加性感诱人，像是行走的荷尔蒙，让人欲罢不能。

听了于芃芃的话，温寒直恨得咬牙切齿，她的手里还攥着一撮头发，真是进退维谷。

“温大夫抛下病人擅自离席，原来是为了和朋友把酒言欢，真是难得。”邹亦时不温不火地开口，温寒心里的火腾腾地上来，自己原本就已经被于芃芃惹毛了，现在，早已不屑于继续装着，邹亦时也压根就不是她能随随便便糊弄的。

只是，还没等她出声，于芃芃已经挣脱她的手，婀娜多姿地缠到了邹亦时身边，嗓音魅惑地开口道：“这位小哥怎么称呼？”

邹亦时没有回答，却是看着温寒，嘴角勾起一抹笑。因为逆光而站，他的脸掩在斑驳不清的阴影里，嘴角的那抹笑就带了一丝邪肆不羁，他开口，声音格外地慵懒放松，隐隐地带了调笑之意：“你原本是这个样子的？”

于芃芃看着两人之间暧昧的气氛，识趣地娉婷而去，留下他们两人独处。

闲杂人等走后，邹亦时顿时觉得轻松，压根不给温寒躲藏的机会，几步走上前，看着她在吧台上晃荡的长腿，眼神变得蒙眬，眯起眼睛想了想，刻意站在她的双腿之间，之后双手撑在吧台光滑的边缘上，微微低头看着她，声音低哑地问：“为什么要装着，嗯？我喜欢你现在的样子。”

温寒被他禁锢着，动弹不得，她双腿分开圈着他精瘦健壮的腰，虽然是被逼的，但这样的姿势还是让她既愤怒又尴尬，这么旖旎香艳的姿势，她很不适应。

她知道邹亦时身材颀长，却不承想会如此高大，她在吧台上坐着，也不妨碍他照旧俯视她，她双手往后撑，尽量远离，收起了平素对外的伪装，冷着脸道：“邹少喜欢偷听的毛病一时半会儿还真是改不了。”

邹亦时不介意她的剑拔弩张，反而靠得更近，近到几乎贴在她身上。他贴近她的耳郭，扭头看着她，一开口说话，灼热的气息瞬间在她薄弱的耳骨扩散开来，他的声音少了平时的冷硬，变得低沉，绵软，暧昧不清：

"当真是被我猜对了，为了男人文身，你原来也是个多情的人，就单单给我冷眼，这未免太不公平。"

温寒觉得忍无可忍，她还真是低估了他。就这一个月的接触，她原本以为他是那种刻板之人，军队里摸爬滚打出来的人，在情场上难免露怯，因此对他从不设防，却没想到他是情场高手，其他方面不论，光是这撩拨人的手段，就练得娴熟自然、炉火纯青，让人既不反感厌恶，又无计可施。

他仗着这一身的好皮囊，真是谋了不少便利。只可惜，她已经不是当初的那个少不更事、思想单纯的温寒了，所以，对他的撩拨，还不至于神魂颠倒。

"听你这么说，还是我的不对喽？"温寒突然起身凑近他，两人的距离急剧地拉近，她清晰地看清他的瞳孔骤缩，眸色有一瞬间难以控制的暗沉，她低笑一声，声音是难得不加掩饰的慵懒："邹少觉得我和刚才那个女人是一类人？你略施手段我就沉迷其中，不可自拔？你未免把我想得太过肤浅，我既然端得住，说明我就有端的城府，欲擒故纵这种把戏我八年前就不用了，所以我没必要用这副德行去勾引你，我对你冷淡，是单纯的不待见你，没别的意思。"

邹亦时起身，后退了一步，把她从自己的禁锢中解放出来，对于她的直白犀利，他脸上的表情没有一丝变化，依旧是散漫的神色，眼底晦涩不明，嘴角的笑意却逐渐加深。

"我从来没有介意过你待不待见我。"他轻轻地开口，声音格外地醇厚好听，带着一丝砂纸般的沙哑，"只要我待见你，这就够了。"

"那还真是承蒙厚爱。"温寒从吧台上跳下来，不准备恋战，无视他眼底势在必得的神色，转身就走。

刚抬步，肩膀就被人从后面紧紧地箍住，她一个趔趄，狠狠地撞在邹亦时坚硬的胸膛上，他俯身过来，在她耳边低语道："女孩子不要喝酒，尤其是你这样漂亮的，容易让人垂涎的女孩子。"

温寒曲起手肘往后捅去，却被他机敏地挡了回来，顺势别住了她的整条胳膊。她动弹不得，心中的火越烧越旺，自从和霍瑾轩分手之后，她对于这种善于调情的男人就格外地厌恶，因为吃过亏，所以长了记性，而如今，自己又落在邹亦时手上，这么看来，霍瑾轩当初的手段在他面前还真是小巫见大巫，她处理起来就更加地棘手。

见她不再动弹，邹亦时突然松开了手，她整个人重获自由，几乎是出于本能的反应，反过身来，冲着他的脸扬手就准备给他一巴掌。

“啧啧啧，脾气真大！”邹亦时轻而易举地擒住她的手腕，她越生气，他就笑得越开心。温寒不动声色地抽回手，收起了满身的锋芒，恢复了平静，她揉着手腕，声音平淡地开口：“邹亦时，我不是个玩得起的人，不管你出于什么目的，我都不是一个合适的人选，算我求你，不要再烦我了。”

邹亦时无视她的话，反而冲着远处抬了抬下巴：“喏，有人过来了，有什么话以后再说吧！”

第四章

有谁共鸣

晚上回到家已经十一点了，温寒鲜少有晚归的时候，因此，回了家之后觉得格外地疲累。晚饭几乎没吃，她从冰箱里扒了一份米饭，把鸡蛋、蒜薹、豇豆、香肠切成丁，撒了一撮盐进去，给自己做了一碗蛋炒饭。

吃了饭，洗了澡，她窝在床上翻来覆去睡不着，头疼得更厉害，不知道是因为喝了烈酒的缘故，还是那个比酒还危险的男人。

天花板黑漆漆的，她瞪大眼睛看着空荡荡的天花板，不可抑制地想起了在会所的事情。

邹亦时骗她大厅里来人的时候，她下意识地回头去看，人没找到，耳后却突然温热一片，之后，是他暧昧的声音："求我？换个场合求我，我没准儿会考虑答应。"

在她还没回神之际，他已经伸手把她推了出去，自己转身沿着另一侧的楼梯上了楼。温寒本欲追上去，但是又一想，追上去又能如何？他巴不得看她气急败坏的模样，她何必上赶着称他的心。

只是虽然没办法追上去，心里却窝了火，除了霍瑾轩，他是第一个敢肆无忌惮亲吻她的人。

她在黑暗里摸了摸耳后的文身，邹亦时嘴唇的温度似乎还残留着，她心里越发地烦躁，当初她就是因为禁受不住霍瑾轩的撩拨而稀里糊涂地成了他的女朋友，一片真心交付，可惜所托非人，备受打击之后消沉抑郁了很久，她努力地伪装自己，就是为了彻底和过去道别。

可是这个邹亦时，三番五次用她最忌讳的方式打破她难得的平静生活，让她恨不得把他挫骨扬灰。

就这么翻来覆去一整夜，她几乎没有睡着，似乎做了梦，梦里光怪陆离，有霍瑾轩，有邹亦时，两人邪魅的笑容渐渐重叠，看得她心里直难受。

早上起来照例头痛欲裂，刷牙的时候忍不住干呕，一番折腾下来，温寒觉得自己半条命都搁在这儿了。

去了医院，例行的查房，她状态不佳，脑袋里空茫茫的，感觉所有人的声音都带了回声，嗡嗡作响。走到三号病房门口时，她顿了一下，皱眉道："邹亦时一会儿再查，先去别的病房吧！"能跑能蹿，能偷听能调情，这人身体好着呢！

查完房，她就回办公室写病历，科里的大夫一般都喜欢带实习生，手里的杂活儿全部给实习生，唯有温寒事必躬亲，从不假手于人。自然，这里面有不想麻烦别人的成分，但是更重要的是，她更喜欢一个人，不用和别人有过分的牵扯。

写完了病例，温寒才极其不情愿地起身去邹亦时的病房，经过昨天晚上的事情，她越发地不想见他。她安安稳稳地过了七八年，眼看着就能蜕掉过去那层刺眼的外壳，变成一个平淡乏味的人，却因为他的出现，打破了她按部就班的生活。她害怕不可预知的现状，也排斥疯狂的、飞扬跋扈的自己，所以，她讨厌邹亦时。

进了他的病房，屋子里多了两个人，一个是他那个风流的朋友，另一个是那个美艳的空姐，倒都是熟人。

她例行检查之后，公式化地说了句："骨头愈合得差不多了，就是骨缝还没有长好，最近不要剧烈活动，防止骨骼畸形。"说最后一句的时候，她语气里并没带多少刻意，但是邹亦时依旧带着一丝意味不明的笑容眯眼看着她，那神色暧昧促狭，仿佛她和他之间有什么不可告人的香艳过去一般。她没好气地冷哼了一声，干脆补了一句："以后不要提着拐杖到处乱跑，患者依从性差，出了问题，主治医生是没有半点责任的。"

说完，她转身离开，张荣华很配合地爆笑出声，邹亦时从桌上抄起水果刀冲他颠了颠，他才干咳着闭了嘴。萧然然看着温寒离开的方向，想着刚才邹亦时眼中的神色，眼底有质疑却难以相信，那个女人，其貌不扬，头发像是枯草一样，脸色苍白，鼻梁上架了厚重难看的眼镜，眼神也暗淡无光，穿着白大褂，更是没有什么线条可言。这样乏善可陈的女人，像邹亦时这么挑的嘴，才不会随便下口。

思及此，她收起了心底的困惑，扭头看向床上的人，问他："你们队里来了新兵，领导指名让你去带，你现在这个样子怎么去？"

邹亦时懒懒地看了萧然然一眼，看着她精致的小脸和美艳的妆容，再加上凹凸有致的火辣身材，想着温寒包裹在死板和木讷下的风情，顿时感到像萧然然这样张扬的美反而让人觉得索然无味。

给到嘴边的，永远没有自己打来的野味好，这是男人的劣根性。

"只是让我训练，又不需要我示范，不碍事。"邹亦时把胳膊垫在脑袋底下，闭目养神。

"你没听大夫刚才说了，不让你剧烈运动吗，万一瘸了怎么办？"萧然然跷起二郎腿，把自己拗得千娇百媚，一双长腿晃得人眼花。她私心里是盼着他去的，毕竟，他出任务加上养伤，自己已经有两个月没和他独处过了，这人性子冷，又不吃她这一套，她半点也松懈不得。

"你懂什么叫剧烈运动吗？"邹亦时本意是想解释，只要不让腿部有过多屈伸，那就不叫剧烈运动。可是话还没说完，张荣华就在一旁一脸猥琐地低笑出声："你看看你，问一个小姑娘什么问题，她哪儿知道什么是剧烈运动。再说了，女人又不用使多大劲儿，出力的都是男人！"

他这么一说，萧然然才回过味来，顿时觉得脸上臊得慌。张荣华这个百无禁忌的公子哥儿，当着她的面儿也不知道收敛，她捡起沙发上的靠枕砸过去，嗔怪道："一天天没个正行，你就不怕肾亏！"

萧然然坐了一会儿，和邹亦时定好回部队的时间后就起身离开了，张荣华看着她曼妙的曲线不可自拔地低喃："这女人真是有一副好身材。"

邹亦时翻了个身，舒展了筋骨，对他的喟叹不置可否，心中却想着，她有的，也仅仅是身材了。

不知不觉就入了夜，温寒白天又去见了兰素，那女人很生气，她从来没见过这个温婉的女人真正动怒，自己这次是真的把她逼急了，说着说着，眼底竟然还有莹莹水光。温寒吓了一跳，顿时觉得于心不忍，连连答应着好好治病。兰素是个温润如水的女人，平素没骂过人，气急了也不知道怎么措辞，只是狠狠地说了句："温寒，你就这样拖着吧，你就是哪天推开窗户跳了楼，我也不管你了！"

于是，在兰素的恩威并施下，温寒决定好好治疗，按时吃药，规律作息，保持积极乐观的生活态度，努力地放下过去，变成一个健康的正常人。

规律作息的第一步就是按时上下班，这会儿已经不早了，她收拾了桌上的东西，正准备走，丁洁玲就风风火火地冲进来了，看这丫头的架势，她就知道没什么好事儿。

果不其然，她苦着脸，很是为难地嘟囔："温大夫，邹亦时患者要擦浴。"

"擦浴？"温寒皱皱眉，声音有些清冷，"他发烧了？"

丁洁玲摇摇头："不是，是他说一直在病床上躺着，没好好洗澡，所以想擦浴。"

擦浴是护士一级护理中的常规项目，一般在晚间护理的时候进行，虽然邹亦时的病情还远不到生活不能自理的地步，但是谁让人家是大爷，不说是擦浴，就是鸳鸯浴，也得先抓一个母的过来。

所以，温寒边脱白大褂边不以为意地说："那就给他擦浴吧，虽然他不是一级护理，但是是高干，不可以马虎，你亲自上吧，你做事稳妥一些。"

丁洁玲支支吾吾不敢说话，那个邹亦时患者气场强大，身份地位强硬，她不敢怠慢，可是温大夫也是个高高在上、拒人千里的冷漠性子，她更是打心眼里发怵，两项权衡，真是把她夹在缝里左右为难。

见她憋红了脸不出声，温寒才意识到事情可能不是她想得那么简单，于是，把准备要放下的白大褂重新穿上，问她："怎么了，有话就说，别哼哼唧唧的。"

"他……他……他说……让你给他擦浴。"丁洁玲说完也觉得不好意思，哪有专门要求女大夫给自己擦浴的，她想想都觉得脸红。

温寒眼底没有任何波澜，面无表情地"嗯"了一声，问了些擦浴的方式和注意事项，换了白大褂，自己端着东西进去了。

丁洁玲暗自感叹，温大夫果真不同于别人，要是换作别人，这样引人遐思的事情，怎么看都透着瓜田李下的暧昧，多半会受惊吓，唯有她能面不改色，连丁点儿质问都没有。不过转念一想，像邹亦时那样俊挺的人，怕是不会有人被惊吓到吧，丁洁玲拍了拍自己涨红的脸，赶紧小跑着离开了。

而另一边，临时领命的温寒刚进了病房，就发现床上躺着的人已经不见了。她把东西搁在茶几上，走到浴室门口，不出意外地看到了里头裸着上身的邹亦时。

他正在刷牙，漱口的时候喉结跟着上下翻滚，颈间的肌肉线条随着他的动作变得紧绷流畅，透着成熟男人才有的性感和韵味。

温寒斜倚在门框上，伸手托了托眼镜，一脸淡漠地开口："可以擦浴了吗？"

邹亦时也不惊讶，吐了嘴里的泡沫，应了一声："你来了就可以。"

正规的擦浴应该是在床上进行的，毕竟是针对生活不能自理的重病病人，但邹亦时是特例，所以温寒抬起一条胳膊，冲他身后指了指："就在这儿。"她得速战速决，不能今天刚和兰素表了决心，就立马食言。

丁洁玲讲的擦浴步骤太复杂，温寒不准备参考，自己拿了干净毛巾，沾了温水，利落地卷在手掌上，隔着毛巾敲了敲邹亦时肌肉紧实的背，声音没半点起伏："转过身来。"

邹亦时很配合地转身，温寒想替他擦擦肩膀，但是抬手之后才发现，她竟然碰不到他的肩。她正准备踮起脚尖，却发现邹亦时双手撑在洗手台上，微微俯下了身，她一愣，扭头却发现他正从镜子里看着她，镜前灯将他的五官打亮，这是她头一次认真地看他的脸。

他长得很好看，却不是精致的美，而是充满狂放不羁的野性魅力，剑眉星目，眸深似海，深邃的眼底氤氲着掠食者的阴狠和霸道，薄唇抿成冷冽的一条线。他不同于其他男人，同是军营里的男人，她见过太多，被狂沙和暴风腐蚀后的面容，高强度的体能训练把人摧残到仅剩下机械化的思考方式，双目空洞无神，虽然有军人独有的严苛气质，却像是机器一样的木讷。

而眼前这个男人却能在同样的环境下发生完全不同的变化，没受一星半点的摧残，反而把那种暴虐式的训练转化成自己不可一世的张扬，从而多了一份高人一等的自傲。

“想什么呢，这么出神？”邹亦时回神，后背的肌肉开始纠结。温寒看着他暧昧不清的笑容，很淡然地摇了摇头：“没什么，好好趴着。”

后背很快就擦完了，其实他的身上很干净，只残余着沐浴露的清新味道和男人们身上特有的气息，所以，她胡乱地擦了几下，敷衍了事。

如果说擦背她还能保持无动于衷，等他转过身来，将赤裸的胸膛面对她时，她就有点纠结了。说实话，她那会儿虽然放荡不羁，喝酒、抽烟、泡吧、打架，所有坏女孩干的事儿她都干过，但是唯独自尊自爱。

所以，她至今为止并没有这么亲密地和一个男人接触过，哪怕心怀再崇高的医德，也很难在这种旖旎香艳的场景下保持冷静。

“好了，剩下的你自己擦吧。”她承认这么做很窝囊，可是就目前而言却是最好的办法。

邹亦时好不容易把她骗来，怎么可能放她走。她背后就是光滑的墙壁，他握着她裹了毛巾的手，微一使劲，把她按在墙上。

“善始善终。既然你答应了我的要求，说明你权衡过利弊，你也清楚我还没到需要你擦浴的地步，不是吗？”

他的胸口贴得极近，即便是隔着衣服，还是有蒸腾的热气扑面而来；他的嗓音也被这香软的气氛滋润，变得沙哑、醇厚，透着化不开的黏腻，在她耳畔低语时，夹杂着说不出的性感魅惑。

温寒知道，只要他在院长面前随便言语一句，她的饭碗就可能不保，就是因为这样的原因，她才勉为其难地答应了他的无理要求。

“温寒，我的伤好了吗？”邹亦时不经意地问，语调已经绵软，却依旧把她牢牢禁锢着。温寒恼羞成怒，几欲发火，却不想让他看到自己气急败坏的样子，于是定定神，一本正经地回答：“上午查房的时候不是说了吗？你的伤好得差不多了，不要做太过剧烈的运动，可以下床走动。”

她说完，他就开始笑，胸口嗡嗡地振动着，她感觉自己的体温慢慢上升，隐约有些呼吸困难。笑够了，他才别有深意地开口：“那你说，什么才叫剧烈运动？”

对于他赤裸裸的调戏，温寒不予理会，心底是迫不及待地想要离开，他是很优秀，有足够让女人为之神魂颠倒的所有特质。他接近她的初衷也很单纯，无非是成年男女基于生理需求的纠缠，只可惜，她不是个合适的人选，如果她真有那个随便玩玩的气魄，也不至于至今都走不出心理阴影。

“邹亦时，我已经说得很清楚了，我并非欲擒故纵，和你在这里玩躲猫猫。你的目的我也清楚，我很明确地告诉你，就算你有足够自傲的资本，但是我不是合适的人选，我玩不起，我要找的另一半，可能很普通，和我一样，为了一点工资卖命地工作，他不优秀，不突出，不会被其他女人惦记，身上没有任何光芒，只是踏踏实实地和我过日子。能和我在一起的，可能是任何一个看起来不起眼的男人，但一定不会是你。”她顿了顿，又说，“如果我真的是那样的人，我就不会三番五次地拒绝你的好意，现在早已经和你享受鱼水之欢了，这一点，你应该明白得很。”

邹亦时嘴角含着一丝浅笑，眼底的笑意逐渐变得深刻，在顶灯的照耀下开始泛起涟漪，听她说完，也没有半点被拒绝后的难堪尴尬，反而像是早有预料一般轻轻地点了点头，极其敷衍地说了句：“嗯，我知道。”

“你知道就好，还烦请你以后不要再给我负担。”温寒把毛巾扔进盆里，又探手把盆捧在怀里，表情很是不耐烦地说，“少烦我！”

她转身出门，邹亦时没有说话，长腿一迈，大大咧咧地卡住了门，拦住了她的去路，他双手环胸靠在门框上，一副玩世不恭的样子，眼底带了调笑的意味，哪有半点身为上尉的严肃。

“温寒，我明天就要出院了。”他轻声开口，语气里颇有些恋恋不舍。

温寒原本还想保持冷漠，但听到他的话后还是忍不住眉尖上扬，难以置信地问了句：“真的？”

邹亦时恨得咬牙切齿，本欲狠狠地掐掐她的小脸，但又怕吓到她。他现在已经有点操之过急了，万万不可再惊吓到她，于是勉强忍住，但还是没好气地冷哼道：“你倒是高兴得很，巴不得我赶紧滚回部队，就不用再骚扰你了。”

“哪有！”温寒得意地撇撇嘴，“哪有一个大夫不盼着自己病人好的，这是医德！”

邹亦时看着她一闪而过的清浅笑意，收起了脸上的促狭，眼底的笑意越沉越深，最后湮灭在最深处，渐渐地恢复了以往的冷硬。他心中想着，这个女人，他无论如何都得拿下来，再怎么着，也得让她冲着自己好好地笑一笑，他才能解了这心里的痒。

第二天一早，温寒就接到了通知，邹亦时要办出院了。她下了医嘱，科里就开始大张旗鼓地忙碌，主任、护士长忙得脚不沾地，温寒作为一手操办的主治大夫，这会儿却格外地闲，跷着二郎腿看着外头人来人去。

果然是连院长都上心的重要人物，整个出院流程下来，各个科室都呈现出百年一遇的积极向上、团结友爱的热络氛围，精神风貌焕然一新。温寒对于邹亦时没有这么多的敬畏，只是打心眼里松了口气，总算是把这尊佛给送走了。

邹亦时出院后，温寒的生活又恢复了往日的平静无趣，心里没了负担，于芃芃的话就又浮上心头，因此，每每偶然看到什么进出口贸易公司的牌匾，她的心总是不受控制地轻轻颤一下。她摸摸耳后凸起的文身，恍然间发现，自己已经有一段时间不依赖这样的纾解方式了。

邹亦时像是她平静得如同一潭死水的生活里无意中抛下的一粒石子，虽然也搅得她不得安生，但最终只能是归于宁静，对她而言，他终究也只是个过客。

因为兰素过分到让她不安的关切，她一直在好好吃药，好好治疗，所以她失眠头疼的毛病有了些许缓解。复查时，兰素很高兴，热泪盈眶，温寒面无表情地说了句："是不是感念你手底下又少了一条人命？"

兰素嗔怪地瞪她一眼："说得我好像刽子手一样。"末了，扫了一眼她发白的牛仔裤和褪色的T恤，试探着问："你才多大点年纪，天天穿得这么老气横秋，这周末我轮休，咱俩去逛街买衣服吧？"

温寒原本想着，这样的装扮才能给她安全感，但是又不忍心拒绝兰素的好意，毕竟，她那一汪眼泪让自己压力重重，于是，勉强地点点头："好吧，我尽量抽时间出来。"

见她答应，兰素喜不自胜，话忍不住多了起来："你还小得很，我看你的模子也是块好料，就是不上心拾掇自己，所以看着暗淡无光，好好打理打理，把头发弄一弄，化化妆，摘了那副老古董眼镜，实在看不清就戴隐形……”

兰素还在絮絮叨叨地说，温寒烦不胜烦，赶紧找了个借口起身离开了。

到了约定的周末，温寒收拾好出门，两人约在商业街见面，这么看来，她还是头一次见兰素穿便装。兰素今年三十五，但是保养得当，又懂得衬自己的优势打扮，所以两人站一块儿，反倒是她看上去更显老气。

见她照旧是素面朝天，衣服也没换，兰素恨铁不成钢地说："你看看，不管我说什么话，你是习惯性地不听。这么一看，咱俩好像不是一个年代的。"

说着，她作势就要取温寒鼻梁上的眼镜，温寒突然冷了脸，下意识地把兰素的手拍开："不要碰我！"

兰素没料到温寒会突然变脸，一时间有些尴尬，伸出去的手僵硬地收回来，表情也极其难看。

温寒伸手托了托眼镜，径直往前走了。她并不是个善于处理人际关系的人，所以她才习惯独来独往，自己活得多不堪，总归也不用瞻前顾后，只要和别人牵扯上了关系，就免不了为了迎合别人而让自己难受，八年前她已经难受够了，现在便懒得看任何人的脸色。

好在兰素早已经习惯了她的秉性，没多时就追了上来，没事人一般和她讨论着时下流行的衣服、鞋子，催促她赶紧拾掇自己。

温寒被兰素拉着进了一家奢侈品的店面，导购下意识地围着兰素前前后后地招呼。她这副寒酸简陋的打扮，人家估摸着也榨不出多少油来，便连正眼也没瞧一眼，直接将她无视了。温寒落得个清净，找了条长椅坐下。

不多时，从试衣间里出来一个小姑娘，二十上下的年纪，穿着一条青翠色的裙子，水葱一般的鲜嫩，脸上的笑容娇嗔甜美，提着裙摆一圈圈地转，露出两条纤细的小腿。温寒被她转得眼花，只听她欢快地问了句："好不好看？"

她闲来无事，双手托腮，神态悠然地看向那小姑娘，心中却想着，不知道这应答的人是个什么样的人物。这里的衣服动辄就在五位数，能请这小姑娘可着性子买的，那不是一般的有钱人，两人的关系就有点耐人寻味了。

她闲来无事看好戏地瞧着，不多时，就听见衣香鬓影间传来一声低沉宠溺的声音："你穿什么都好看，但我还是觉得那件鹅黄色的更漂亮。"

温寒下意识地就想要躲，似乎是窥探到了别人的隐私一样坐立难安，她万万没想到，有闲情还有闲钱的人会是出院一个月，曾经是她主管病人的邹亦时。

她矮了身子躲着，邹亦时却是站了起来，从容不迫地走到小姑娘面前，眼底的笑意温暖宠溺。两人小声地说着什么，小姑娘面红耳赤地捶了捶他的肩膀，他轻轻地揽着她纤弱的肩，体贴地替她微微拉下了后背的拉链，催她进去换衣服。

邹亦时穿着便装，黑色的呢子风衣，卡其色的马丁靴，衬得整个人长身玉立、丰神俊朗，在病房那样的环境下，多多少少沾染了孱弱的气息，使他身上刚硬霸道的气质远没有现在这般明显。如今的他，脸部轮廓越发地硬朗凌厉，眉眼间英气逼人，眼底愈加地深邃，沉淀了风霜过后的野蛮与张狂不加掩饰，就连身上的线条，也像是刀锋削过般的笔直尖刻。

果然，他这样的男人，是注定属于狂风暴雨的沙场。

在心中兀自感叹了一番这人霸气逼人的气场，又看到那水葱一般的小姑娘，两人姿态亲昵，很显然关系不一般。温寒曲着手指敲自己的下巴，心中啧啧出声，一个月前还对自己深情表白，变着方式地撩拨她，不过转眼之间，就已经用同样的方式撩到了新欢，还好她看得通透，也有自知之明，不然如今又不知道要掉多少辛酸泪。

兰素挑衣服挑得不亦乐乎，虽然未必买得起，但她似乎很享受这个过程。温寒看她换了衣服向自己走过来，赶紧冲她使眼色，此地不宜久留，她巴不得像只耗子赶紧蹭墙根溜出去。

兰素没看懂她的暗示，很无辜地说道："温寒，你看我这件衣服好不好看？五千多，如果真的好看，我就咬咬牙买了。"

温寒明显地感觉到一旁有道锐利的视线循着兰素不大不小的声音直勾

勾地向她扫射过来，她知道已经没有负隅顽抗的必要了，嘴角僵硬地敷衍道："好看，好看，你穿什么都好看，赶紧买了吧！"

当邹亦时嘴角带笑走过来打招呼时，温寒恨不得自己变成透明的。兰素恭恭敬敬地和邹亦时寒暄，她还是头一次见这个连院长都要给几分面子的大人物，所以表现得格外热络，温寒后退一步盯着自己的脚尖，把存在感降到最低。

但是，是福不是祸，是祸躲不过。邹亦时的目光紧紧黏着她，忽视了兰素长篇大论的问候，轻声开口，带了丝不知如何措辞的谨慎小心，问道："温寒，最近过得怎么样？"

兰素连带着那个小姑娘都惊讶得合不拢嘴，嗓子眼像是卡了棉絮一样光是期期艾艾，但半晌说不出话。温寒只觉得额头跳痛，狠狠地瞪了他一眼，语调寡淡生疏地回了句："看来邹少恢复得不错，别忘了定期复查。"

两人这样的对话像极了分手后久别重逢的情侣，情深似海的爱情被无情的现实拆穿，怎么看都透着经年之后物是人非的沧桑感，温寒是真的冷漠，邹亦时的态度却让人有些不明所以。

小姑娘毕竟年轻，比兰素反应快一拍，一把扯住邹亦时的袖子，纤纤玉手冲温寒一指，小脚一跺，娇嗔的动作一气呵成，很是放肆地说："邹哥哥，这个女人是谁？是你的前女友吗？你品位怎么这么低，怎么能瞧上这个女人，像是村姑进城一样，配你真是青花瓷里插大葱，简直把你的档次拉低了几条街！"

邹亦时面无表情地看好戏，兰素气得直跺脚，温寒却暗暗高兴，巴不得自己在邹亦时眼里就是一摊烂泥，让他瞧不上，罢了味，懒得纠缠。

三个各怀心思，兰素到底是高素质人才，又比小姑娘大了一轮多，也不好撕破脸吵架，跺了半天脚，只是咬牙说了句："没家教的小孩，回去让你家长教教你怎么说话！温寒，我们走，不和小丫头一般见识！"

温寒感谢兰素的救命之恩，巴巴地跟着走了，从始至终没有抬头看过邹亦时一眼。

待人走远了，小姑娘才愤愤不平地撇嘴道："哥，你真行，放着然然姐那么好的女人不要，瞧上这么个乡巴佬，要什么没什么，你眼睛真是被污泥给腌渍了！”

邹亦时毫不客气地冲她脑门弹了一下，表情格外严肃地说：“你给我说说，萧然然除了漂亮还有什么？你都没见过温寒，怎么知道人家要什么没什么，你以为你哥我就那么肤浅，长得漂亮就能做我女朋友？那才是真的没品位！”

“哥，你认真的？”

“嗯。”邹亦时摸摸她的脑门，一本正经地回答，“以后见了她，给我乖乖地叫嫂子。”

“不分场合？”

“对，不分场合！”

在兰素的神助攻下，温寒终于从邹亦时身边逃离了，倒是没有其他见不得人的原因，单纯是害怕他继续纠缠，她好不容易恢复了平静的生活，唯恐他再来添乱。

被他这么一搅和，两人也没了逛街的心情，温寒催促着兰素赶紧回家，兰素被那个没礼貌的丫头气得肺都是鼓的，也不准备继续逗留，两人在路边等着，准备打车。

等了半天也没等到一辆空车，倒是有一辆黑色的宾利堪堪地停在了两人面前，兰素咂咂嘴，偷偷地说：“啧啧啧，真是辆好车，我老公这辈子的梦想就是买一辆这样的车，但也仅仅是梦想，就我俩的工资，充其量买四个轮子骨碌着玩！”

温寒没八卦的心情，目光刚要从这挡路的车身上移开，车窗突然摇下来，里头英挺的男人看着她，慢悠悠地说：“走吧，我送你们回去！”

温寒原本想说，咱俩没这么熟吧？犯不着这么献殷勤，哪知兰素眼睛一亮，欲拒还迎地说了句：“怎么好意思让邹上尉专门送我们！”

温寒瞪大眼睛瞅她，心里想着，你哪里不好意思了？那满脸恨不得赶紧一屁股坐上去的巴巴的神色，可是没有半点不好意思！

邹亦时勾勾嘴角，极其绅士地亲自下车给她们开了门，微微俯身，做了个请的姿势：“兰小姐，温小姐，请吧。”

兰素鲜少见这种地位高但还没有一丝架子的大人物，再者还是个英俊逼人的小帅哥，哪有不从善如流的道理，当即含羞带怯地坐了进去，不忘软声说了句："谢谢邹上尉！"

一个结了婚、孩子都上幼儿园的女人，这模样还真是矫情。温寒扒了扒头发，觉得自己这会儿要是再推脱，可是比兰素更矫情了，于是冷着脸弯腰准备上车。

邹亦时一手护在车顶，温寒分神看了一眼他的手，下意识地觉得他手指的骨骼格外地好看，一慌神儿，忘了脚下有路肩，很狼狈地踉跄了一下。

她往前摔去，邹亦时心里咯噔一下，下意识地伸手揽了一下她的腰，等她站稳后，迅速地松开了手，欲盖弥彰地说了句："小心点，看着台阶。"

温寒扭头看他一眼，他眼神不太自然地躲开了她的直视，她哼了一声，揪了揪衣摆，径直上了车，重重地关上了门。

开车上路，副驾驶上的小姑娘一脸不情愿地扭头看着温寒，嘟囔了一句："嫂子，你家住哪儿呢？"

这一声"嫂子"把在场的人都镇住了，温寒心底一惊，脸上的表情却越发地冷漠。她伸手指了指兰素，镇定自若地化解了这莫名其妙的暧昧："兰素结婚了，这是你嫂子，我是你姐！"

兰素偷偷提了一口气，无声地指了指自己，一脸的无辜和困惑。温寒抬头，从后视镜里看着邹亦时气定神闲的笑容，极其看不惯他那副看好戏的表情，含沙射影地说道："难道还是我不成？我这一没结婚，二没对象，算谁的嫂子呢？"

那小姑娘麻溜地扭回了头，心里直犯嘀咕，这女人也是个要冷不热的性子，和她哥一个德行，不让人好好说话。

车子上了匝道，路宽车少，邹亦时得空冲身后的人说道："这是我表妹，小恬，今儿休息，我陪她买衣服，你别误会！"

他的话一出，颇有些欲盖弥彰的意味，任谁看都觉得他和温寒不清白，并且，温寒这冷漠就是因为吃醋生气而刻意表现出来的。于是，小恬和兰素齐刷刷地扭头看着两个当事人，一脸什么时候的事儿，我怎么不知道的茫然惊诧。

尤其是兰素，她可从来没见过温寒对谁热络过，永远都像是隔了块冰，客套疏离，想接近可以，想亲近却是门儿都没有。

邹亦时眯起眼睛从后视镜里看着温寒瓷白的小脸，好整以暇地凝视着她，心里冷哼着，我看你这次还怎么逃，无非是添油加醋的事，时辰刚刚好，你倒是可以给我甩脸子，但也要看我接不接你这冷脸。

温寒回看他，两人目光交接，暗流涌动，互不相让，眼中火花四射。她伸手托着自己的半边脸，手指在脸颊上来回叩着，脸上也没什么急于撇清关系的焦急，反而局外人似的反问道："邹少言重了，我有什么可误会的，正儿八经的妹子，就算不是妹子，那也是合理合法的关系，小三和二奶还能招摇过市，我们是包容的社会，什么事儿容不下啊！"

她话说得尖锐带刺儿，邹亦时神色微动，小恬却是恼火了，大眼睛一瞪，回头嗓音尖细地骂道："你说谁小三二奶呢！不识抬举的老女人，我哥看上你那是你的福气，你以为随便一个村姑都能入我哥的眼吗？不知好歹，真把自己当什么稀罕物件了，老处女一个！"

温寒也不恼，娇笑着应下："哦？这么说我还得承蒙厚爱了，真是受宠若惊！"她探前身子，轻轻敲了敲小恬的后脑勺，语调清冷地说："还有老处女这种话，不要随便乱说，小姑娘家家的，知道什么是处女吗？"

小恬恼羞成怒，狠狠地甩开了温寒的手，气急败坏地说："把谁当小孩子呢！你以为别人跟你一样是土堆里钻出来的呢……"

温寒眯着眼睛一笑，抢白道："那你是不是呢？"

小恬气得双颊涨红，呼哧呼哧地喘气，一双手攥得紧紧的，细白的手指上指甲尖锐。温寒想着，要不是条件有限，那手没准就挠到自己脸上来了。

"你个老女人说谁不是处女呢！长嘴是说话的，不是放屁的，你以为你是谁啊，爬上我哥的床又怎么样，玩腻了你照样不是破鞋一双！"

"哦，对了，忘了告诉你，我也不是处女。"温寒对于小恬的咒骂没有一点反应，反而笑得越发地开心，小恬听了她的话，冷冷的翻了个白眼，哼了声："看你的样子也不像！见谁勾搭谁！"

"好了，我们到了，麻烦邹少开门吧！"

门锁开了，温寒冷着脸下车，走到副驾驶后，从开着的窗户里探进手拍了拍小恬的脸，笑得一脸无辜："我也不是处女，我是水瓶的！"

说罢，转身头也不回地离开。邹亦时没忍住，大笑出声，他看着她离去的背影，又想起刚才被自己圈住的细腰，这女人果然是把自己所有的光芒都掩藏了，唯有那伶牙俐齿，倒是不屑于伪装。

她以为这样保持不咸不淡的性子，他就会在屡次受挫后慢慢罢了味，从而放过她。只可惜，她想得太单纯，他可和一般男人不同，他既然能看破她的伪装，就打定了主意要一层层地剥开她。她这么做，他便越发地感兴趣，男人的好奇心和占有欲只会越激越烈，他一天得不到她，一天就心痒难耐到放不下。

"哥，你看看你看上的是什么女人？你的品位真是和你的年龄成反比，连以前的一半都不如，我真替你着急！"

邹亦时收了脸上的笑意，回头看小恬时，眼底俱是愠怒，没有半点玩笑的意味："徐恬，我警告你，在温寒面前说话注意着点，你对别人怎么没教养那是你的事儿，但在我没追到温寒之前，你给我捣乱，小心我把你押机翼里活搅了！"

"哦，知道了。"徐恬乖乖地闭了嘴，一肚子的娇纵也不敢使了。她清楚自己这个表哥，纵容是纵容，但是要真惹他生气了，那是吃不了兜着走，半点情面也不留，她见识过他发火的样子，所以至今心有余悸。

而另一边，下了车的温寒憋了一肚子的火，冷着脸闷头往前走。她烦透了邹亦时那副局外人的态度，那小姑娘要是没有他的授意，怎么敢在自己面前造次，他默许那小姑娘辱骂自己，无非是报自己没有回应他的仇。他屈尊降贵地看上她，她不知好歹，他便给她点下马威，这样睚眦必报的小人，果然是不可一世惯了，觉得所有忤逆他的人都是不知好歹。

可笑她一而再再而三地容忍他，倒是把自己折进去了，对于这种人，就应该狠狠地给他一个耳刮子，扇醒他的那点自以为是！

兰素也不敢作声，保持着合适的距离跟在她身后。她都不知道发生了什么，事情的来龙去脉她压根儿没有理清楚，每个人说话都是夹枪带棒的。还有那个邹上尉，不是对温寒有意思吗？为什么从始至终没有一点袒护的意思，反而一脸看好戏的态度，让人捉摸不透。

她唯一看懂的就是温寒真的发怒了，她心中喟叹一声，其实，也不全是坏事儿，能生气，也是病情恢复的一种表现。

周末之行不欢而散，临上楼前，兰素拽了拽温寒的衣角，支支吾吾地开口："温寒，我不是故意的。"要不是我非要上人家车，你也不会受这冤枉气。

温寒脸色依旧阴沉，但是无所谓地拍了拍她的手："关你什么事，是我流年不利，今年尽遇灾事。"

第五章
由零开始

原本温寒只是一句自嘲的玩笑话，但没想到这乌鸦嘴竟然应验了。她周一上班时，主任把她叫进办公室，给她甩了一套红头文件，说了句：“看看。”

她翻了翻，是去支援部队，做部队医生，薪资待遇是医院的三倍，去多长时间还没定。

见她没表态，主任跷着二郎腿，神色悠然地说：“我们科里就你还没成家，也没有男朋友，一个人，利利索索，没有拖累。其他人拖家带口的，让人家一家人去部队受罪也不合适，你去正好，这头的工作我会找人交接好的，你别担心，无论你什么时候回来，这个职位还是你的！”

“……”温寒想说，单身的是挖了你家祖坟了？好事儿的话单身的没拖累，让一让有家口的，坏事儿的话单身也没拖累，理解理解有家口的，合着你们结婚是给家里请了尊佛回来了！

她托托眼镜，问他：“我要是不去呢？”

主任斜睨一眼，语气中满是威胁意味地说：“不去也行，你爱去哪儿去哪儿，我这儿容不下不服从调配的人。”

“行，我去！”无非是为了生计，她被人抓住了尾巴，自然得由着别人想怎么拎怎么拎，总归都是挣钱，她需要的是钱，在哪儿不是挣。

“哎哟，这不就对了吗！去部队给的钱多，病人也少，又都是军人，没那么矫情难缠，多省心。要不是其他人都拖家带口太费事儿，这好事儿哪里轮得到你一个小丫头！”

温寒冷笑一声，拿着那份文件挥了挥：“主任，要不你去？”

说完，不看主任别扭的神色，扭头走人。

既然已经别无选择，温寒也不准备垂死挣扎了，离开医院也好，起码不用处理这些烦乱的人际关系。她的行李不多，必需的生活用品往箱子里一塞，把工作一交接，不过一周，她就踏上了去往部队的路。

临走那天，就兰素来送她，这女人刚下夜班，眼圈深深，眼窝凹陷，憔悴不堪，仅剩了一点精神头，还不忘替她鸣不平：“你们科这些小人，见你好欺负，什么糟心事儿都摊在你头上！你无非是平时不爱说话、不拍马屁而已，至于这么欺负人吗！部队是什么地方，鸟不生蛋的地方，尽是一群原始人，你这不是羊入虎口吗？一个小姑娘去了没什么依靠，万一碰上什么事儿，谁给你撑腰呢！”

她说着说着就开始哭，温寒心底突然涌上一股暖流。是啊，她身边也就只有兰素是无条件真心关心她了，至于别人，无非是有利可图，哪个愿意切身地替她考虑呢？

她习惯了待人冷漠，也习惯了被人冷漠相待，倒不觉得有什么，可是不忍心看唯一待她好的朋友替她难过，于是伸手擦了擦兰素的眼角，若无其事道：“没关系，是福不是祸，是祸躲不过，再说了，去部队未必不好，那儿的人心思反而单纯，起码不让我劳心！”

“现在说什么也晚了，怎么着也得去了。不过你听我一句劝，平时一定要多小心，夜里不要乱晃，对那些无端献殷勤的男人敬而远之，防人之心不可无，你长成这样，没准会遇上危险，记住了吧？”

温寒笑：“就是因为长成我这样，才没有危险，谁会对我有兴趣！你可别小看部队里的男人，他们的眼光也挑得很！”

“不管怎么说，你一定要小心，钱不重要，人最重要。”

兰素走后，温寒把行李放进车里，正准备上车要走，远远地突然听见有人叫她，她回头一看，原来是陆乾。他气喘吁吁地跑到她面前，一脸不舍地看着她：“温寒，你要是实在不想去，我和主任说一说，换我去吧，你一个姑娘家的，去部队很辛苦的！你没吃过苦，我怕你受不了！”

温寒皱皱眉，对于他这种先入为主的关心方式极其厌恶，当即反唇相讥道："陆主任，话不能这么说，我和你很熟吗？你怎么知道我没吃过苦？"

陆乾愣了一下，意识到自己说错了话，赶紧道歉："温寒，我不是那个意思，你知道我……"

温寒从包里掏出那本资料，重重地摔在他手上，末了，拿下巴冲不远处的办公楼努了努嘴："喏，前面就是主任办公室，你去和主任申请，把上头的名字换成你的！"

陆乾愣住了，像是抱了烫手山芋似的，捧不住，又扔不了。

温寒见状，若无其事地把资料收回来，神色淡漠道："辛苦陆主任了，我要走了，一会儿该误了报到时间了。"

说完，她也不看陆乾的反应，径直开门上车，陆乾似乎还在吵吵嚷嚷地说什么，她眼皮也没抬，对司机说："师傅走吧，不用管他！"

她没看资料写的这部队具体叫什么名字，只知道似乎是个空军训练基地，她对于未知的艰难险阻从来不屑于作过多揣测，既来之则安之，反正逃不了，用不着提前悲观。

可是，即便是她已经做足了心理准备，在颠簸了近五个小时终于到达目的地时，还是被眼底的景象给震撼到了。

这分明就是一片荒地。

明明是夏末的季节，这里却是一副黄土满天、寸草不生的模样，触目全是飞沙走石，视线所及之处没有一丝绿色，不见半点现代社会该有的景象，大风吹过，吹得人心口都是凉的。

车停了，她跟着司机师傅去找部队扎营的地方，又徒步走了两公里，才终于见到了这营地的本尊。

看这营地，倒是没有周遭环境那么荒凉萧条了。设施虽然简单但是不简陋，布局大气规整，建筑物也是干净的模样，不见一丝破败老旧，搭配上来来往往身姿端正、目光坚毅的巡逻士兵，倒是没有她预想中那么不堪，反而多了几分庄严肃穆。

把她送到门口，司机就走了，站岗的士兵双脚并拢，脚后跟相击，"啪嗒"一声给她敬了一个礼，中气十足地问她："有通行证吗？"

她吓一跳，忙不迭从包里把派遣证拿出来，恭恭敬敬地说："我是从市医院里调过来的骨科医生，我叫温寒。”

“请稍等，我去通报。”

那士兵小跑着去通报，步伐规整但是速度很快，转眼就消失了。温寒对于军人的唯一印象还是来自入学时的军训，但是那个时候，他们这群玩世不恭的学生就是有再多的铁血丹心，也施展不出来，这会儿见了真正的营地，她心底的敬仰之情油然而生。

那士兵很快回来，开门就冲她敬了个礼，朗声道：“温大夫请随我来！”

温寒觉得自己回个礼实在是太奇怪了，于是轻轻点了点头，算是回应。

小士兵领着她进了一栋小楼里，楼道里干净整洁，灯光明亮，虽然没有住宅区的楼道装修得有格调，但是胜在简洁干净，纤尘不染，看着清爽利落，倒也舒服。

到了楼上，小士兵把她的行李放下，钥匙递给她，“啪嗒”又敬一个礼：“温大夫好好休息，副营长说了，今天温大夫舟车劳顿，就不用去报到了，明天一早去副营长办公室报到就可以。”

温寒有点不知所措，赶紧鞠了一躬：“好的，谢谢你！”

开门进了屋，她打量了一下屋子里的环境，实话说，这儿的条件真不算很好——十多平方米的房间，正对门开了一扇窗户，窗户下放了一张桌子，桌上有些崭新的洗漱用品，靠墙放了一张单人床，床上是雪白的卧具，床对侧有一个不到一人高的布衣柜。温寒长这么大还没住过条件这么差的地方，不过好在墙壁雪白，地板光洁，整体看着格调不足整洁有余，倒是符合部队简约干练的风格。

她的行李不多，很快就收拾好了，刚想坐下休息，门外就有人敲门。她开门，是一个穿着迷彩服的小姑娘，见了她，先敬了一个标准的礼，之后才把手里的东西递给她，脆生生地说：“温大夫，从明天开始你就要穿作训服了，部队里不允许穿便装，头发也要盘起来。”

“哦，我明白了，谢谢你！”温寒接过东西，小姑娘又冲她敬礼，她捧着衣服，不上不下的，顿时觉得自己和这里的氛围真是格格不入。

部队里只有内部的区域网，所以温寒扔下手机，只能百无聊赖地卷着被子睡觉。

不知道是因为心里没了繁杂的情绪，还是真的是舟车劳顿，她一觉醒来已经是早上八点了，她立刻爬起来，拍拍胸口，还好不是太迟。

她换了衣服，按要求盘好了头发，把红十字的袖章别好，拿着派遣证急匆匆地跑下楼。

从公寓到行政楼路过拉练场，场上士兵已经整齐划一地开始日常训练，温寒顿时觉得羞愧。真是城市生活过久了，在别人眼里，她这可是睡到日上三竿，半点章法也没了。

一路边走边问，她终于找到了副营长的办公室，深呼吸了一口气，轻轻叩了叩门，里头传来低沉的一声："进来！"

她像是被老师叫去谈话的学生一样，心怀忐忑地推门进去，里面的人没抬头，声音里不带一丝感情地问："干吗的？怎么没有通报？"

见她不作声，这人抬起头，两人目光相接，不约而同地喊出声。

"邹亦时？！"

"温寒？！"

最先反应过来的是邹亦时，他拧着眉，低声问她："你怎么会来这里？"

温寒也被吓蒙了，她怎么也不会把那个玩世不恭、嘴角总是带着坏笑的公子哥儿和眼前这个不怒自威的人联系起来。她知道邹亦时是空军上尉，但是和他几次接触下来，她除了感受到他身上纨绔子弟的劣根性外，可没体会出半点军官该有的威严。

而现在一见，他穿着笔挺的作训服，目光坚毅，面容冷硬，眼底眉梢俱是透着不容亵渎的坚定，身上皆是不怒自威的气质，这样大的反差让她半晌回不过神。

"前几天我接到通知，说是部队上要调一个随军医生过来，原本以为是巧合，却没想到真的是你。你就没想过拒绝？这儿可不是你一个弱女子能待得住的地方，这里的条件比你想象的要苛刻得多！"

邹亦时声音清冷，虽然坐姿有些许放松，可是身上严谨自律的气场却半点没少。在这样的场合，温寒自然不敢像平常似的和他针锋相对地斗嘴，只是乖乖地回答道："我也不想来，可是主任说没有其他合适的人选，就只能是我来了。”

听她说完，邹亦时没说话，伸手摸了摸下巴，又抬头道：“既然来了，就只能安心待着了，你生活上有什么需要的话及时和后勤处联系。走吧，我带你去医务科！”

“哦。”温寒乖乖应了声，虽然心里觉得自己这副模样实在太尿，自己可是大仇未报，邹亦时这家伙堂而皇之地戏耍了她，但是不知道为什么，这样严谨肃穆的环境里，再加上他身上迫人的气场，她却怎么也不敢造次。

邹亦时在前头带路，她在后头跟着。穿着作训服的他长身玉立，腰间精瘦，双腿修长，身板笔挺刚硬，少了私下里放荡不羁的随性，多了份英姿飒爽的硬气，越发衬得他气度不凡。

一路上不停地有人向他敬礼，他总是不厌其烦地回礼，身子笔挺，英气逼人，反倒累了温寒，跟在他身后，听着“啪嗒啪嗒”的并脚声，实在不知道该如何是好。

终于到了医务科，医务科其实就是几间平房，有诊室，也有病床，大约是为了方便急诊，所以并没有盖成小楼，

邹亦时带她熟悉环境：“以后这里就是你的工作区了，你主要负责骨科的急诊和常诊，并且协助其他科的会诊，东西都给你备好了，你看看还有什么缺的，我让他们去备。早上六点上班，晚上六点下班，中午不休息，没有休息日，有特殊情况需要来我这儿请假，病人其实不多，就是有备无患。怎么样，有疑问吗？”

温寒心里大呼委屈，难怪工资高，这么长的工作时间，能不高吗？只可惜，她既然已经来了，再矫情也没用，除了听从安排着实不敢有意见，在科里，顶多算忤逆，在这里，搞不好可是要军法处置的。

“没有了。”

她低眉顺眼的样子戳到了邹亦时的心窝子里，他伸手摸了摸她盘起来的头发，柔声道：“有什么困难就和我说，一开始确实有点不适应，习惯了就好了！”

温寒一抬头，眼神委屈得快滴出水来，极其委屈地问了句：“那我什么时候才能回医院啊？”模样可怜得像只猫。

她自己没察觉到，邹亦时却被她这副样子戳得心都要化了，他轻轻地托了托她的眼镜，声音更加温柔："乖，到时候会放你走的，总不会困你一辈子的！"

两人挨得极近，他眼底坚毅的神色像是破冰后的湖面，里头温柔的神色微微荡漾开来。温寒突然回神，心底直呼自己失算了，他再怎么着也是邹亦时，这里可是他的地盘，她要是松懈了，那岂不是更由着他搓扁揉圆了，于是赶紧后退一步，调整了一下自己的状态，若无其事地回答道："劳烦邹少费心了！我自己会看着办的，您去忙吧！"

见她又恢复了这副爱搭不理的死样子，邹亦时冷哼一声，抬步离开。

第一天工作，温寒确实有些不适应。邹亦时口口声声说病人不是很多，毕竟是救急用，顶多算是个急诊，比不得医院的繁忙，但是她第一天就接了不下三十个病人，骨折的、崴脚的、扭伤的、脱臼的、挫伤的，她既是医生又是护士，一个人忙得焦头烂额。

唯一的好处就是病人都是当兵的，个个都是硬骨头，哪怕是骨折，也只是自个儿疼得冒冷汗，绝不催她一句。她看着这些还没有她大的孩子，顿时觉得心软，医者仁心，她当了这么些年医生，还是头一次这么纯粹地希望让他们不这么痛苦。

这么一忙，就是忙到晚上七点，她把药换了一圈，正在给一个病人拆冷敷包，病房里突然齐刷刷地喊了一声："首长好！"

她被这中气十足的齐呼声吓了一跳，一回头，才发现身后的人是邹亦时。

他轻轻点了点头，环顾了一下后问："怎么样了？"

一个小兵朗声回了句："谢谢首长关心，我已经没事了，明天就可以归队。"

温寒把用过的冷敷包扔进垃圾桶，正准备摘口罩，就听邹亦时说道："没问你。"

她一抬头，才发现他的视线一直胶着在自己身上。她把口罩放在口袋里，翻了翻病历，公式化地回答他："他只是扭伤，软组织挫伤，没什么大碍，冷敷之后好多了。"

"我是在问你。"邹亦时走近她，微微低下头，凝神看着她，声音低沉醇厚。

温寒一愣，下意识地回答：“我能有什么事儿，工作而已。”

邹亦时突然把手伸向她的胸口，温寒下意识地后退，眼底有一闪而过的防备和排斥。邹亦时低笑一声，前进一步，再次靠近她，无视她眼底的敌意，伸手替她解开白大褂的扣子，像是情人间的低语般在她耳边说道：“累了一天了，还没吃饭吧？走吧，我带你吃好吃的！”

当着这么多人的面和她暧昧不清，温寒不知道他这又是唱的哪出，后退一步，挣脱了他的手，冷漠地说：“我自己来。我找得到食堂，我自己去就可以，不劳烦首长。”

“听话，别和我这么生分，我的兵叫我首长可以，你又不是我的兵，用不着这么叫我。”

他这口气宠溺且暧昧不明，在场的人都倒吸了一口气，没想到他们的首长看着冷硬无情，居然也有温柔的一面，还真是铁汉柔情啊！

温寒被他逼急了，也不管他的身份地位，像往常一样冷着脸轻嗤道：“邹亦时，你适可而止！咱俩可不是多亲近的关系，用不着这么和我套近乎！”

她这话一出，可谓是满座皆惊，病床上的士兵都暗自啧啧出声。他们这个副营长虽然年轻，但是沉稳老练，平日里不苟言笑，带兵格外地严苛，几乎是炼狱式训练，偏偏他能力超群，严谨自律，对待自己比对士兵还要苛刻，久而久之，大家对他便是发自内心地敬畏。

但是因为他常年冷着一张脸，待谁都没有半点笑容，这畏就大于敬了。而如今，他看着这个温大夫，满脸宠溺的笑容，一众人像是见了鬼似的，眼睛瞪大，倒吸着凉气。

“这儿人多，别闹脾气。”邹亦时的手沿着温寒的肩膀滑下去，一点点摸到她的手腕，勾唇一笑，死死地握住，“我们去别处说。”

没等温寒反应过来，他又扬声命令道：“找人看住这儿，温大夫下班了。”

“是，首长！”众人齐刷刷地应道。温寒又是一惊，这么愣神间，已经被邹亦时带出去了。

刚出门，温寒就用力甩开他的手。她深知大吵大闹或者恼羞成怒都是小女孩的套路，那么矫情的架势她做不出来，于是，只是揉了揉自己的手腕，充满警告意味地说："邹亦时，你能不能不要这样？你觉得我应该怎么说你才能明白？"

邹亦时完全不理会她的愠怒，自顾自地牵起她的手，一点点地揉捏着她的指骨。她正要奋力挣开，就听见他突然压低声音威胁她："你什么意思我清楚得很，但是清楚不代表接受，当然，你可以拒绝我的追求，不过你也仅仅是有权利拒绝，但没权利阻止。"

简直是无赖！温寒愤愤地抽回自己的手，转身就走，懒得和他这样强词夺理的人争辩，惹不起，她还躲不起吗！

只是她刚抬步，腰间突然一紧，整个人被他拦得踉跄了一下。他顺势收紧臂弯，把她圈进怀里，附在她耳边低喃道："别忘了，这里可是我的地盘。"

温寒一惊，联系起自己莫名其妙被派遣，加上他异常的表现，派遣通知是下到他这里的，他怎么会不知道是自己过来？她把来龙去脉一串，突然反应过来，心底像是点了一撮火似的蹭蹭地烧起来，她回头瞪着他，怒不可遏地反问道："是你的主意？"

邹亦时挑挑眉，不置可否。

温寒咬咬牙："真下作！"

原本以为刚才的争吵可以让邹亦时的热情暂缓几天，没想到她刚去食堂，他就又大张旗鼓地坐到她对面。

这里的人吃饭不像外头的人，悠哉闲适，谈天说地的，个个坐得笔直，吃饭速度快而有序，像是机器一样，齐刷刷的一片。见他进来，满食堂的人直直地站起来，像是拔尖的韭菜一样，声若洪钟地喊了声："首长好！"

满食堂只有温寒一人坐着，邹亦时不计较她的小脾气，挥了挥手让大家坐下，自己径直坐到她对面，眉眼含笑地看着她："我带你去吃好吃的好不好？食堂的饭不好吃。"

寻常士兵只能服从上级安排，但邹亦时是副营长，自然也有一定的福利，这福利就是每周可以外出用餐一次，且不用自掏腰包。

温寒坚定地摇摇头："不去！这儿就挺好的。"

士兵们虽然比普通人的自律性高，可是她这种专宠的待遇还是让众人忍不住偷偷地递眼神过来。温寒这么些年一直独来独往，在人群中几乎没有存在感，现在突然变成了人群中的焦点，备受瞩目，这让她如芒在背，格外地难受。

她坚持，邹亦时也不阻拦，端了餐盘过来，和她一起吃饭。他吃得快，但是没有一点粗鲁之气，不多时，就腾空了盘子，只单手托腮一瞬不瞬地看着她。温寒算是腹背受敌，严重影响了胃口，匆匆扒了几口就端着盘子起身走人了。

晚上邹亦时倒是没有骚扰她，送她到楼下就走了。他突然这么懂分寸，知进退，温寒还有些不适应，但还是如释重负地挥了挥手，麻溜地上去了。

接下来的一周，邹亦时照例对她近乎宠溺地照顾，并且极其张扬，从不避讳，无论她是冷嘲热讽，还是挖苦甩脸，他也毫不在意，依旧自顾自地宠着她。他软硬不吃，反倒把她折腾得没了脾气，只能由着他来，他爱怎么张扬，她都懒得再抵触了。

以至于不过一周，全营的人都知道她是邹上尉的心头好，虽然嘴上不说，但在和邹上尉打招呼时，都会毕恭毕敬地再加一句："嫂子好！"

起初温寒听着格外难受，别人每叫她一声，她就起一身鸡皮疙瘩，但邹亦时听着却格外舒心，每每都会难得地露出笑容，底下的人便越发明白这温大夫对邹上尉的重要性，于是对她更加恭敬起来。

温寒被折磨得苦不堪言，她实在受不了突然被人这么供着，这样逆她习惯的处事方式着实让她难受，可是人在屋檐下，邹亦时只要一天不失了兴趣，她就得一直受这罪。

来了两周，大约是士兵们都觉得她的重要地位已经奠定了，便开始试探性地通过她向邹亦时传话。温寒自然不愿意招揽这些闲事儿，每次都斩钉截铁地拒绝，不留一点情面。

直到有一天，有个小士兵跑过来把一张请假条递给她，她不明所以，听他解释才明白，原来他是想找邹亦时请假，但是找不到人，麻烦温寒给捎一下，她断然拒绝。可是这小士兵声泪俱下地和她说了他的特殊情况，原来是家里老人出事了，他想回去见最后一面。

温寒同情他，又想着仅仅是捎而已，又不需要她自作主张，便答应了下来。

上了一天班，下班的时候天已经黑了，她怕耽误了小士兵的事儿，拎着请假条去找邹亦时，可刚出门诊，就远远地看见拉练场上黑压压的全是人，她心里一惊，想着是出什么大事了，不然不会这么大张旗鼓。

她跑到拉练场，邹亦时正脸色铁青地训话，他的声音低沉醇厚，穿透力强，满场子都是"轰隆轰隆"的回声，听得人心惶惶。

"赵先天是哪个班的？班长出来！"

"到！"被点名的班长上前一步，稳稳的敬了一个礼。

"赵先天什么时候走的？"邹亦时冷着脸，眼底怒意翻涌。这会子的他看着格外地可怕，像是阎罗王似的，身上气场迫人，吓得人连呼吸都不敢大声。

"今天下午拉练的时候就不在了，没打报告，也没请假！"

"知道手底下人犯这样的错误是什么下场吗？"邹亦时低吼一声，像是草原上的狮吼，暴怒的情绪沿着浑厚的声音在拉练场上蔓延开来，那班长吓得抖了一下，但还是高声回答："一个犯错，全员受罚！"

"这次整个营都罚，负重拉练二十公里，一个半小时给我往返！你们中大部分是刚来的新兵，来了不到一个月就不服从管教了，这次给我好好长记性，如果有下次，绝不轻饶！"

邹亦时冷着脸下令，一旁的温寒被吓得脑门上直冒冷汗，她想这个擅自逃跑的士兵应该就是今天给自己递假条的小伙，要不是自己应了这事儿，没准就不会闹得这么大。

邹亦时在指挥台上站着，面前是黑压压的人群，温寒手心发凉，腮帮子都在哆嗦，思索半天，还是咬咬牙跳上了台，几步跑到他身边，小心地扯了扯他的袖子。

邹亦时脸上余怒未消，看着格外吓人，但看到来人是她，还是下意识放缓了声音，轻声问她："你怎么过来了？"

温寒吞了吞口水，心底竟然有些害怕，她掐了掐自己的手心，硬着头皮说："邹……邹上尉，那个……士兵，他把假条给我了！"

"你说什么？"邹亦时扬声吼了一嗓子，温寒被他的声音震得心脏突突地跳，知道自己这次犯了大错。这是军营，军令如山，都是铁打的纪律，不能有一丝的忤逆，可笑她权衡了半天，还是好心办了坏事儿。

邹亦时没看她，扭头冲着底下人发令："全体注意，即刻收拾行军装备，十分钟后准时出发！"

"是！"底下的声音震耳欲聋，温寒被吓得心惊肉跳，汗毛直竖。

士兵有序地跑步离场，在整齐划一的跑步声中，温寒跟在邹亦时身后，小心地解释了今天的情况，并且诚恳道歉，原以为他会大发雷霆，却没想到他突然把她拥到怀里，含笑说道："不怪你，到底是他没组织纪律性，这帮小崽子早就该拉出去练练了！"

温寒愣了一下，也忘记了反抗，只是抬头看着他，一脸不确定地问道："真的吗？"

她的小脸儿白皙，即便在这么艰苦的条件下风吹日晒的，皮肤依旧水嫩如初。邹亦时看着她粉嫩的唇，闻着和这粗糙的环境格格不入的馨香细腻的香气，顿时眸色加深，有些心猿意马，几乎想都没想，低头吻上去。

"哎哟喂！我的鼻梁！"温寒捏着鼻梁呼痛，邹亦时冷不丁被那笨重的眼镜框撞了一下，旖旎的气氛半点不剩，恼羞成怒地黑了脸，扭头大踏步地离开了。温寒撇撇嘴，冲着他的背影得意地说道："活该！让你得寸进尺！"她拍拍衣服，潇洒走人，那点负疚感也被这么一撞给撞没了。

第二天，部队里就渐渐传出小道消息，视军令如山的邹上尉为了她竟然收回成命，原本是二十公里的负重拉练，最后却变成了绕营地跑二十圈，这么纵容，这女人可不是一般的角色，就像唐明皇身边的杨贵妃，是福是祸可说不定！

对于这些传言，温寒从不放在心上，邹亦时无非是想给她点舆论压力，她不接招，他也奈何不了她！

温寒原本以为邹亦时的献殷勤也仅仅局限于这种佳丽三千，却独宠一个的居高临下的施恩方式，却没想到，他接下来的举动倒是让她有些不知所措。

这是她来部队的整第二周，这天中午，她正准备去吃饭，邹亦时突然行色匆匆地跑过来，一脸欢喜地拉着她的手就跑，她虽然不明情况，但还是被他拉着跌跌撞撞地跑到了大门口。

门口停着他的车，后备厢敞着，像是被撑开的仓鼠的嘴，塞得满满当当的。

还没等他出声，他就跟一个讨赏的孩子似的开始献宝："这是一些生活用品，这里条件艰苦，你一个女孩子生活一定不方便，不像我们这些糙老爷们儿，怎么着都行。这是吃的，小零嘴，我问人家店员，人家替我挑的，虽然你不太算是个正常的女孩子，但是……"

温寒眉尖上挑，毫不客气地冲他翻了个白眼，双手环胸看着他，没好气地说："邹亦时，你怎么说话呢！"

邹亦时促狭一笑，又指了指旁边的一堆："这是一些家用电器，虽然不确定你待多久，但是也不能委屈了你，微波炉、电磁炉、电饭锅，还有电暖气、电热毯，这儿比市里冷，你晚上记得用，女孩子体寒了不好。"

除了后备厢，他又拉着她去后座看，温寒看着大大小小的十几个袋子，问他："这又是什么？"

邹亦时得意地挑挑眉，眼底有一丝不易察觉的期待，他收起了欢快的性子，突然变得深情，轻轻在她耳边说："我想你穿给我看。"

温寒吓一跳，伸手扒拉了下那几个盒子，等确定衣服都是些奢侈品牌的秋季新款后，才略微放心，干咳了一声道："我不要，你留着送别人吧，我不需要这些。"她从前也奢侈过，把钱当成是大风刮来一般打扮得花枝招展，她并非矫情推脱，只是厌烦了过去的自己，便不想和从前有一点瓜葛，这样素净简单的模样更能让她安心。

邹亦时也没有咄咄逼人，只是不自然地笑了一声，把盒子垒好了，略带不甘心地说道："都是秋款的，这几天天凉了，我看你也没带多少衣服，要是实在没有替换的，就凑合着穿，这里离市区挺远的，你想出去买衣服特别不方便。"

说到这个，温寒才突然想起来，扭头问他："你在哪儿买的这些东西？"她从医院来这儿的时候用了将近5个小时，来回就是10个小时，且不说采购的时间。

邹亦时似乎就等着她这么问，听她一说，立刻摇着尾巴过来讨好：“当然是去市里，这里荒山野岭的，有口吃的就不错了，卖奢侈品的怎么可能扎得住根。我怕太晚了回不来，凌晨三点就出发了，路上人少，我飙车过去的，用了4个小时，买东西没花多少时间，都是熟人。”

温寒不知道该说什么，如果说他依旧是从前那副玩世不恭的模样，她还有法子对付，可是他这般真心实意，她突然觉得心里格外地有负担，不愿意接受他的心意，可是又怕负了他一片真心。踌躇间，他又说：“其实，我早就想买了，可是训练新兵一直没有时间，难得今天休息，就抓紧时间跑了一趟。”

他拎着东西往前走，又招呼了几个巡逻的士兵帮忙，死活不让温寒动手。

温寒闷头走着，踢踢他的脚后跟，问他：“这不是有一白天的时间吗？干吗不睡醒了再去？”

邹亦时回头看着她，眼底笑意深深，既没有私下里的戏谑猖狂，也没有训练时的冷酷严苛，反而透着一股青春阳光的气息，像是青涩的小男生头一次追求自己喜欢的女生一样，眼底都是单纯的爱意。

“因为白天要见你啊！”

邹亦时替温寒把东西搬进宿舍，事无巨细地收拾好，果然是部队出身，对于家务活也照样拿捏得利索干净，比她自己收拾得还齐整，临走前，他还特意嘱咐道：“打包盒里是我专门从酒店买回来的好吃的，你喜欢吃辣，他家的味道是一绝，现在估计凉了，你去微波炉里热热。”

安顿好她，他一步三回头地往外走，温寒从善如流地应着：“我知道了，你先回去吧。”舟车劳顿，还是先好好休息。她怕他误会，后半句没说出口。

邹亦时眼看着就走到门口了，干脆扒着门框，咬牙切齿地重复道：“我可真走了，我凌晨三点去的，现在都快两点了！”

温寒把色香味美的饭菜放进微波炉，定好时间，一脸茫然地瞧他：“哦，知道了。辛苦你了！”

邹亦时气得直咬牙，眼巴巴地看着她：“我时间尽耗在路上了，荒郊野岭的，哪有吃饭的地！”

“哦，对对对！”温寒恍然大悟，失笑出声，“没吃饭就说没吃饭，干吗拐弯抹角的，我哪知道你想说什么！”

这是两人头一次单独一起吃饭，温寒觉得怪怪的。邹亦时不按套路出牌，这一点让她有些措手不及，她只是伪装的冷漠，还不至于真正的铁石心肠。如果是纨绔子弟惯常的拿钱砸出来的追求方式，她从来不屑，可是像这种温情脉脉的方式就有点戳她心窝子，她也是普通女人，没那么好的定力。

“吃这个，我知道你喜欢。”邹亦时把餐盒里的腊牛肉全部夹到她碗里，又把她碗里的洋葱圈一个个夹出来，“我替你吃这个。”

温寒轻轻挑了挑眉，邹亦时立马会意，得意地邀功请赏：“住院的时候观察到的，只要是让我上心的人，我总是能有超凡脱俗的洞察力。”

“吃完了吗？吃完的话就赶紧走。”温寒把餐盒放下，冷着脸轰人。不管这是不是伎俩或手段，她不得不承认，他戳到了她的软肋，如果不加以防范，很快她就会被攻陷，并且溃不成军。

邹亦时对于她的忽冷忽热也不恼火，反而体贴地替她收拾了桌子，临走时，他轻轻拍了拍桌子上的一个小包，叮嘱她：“有什么需要，不方便和我说的话，就和后勤的小刘说，就是给你送衣服的小姑娘。我明天要去参加飞行演练，没时间见你了，你晚上有空的话陪我吃个饭。”

温寒巴不得他赶紧走，想也没想，连连点头。邹亦时心满意足地离开，她打开手边的小包，里头丁零当啷一堆东西，日用的、夜用的卫生棉，红糖，止痛贴，暖宝宝，生理裤，她愣了一下，突然反应过来，哦，对，她快要来例假了。

下午她照常上班，下了班刚想往食堂走，就接到了于芃芃的电话。其实部队里除了班长以上级别的士兵允许配备手机外，其他人是不允许带手机的，每天的通话时间和次数也有限制，但是谁让邹亦时惯她，无视了军营里的规矩，允许她带自己的手机进来，但是此刻温寒却无比后悔，她恨不得断了与外界的联系，现在也就听不到这个噩耗了。

于芃芃一把娇滴滴的嗓子说道：“温寒，我们高中同学聚会，霍瑾轩组织的。你别想着当缩头乌龟，你要知道，有多少人在眼巴巴地等着看你笑话！话给你撂这儿了，去不去是你的事！您可想好了！”

很快，邮件就发到她的邮箱，她看了一眼，明天中午十二点江情大饭店秋暮包间，时间下头是落款，邀请人赫然就是霍瑾轩，她看着那最熟悉的三个字，心口一阵刺痛。

整整五年了，该来的，总归是来了。

晚饭自然没了胃口吃，她直接回了屋，卷着被子躺在床上，怔怔地看着雪白的天花板。过去的回忆争先恐后地扑过来，他的笑，他的宠，还有他甜蜜却克制的吻，他说，宝儿，我们文个文身吧？虽然不刻骨，但是铭心。

她伸手摸了摸自己耳后的音符，想起他带了一个成熟性感的女孩，或者说是女人来到她面前，对毫无防备的她说：“温寒，我受够你这副单纯幼稚的模样了，乏味得很，我们分手吧，我真的受够了，可折磨人了。”他嬉皮笑脸的，照旧是吊儿郎当的模样，可是捅起人来毫不含糊，她化着精致的妆容，哭得像个小丑。

她厌恶的，和厌恶她的，结结实实地给了她一记响亮的耳光。

所以她努力地变得朴素，恨不得寡淡到尘埃里，并非看破红尘，而是为了逃避现实。霍瑾轩赤裸裸的讽刺，让她像一个跳梁小丑，她不能时时刻刻提醒自己，她的一颗真心，终究是喂了狗了。

在床上懵懵懂懂地失神，还是铃声大作的手机让她回了神，她看了一眼，是邹亦时打来的，接起来后几乎没有犹豫地说了句：“邹亦时，我想请假，我明天有事出去一趟。”

那头的人似乎是噎了一下，但是很快反应过来，二话不说地回答：“好，你什么都不用管，手续我来弄。你要去哪儿？我明天送你！”

“嗯好，谢谢你了。”

电话那头，李副官一脸为难地看着邹亦时，小心地说了句：“上尉，咱明天还有演练呢，今天晚上就得出发了，没时间送温大夫啊！”

邹亦时眉心紧皱，轻轻叩着桌面，沉思半晌后不容拒绝地说道：“演练照常进行，早上我把温寒送过去，再赶过去和你们会合。”

李副官急得要跳脚，兴许这温大夫要去的地方和演练场不远，但是邹上尉累了一天，明天继续舟车劳顿，还要演练，身体怎么吃得消？万一像上次那样出了意外那可怎么办？到时候他怎么和邹上尉的家人交代？再说了，这邹上尉可是个声名远播年少有为的军官，不靠家里的关系，凭着自己的努力一点点爬上这个位置，不仅有超凡的毅力，更是有不容置喙的铁一般的纪律性，所以，即便训练士兵总是格外地严苛，但他向来以身作则，也没人敢说句闲话。

现在可好，自从这个温大夫来了之后，邹上尉三番两次地为她破例，虽然不至于影响大局，但到底动摇了邹上尉钢铁作风的形象，这要是搁在古代，这女人就是祸国殃民的红颜祸水啊！

李副官还想规劝，邹亦时已经起身离开了，他着急得跳脚，也不敢说这事儿，只说："上尉，吃饭啊！在食堂坐了一个小时了，怎么说走就走，明儿还赶路呢！"

晚上临睡前，邹亦时又给温寒打了电话，问了明天要去的地方和时间："明天就辛苦你早起了，我们五点钟出发，到那差不多十点，不耽误你的事。"

"你帮我安排车就行，不用你亲自送，你不是还得演练吗？送我要误事的。"

"没事，临时取消了，有时间，你不用操心。"

"真的？"

"真的。我的事儿我自然会安排好，我不放心别人送你，路这么远，我亲自送。"

"好，谢谢。"

"没事，不用客气。"邹亦时其实想问，到底是什么事，能让一直远离尘世的你不顾路途遥远，长途跋涉也要赶回去？但是忍了忍，还是没问，他要给她足够的私人空间，想占有，但不代表强取豪夺。

第六章 这么远那么近

第二天一早，温寒就收拾好出门等着了。邹亦时五点出来的，看到她后，小跑着过来，伸手捧着她的耳朵："出来多久了？怎么不多睡会儿？这里冷，不像市里头。"

温寒别扭地甩甩头，后退了一步，和他保持距离，脸上没什么特殊的表情，淡淡地说了句："没事，走吧，反正也睡不着了。"

上车时，邹亦时说什么也不让她坐副驾，她开了后座的门，才看见后座上放着枕头、被子和眼罩。邹亦时扶着车门，若无其事地说："带着你，我不敢开太快，路上起码要走5个小时，你正好可以睡一会儿。"

温寒心里五味杂陈，今天的事本来就让她心口像是灌了铅，他这样的关心更是给她添堵，于是，她从他手肘下撤回车门，狠狠地关上，抬头看着他，眼底俱是冷漠："谁稀罕你这么自作多情了！"

邹亦时也不恼，脾气好得很，只是眼底有一丝一闪而过的落寞，他转身开了副驾驶座的门："行，听你的，你怎么高兴怎么来。"

车子上路，邹亦时的越野车在崎岖不平的小路上平稳前行，天还没亮，所以道路两边都是要散不散的夜色，掺和在灰败的黄土地里，看得人心情压抑。

温寒越发觉得心口憋闷，她清楚自己的病，身体上的劳累还好，最怕就是心理上遭受打击。她好不容易狠下心来准备好好治病，不想因为这件事而功亏一篑，哪怕她伪装得再好，只要是霍瑾轩，总能给她致命一击。

车行了一个多小时后，天色渐亮，太阳还不足，天是灰蒙蒙的一片，地上的景色依旧是单调的线条，远远地可以看见灰白色的地平线，一派没落，分不清哪儿是天，哪儿是地。

“累了？要不要休息一会儿？”邹亦时扭头看她。平时的她虽然冷漠，但是起码看着有生机，但是现在，她分明是一副失魂落魄的状态，眼神迷离，绝对有心事。

可是他不敢问，他头一次觉得自己喜欢一个人喜欢得如此窝囊，由一开始的好奇，到被激起占有欲，直至真正喜欢上她，她态度始终如一，他的心情却经历了千变万化，而如今，他变得愈发地小心翼翼。

近乡情怯，靠得近了，反而有些不知所措。

“不用。”温寒始终看着窗外，眼神冷漠，言辞敷衍。

“那饿不饿？你早上没吃饭吧？我带了吃的，要不要吃一点？”邹亦时腾开手把准备好的早餐递给她，车里开了空调，食物还是温热的。

“我不吃，你吃吧。”温寒捶了捶胸口，长长地出了一口气，她眉心紧皱，因为心情不舒畅，所以脾气格外地不好。

“那……喝水吗？”邹亦时希望她能和自己说一说，要去哪儿，要去见谁，为什么不开心，身体有没有不舒服的地方，他希望她能把自己当成依靠，而不是负担。

“不喝。”

“你今天要去哪？”

“同学聚会。”

“什么同学，高中还是大学的？”

“高中的。”温寒冷了脸，隐隐有些不耐烦。

“哦？高中的？毕业这么多年还举行聚会，这组织人号召力不小，谁组织的？”

“关你什么事！”温寒突然转头低吼了一声，终于忍不住发火，说完之后，她就有些后悔，说白了自己这是迁怒，可是她现在头疼心烦，胸口像是压了巨石，根本没有心情去顾及其他。

她冷冷地扭过头，按了按开窗户的按钮，“咔嗒”声响了好几次，窗户却纹丝不动，她按着额角，心里像是揣了一只猫似的上蹿下跳，她拿脑袋撞着窗玻璃："邹亦时，给我开窗透透风吧！"

邹亦时探手过来护着她的头，软声道："还在高速上，天儿又冷，怕你着凉了。"

温寒一把打开他的手："给我开窗户，我憋得难受。"

"你去后边儿躺着，我就给你开。"坐后边，冷风不直吹的话，应该相对好些。

"不去！我就在这儿坐着，给我开窗户！"温寒脑袋昏昏沉沉的，只想着吹冷风清醒清醒，无论邹亦时怎么哄，她始终不肯妥协。

"好，我给你开。"邹亦时叹了口气，开了窗户。

温寒见了冷风，脸上的表情突然放松了不少，眯着眼睛靠在窗上，只是脸色依旧惨白。

邹亦时深深地锁着眉，内心煎熬，他现在拿这个女人一点办法都没有，就想要无微不至地护着她。两厢矛盾时，又舍不得和她作对，就只能顺着她，只要她开心，他都听她的。

路上邹亦时接了无数个电话，李副官不停地催他。演练马上就要开始了，他这副营长还逮不着人影，直升机都停了一排了，他啥时候能过来？

邹亦时害怕温寒担心，每次都含糊几句，嘴上只说快了快了，最后一次打电话时，李副官声音太大，几乎是扯着嗓子吼出来的："邹上尉，你能不能给我个准信儿，多少人这儿等我回话呢！你这不是把我架在火上烤呢！"

温寒扭头看了邹亦时一眼，邹亦时以为她会说什么，却没想到她只是淡淡地瞧了他一眼，又面无表情地扭过头去了。邹亦时心底莫名有些失落，也懒得继续搪塞，只说道："再有一个小时就到了，在演练正式开始之前，我肯定能到。"

送温寒到了目的地，邹亦时还想嘱咐她，但是看着她头也不回地下车离开，他把到嘴边的话又咽了回去，狠狠踩下油门，驱车离开。

温寒混混沌沌地下了车，感觉骨缝间都生了锈，伸了伸懒腰后，深深地吸了口气，像是奔赴刑场一般大步离开。

她去做了头发，做了美容，又买了衣服，多少年没有这么大手大脚地花过钱，看着银行卡上哗哗往下掉的数字，她竟然有种莫名的痛快感。

收拾好之后，美容院的服务生柔声说要给她化个妆，她托托眼镜，摆手拒绝："我自己来吧。"

等她化好妆，换了衣服出来，那服务生惊讶得合不拢嘴，眼底俱是惊艳，愣了半天才说："小姐，你好漂亮啊！"

温寒很长时间没被人夸赞过了，一时间觉得不适应，等看到镜子里自己那张熟悉却陌生的脸时，她冷笑一声，五年过去了，她却依然可悲，霍瑾轩不过轻轻地触碰，她的心口就能血流成河。

江情大饭店是本市最正统高端的一家饭店，不渲染淫靡气氛，又不刻意附庸风雅，真正出自大师手笔的设计，雍容大气自然不在话下。

温寒由侍者领着去找秋暮包间，小男生频频回头偷看她，她勾唇一笑，他便羞得满面通红。温寒在心中自嘲，她这样刻意又是为了哪般？她过得好与不好，早在五年前霍瑾轩就已经不在意了，她这么做，是为了欺骗他，还是为了欺骗自己，她也有点分不清楚了。

等她进去的时候，人已经来得差不多了。霍瑾轩坐在首位，五年的时间将他雕刻得更加沉稳干练，退去了玩世不恭，像所有成长中的男人一样，终于成熟了。

耳边是此起彼伏的唏嘘声，有人惊叹她始终如一的美丽，有人惊叹她被时间浸润后的性感韵味，只有她自己知道，她这样是做给霍瑾轩看的，她依旧不甘心，不甘心他让自己如此痛不欲生。

"温寒，你来了。"霍瑾轩抬头看着她，那道刻在她心底的声线轻轻地响起，带着恍如隔世的熟悉感，深入骨髓。

她也看着他，笑得风情万种："霍瑾轩，好久不见。"

五年未见的老同学，由熟悉到陌生之间的那点落差是最值得人们津津乐道的，于是，酒壮尿人胆，几杯酒下肚，就有人按捺不住，开始试探着打听温寒和霍瑾轩的事。两个当事人都熟视无睹，无视就被当作默认，一群人便渐渐放肆起来，一个以前在班里就兴风作浪、挑拨离间的女生如今更是变本加厉，故意冲着温寒说道："温寒，当初霍瑾轩甩了你找了个骚蹄子，你没趁这次机会报复他？给他领一高富帅啊！"

她话一出，气氛瞬间变得凝重，在场的人都噤若寒蝉，没人再敢吱声。温寒不怕无意的冒犯，最恶心这种把别人的伤痛当下酒菜的小人，她不是善茬，从来也不知道忍气吞声四个字怎么写。

于是，她一手抄着高脚杯，一手捎带着从桌旁烟盒里抽了根烟，身姿绰约地走到那女人旁边，面带笑容地把整杯红酒浇到她脸上。在她惊呼一声准备反抗时，温寒一手压住她的肩膀，一手把抽来的烟塞进她嘴里，顺势捡了只打火机，把摇曳灼热的火焰凑近她的脸颊。

温寒垂眸看着这女人，眼底是阴森的寒意，她狠咬着后槽牙开口："刘晓玉，别拿自个儿的嘴不当回事，我温寒还没沦落到给你当调剂的地步！"

刘晓玉深知温寒绝不是个好欺负的，但是仗着人多，她看着别人调侃的时候温寒也没什么表情，还以为她性子变软了，这才搬起石头狠狠地砸了自己的脚。

刘晓玉和温寒的作风同从前并无两样，所以这出闹剧大家也没放在心上，吃了饭，又闹哄哄地转战楼上的娱乐场所。

这么一折腾，不知不觉就到半夜了，温寒没想着赶回部队，下午没有回去的车，怎么着也得留宿一晚。

温寒当初太张扬放肆，好姑娘都不愿意和她接近，况且，那会儿她的心思全都放在霍瑾轩身上，哪有精力顾及其他，所以同学聚会唯一值得她奔赴而来的那个人，却由不得她肆无忌惮地靠近了。

包厢里回荡着或余音绕梁或魔音入耳的歌声，有打牌的，有摇骰子的，喧嚣声不绝于耳，她坐在沙发的一头，霍瑾轩在另一头，不尴不尬的距离，说矫情点，是她耿耿于怀的那五年。

坐了一会儿，她觉得头疼得厉害，扶着额角出去透气。走廊尽头是洗手间，宽大的洗手台釉面光洁，映着璀璨的灯光，像是定格了的湖面，她撩起裙子坐上去，高跟鞋甩在一边，把顺来的烟点上，娴熟地叼在嘴里。

"这么长时间了还没戒烟？"霍瑾轩不知道什么时候跟了过来，他一手拎着她的黑色高跟鞋，一手从她指尖抽走了那根刚点燃的烟，温寒回头看他，觉得格外地不真实。

这五年里，她几乎是魔咒了一般疯狂地想他，无数次在心底勾勒他的模样，幻想了无数次她再见到他时，是该红了脸，还是该红了眼。

但是现在，她似乎并有那么大起大落的心情。她之所以会千里迢迢地赶过来参加这个鸿门宴，并非对霍瑾轩还有什么执念，她只是想知道，她难过了这么久，为他堕落了这么久，削掉了自己所有的锋芒，到底是和他过不去，还是和自己过不去？

她又抽了一根，娴熟地点上，在朦胧的烟雾里斜睨着他，声音里没什么多余的感情："霍瑾轩，你这是和我玩的哪出？"不是所有的感情都适合这样的套路，久别重逢、旧情复燃的那都是当初爱得不深、恨得不够，换作她，她恨不得把他抽筋扒皮、啖血食肉。

"温寒，你误会了，我不是那个意思，我就是想见见你，看你过得好不好，你过得好，我就放心了！"霍瑾轩深情地看着她，他变了很多，却唯有眉眼如初。

温寒冷眼看他，怒火中烧，看着他一副时过境迁的淡然模样，眼中突然就生了泪，不知道是因为气愤，还是因为难过。

他从来没有好好爱过她，所以才能这么云淡风轻。

她是含着金汤匙出生的大小姐，不谙世事，思想单纯，因为在象牙塔里禁锢了太久，所以对外界的事物有近乎偏执的好奇。她的娇纵和奢侈导致了她被所有女生孤立，青春期的躁动无处宣泄，她被一些叛逆的女生频繁而没有缘由地纠缠，其他人都是看笑话的，出于被放大的仇富心理。

而只有霍瑾轩，家境一般，是最该看她笑话的人，却偏偏出手相救。她懵懂无知，瞬间被这童话般的英雄救美情节打动，尔后，含羞带怯的守在他身边。

他告诉她："跟着我，我会保护你，虽然不会是一辈子，但只要我在，绝对护你周全。"

没有刻意而浮夸的山盟海誓，也没有虚情假意的诱哄，只是发自肺腑、尽全力地守护，她羞红了脸，耳边都是自己剧烈的心跳声，半晌只说了句："好！"

只怪她太天真，以为他的告白是走了心，却不想他之所以不许诺一辈子，是因为他压根没有想过长久。

原本青春期的爱情就只能是用来怀念，却不能用来安定，但是偏偏她心态不如别人，心智不成熟，又被娇生惯养了十几年，一颗真心所托非人，消沉堕落后，就开始抑郁。

她为他浮浮沉沉了这么久，被剔骨割肉般地脱胎换骨，换了个人似的卑微地活着，天天受着煎熬，而如今，他对于她所受的苦难只是轻描淡写的一句：“你过得好，我就放心了。”

她怎么可能过得好？刀没割在他身上，他就不知道她有多疼！

她从洗手台上跳下来，赤着脚走到他面前，眼角的泪滑下来，她看着他，一字一顿道：“霍瑾轩，你配吗？”

见她流泪，霍瑾轩的心里狠狠地刺痛了一下，心中最柔软的地方被攥紧，他手抖了一下，还是没忍住抬手想要替她擦泪，无论时间过去多久，她始终是他心底最舍不得触碰的痛。

“啪！”温寒抬手给了他一巴掌，看着他白皙的脸上渐渐浮起清晰的五指印，她才挑眉直视他，脸色依旧冰冷，眼底已经没有一点悲伤的神色。

“霍瑾轩，这一巴掌是你欠我的。”

说完，她揉了揉震得发麻的掌心，转身要走。一抬脚，霍瑾轩就紧追上来，一把揪住她的手腕，她欲挣脱，他不由分说地把她打横抱起，一转身放在洗手台上。

“别动，把鞋穿上。”他的脸颊渐渐肿起来，但是他无暇顾及，把手上的鞋在手里颠了个个儿，很自然娴熟地替她穿上。

温寒看着他，过去的回忆山呼海啸般地汹涌而来。他在大雨里背她蹚水坑，她躲在他的背上悠然自得，他浑身湿透，水滴沿着他的发丝一直流进脖子里，他很自然地蹲在她脚边替她系鞋带，无视周围人的目光。他所有的宠爱都自然而不刻意，以至于让她误以为，他是真的爱她的。

现在他依旧如初地替她穿鞋，这场景却陌生得恍如隔世，温寒挑了挑脚尖，把腿荡到一边：“我自己来。”

霍瑾轩一愣，却没松手，执意给她穿好鞋，细心地替她挽好了带子，之后才低声地说：“不用这么刻意地躲我。”他眼底有尖锐的痛楚，温寒坐在高处，没有看到。

穿好鞋，温寒躲开他的搀扶，沿着洗手台跳下来，一抬头，才看到了双手环胸斜倚着门框的邹亦时。

“我说怎么巴巴地要赶过来，原来是赶着和旧情人幽会。”他开口，声音不咸不淡。

温寒的心脏突然剧烈跳动，明明是光明磊落的事情，此刻却像是做贼心虚一般。她的目光落在邹亦时身上，发现他身上还穿着空军制服。天蓝色的制服裁剪合体，版型挺括，越发衬得他丰神俊朗，他身上带着无法磨灭的军人出身的强大气场，那种霸道阳刚的魅力是霍瑾轩这种职场打拼的白领无法比拟的。

邹亦时抬步走向温寒，硬质的军靴在地板上发出沉闷笃定的声音。霍瑾轩也没怎么见过气场如此强大的军人，顿时被他震慑住了，竟然下意识地侧了身，让他径直走到了温寒面前。

邹亦时看着眼前的人，伸手摸向她的耳后，他的手格外地凉，温寒不由自主地哆嗦了一下，她原本是排斥他的亲近的，此时却下意识地不敢拒绝。

她见识过他发火的样子，在拉练场上大发雷霆，像是发怒的野兽，嘶吼声响彻半空，让人听着就觉得胆寒，她以为那个时候的他就足够可怕了。

却不承想，此时的他反而更加地瘆人。他没有暴怒，也没有气急败坏，嘴角一直挂着一丝若有似无的浅笑，唯有离得近了，才能看见他眼底的暗沉，那是一种山雨欲来的压抑的风暴，带着森冷的寒意，叫人头皮发麻。

“这是为他文的？”邹亦时低低地开口，声音清冷，不带一丝感情。

他的指腹冰冷粗糙，在温寒耳后摩挲时，她越发觉得浑身发麻，嘴上自然不敢扯谎，只能硬着头皮回答：“是。”

邹亦时抬手故作暧昧地摸向她露在外面的细腰，凑在她耳边，用只有两个人听得到的声音低沉地说：“温寒，你真是好样的，那头和我玩欲擒故纵，这边却和老情人旧情复燃，可怜我竟被你玩得团团转！”

说到最后，他的大手沿着她的腰线一点点地爬上来，抚过她的脸颊，最后停在她没有厚重眼镜压着的鼻梁上，他盯着她，在她鼻梁上重重一压，末了，眼神冷淡地说了句：“温寒，老子真他妈是闲得发慌，才会给你拿来逗闷子！”

温寒被压得鼻梁一酸，眼中止不住地生泪，等她缓过劲后，邹亦时已经大踏步地离开了，只留下一串笃实坚定的脚步声。

温寒几乎没有在意霍瑾轩的反应，提着裙摆追了出去，霍瑾轩站在原地看着，心底空荡荡的，有种刻舟求剑的悲哀。她留在他心口的印记，他一直小心翼翼地保护着，却不承想，这五年的时光已经把她推得越来越远，他再也抓不住她了。

而他俩之间漫长的隔阂，源于他最开始的狠狠一推，所以，她的离开，怪不得别人。

邹亦时下了楼之后，李副官匆匆地迎上来，还没接近人就感觉一阵寒气扑面而来，他到了嘴边的话吓得咽了回去。他跟在邹上尉身边这么多年，还从来没见他这么阴森恐怖的脸色。邹上尉一直是个沉稳自律、喜怒不形于色的人，真可谓是泰山崩于前都岿然不动，就连好几次重大自然灾害的紧急抢险，也没见他眼皮眨过一下，而眼下竟然有什么事让他变成这副脸色，李副官吞吞口水，既害怕又好奇。

邹亦时上了车，没有着急离开，而是整个人躺进座椅里，半截手臂遮着眼睛，似乎是累急了，一动不动。

李副官偷偷咂咂嘴，能不累吗，前天就没睡好，今天又是舟车劳顿，在天上整整飞了一天。他是个做任何事都精益求精的人，演练场上累得快虚脱，哪里不完美了都要自己亲自上去再演示一遍，新兵蛋子多，他也不厌其烦地一遍遍地指导。

李副官都看着有些不忍心了，想着好不容易演练结束了，赶紧让首长回去休息吧，他房间都订好了。可是邹上尉连口水都没喝，衣服也来不及换，说是这么晚了，得接温大夫回去，他实在不放心首长的身体，只好自己主动请缨给他当司机。

可不承想，温大夫没接着，却把邹上尉惹毛了。

邹亦时闭着眼睛躺了很久，始终缓不过劲来，愤怒到了极致，反而不知道该用什么方法纾解，任何语言或者情绪都苍白得很，他想着，或许把那个女人拆吞入腹才会好一点。

初见她时，她是个装扮过时老气的村姑，扎在人堆里都不起眼，他原本对这样的女人是嗤之以鼻的，但是看了她在手术台上的淡定和狠戾，突然觉得这女人似乎并没有她表面上表现得那么怯懦。

再后来，他一点点发现她刻意伪装起来的美，一点点深陷，无数次幻想她盛装出席时，会是怎样的美艳。

今天，他夙愿以偿，却远没有想象中那般欣喜若狂。

他给她打电话，她不接，他从演练场下来立刻赶来这里，生怕和她走岔了，他问了服务生他们的包厢，上楼后目光便在楼道两侧环顾，于是一眼就看到了她。

她美得不可方物，以至于他一时间竟然没法将她与那个呆板木讷、永远戴着一副古董眼镜的老气横秋的村姑联系在一起。

她永远窝在脖子里的低马尾散开成了披肩长发，乌黑顺滑的头发像是一匹锦缎，晶亮的光泽在灯光下一点点地荡漾。彼时，他只看到了她的背影，她穿着黑色的露背长裙，将曼妙的曲线勾勒得完美动人，他看着她露在外面的肌肤，被黑色长裙衬得洁白如玉，那抹小腰和他预料的一样，柔软、光洁，纤细得不盈一握。

他不自觉地尾随而去，再然后，就看到了她的正脸。她摘掉了眼镜，化了精致妖媚的妆容，眼尾上挑，那双大眼退去了平时的死气沉沉，变得魅惑诱人，湛黑的瞳仁里闪烁着晶莹剔透的光，一波一波地摇曳生姿，仿佛能勾魂夺魄。

她脱了鞋子，径直跳上洗手台，邹亦时觉得自己的心口都随着她狠狠地跳了一下，心脏悬着，快要窒息。她身体的曲线蜿蜒流畅，带着诱人的弧度，或高耸或低平，他的心便沿着那曲线，上下颠簸，不得安宁。

她的裙子沿着大腿滑上去，一双笔直的长腿露在外面，白嫩光滑，比藕段修长精致，比葱根光泽夺目，她的脚丫一晃一晃，俏皮却透着不加掩饰的性感。

邹亦时觉得自己的呼吸都要停滞了，她似乎并不是一个普通的女人，她是个误入凡尘的妖精，带着妖娆和魅惑，诱得人销魂蚀骨。

她像是只破茧而出的蝶，挣脱了所有的桎梏，那么肆意张扬地释放自己，美得毫无顾忌，不再畏首畏尾，不屑于任何伪装。邹亦时偷偷地吸了一口气，像是发现了一座金矿一般，那种从天而降的惊喜将他心底的贪婪无限放大，他想独自占有她，除了他，他不想再让任何人见识到她的美。

她的一颦一笑都像是在他心脏上抽丝剥茧，让他像是鬼迷心窍一样无法自拔，他疯狂地想着，她是他的，也只能是他的。

直到另一个男人出现，他才从近乎魔障的痴迷中清醒过来，看两人的眼神，他就清楚她耳后的文身就是这个男人的缩影，他怒火中烧，几乎丧失理智，他恨不得把这个男人千刀万剐，却在看见她的眼泪后，满腔怒火被浇了个通透。他自嘲地想着，他在她心底，可是从来都没什么分量的。

她为了这个男人洗尽铅华，又为了他脱胎换骨，她的惊艳只是为了这个人，对他，从来都只有漠视和敷衍，若非他坚持不懈，她怕是早恨不得扬长而去。

队里通知要从她的医院调医生过来，他踌躇了很久，想让她来自己身边，又舍不得她受苦，最后耐不住相思之苦，他自私地点了她的名字，他装作不知情的样子，心底却高兴得像是讨到糖的孩子。

他能因为她默许他的亲近而高兴得彻夜难眠，却不曾想到，她能为了另一个男人，把自己折磨到如此地步，和那个男人相比，他何其悲哀。

“邹上尉……邹上尉？”李副官拍了拍他，小心翼翼地问，“我们走不走……”

他试探地问，邹亦时一动也不动，只是低低地说了句：“走吧！”

“那温大夫还带吗？”

她的名字对于邹亦时来说就像是解药，他腾地坐起来，侧头一看，就看到了在车外站着的女人。

她的眼睛、头发和衣服比夜色还黑，偏偏皮肤白得欺霜赛雪，映着月光，莹润如玉。她一定是个妖精，让他鬼迷心窍，所以他才能由着她摆布，半点自制力也没有。

他开门下车，几步走到她面前，冷眼看着她：“怎么了？舍得抛下旧情人追到我这儿来了？”

温寒不知道说什么，她明明问心无愧，她从来没有应允过邹亦时什么，这次来也只是为了和过去做个了断，让自己过了这个坎，因为兰素说了，只有了了心底的记挂，她的病才有的治。可是看到邹亦时眼底的阴沉，她却总觉得良心难安。

对不起，你听我解释，事情不是你想得那样。这样蹩脚且矫情的话她说不出口，酝酿半天，只说了句："你可不可以送我回去？"

邹亦时突然冷笑，他抬手拍拍她的脸，咬牙切齿道："温寒，你丫把老子当司机呢？和小白脸私会完了，来我这儿蹭便宜？"

温寒沉默着，半天没说话，邹亦时感知到手心里的触感，一时间分了神。她的脸颊娇嫩柔软，没有胭脂水粉的腌渍，清透滑腻，羊脂白玉一般诱人，他眸色沉了沉，不受控地往下滑，沿着她修长的脖颈、秀美的锁骨，还想继续往下。

温寒哼了一声，表示不乐意，他辗转了一下，大手落在她的腰上。她腰间的触感同样美好，盈盈细腰，一手便可掌握，清晰的腰线和两侧性感的腰窝让他流连忘返，他垂头看着她，看着她红润娇嫩的唇瓣，像是受了蛊惑一般，难以自持地吻下去。

温寒低低地叫了一声，身体扭动，带着明显的排斥。邹亦时握着她的腰，转身将她压在车门上，车门被撞得咣当作响，李副官吓了一跳，看了看车外的情景，开了门，拔腿就跑。

久旱逢甘霖。邹亦时想着，自己就是那干旱了许久的人，她是一眼清泉，带着透心的清凉，他忍不住想要汲取，无法自拔。

温寒却是有些害怕，她的后腰被他箍得紧紧的，后脑勺也被他死死地摁着，他凶狠地吻着她，像是要把她拆吞入腹、连血带肉地吞下去。她的初吻给了霍瑾轩，那个青涩的年代，连亲吻都带着娇羞的气息，几乎就是唇瓣的轻轻触碰，所以她从未体验过如此霸道蛮横的吻，像是野兽一般，夹杂着狂风暴雨，让她无力抵抗，只能被动承受着。

他身上冷冽的气息萦绕在她鼻端，那种成熟男人特有的气息混合着他常年军旅生活锻造出来的刚硬坚毅，将她压迫得连最后一点抵抗都消失殆尽。

他的肩章压得她肩膀生疼，她双腿发软，只能攀附着他。他把她拥得更紧，仿佛要把她生生地揉进他的怀里，于是，她身体的柔软就能清晰地感受到他身体的紧绷，他每块肌肉都带着勃发的力量，透过层层衣物，一点点灼烧着她。

这个吻不知道持续了多久，等他把她放开时，她已经浑身虚软无力，只能托着他的胳膊勉强站着，她像是被吸走了魂魄，整个人都是混沌的。

邹亦时摸着她的脸，声音喑哑，呼吸粗重：“温寒，不要再激怒我，不然，我在这儿就把你办了。”

说完，他转身离开，脚步声仓促凌乱。

他驱车离开后，温寒在冷风里站了很久，胸口灼热的温度才渐渐退散。

不一会儿，面前走过来一个穿着制服的军人，毕恭毕敬地冲她敬了个礼，把手里拿着的外套披在她肩上，之后才说：“邹上尉说了，您先休息，明天一早，他会派车过来接您，酒店我已经预约好了，我带您过去。”

“不用了，我之前已经订好房间了。”温寒扯了扯肩上的衣服，把自己裹得更紧。李副官斩钉截铁地拒绝了：“邹上尉说了，必须得住在他替您安排的酒店。”

温寒愣了一下，思维散乱，也懒得争辩，妥协道：“也好，那我跟你去吧。”

李副官送她到房间，又把自家首长送到隔壁房，自己去开他俩对面房间的门。他咂咂嘴，觉得自己想得有点龌龊，但还是忍不住揣测，按理说，刚才那么火热的亲吻，这会儿怎么着也得进一个房间了，但看首长和温大夫的表情，没一个有好脸色的，一个惊魂未定，一个余怒未消。

真是一对怪人！

邹亦时回了房间以后依旧脸色铁青，他冲了个冷水澡，脑海里翻滚着刚才的情景，她的香甜娇软，她的美艳性感，让他秉持多年的自持力全线崩塌，他气急败坏地关了水龙头，卷了浴袍出来，翻身上床睡觉。

“邹亦时，你抱抱我吧！”她冲他伸着手。他眯眼看着她，入目是滑腻白嫩的皮肤，他伸手去摸，却怎么都感觉不到真实，她软软地哼着，一改往日的冷漠疏离，像是猫一样，娇媚异常，缠着他，轻轻蹭着。

他从善如流地将她压在身下，想把她紧紧搂着，可是怎么都拥不紧，他知道她瘦，小腰太细，所以越发地用力，她就只是眯着眼睛哼哼，嘴里叫着：“邹亦时，你抱得太紧了！”

他无处施力，但是身上的火气四处流窜，不得不发泄，他把她抱起来，浑身紧绷，情难自控地喊她：“温寒，再抱得紧点！揽着我的肩！”

他喊得嗓子沙哑，肌肉紧绷，简直快要爆炸，她却没有一丝回应，他的眼前忽然一闪，再睁眼时，才发现怀里的人已经不见了。

落地窗里洒进来一点月光，房间里安静异常，只留了一丝几不可闻的座钟的嘀嗒声，邹亦时看着自己滑在腰间的被子，懊恼地低咒了一声。

他邹亦时什么时候沦落到如此地步了。

冲了冷水澡后，他睡意全无，生怕她又来梦里作孽，于是倒了杯酒，坐在窗边打发时间。

而隔壁房间的温寒同样是辗转难眠，她的唇瓣还是肿的，虽然用冷水敷过，但是收效甚微，并非她多矫情，只是邹亦时太过霸道蛮横，下了狠劲地吻她。

她心绪不宁，脑袋里混混沌沌，理不清思绪，霍瑾轩和邹亦时两人在她脑海里横冲直撞，她有些分不清，她爱的是谁，又或是曾经爱过谁?

迷迷糊糊间，手机铃声大作，她接起来，是霍瑾轩。她原本要挂，只听见他说了句："温寒，你听我说完，我就说这一次，你听好了。"

温寒握紧了手机，觉得他势必要把她的伤口连血带肉地撕起来，却没有勇气挂断，她很想听听，对于他辜负她的这五年，他能作什么样的争辩。

霍瑾轩开口说话，声音轻缓而压抑，在这夜深人静的时候，听着格外地凄凉。

他说："温寒，当初我和你分手，不是因为我看上了那个女孩，也不是因为我用情不专，是因为我觉得我配不上你，我受够了别人戳我的脊梁骨，受够了你家里人给我的压力，我是一个男人，是应该保护你，和你并肩的男人，而不是那么卑微的，向你摇尾乞怜。所以，我找了一个蹩脚的借口骗你，因为我知道，如果不是这样决绝的理由，你一定不会彻底地离开我。这五年里，我拼命地往上爬，每次我觉得撑不下去的时候，我就想着，总有一天，我得骄傲地站在你身边，这是我奋斗的唯一动力。现在，我总算小有成就，所以，温寒，我们能不能重新开始？"

他没有道歉，没有反省，仅仅叙述了他自己的心路历程，站在他自己的角度去考量和忖度这一段感情和这让她备受煎熬的五年，从始至终，他没有在乎过作为另一个当事人的她到底有多难过。

这样的理由听起来忠贞不贰，却自私无比。解决的办法有很多，他却选择了一个最伤她的，她的感受压根不在他的考量范围内，他那点可怜的自尊心和男人的好胜心战胜了一切，他不过是找了痴情这个冠冕堂皇的理由来掩饰他的自私。

温寒手指抠得紧紧的，她眼中的泪一点点地濡湿了枕头，自从和他分手以后，她哭够了，就保持着不悲不喜的状态，再没什么大事能让她落泪。而现在，她哭，不是给他悔改的机会，而是恨自己为什么会因为这样一个自私的人折磨了自己整整五年。

她原以为自己的爱情是无疾而终，该值得痛彻心扉的，却没想到真相是她以为的轰轰烈烈的爱情不过是霍瑾轩自导自演的一场闹剧，可怜她像一个傻子一样，沉迷其中，不可自拔。

霍瑾轩听见她低低的啜泣声，顿时慌张："温寒，温寒，你不要哭，我知道我错了，我对不起你，你能不能给我一次机会，我一定会好好补偿你……"

他话还没说完，温寒就低喝一声阻了他后面的话："霍瑾轩，你给我闭嘴！以后我们桥归桥，路归路，老死不相往来！"

霍瑾轩还欲解释，温寒径直挂断了电话，她怔怔地看着天花板，突然觉得自己可笑至极。她为他痛不欲生，活得如此窝囊，把自己折磨得了无生气，他却用一句我觉得配不上你，轻飘飘地打发了她这五年，她把最美好的时光给了他，他还了她一个最蹩脚的借口。

他一句话，让她这五年的痛苦变得一文不值。

温寒睁着眼睛一直躺到了天亮，看着窗外灰蒙蒙的夜色，她起身洗漱好换了衣服，出门等邹亦时起床。

她刚一开门，就看见邹亦时也从房间里出来，他穿着便装，少了军人的庄重肃穆，多了几分精明干练，他也看见了她，低着头自顾自地扣着袖扣，一开口，便是冷嘲热讽："和老情人彻夜长谈，旧情复燃了？"

温寒有些难堪，被霍瑾轩戏耍了，又被邹亦时嘲讽，她嗫嚅了一下，僵硬地扯扯嘴角："邹上尉说笑了，没有的事。"

邹亦时嘴角勾着一丝笑，扣好袖扣后径直走到她面前俯身看着她，冷哼了一声，伸手摘了她鼻梁上的眼镜，随手扔在地上，抬脚把厚重的镜片踩得粉碎。他抬手覆在她的眉骨上，用力压了一下，见她皱了眉，他才盯着她红肿的眼睛开口道：“那你哭什么？”

温寒听着镜片碎裂的清脆声响，嘴角僵了僵，什么也没说。

邹亦时轻嗤一声，转身离开。

第七章

沉默是金

回去的路上，李副官开车，邹亦时在副驾坐着，温寒坐在后座。她最近情绪波动太大，接连受了刺激，加上在部队工作，也没有怎么按时吃药，她以为已经好多了，但被霍瑾轩这么一搅和，隐隐又有些犯病的前兆。

她的头昏昏沉沉的，额角跳痛，她紧攥着拳头，抱着头蜷缩在座椅上，抬手碰了碰耳后的文身，越发觉得可笑，想着自己真是可悲，这么些年来竟然会靠着这种方式聊以慰藉。

她难受得厉害，虽然紧咬着牙，但还是忍不住呻吟出声，车子里极其安静，这一点声音也就被放大，足够让前排的人听得清清楚楚。

李副官以为邹上尉会有什么表示，他宠这个女人大家是有目共睹的，但是等了半天，也没见他说话。最后他很自觉地在收费站停了车，邹上尉看他一眼，眼底不知道是夸他会察言观色，还是嫌他多管闲事。

李副官自然是要回避一下的，他溜达到他们的视线范围之外，给两人留够了私人空间。

邹亦时开了后座的门，看着那个脸色惨白的女人。她眉心紧蹙，紧紧咬着嘴唇，对比平时冷漠的模样，倒是多了几分招人喜欢的楚楚可怜。

邹亦时跪在她上方，双手撑在她脸颊两侧，一点点地低下头去，凑到她跟前问她："很难受？"

"嗯……"温寒轻轻地哼了一声，她脑袋混沌，几乎是下意识地回答，她觉得这次的病情明显加重了，若是之前，怎么可能会有这种意识涣散的情况。

“活该！”邹亦时拍了拍她的脸，冷笑一声，起身离开，关门声格外的大，震得温寒身体都抖了一下。

她现在无暇顾及其他，无论是他还是霍瑾轩，她都没有心思细细揣测，她一门心思只想着，兰素也不在她身边了，她这么难受，病该找谁治呢？

等了约莫十五分钟，李副官才回来，邹亦时后脚也回来了，手里捏着一个药瓶，但是脸色铁青，眼底似乎是越发地阴郁了。

李副官瞬间了然，很自然地把药瓶接过来，开了一瓶水，姿势格外别扭地转过身，冲躺着的温寒道：“温大夫，这有止疼药，你吃一片，回去我们再好好看病。”

温寒挣扎着爬起来，整个人都在打飘，她接过水，又去倒药，手抖得把药片撒了一地，她努力地瞪大眼睛，仔细地瞅着，尝试了好几次，才终于把药倒进了手心里。

李副官看着她干着急，多少次想帮忙，可是看了看邹上尉阴沉的脸色，又不敢轻举妄动。他有点想不明白，邹上尉眼底的担忧和心疼的神色可是一点没藏着，明眼人都瞧得见，可是他又偏偏作孽似的在边上旁观。

要是真心互相置气，摆一副冷漠脸不就完了吗！

温寒喝水喝得急，呛得直咳嗽，她心里越发的难受，她什么时候这么狼狈过。不管有多痛苦，她都是一个人扛着，对外，她还是坚不可摧的，但是现在，她这副德行把自己的软肋赤裸裸地暴露在外人面前，当真是被霍瑾轩逼得半点退路也没有了。

李副官还没见过温大夫这副样子，病弱的女孩子总是让人怜惜，更何况是她这样漂亮又柔中带刚的女孩，他看了一眼邹上尉阴沉的脸，叹了口气，一踩油门，驱车前行。

或许是止疼药起了作用，没多久，温大夫就睡着了，李副官瞧着邹上尉渐渐阴转晴的脸色，紧绷的弦终于松开，他总算是能心平气和地开车了。

一路颠簸，他们在中午就回了部队，要下车时温寒醒了，她的头疼还没消散，但意外的是神志清醒，总算是恢复到了以前发病的状态。

邹亦时一脸冷漠地离开，李副官踯躅半天，最后还是主动把她送回宿舍，温寒礼貌地道谢，目送他离开。

邹亦时一心一意对她好，虽说仅仅是求而未果，但是对于他这种身份地位的人来说，能做到这种地步也已经是令人惊诧了，所以，在看到她和前男友重聚时，会气急败坏地放弃也不意外。

因此，当第二天部队下达新通知时，全是意料之外，情理之中。

没收手机，限制外出，参加作训和演练，遇到有负重拉练她也必须参加，每天早上整理内务，房间里不得使用任何电器，出了任何岔子，都严格按部队规定进行处罚，绝不姑息。

如果是放在其他地方，这些行为有些睚眦必报的感觉，可这是部队，温寒清楚得很，这原本就是铁一般的制度，是之前邹亦时不顾众人反对，力排众议，放肆地纵容着她。

习惯真的很可怕，被娇纵惯了，正常的待遇也会觉得是苛刻。温寒自嘲地笑笑，她一直觉得自己和邹亦时是泾渭分明的，从头到尾是他一个人自作主张，她总是被动的、无视的，她以为这样就能保证自己不受这份感情的沾染，却不承想在他突然撤离时，她才醒悟，她对他，原来不单单是冷漠。

没了邹亦时的纵容，她的生活明显变得艰难。每天早上六点准时在拉练场晨跑十圈，晨跑结束后是仅仅十分钟的早餐时间，之后她去门诊上班。以前门诊所有的用物都是邹亦时亲自派人送来的，她竟然不知道，医疗用品也得打报告做申请，要通过无数的审核，流程烦琐，时间漫长。

午餐是十二点准时开始，到十二点三十结束，过了时间食堂就收餐了，每个班按顺序进去就餐。她分在医疗班，要排近十五分钟的队，士兵们都训练有素，基本上十分钟就可以结束就餐，之后就收拾了餐盘迅速离开，她吃饭慢，每次都是囫囵吞枣，吃完胃里像是塞了块石头，坠得她胀痛难忍。

有好几次她因为手头的工作误了饭点，只好捂着胃跑去小卖部。小卖部里也没多少吃的，她买了包饼干就着水凑合吃了点，吃完之后，胃里越发地不舒服。

就这样折腾了不到一周的时间，她明显觉得力不从心了，头疼越来越严重。她压根没记住兰素的手机号，辗转好几次好不容易给她打了电话，还没说清楚病情，通话时间就已经到了，她自我安慰地想着，就算说清楚了，兰素也没法给她开药。

邹亦时最近忙着演练，总是在天上飞着，很少回部队，李副官自然也跟着去了。部队里她没什么熟人，只认识那个后勤的小姑娘，但是打了几次招呼后发现那姑娘看她也不像从前那么友善了，她心知事出有因，是她之前太招摇了。

白天工作量极大，部队训练强度又不是她这肩不能抗、手不能提的女人能轻易适应的，到了晚上，她又总是头疼、做噩梦、彻夜难眠，两厢折磨下，她的病情由心理逐渐蔓延到生理，整个人从内到外变得憔悴不堪。

坚持到第十天，她实在承受不了了，胃里翻江倒海，一口东西吃不下去胆汁都快吐出来了。她被邹亦时惯得太娇贵，这点苦就够她消受了。

这天晚上，她听说邹亦时回来了，心里着实纠结了很久，她不想求他，毕竟之前他在追求她，惯着她是有目的的，而现在，他似乎对她没了兴致，她再觍着脸去要求什么，他怎么可能会有好脸色？可是如果不请他出面，这么折腾下去，她迟早要崩溃。

她捂着额头在床上折腾了很久，最后想出一个折中的办法，干脆请假好了，她头疼得受不了，她得找兰素开抗抑郁的药，这个理由不卑不亢，应该行得通。

她被训了十天，已经沾染了军人的气息，习惯性地换好衣服，扎了头发，这才去见邹亦时。

从前，她有他的特许，进出他的办公室畅通无阻，而如今，她首先得出具身份证和请假条，安检扫描之后才可以进办公楼。进了办公楼后，要站岗的士兵进去通报，之后由李副官转达给邹上尉，得到允许后，她才能见到他。

今天他匆匆回来应该是有要紧的事，温寒抚着额头等了半个多小时才见里头有人出来，却不是李副官，而是一个陌生的、眉眼犀利的士兵，见了她也没什么好脸色，没好气地说："邹上尉说了，公事公办，有病就在队里治！"

“可是……我这个病，队里治不了。”入伍之前都要做体检，有抑郁症的怎么可能入选，所以部队里只有一些常见的诊室，没有精神科。

“怎么治不了，妇科就在你们骨科斜对面。”

温寒面色一僵，有些尴尬，摆摆手解释道：“不是妇科。麻烦问一下，这是邹上尉的原话吗？他是这么说的？”

那士兵斜睨她一眼，说道：“不是邹上尉说的，难不成是我说的？”

温寒脸色更难看了，摇摇头，跺了跺发麻的脚，沉默地转身离开了。

她想过他可能会因此恼羞成怒，却没想到，他能处理得如此彻底。她有些可笑地想着，五年过去了，她幼稚天真的本性却是半点没改，因为他的细腻真诚，她就忍不住被打动，因为没有人这样掏心掏肺地对待过她，所以，她就沦陷了。

她以为她看清了他的真心，却不想这么一闹，他就失了耐心，爱得太快，散得也快，他能这么狠，或许是因为他对她并非出自真心，那些温柔，也许仅仅是手段。

可怜她五年之后还是重蹈覆辙。

温寒的到来和离去，邹亦时毫不知情，他从档案室里出来，翻着手里的资料，装作不经意地问：“刚才有人找我？”

萧然然越想越觉得窝火，自己在他身边守了这么多年，半点回报没有得到，而他不过和温寒那个土包子待了两个多月，就已经把那个女人揣在了心窝窝里，心心念念惦记着，要说那女人是个狐狸精她也就认了，偏偏是个土得掉渣的村姑，她真不知道他到底看上了那女人什么。她愤愤地想着，或许他是被什么东西上了身，才会这样鬼迷心窍！

“没有，我给支走了，就是一个来请假的小兵。”萧然然摆弄着自己的指甲，表情淡然，没露一点儿馅。

邹亦时皱眉盯了她半天，也没发现有什么异常，只能失望地信了她的话。

那个女人真是铁石心肠，就是一块焐不热的石头，他恨不得把她别裤腰带上，她却是从来不惦记他，兴许心里只有她那个前男友。想到这儿，他越发觉得怒火中烧，他邹亦时什么时候受过这样的窝囊气，从小到大都只有别人看他脸色巴结奉承的，就连萧然然这样美艳娇纵的大小姐都得赔着小心迎合着他，温寒这女人反倒好，不屑于他的心意也罢，偏偏是因为喜欢一个再普通不过的小白脸，他心里极度地不平衡，不管是出于这么些年的自傲还是男人的占有欲，都让他对这个女人又爱又恨。

“找到了吗？找到我们就走吧！”萧然然起身，理了理自己的衣襟，嘴角有一丝不易察觉的冷笑。他自然是没必要找到，不过就是新兵拉练而已，要什么入伍资料，他无非是寻一个理由回来看看他的小情人，拉练强度大，他根本抽不出时间来，于是找这么一个蹩脚的借口。

萧然然抠着自己衣服上的苏绣，尖细的指甲把一根根细丝挑出来，她狠狠地咬着后槽牙，愤恨地想着，他拒绝她的时候可从来都是趾高气扬的，却在温寒面前一招一式都变得小心翼翼。人就是这样，不患寡而患不均，他要是对所有人都一视同仁，她勉强继续赔着笑，但要是有了特例，她势必得斩草除根。她得不到的，总不能就这样轻易地拱手让人。

“你等我一会儿，我还有点事。”邹亦时把资料扔在桌上，转身要走，萧然然觉得胸口有撮火升腾起来，但面上还是装作若无其事地说：“我陪你一起去吧！”

邹亦时微皱了眉，没看她，直接挥了挥手，神色淡漠地说：“不用了，你坐着吧！”

萧然然没再说话，看着他大步离开的背影，恨得牙痒痒。

出了办公楼，邹亦时把李副官找过来，皱着眉踌躇着，不知道该怎么开口。从温寒同学聚会回来他就下令，不再给予她特殊对待，和其他士兵一样一视同仁，他的目的自然不是真的让她吃苦，而是让她长长记性，别总在他的地盘里想着其他男人。

可是走了这么些天他又觉得放心不下，那女人是个倔强性子，万一真的钻了牛角尖，那她得吃多少苦？他把她留在身边，可不是为了让她遭罪的，这么一想，又觉得心疼不已，可是一想到自己这边灰头土脸地生火，却是给别人的烟囱里冒了烟，他就咽不下这口气。

两厢矛盾下，他就不知道自己到底该怎么办。还好李副官跟了他这么些年，察言观色的能力还是有的，见他神色犹豫，立刻说道：“对了，邹上尉，温大夫好像有一批医疗用品需要您审批，您要不过去看一下？”

李副官给的这个台阶并不是太高明，不过他还是装作不知道地接了下来，并且顺势问道："温大夫最近情况怎么样？有没有打听过？"

李副官虽然跟着他拉练，可是回来之后第一时间就收集了情报，结果不是很满意，但是总比一无所知强。

"温大夫照您的规定天天跟着拉练，突击训练，从来没有违规违纪的现象。"

邹亦时的脸色渐渐阴沉下来，心中轻嗤道，这个女人果然是和他置气，他不过是赌气下了这个命令，明眼人都知道他不过是做做样子罢了，她偏偏和他铆着劲干，可不就是仗着他宠她、心疼她，就被娇惯得有些无法无天了，恃宠而骄也得有个限度，起码看看他乐不乐意吃她这一套。

"哦，对了，我问了医务科，医务科说温大夫开过止疼的药，挺频繁的。"

"好！"好你个温寒，和我玩欲擒故纵，做这场苦情戏给谁看呢！我要是心疼你，你就是翻江倒海我也惯着你，但我要是不吃你这一套，你可还真是平白给自己找罪受了！

"走，去见温大夫。"

李副官看着邹上尉铁青的脸色，身上隐隐散发着寒意，他现在也有些忐忑了，不知道邹上尉这阴晴不定的性子到底是什么意思。

到了女兵宿舍，站岗的士兵见是邹上尉，也没敢多说什么，敬了个礼，放他进去。

邹亦时大步流星地走到温寒房间门口，抬手敲了敲门，里头没有反应，他怒火中烧，又敲了一遍，过了半天还是没人应答。他耐性耗尽，抬脚冲着门框狠狠踹了一脚，李副官吓了一跳，还没来得及劝，就见门"吱呀"一声打开了。温大夫从里头露出一张惨白的脸，冷冷地问了句："找我有事吗？"

李副官又吓一跳，怎么几天不见，温大夫变成这副模样了！大半夜一看，还有点吓人。

"你在这儿待着。"邹亦时冲李副官嘱咐了一句，自己推门进去，之后重重地把门关上。

温寒看着眼前的人，突然觉得格外地陌生，不过转念一想，也确实是自己有些自大了，男人所谓的真心多少带着点猎奇的成分，哪能真正当成撒手锏来用，人家待见你，你就是女王，人家不待见你，你就得好好地跪下磕头，像邹亦时这样的人物，哪有什么七寸可供别人拿捏。

他宠她，是因为觉得新鲜，万万不能靠这个把鸡毛当令箭使。

她想通了，但是心里还是有莫名的失落，再见他时，不知道该做出什么表情，只是想着他那句公事公办，于是干脆直接问道："邹上尉，我想请一天假，出去买点药。"

她瘦了，眼窝深陷，眼睛看着越发地大，脸色惨白，精神气不如以往足，眼神有些木然，不像是装出来的。她这副疏远的性子气得邹亦时直冷笑："温大夫还是不了解部队的规定，一个月只有一天的假。"

"那……我要是特殊情况呢？"温寒不想把自己有抑郁症的事说给他听，这种话听着有瓜田李下的嫌疑，似乎是刻意为了博他的同情，再者，她也厌恶被当成弱势群体看待。

"怎么个特殊法？比见老情人都特殊？"邹亦时开口，冰冷的口气里是不加掩饰的嘲讽。

温寒面色一僵，如果没有他之前的柔情蜜意做对比，她兴许还没有现在这么难堪。

他如此高傲自大的人受了挫，势必不能姑息，她能理解。

"一个月请一天是吧，那我就等下一个月吧！"温寒侧身越过他走到门口，伸手开了门，"邹上尉，慢走不送！"

邹亦时只是笑，临出门，抬手捏着她尖尖的下巴晃了晃，轻嗤道："敢这么三番五次挑战我底线的，你还是头一个。温寒，你还真别把自己端得太高！"

温寒抬头看着他，他眼底结了霜，冰冷坚硬，看不出往日一丝一毫的温柔，她心想，他的耐心应该是彻底耗尽了。

从始至终，她从来没有把自己放在什么位置上，是他霸道蛮横地打乱她的生活，又自以为是地捧着她，等耐心散尽，又把她狠狠地掷在地上，末了还要说，温寒，你别端得太高！呵，多可笑！

邹亦时当天晚上就又着急地离开了。温寒彻夜未眠，噩梦连连，她知道这是自己发病的前兆，唯一觉得不安的是，这次梦里却没有霍瑾轩，梦里反反复复出现的人，刀锋般凌厉的面容，刚正不阿的气质，她想不起来是谁，等满身冷汗地惊醒时，她才心有余悸的发现，梦里的人竟然是邹亦时。

她额头的跳痛逐渐蔓延到整个前额，她明显感觉自己的注意力和记忆力极速地下降，严重到她上了手术，手里握着锤子，大脑却是一片空白，除了冒冷汗，完全想不起来下一步要干什么。

除此之外，她的食欲也在减退，一天不吃饭也不会觉得饿，反而是吃了东西会反胃呕吐；她的睡眠时间越来越少，每天早上醒来就会莫名其妙地心情低落，这种负面情绪不会消失，会一直积压在她胸口，伺机爆发。

她感到越来越害怕，因为她站在高处时，会产生一种一跃而下的冲动，那种冲动清晰鲜明，像是魔怔一般笼罩着她，她甚至会想象那种极速跃下的快感，那种解脱后的快感。

于是她再不敢上楼，她把窗户锁死，杜绝一切让自己失控的可能，可即便是这样，她的情况还是一天比一天糟糕。

到军营里的第五十天，她因为低血糖晕倒在了手术台上，有抢救病人的，有抢救她的，一时间场面混乱不堪。

介于她身份特殊，医疗班班长立刻通知了李副官，由李副官酌情处理。

彼时，李副官正在陪邹上尉进行救灾演习。这是今年下半年规模最大的一次救灾演习，这次演习如果完美落幕，邹上尉就能夺回本该属于他的殊荣，不用再憋屈地做一个副营长，也不用再看张恒远那张小人嘴脸。

因此，出于对大局的考虑，李副官当即决定，所有人不许惊动邹上尉，让温大夫就地治疗，如果没有好转，再酌情考虑送回她所属的医院进行治疗。

部队的医生领了命，把温寒送到急诊室，给她输了葡萄糖，又吸了氧，待生命体征平稳后，众人才松了口气。

内科的一个女医生一直看温寒不顺眼，这会邹上尉不在，她又没醒，忍不住说了几句风凉话："这女人可不就是在穷折腾嘛，我听说是她在外面有男人，被上尉发现了，上尉哪能心甘情愿戴这绿帽子啊，自然不愿意再那么供着她了。她心理不平衡，自己搁这儿演苦肉计，不就是少吃点饭，多跑点腿嘛，就当减肥了，还真以为自己要死不活了！”

一旁的女护士虽然也不怎么喜欢温寒这样冷冰冰的性子，可是也觉得这内科医生话说得难听，忍不住说道：“不管真相是什么，都不是我们该管的，给她治了病就行了，可别出了什么问题，到时候吃不了兜着走！”

“怎么？邹上尉还能公报私仇不成？”这内科医生刚说完，就见温寒悠悠转醒，她轻嗤一声，“呵，这不是醒了吗？能有什么事，瞧把你吓得！”

温寒醒来，四下环顾了一下，对于自己晕倒前前后后的事情她记得不是很清楚，脑袋木然，反应迟钝，情况依旧没有好转。她张了张嘴，却发不出声音，她努力了很久，等嗓子嘶哑地能发出一点声音后，却又突然不知道自己要说什么，她的思维已经迟缓到如此地步，这是以前从来没有出现过的。

“行了温大夫，好好吃，好好睡，没什么大毛病，别自己作践自己了，苦的是自己，别人可瞧不见。”

医生和护士陆陆续续地走来，人影攒动，有护士给她调了滴速，又有人给她量血压、测体温，周遭的环境乱哄哄的，一波一波地涌动着。温寒浑身僵硬地看着，她的脑袋里像是灌了铅，没法正常地思考，思维滞缓。她怔怔地看着天花板，即便什么都不做，什么都不想，她还是觉得胸口坠胀，心情低落，格外地难过，好像没什么值得她开心、值得她留恋的。

她意识到这是很危险的状态，却无法控制。

输完液，护士给她拔了针，她看着针尖涌出的血，心底突然有一种释放的快感。她一把夺过护士手里的针，狠狠地冲自己手臂扎进去，尖锐的针尖破皮而入，那种放大的刺痛感终于让她麻木的肢体有了知觉，她把针拔出来，准备再刺进去。

刚要动手，就被护士呵斥住了：“温大夫，你干吗呢！你怎么这么不小心！”护士夺过她手里的针，拿了创可贴贴在她流血的针眼处，一边埋怨，“你也真是的，怎么这么不小心，把自己扎得这么深！”

温寒摇摇头，却不想开口说话，只是自己在心底默默回答，我不是不小心，我是故意的。

见她已经清醒过来，也没什么其他异常，其他人就各自忙手里的活，骨科又接了一个骨折的，那个大夫跑过来叫她："温大夫，实在不好意思，你病着我还得麻烦你。这儿有个楔形骨折的，是闭合性骨折，得请你帮忙！"

温寒只是呆愣着，她努力地回忆着这些名词，明明很熟悉，像是吃饭睡觉那么熟悉，却怎么都想不起来，这是干什么的，她又应该干什么？

她被领到手术台上，她熟悉这样的场景，也知道自己以前对这个工作是很娴熟的，可她现在却不愿意动手，脑袋仿佛生锈了一般运转不了，她握着骨勺，站在原地一动不动。一旁的医生着急了，抬手碰了碰她："温大夫，这个怎么清理呢？紧紧挨着动脉，一不小心就容易造成大出血，你平时是怎么处理的？"

她平时是怎么处理的，她不知道，好像处理过，但是现在她忘了，她不想去思考，不想动手，她觉得格外地厌烦。于是，她把骨勺扔下，径直离开，无视了所有人异样的眼光。

回了公寓，她抱腿坐在床上，怔怔地看着地板，脑袋里空茫茫的一片，觉得这种状态最舒服，什么都不用想，什么都不用思考，她心口闷闷的，不知道为什么总觉得格外地难过。

邹亦时救灾演习结束之后，几乎没有休息，身上还穿着作训服，就驱车返回部队。

路上他问李副官："部队那边有没有什么情况？"

部队能有什么情况，无非是想问温寒的情况，李副官斟酌了一下，明天还有演习，不能有任何差池，于是选择了隐瞒："没什么，一切安好。温大夫……也挺好的。"

邹亦时眉心一皱，扭头看向窗外，面上没有任何表情，开口问道："她……没找我？"她不是要请假吗？不是说要买药吗？他跟她置气完了之后就后悔不已，他不是在惩罚她，而是在惩罚自己，他虽然气不过她心里有别人，可是自己偏偏没有出息，狠不下心来。想给她个教训，可每次最心疼的还是他自己。

他舍不得她受半点委屈，哪怕她把他的一片真心喂了狗，他也照样舍不得。

看到邹亦时眼底的温柔，李副官越发坚定了自己的信念，温寒绝对是红颜祸水，邹上尉已经失去了一次机会，这次绝对不能有任何闪失。于是他咬咬牙道：“没有，温大夫一切挺好的。上尉，我们就在附近休息吧，别回部队了，明天还有演习。”

“还是回去一趟吧。”不看她一眼，邹亦时的心就不上不下得没有着落，看到她好好的，他才能安心。

“邹上尉，你最近太累了，不能这么折腾了。”李副官面色严肃，仅仅为见温大夫一面，他就要来回折腾近十个小时，这又是何必！当真是鬼迷心窍了，难怪古语有红颜祸水、祸国殃民之说，照这么看来，也不无道理！

车子一路狂飙，等回到部队后还不到十点，邹亦时脚步未停，带着满身的风尘仆仆一路进了女兵宿舍，李副官又气又急，拦也拦不住，劝也劝不动，跺跺脚，只能追上去。

邹亦时敲门的时候，温寒第一时间冲过去开了门，不知道为什么，在看到他之后，她一直沉重的胸口突然有了一丝释然，她脑袋木然，可还是下意识地觉得，只有在这个男人身边，她才是安心的。

“这几天怎么样？有没有好好吃饭，怎么又瘦了，嗯？”看她乖顺的样子，邹亦时心情大好，伸手摸摸她的脸颊。

原本只是一个下意识的举动，若是换作平常，她的反应要么是漠视，要么是排斥，邹亦时早已经习以为常，而这次她却突然拿脸颊在他掌心蹭了蹭，眼睛半合着，乖得像只小猫。

他的心口也像是被轻轻地蹭了一下，顿时变得柔软异常，她收起了所有锋芒的样子反倒让他受宠若惊，不知所措。

温寒半晌不说话，过了一会儿，只是抬头看着邹亦时，他被她看得莫名其妙，低声问她：“怎么了，有话和我说？”

“邹亦时。”她轻声叫他，声音沙哑。

“嗯，你说。”他看着她，满脸宠溺。

她想说什么，但是突然间就忘了，她明明有话和他说的，可是脑袋里一片空白，此刻却怎么都想不起来，是很重要的话，只能和他说才管用的话，她怎么就忘了呢？

见她半天没开口，邹亦时也没再等，不以为意地摸摸她的脸，柔声道："等想起来再说吧！"

"嗯。"见他要走，温寒伸手拽着他的袖子，又问，"等我想起来，我可以去找你吗？去你的办公室！"

"可以。"邹亦时想吻她，又觉得不合时宜，隐忍着作罢，转身离开。

邹亦时离开后，温寒花了很长时间去回想自己要说的是什么，等额角的跳痛逐渐加重时，她才突然想起来，对，她要和邹亦时请假，她要去看病！

她一路狂奔出去，不顾站岗士兵的阻拦冲进了办公楼，她在他办公室门口被拦下，她衣冠不整，不修边幅，她完全注意不到，心中只有一个执念，那就是她要看病，她要买药，这个念头魔怔一般地掌控了她的大脑，于是，她不顾士兵的阻拦，在门口喊邹亦时的名字。

而在办公室里的邹亦时此刻脸色铁青，心烦意乱，糟心事儿一桩接着一桩，张恒远又跑来想霸占他的功劳，竟然和司令申请明天的演习由他来完成。邹亦时气得只想冷笑，自己辛辛苦苦打下的天下，他张恒远倒是好意思觍着脸三番两次地过来蚕食。

除了这个事，刚才有个陌生号打电话过来说萧然然突发急性心肌炎，正在做抢救，得家属签字。萧然然一路追随他过来这鸟不生蛋的地方，身边没有其他人，再说了，她父母把她托付给他照顾，就算他撇得清两人的感情，出于两家世交的交情，他也有责任把她照顾好。

他气急败坏地掐掐眉心，拎了外套出门，刚走出去，就见温寒正堵在门口，见他出来，她一把扯住他，嘴里不停地念叨着："邹亦时，我要买药！我得吃药！"

"好好好，这里有部队医生，你找他们开药。"邹亦时抬步要走，她死死地拽着他，像是个不听话的孩子。他不知道她为什么会突然变成这样，但是心里烦乱，也来不及仔细思考，勉强耐着性子说："有什么事我们明天说好不好？我现在有急事，得马上走。"

"邹亦时，你别走，你留下来陪我吧！"温寒揪着他的衣摆，下意识地开口，她现在思维混乱，做不到平时那般冷静镇定，所有的想法都是遵从本能，她想让他留下，心底就只有这么一个念头。

“温寒，你听我说，萧然然病了，现在在抢救，没人给她签字，我得立刻赶过去，你明白吗？”

“邹亦时，我也病了，我也病了。”温寒死死地拽着他，不让他走。

邹亦时突然觉得心烦意乱，之前还觉得她足够善解人意，可是没想到无理取闹起来会这么没有分寸，根本不考虑现在是个什么局面，就这么蛮不讲理，说到底，还是他把她惯坏了，惯得一点都不懂得体谅别人。

“行了，萧然然正在抢救，我必须立刻赶过去，你是哪里不舒服，看着活蹦乱跳的，赶紧回去休息，别给我添乱！”邹亦时冷着脸掰开温寒的手，头也不回地下楼离开。

温寒看着他离去，心口突然变得悲凉，她不知道自己为什么会变成这般模样，她不想这样的，或许是因为犯病了，她一直伪装的坚强便立刻崩塌，她竟然从来不知道，她会如此依赖这个男人。

她以为她对于这段感情是无动于衷的，却没想到不知不觉就深陷了。可惜，到最后，她在他心里还是没有萧然然重要，他为了萧然然连夜奔波，满脸都是不加掩饰的担忧，而他口口声声说的关心自己，到头来在自己真正需要他的时候，他却说，你不要添乱。

在他眼里，她的依赖，仅仅是添乱。

所有的甜言蜜语都抵不过关键时刻他的本能反应，他能放任部队铁一般的纪律纵容她，却不能在她和萧然然同时生病时毅然决然地选择她。

到头来，她还是逃不过自作多情，她以为她在他心中有多重要，这么看来，也不过如此。

第八章

似水流年

温寒的异常是后勤处的班长发现的。早上，后勤班长照常检查内务时，发现温寒并没有按时出去上班，她觉得不对劲，敲门之后里头也没人应声，她忐忑地拿备用钥匙开了门。

等进了屋之后，眼前的景象吓得她尖叫声都变了调。温寒满脸是血地倒在地上，不知是死是活。

温寒被送回了医院，兰素第一时间赶了过去，等看到病床上形销骨立的人后，立刻涌出了满眼的泪，她攥紧拳头，冲着送温寒过来的人破口大骂："当初她明明不愿意去的，你们非逼着她去，她去了你们也不好好照顾她，电话不让打，药不给吃！她的病本来就得靠药物维持，不能受一点刺激！走的时候好好的一个人，你们给我还回来一个什么！"

送温寒来的是后勤处的班长，被兰素训得还挺委屈，小声地辩解："温大夫平时也没什么毛病啊！我们部队里也有医生，她要是看病，也方便得很，我们也不知道她是怎么把自己拖成这个样子的！"

兰素一向是温婉谦恭的，可是这会儿气急了，红着眼上前把那人推了一个趔趄，大声吼道："她有抑郁症！抑郁症你知不知道！和感冒咳嗽不一样，哪有你说得那么简单！"

兰素的话一出口，在场的人都愣住了，尤其是部队里来的人，更是面面相觑，吓得不敢说话。抑郁症他们可清楚得很，搞不好厌世自杀也是有可能的，这下个个都蔫了，无论兰素怎么吼，连半句话也不敢说。

兰素看着床上的人，背后还是一阵阵出冷汗。温寒额头上包了纱布，外科的小焦说人送来的时候满脸是血，额头撞得血肉模糊，应该不是摔跌造成的，极有可能是反复地撞击引起的，这是很明显的自虐行为，要不是发现得及时，下一步很可能就是自杀。

兰素看着温寒，又不自觉地哭出来。她摸了摸温寒的手，她瘦了很多，骨节分明，面色苍白，眼窝深陷，皮肤暗沉，没有一点生气，想来也是被折磨了很久。

温寒自从和自己认识以来，病症就没有这么严重过，虽然她时常不听话，但是也明白问题的严重性，只要觉得不对劲，就一定会乖乖地来找自己。

可如今去了部队里，她只给自己打过一次电话，语气焦急，说身体不舒服，自己离得远，寥寥几句也没法判断她的病症，后来，她就再没打来过电话，自己觉得不放心，可转念一想，有邹上尉在跟前，怎么着也比其他人强，应该不会出什么问题。

她这心口不过松了一阵，现在，人就折腾成这样被送回来了。

兰素握着温寒的手，止不住地哽咽，温寒虽然性子冷，和谁都不亲近，可是她清楚，这孩子是外冷内热型，而且这性格和她的病也脱不了干系。温寒从来不和她说自己的事，她也从来没见过温寒身边有其他人，于是久而久之，她便把自己当成了温寒的依靠，总是本能般地关心照顾她。

输了镇静催眠的药，又输了营养液，温寒的生命体征逐渐平稳，等到下午六点钟的时候，她终于醒了。

倒是还没到不省人事的地步，一睁眼就懂得皱眉吸气，哼哼唧唧地叫。兰素气得咬牙切齿，偏偏又打不得骂不得，只好捏捏她的脸，狠狠地说：“你还知道疼！知道疼还把自己撞得这么狠！你就仗着我心疼你，可劲地折腾自己！”

温寒抬头看着她，眼神远没有之前那么鲜活，从前的冷漠带了丝刻意疏离的成分，而如今的冷漠却大部分是迷离呆滞。这是抑郁症的典型症状，兰素清楚得很，但是心有余而力不足，她这次发病得很厉害，不是吃几次药就能缓解的。

温寒没有说话，她脑袋木然，什么都不想做，什么都不想说，她神志清明，身体却偏偏像是生了锈，四肢僵硬，身体和灵魂像是剥离开一样，不受控制。

兰素摸摸她的手，她一脸冷漠地甩开，把头偏了方向，不再看她。她本来性子就冷，抑郁症病发之后也会有神情淡漠的症状，兰素也不恼，只是轻声问她："温寒，饿不饿？想不想吃什么？"

温寒背对着她，没有反应，兰素轻轻拍了拍她的肩，她才蜷缩起来，摇了摇头。

就这样陪了她一晚上，第二天一早，科里就打电话催兰素，她只能嘱咐熟悉的护士照顾温寒，她急急忙忙地出去，一出门，就看到了那个始作俑者。

他穿着便装，英姿飒爽，身上刚硬凌厉的气场半分未减，眼神依旧锐利深沉，可是也难掩着急关切的神色，若是换作平常，兰素对他这样的人物是敬畏有加的，但现在不同，除了敬畏，更多的是愤怒。

邹亦时谦恭地向她打招呼，满脸愧疚："兰大夫，温寒情况怎么样？"

兰素尽量让自己的语气不卑不亢，可还是忍不住带了丝尖刻："能怎么样？差点就没命了！当初死活要把她调过去的是你们，欺负她孤身一人没人帮衬，由着你们使唤。部队本来就不是普通人待得下去的地方，偏偏她还有抑郁症，你们还不让她打电话，不让她请假，她药都没法开，这又不知道受了什么刺激，一下子病得这么严重！她都睡了一天，好很多了，你这会才想起来问候，这关心来得可真及时！"

邹亦时听完，眸色变深，脸阴沉着，满脸的歉疚懊恼。他把前前后后的事情联系起来，才发现因为自己的自以为是，一步步地把温寒逼到了如此地步。她一直病着，他却还在和她置气，想起前天晚上她满脸哀求地拉着自己说她也病了，他当时心烦意乱，只当她是耍小脾气，却没想到她是真的难受，她一定是到了走投无路的地步才会想到哀求他，她那么冷漠倔强的性子，怎么可能平白无故地向他示弱。

偏偏……偏偏他竟然没有放在心上。

"她刚平静下来，你不要刺激她。"兰素心知邹亦时这种高高在上的性子不是自己三言两语能改变的，他要是真心疼温寒，就不会让她受这份委屈，若是并非出自真心，那么多说无益。

邹亦时面上讪然，兰素看他的眼神并不是很友好，可他却无从解释，这件事确实是因他而起。他疼了那么久的人，捧在手心里小心翼翼，不知道该怎么宠，如果是别人害的他定然不会轻饶，可偏偏始作俑者是他自己，他倒是恨不得她能打他、骂他，也好过他此刻心如刀绞。

目送兰素走了，邹亦时看着门把手，双手颤抖，竟然不敢去开。他踌躇着，就从门上的玻璃中看到她从床上起身，趿拉着拖鞋缓缓地走过来。她瘦了很多，病号服穿在身上空荡荡的，额头上裹着厚厚的纱布，看得他心口直抽搐。

她脸色惨白，目光呆滞，像是被人抽去了三魂七魄，整个人发僵，哪里见平时半点生气。

邹亦时的心口像是被狠狠穿了个孔，疼得无以复加，她明明这么瘦了，他为什么就没有看出来？她吃不好睡不好，整个人憔悴不堪，他为什么没有发现？他没有好好地爱过人，但也知道他所谓的真心太过自以为是，总是高高在上地施舍，从来没问过她需要的是什么。

他握紧拳头，手背青筋暴起，骨节分明，不知道是愤怒还是懊恼。他不敢看她，每看她一眼，她消瘦脆弱的模样就会在他心口上狠狠地割一刀，提醒他，他所谓的爱，多让人啼笑皆非！

温寒缓缓地走过来，他的心跳突然加速，竟然莫名地觉得紧张，不知道该怎么办，他想抱抱她，却又害怕吓到她。

她怔怔地看着邹亦时，邹亦时只听见耳边清脆的“咔嗒”声，再回神，就见她红唇开合，似乎在和他说什么。

邹亦时，我不想见你。他听不清她的声音，但读得懂她的唇语，他再尝试开门，不出所料，门已经被反锁了。

锁了门，她又窝回病床上，背对着他躺着，露在外面的肩膀格外瘦弱，她整个人缩在被子里，只剩一个小小的轮廓。

邹亦时心口锐痛，他处理过无数次的突发灾情，无论多严重，他总能井然有序地调度，有条不紊地进行救灾工作，从来没有慌乱无助的情况，可是这一次，他才真真切切地体会到了什么是无助。

他在门外站了很久，久到身体几乎僵硬，护士进去换了两次输液，她翻了三次身，却始终没有看他一眼。等护士第三次进去的时候，他终于忍不住握了握拳，抬步跟进去。

他走到温寒身边，站在床头凝神看着她娇小的身体，她并没有他预想中那样歇斯底里，也没有直白地排斥，他来，便来了，她没有任何反应，不悲不怒，这样的漠视反而比歇斯底里的发火更让他难受。

他弯下腰，轻柔却不容拒绝地把她的肩膀扳过来，直到她能直视他，他才低声开口，声音里带着他自己都无法察觉的小心翼翼和宠溺："温寒，我该怎么做你才能原谅我？"

温寒呆呆地看着他，嗫嚅了一下，却什么都没说，只是摇摇头，抬头冲他指了指门外。他眉头皱紧，面色暗沉，嘴角抿成一条直线，他的手掌渐渐上移，收拢，捏紧，他俯身，想要吻她。

他嘴角的血滴在温寒的脸上，苍白的脸，鲜红的血，倒是相得益彰，他低笑一声，抬起手背擦了擦，她真是下了狠劲咬他，他嘴角的肉几乎被咬下来。

他的嘴角火辣辣地疼，心里却突然轻松了不少，至少，她解气了，他也能陪着她一起疼，不用再那么手足无措地看着她独自难过。

她脸上的血迹沿着瓷白的小脸流下来，他伸手抹去了那丝血迹，顺势捧着她的脸，锲而不舍地俯身下去，在她颊边轻轻吻了一下，她的脸颊极凉，冰得他嘴角的伤口隐隐作痛。

她一脸嫌弃地擦擦脸，翻了个身，扯起被子蒙住头，又把自己蜷缩成了小小的一团。

邹亦时又坐了一会就起身离开了，他的脚步声笃定稳健，却没有穿军靴时那样掷地有声。

她是昨天早上发病的，发现她的人一定会及时把这个消息通报给他，他从演练场到这里用不了五个小时，如果他得到消息立刻赶来的话，应该在昨天上午十一点之前就能赶到医院。

可是，他现在才来，比预期晚了近二十个小时，身上还穿着便装，也就是说，他是从演练场出来，换了便装，去了某个地方，之后才辗转来到她这里。

他去看了萧然然，然后才来了她这里，却还要大言不惭地求她原谅，她原谅他什么？他又没有错。

错的是她，思路难得的清明，却用在了这些无关痛痒的事情上。

邹亦时出了病房给李副官打电话，他面色铁青，眼底氤氲着怒火，三尺开外就能感受到他身上的冷气，那头的人接了电话，还不明所以，语气轻松地问了句："邹上尉，怎么了？"

"温寒什么时候病的？"他一开口，因为压抑着怒火，声音变得沙哑狠戾。李副官在他身边待了这么久也不是白待的，察言观色的本领练得炉火纯青，一听他说话的声音，就知道事情败露了，脑袋里拼命地转，赶紧想法子弥补："邹上尉，你先别发火，你仔细想一想，这次的救灾演习对你有多重要？司令就指着这次机会提拔你了，错过这个村，就没有这个店了，再等下一次还不知道是什么时候呢！再说，张恒远那个孙子又开始使那些下三滥的手段，你不抓紧点，不就又给丫钻了空子了吗！这摊子事离不开你，温大夫那边可是能离开你的，部队里的人亲自把她送回医院，她等于回了自己家，哪有不被厚待的道理？也不差你这么个人。锦上添花和雪中送炭，孰轻孰重，上尉，你得分清啊！"

邹亦时冷笑一声，咬牙切齿道："李副官，你的胆子越来越大了，都会揣测我的心思了！孰轻孰重，你倒是告诉我，在我心里，什么是轻，什么是重？"

在你心里当然是温大夫为重，但是作为一个顶天立地的军人，怎么能因为儿女私情束手束脚，理应以大局为重。李副官心里是这么想的，但是这话在嘴边转了几圈，愣是没敢开口，最后满腔循循善诱，只化作了一阵尴尬的笑。

"李副官，你调离吧！最近几个月都不要在我身边当值了。"邹亦时语气严肃，没有半点开玩笑的意思。

李副官犹如挨了一个晴天霹雳，这就是古代忠臣冒死进谏的下场，好心没好报啊！到了这会儿，他索性破罐子破摔："邹上尉，你不能这样！我可是为你好，你不能这么恩将仇报啊！要不是我，你可能还得在副营长这个位子上憋屈老长时间呢，得亏我顾全大局，你马上就是邹营长了！"

"哦，是吗？我倒是怕你这么自作主张下去，哪天变成了李营长呢！”邹亦时冷声道，说完也不等他再争辩，挂了电话，随后嘱咐了下边的人，把李副官从他身边调离。

打完电话，他一回头，发现护士不知道什么时候进了病房，正在给温寒换药。她额头上的纱布被一圈圈地散开，接近皮肉的时候，因为纱布和伤口的粘连，每撕开一圈，她就疼得哆嗦一下，邹亦时皱紧了眉，推门进去。

“我来吧！”他接过护士手里的换药盘，取了副一次性手套熟练地戴上，小护士看着他又害羞又紧张，娇滴滴地说了句：“你……你换不了，我是专业的。”

邹亦时把碘伏倒在棉球上，头也没抬地说：“在学校，你们老师就是教你这么生扯纱布的？”

他并没有生气，却有一股不怒自威的气场，小护士顿时噤了声，看着他用碘伏棉球浸湿了纱布，之后用镊子小心地垫着伤口，一点点地把纱布揭下来，她局促地红了脸，起身快步离开了。

回了护理站，她还心有余悸，小声的和护士长哭诉，护士长听了，一脸调侃地说：“你可真是有眼不识泰山！他可是空军上尉，堂堂的副营长，别说是换药，简单的手术都是信手拈来的事。部队在野外作战时谁还不遇一个突发状况，那种要命的情况上哪儿找医务人员去？全靠自己的一技傍身。这些基本的护理操作、抢救措施，都是部队的基础训练，瞧把你嘚瑟的，关公门前耍大刀！”

那小护士赶紧点点头，讪讪地跑开了。

病房里，邹亦时小心地揭开纱布，或许是觉得他的动作相对轻柔，不会让她太痛苦，温寒竟然难得地没有排斥他，而是瞪大了眼睛，黑漆漆的瞳仁跟着他的动作一圈圈地转，他凝神看着她，眼底满满的宠溺。

他看得她出神，突然她的睫毛抖动了一下，他停了手，紧张地问：“很疼？”

她摇摇头，从被子里伸出手，一把抓住他的袖扣。

邹亦时哭笑不得：“好好好，凉到你了。”说罢，起身脱了上衣，这才又蹲下去，仔仔细细地替她处理伤口。她额头上的伤口已经结了痂，只是伤口较深的地方还露出鲜红的皮肉，他心疼不已，消毒的时候手都在发抖。

“你对自己还真下得了狠心。”他消完毒，正要倒手去取纱布块，就见她一双眼睛瞪得大大的，扑闪扑闪地眨。他仔细一看，原来是额头上的碘伏沿着眉骨流到了眼窝里。

邹亦时失笑，手刚要伸过去准备替她擦去，就见她从被子里伸出胳膊，挥手打开他的手，自己翻过手背擦了擦眼窝。

他愣了一下，不以为意，整理好纱布块，替她包扎好了伤口。

他收拾好换药盘，通知护士来取，起身的时候双腿因为半蹲已经完全麻木，他撑着床头跺脚，温寒撩起被子把自己裹严实，翻了个身，背对着他蜷缩着。

她终于开口说话，声音格外地冷淡清浅，却不见半点滞缓，清明里透着不加掩饰的排斥：“邹亦时，我只是单纯地讨厌你，你别把我当成三岁小孩。”

邹亦时一愣，拳头在身侧收紧，是啊，她并非因为发病而整个人变得呆滞木讷，她仅仅是不愿意给他任何回应，所以连厌恶都懒得直接表达。

“你先休息吧，我出去一会儿。”邹亦时抬步出门，她的厌恶情有可原，毕竟是他先寒了她的心，况且她抑郁症病发，本来就比一般人的感情要淡漠许多。

所以，这一切他都能理解，他不怪她。没理由，也不舍得。

中午，邹亦时下楼给温寒买了饭，他知道她嗜辛辣，口味又重，清汤寡水的东西从来吃不进去，可是现在病着，又得以清淡营养为主，他纠结了许久，还是嘱咐厨师放点辣椒。

拿了饭上去，他才看见兰大夫已经在里头了。温寒埋头盯着小桌上的饭菜，一脸嫌弃地撇了撇嘴，之后不由分说地一把推开，重新蒙着被子躺下。兰大夫一个劲儿哄她，半天，她终于坐起来，心不甘情不愿地吃着寡淡无味的饭菜，虽然表情依旧不乐意，却还是乖乖听话了。

兰大夫欣慰地摸摸她的头，她瞅了一眼，却没有推开。邹亦时看着手里的餐盒，兀自苦笑，看来，她并不是对每个人都冷漠排斥的。

他把餐盒随手给了值班的护士，从治疗室出来的另一个护士一脸暧昧地挤对她："呦，邹上尉亲自给你送饭啊！你可别小瞧这饭，看见盒子没，味锦斋的，像我们这种受苦受累的基层人民可消受不起，你吃这一顿，够你十来天夜班费了！"

收了餐盒的小护士羞得满脸通红，她看着精致的包装盒，心里却想着，饭可不是专门送给她的，她可没有这等福气，得什么样身份容貌的人才能配得上这样优秀的男人？她反正想象不到。

邹亦时在医院里待了一天，到晚上的时候张荣华突然打来电话，这小子消失了几个月，这会儿倒是想起他来了，呵，可不是迟到了的出院慰问。

果然，一接电话，他就开始气喘吁吁地哭诉："邹少，我在这鸟不拉屎的地儿受的简直是炼狱般的折磨，一点荤腥不给沾，每天清水煮菜，最可恶的是，连一个漂亮妹子都没有，这么几个月过去，我的眼睛都花了，功力大减！我现在看到个母的就觉得美若天仙！"

邹亦时皱皱眉："说正事！"

"好吧，你这不懂得心疼人的冷面阎王。"张荣华吐槽无果，总算正经起来，"三个小时前S市山区一个小村子里发生了地震，6级，不算大，没有发现伤亡情况。一个小时前发生了余震，余震6.5级，伤了几个人，伤员已经送到当地医院了，其他人也有序地撤出来了，都在空地上待着呢。震源就在村子中央，专家分析什么板块运动还是地壳活动，什么玩意儿，我不是很懂。"

邹亦时靠在墙上，听着他长篇大论的墨迹，终于不耐烦："这些跟我有什么关系？说重点。"

"哎呀，你说你这人，几个月不见脾气这么暴躁！我不把来龙去脉说清楚，半截子话说了，你还不得老牛反刍似的问我啊！就是这么个事儿，原本呢，这种级别的自然灾害就跟手上拉的口子一样，是不需要搭理、可以自己恢复的。但是偏偏吧，这个村子是个碗口村，四面环山，它陷进坑里，这地震一来，把碗底整漏了，四面就开始山体滑坡，人没事儿，但路都堵死了，村里交通不便，所以……"

"这种级别的交通瘫痪48小时之内就能解决，食物、饮水、棉被这些必需品随后就会跟上。四面环山，不靠近水源的话，不会存在水源性传染病的隐患，人员没有伤亡，不需要紧急抢救。如你所说，跟拉口子一样的灾情，有必要知会我这个空军上尉吗？”

听出他语带嘲讽，而且分析得头头是道，几乎不给他铺垫缓冲的机会，张荣华也放弃了这种小伎俩，邹亦时这老狐狸可不是他随随便便能忽悠的。

“好吧，我说实话。是这样的，首长让我组织人员进行救灾，说如果这次任务圆满完成，就放我回去。这鬼地方我实在待不下去了……”

没等他说完，邹亦时就挑眉问道：“所以，你想让我帮你，然后你吞了功劳？”

张荣华见被拆穿，讪笑两声，赶紧解释道：“也不全是，就是你提交报告的时候，后头拽上我的名字就行。况且任务不重，你还可以在这儿待两天，全当度假。这地方虽然偏僻，可是空气好，风景美啊，我刚买了套别墅，就在这半山腰，你要是不嫌弃，给你养老都行！”

邹亦时眼底精光乍现，陪温寒去张荣华这小别墅里安心养病倒是个不错的主意，最近部队里没什么要紧的事，演练也结束了，时间也调得开。

“好，我明白了。”

邹亦时这么说，张荣华心里就有底了，一乐呵，就忍不住露出龌龊的本性：“那地方好啊，绝对没有第三者，到时候孤男寡女，夜黑风高的，还不是由着你发挥？我原本是准备拿来跟小女友当爱巢的，计生用品都买好了，可惜还没抱上床呢就让我给踹了，这下正好，成人之美了！”

他笑得猥琐放荡，邹亦时撇撇嘴，咬着后槽牙说：“你以为人人都像你？色欲熏心，精虫上脑。”

“哎呀，话不能这么说，这性和爱是密不可分的，那种爱到深处的灵肉交缠是伟大而神圣的，有爱而无性，柏拉图式恋爱，那图个什么劲儿啊！照那样的话，我可以和我硬盘里的任何一个女神结婚，肤白貌美，丰胸细腰大长腿，还不要聘礼。”

“我带温寒是去养病的。”邹亦时回头看了看病房里的人，只要涉及她的话题，他总是小心翼翼，连调侃都绝不允许。张荣华听出了他话语里的警告，识趣地说：“养病好，养病好，山高皇帝远，跟陶渊明似的，那就是世外桃源，好得很！”

答应了帮张荣华的忙，邹亦时就开始着手准备，部队那边只需要打紧急申请就可以，不需要太费神，他头疼的是，怎么说服温寒跟着他去。她见都不愿意见他，怎么会乖乖和他去别墅。

把部队需要调度的人员安排好后，邹亦时又把情况告诉了兰大夫，诚恳地希望她能帮帮自己。

兰素自然没有异议，邹上尉这样的人物能屈尊降贵地追求温寒，并且没有一点高高在上的架子，想来也是真心喜欢。再说，她自己有家庭，又有工作，也着实照顾不过来，让护士照顾难免有亲疏之分，想来想去，没有比他更合适的人选了。

“那我进去劝劝她。”所谓当局者迷旁观者清，兰素知道，温寒这次发病最大的诱因就是邹上尉，真正能触动她情绪的人往往也是她最在乎的人，无非是她自己没有意识到而已。

兰素和温寒说了这件事，她不说话，就是摇头。兰素虽然是心内科医生，但是对于心理疏导还是外行，因此，也不懂得如何对症开解，只好说大实话：“温寒，我知道你现在心里不舒服，不想见他，但是你看吧，你身边没有其他陪侍人，我拖家带口，科里的也走不开，肯定没办法顾你周全，再说了，解铃还须系铃人，由他将功补过也是合情合理的。”

温寒还是不说话，脸上没什么表情，她本来就性子冷淡，不悲不喜的，病了之后越发感情淡漠，喜怒哀乐半点看不出来，不管是高兴还是愤怒，永远是这张面无表情的脸，让人无法忖度她的心思。

她思量了会儿，轻声开口：“我不去，我可以照顾自己，不用你们照顾。”她说话声音很轻，因为抑郁症病发的缘故，她变得懒惰散漫，反应迟缓，行为呆滞，看起来比平时木讷很多，除非逼不得已，否则她对周遭的人和事都懒得做任何回应。说到这一点，兰素倒是觉得欣慰，这么看来，自己倒成了她最信任依赖的人。

“不可以！你必须得有人照顾，你的病不比其他，万一哪天病发了，不是自虐，是自杀，那怎么办？”兰素冷了脸，这是她头一次发这么大的火，平素温寒总是高冷疏离的，因此她说话的时候也总是三分强迫七分规劝，从来不敢冷脸教训她，可如今她病发得那么严重，兰素哪还有余力去思考其他。

见她发火，温寒眨眨眼睛，表情没什么变化，过了一会儿，伸出手揪了揪她的衣角，开口说："你别生气，我去就是。"

兰素看着她无辜的样子，叹了口气，心里又暖又潮湿，这是温寒头一回这么软弱，相比别人就更招人心疼。

两头都安排妥了，温寒刚输了镇静催眠的药，这会儿药效发作，渐渐睡熟。兰素把邹亦时叫进来，格外不放心地嘱咐："既然把她接过去，你就得确保24小时有人陪在她身边，千万不要把她一个人留在家里，要随时保持手机通畅，觉得她有什么不对劲了，立刻通知我！"说完这些，她还是不放心，又确认一遍，"你能保证吗？她可不能离了人。"

"兰大夫你放心。"

兰素正准备给温寒找衣服，邹亦时已经抱了一个红色的斗篷走进来，他把温寒整个人裹进斗篷里，包得严严实实，之后回头冲兰素说道："其他的你不用操心，需要什么我会找人准备，最近麻烦你了！我一定会好好照顾她，有情况我随时通知你。"

兰素看他小心翼翼的模样，这才放了心，点点头道："好，温寒就拜托你了。"

出了医院，门外乌泱泱地围了一圈人，邹亦时皱眉，把温寒的脸靠在自己的肩上，之后阔步走过去。

张荣华看到邹亦时过来，立刻冲破重围，觍着脸凑上去："邹少，车已经给您备好了，我们出发？"

他话音刚落，车两边列队的士兵齐刷刷地冲他敬了一个礼，嘴里铿锵有力地喊着："邹上尉好！"

围观的群众还没见过这么大的阵势，都伸着脖子瞧热闹，邹亦时脸色渐渐变得铁青，眼底暗沉，锐利的眼神扫向张荣华，冷冷地开口："知道你为什么被罚到边防吗？"

张荣华吓一跳，脸上的笑容瞬间被邹亦时的阴寒给冻住了，他虽然平时和邹亦时百无禁忌，毫不避讳，可是谈及正事，他还是打心眼里害怕这个冷面阎王的。

因此，见邹亦时冷了脸，他也不敢造次，立刻像轰鸭子似的把围观群众都赶走，又把列队的士兵赶回车上，这才领着邹亦时上车：“来，邹少，先上车！”

邹亦时无视了周围或好奇或探寻的目光，抬步走向车门，他正准备把温寒放在后座，刚弯腰，她突然动了一下，手无意识地抓住了他的衣襟。邹亦时愣了一下，果断抱着她弯腰坐进去，调整好坐姿后，让她以最舒服的姿势躺在他的怀里。

在前头充当司机的张荣华一副了然于心的表情，暧昧地开口道：“呦呵，果真如愿以偿了，美人在怀啊！坐个车都舍不得放下。”

邹亦时不说话，完全将他无视，只是低头看着怀里的人。她不知道哪里不舒服了，一直在他怀里乱动，胳膊腿儿全露在外面，他搂得越紧，她挣扎得越厉害，他眉头越皱越紧，不知道该如何是好。

张荣华在前头惊讶得合不拢嘴，心里头翻江倒海，跟活见鬼似的，若是别人看了，顶多觉得惊讶，饭后闲嗑牙就罢了。但是他和邹亦时一起在部队里待了这么久，说不上推心置腹，但他绝对是最了解邹亦时的人。这人在部队里雷厉风行，铁面无私，以魔鬼式训练著称，冷漠无情，除了训练、出任务，为部队鞠躬尽瘁外，对其他事情可是毫不上心，休息时间，邹亦时也不会像自己一样，喝酒泡吧找妹子放松，即便是休息时间，他也是活脱脱的冷面阎王，生活乏味无趣。

不仅是他清楚，部队里所有人都知道邹上尉严于律己，自制力强，作风优良，无论任何时候都秉承着一个军人该有的严厉风姿，从不见他身上的气场有半点削弱，久而久之，甚至有人觉得，邹上尉该不会是有龙阳之好吧？不然这血气方刚的年纪，又成天在部队里枯燥无味地训练，怎么可能对娇软美貌的女人没点兴趣？

三人成虎，谣言传得久了也听起来像真的了，以至于到后来张荣华都觉得，或许邹亦时真的和他们这些普通男人不一样，能让他产生兴趣的估计不是凡物，他们这些凡夫俗子还远攀不上他那么高的境界。

这结论慢慢落在了心里，就成了一种潜意识，只要涉及女人的事儿，他就会下意识地想，邹亦时不是正常男人，对女人没兴趣！

就这么潜移默化了好多年，这会儿看他怀里抱着一个女人，比看他和男人相好都让他难以接受。

他眼底温柔，万年不化的寒冰这会儿化成一摊水，简直能溺死一头成年霸王龙。张荣华看着他这么极端的反应真心觉得毛骨悚然，这种禁欲了快三十年的男人太可怕了！

瞅着他看温寒的眼神像是要把人的魂儿吸进去似的，张荣华实在看的哆嗦，赶紧给他指明方向："她这么大个人，你把她箍得那么紧，她指定难受，你把她放平了，你来前头坐。"

邹亦时皱眉，满脸不信任。张荣华举起三个手指做发誓状："邹少，我发誓，我开得又稳又慢，绝对不出任何岔子！她动一下，我就立刻靠边停，你看行不行？"

他这么说了，邹亦时才勉为其难地答应，把温寒放平，给她盖得严严实实的，又把自己的外套脱下来给她盖上，这才恋恋不舍地坐到副驾驶座。

张荣华恶寒，浑身一哆嗦："你能不能别这么恶心人！好像别人没处过女朋友似的，剃头挑子一头热的活儿你还干得这么上心，吓坏我了！"

"张恒远怎么跟来了？"邹亦时回头看了温寒一眼，她像只小兽一样蜷缩着，格外地温和无害，果然是比在他怀里要舒服得多，呵，她睡着了都不愿意让他亲近。见她踏踏实实地睡着，邹亦时回头，若无其事地补了一句："你让他来的？"

张荣华吓得一脑门汗，张恒远无意中得到了这个消息，路上他也知道那孙子跟着，可是已经成了这烂摊子了，他就想着反正丫不下车，干脆装不知道好了，没想到邹亦时这人眼观六路耳听八方，眼神跟刀子似的，怀里抱着女人，还不忘把张恒远给刮出来了，非人也，非人也！

"我错了还不行吗？我发誓，以后关于温大夫的任何事我都怀着万分崇敬的虔诚之心，绝不唐突！"张荣华举手做发誓状，额角冒冷汗，邹亦时没反应，他又补一句，"我以人格做担保！"

"你有吗？"邹亦时嗤笑一声，这事算是饶过他了。

而一路在他们后面跟着的张恒远双手交叉，摩挲着自己的手指，若有所思道："邹亦时怀里那女人，倒是个美人胚子。"

他身边的副官不以为然地说："美人？不见得吧，裹得严严实实的，再说，邹亦时不是一直不近美色吗，个人作风又严谨，怎么可能这么张扬地抱个女人招摇过市！”

张恒远冷冷地瞪他一眼，呵斥道：“邹亦时也是你叫的？”

那副官面色一僵，赶紧道：“是！”

张恒远冷着脸，心里想着，邹亦时这么张扬倒真是中了他的下怀，有了软肋，邹亦时就不再是坚不可摧的了，他要下手，也就多了一个称手的武器。

他靠在窗户上，忽然又想起了邹亦时怀里的那个女人，虽然他只远远地看了一眼，但那可是真正的惊鸿一瞥。

那么白的脸，那么黑的头发，偏偏裹在红色斗篷里，难得鲜明的颜色对比，那么干净纯洁的人，和这遍地的庸脂俗粉相去甚远。如此稀罕的女人却被邹亦时捷足先登，不管是事业还是女人，他总是要踩自己一脚。

张恒远咬咬牙，发誓就算事业拼不过他，起码这个女人，他得抢过来尝尝鲜。

张荣华、邹亦时一行人很快到了别墅，临下车的时候，温寒已经醒了，裹着斗篷看着窗外，眼神空洞迷离，带了丝惺忪的睡意。她皮肤白皙，眼睛又大又黑，容颜娇媚，气质冷艳，这么看着，倒像是误入凡尘的妖精。

“还难受吗？”邹亦时扭头看着她，一脸关切。

温寒扫了他一眼，没说话，兀自看着窗外，一副明显不想回应的神情。

张荣华幸灾乐祸地笑：“啧啧啧，让邹上尉吃瘪可不容易，温大夫真是救苦救难的活菩萨！”所谓周瑜打黄盖，一个愿打一个愿挨，大约如此。

进了别墅里，所有生活和医疗用品一应俱全，行事作风利落中不失细腻周到，邹亦时了然，怀里抱着温寒，不方便动手，只能抬脚狠狠揣在张荣华小腿骨上：“你告诉他的？”

“哎哟喂，大爷啊！能不能别动手动脚的！”张荣华疼得龇牙咧嘴，“人家李副官又没错，还不是为了你好，你倒恩将仇报！这次人家主动求和，你还不卖个面子，你还有没有良心！”

温寒被箍得不耐烦，挣扎了一下，赤着脚跳到了地上，邹亦时一惊，忙揽着她的腰重新抱起来："没给你穿鞋，地上凉！"

温寒跟他闹脾气，死活不想他抱着，挣扎着跳下地，光着脚嗒嗒嗒地跑上了楼，邹亦时来不及追，目光却紧紧追随着她。

"凉个屁啊凉！"张荣华气急败坏地吼，"老子早就给你供暖了！"

"让李副官回来吧。"邹亦时扭头往外走，"你在这儿守着她，我去处理灾情，可能明天早上才能回来。哄她吃好、喝好、睡好，如果她出了任何问题，你就给我在这鸟不拉屎的地儿长眠！"

邹亦时转身出门，张荣华气得嘶吼："邹亦时你还是不是人！我的命有那么贱吗？老子上辈子一定挖了你家祖坟了！"

第九章

透明的你

邹亦时领着人到了灾区，大致情况和张荣华说的一样，实际情况却比自己想象得要严重得多。山里温度低，加之昼夜温差大，年老体弱的、幼儿妇女这些特殊人群很难适应，又因为人员无法分散，呼吸系统的疾病会很快传播，有几例疑似肺炎的病例，不排除结核病的可能性，所以救灾物品和医疗用品必须跟上，不能有片刻拖延。

虽然在走之前他已经做了详细妥善的部署，但不到实地跟进，还是会有诸多纰漏。

消防兵已经开始疏通道路了，但是进程较缓，要是等着从陆路开始运送救灾物品，村子里的情况就会被人为地耽搁，到时候如果传染病爆发了，别说功劳了，吃排头是少不了的。

于是，邹亦时和消防队长进行了分工，由他们继续疏通陆路，而他则是安排人手把救灾物品直接空运进去，并且负责安排好受灾人民。

分工明确之后，邹亦时立刻联系了军用直升机，救灾物品已经安排好了，直接可以送进灾区，他嘱咐飞行员道："出动三架直升机，先把口罩、帐篷、棉被、食物和水送进去，随后要立刻把痰培养瓶、空气消毒剂、凝胶型消毒液送到，带几个检验员和护士过来，稍后我会进行具体安排。"

邹亦时先一步进了灾区。入夜之后气温比白天降低了十多摄氏度，他穿得不少，但也隐隐地感觉到一丝寒意。虽说这次震级不算太高，也没什么太大的伤亡，可是因为这里的地势结构比较特殊，不利于正常的救灾工作，山村闭塞，交通不便，各种不利因素加起来，导致这次的救灾任务远没有他想得那么简单。

他进了受灾地区的深处大致查看了一下情况，这里有不到三百的常住村民，房屋大多是砖瓦结构，地基不牢固，也没有抗震设计，所以屋子全部坍塌，无一幸免，所有人只能暂时聚集在空地上。

除此之外，因为偏盆地的地势，使得灾后所有坍塌的废墟和从被破坏的下水道里流出来的污水都混在了一起，肉眼不可见的致病微生物都在肆意滋生，好在气温比较低，蔓延速度还不是很快。

再往里走，就到了村民聚集的地方，这是村子里地势比较高的一块空地，所以还没有被污水污染，相对来说也算一块净土。

他用衣袖捂了口鼻，沿着人群外围转了一圈，指着几个明显有咳嗽症状的中年人冷声道："你们几个出来。"

那几个人掩在人群里，悄悄地往里头躲了躲，装着没听见。邹亦时有些不耐烦，几步走过去，挤开人群，伸手拎着其中一人的后颈，一把把他扯出来，他还欲挣扎，但是邹亦时手劲极大，他拗了几次，竟然纹丝不动，只能愤愤不平道："你是谁啊，拉我干什么！"

"我是负责这次救灾行动的总指挥官，我叫邹亦时。"邹亦时凝神看着他，厉声道，"你先和人群分散开，呼吸系统疾病主要通过空气和飞沫传播，你的痰性状不对，不排除呼吸系统的问题。"

说罢，他又皱眉指了指另外几个疑似病例："你们也出来，一会儿医疗用品就到了，你们要先做一个化验，在化验之前必须隔离。"

那几个人一听隔离，下意识就觉得是一种带了歧视的行为，顿时像是被踩了尾巴的猫，吹胡子瞪眼地吼叫着："凭什么隔离我，我没病！这么冷的天我们遭了天灾，政府把我晾在这儿这么长时间，大半夜冻得孩子不是孩子，大人不是大人，你们不想着解决这些问题，倒是要隔离我，你们还有没有人性！"

他话音刚落，其余的村民就开始骚动，遭受这无妄之灾后，惊吓、恐慌、无助这些负面情绪压抑了太久，终于找到了突破口，便开始一股脑儿地、不分青红皂白地发泄。所有人在这个时候格外地团结，所有的煽风点火、添油加醋都促使了恐慌的继续膨胀，两百多人的骚动，爆发起来也很棘手，对之后的安定工作绝对是最不稳定的因素。

邹亦时见过的世面多了去了，这些人的闹腾他还不至于放在心上，当下低吼了一声：“大家都安静，听我说！”他虽然镇定自若，但是带了不怒自威的气场，声音浑厚，格外有震慑力，村子里的人没怎么见过世面，被他的气场镇压住，瞬间闭了嘴，乖乖地听着。

“这是正常的流程，灾后是疫情和传染病的高发期，加上人员人为地聚集，会加速疾病的传播，如果不防患于未然，到时候传染病大爆发，处理起来就不是这么简单了。让你们隔离，目的只有一个，就是排除感染源，防止疫情爆发，没有其他意思，不用多想。生活物资马上就送到，你们不用担心，安心地听我指挥！”

他话说得铿锵有力，言简意赅，而且眼神坚毅，让人不自觉地感到安心。村民们平时生活得安稳恬淡，从没经历过什么大事，如今出了这样的事儿，顿时慌了神，没了主心骨，脑袋空茫茫的，什么都抓不着，恐慌无助被无限放大，无论如何都做不到镇定，但是现在看到这个首长，他沉稳坚毅，从容不迫，一看就是见过大场面的人，倒是值得他们依靠。

安抚了村民的情绪，邹亦时联系好了自己的部下，让他们把救灾物品直接运到村口的空地上。

直升机停下来之后，邹亦时没有着急让他们去发放救灾物品，而是把所有人召集在一起，统一了工作流程：“一班负责化验和口罩的发放，所有人必须进行痰培养，检验员和护士要监督好，千万不要混淆、漏检。二班负责救灾物品的发放和维持秩序，儿童先来，之后是妇女，然后是老弱病残，最后是青壮年，一定要排队领取，不能出乱子。三班负责搭帐篷，尽量选干燥平坦的空地，远离人群处搭隔离帐篷，疑似病例绝对不能和其他人混在一起。四班负责空气消毒和所有人的手卫生，发现咳嗽、高热的村民，必须进行隔离治疗。”

他有条不紊地安排了工作，逻辑清晰，思维缜密，来的人大部分是他的部下，已经熟悉了他的办事风格，各自记清了分工后，就立刻投入到救灾行动中。

邹亦时也不闲着，负责统筹所有的工作，确保每一个环节都万无一失，并且随时解决突发情况。

等所有的工作步入正轨后，天已经大亮了，村民们有序地排着长队，流水线一样化验、领取物资、戴好口罩、手部消毒，最后安置在临时搭建的帐篷里。

安置工作有条不紊地进行着，邹亦时总算松了口气，但是检验员那边又传来了坏消息，武装得严严实实的检验员把化验报告递给他看："邹上尉，这是被隔离村民的痰培养报告，报告里显示痰液中含有结核杆菌，初步可以判断为结核性肺炎。"

邹亦时心口一沉，皱眉问道："其他人的呢？有没有异常？"

"因为标本量太大，所以目前只有三十例出了结果，除了这一例结核外，其余的都正常。"

"好，我知道了。"邹亦时捏了捏眉心，突然觉得头疼得厉害。他最害怕的事情还是发生了，这个结核性肺炎的患者已经和其他人待在一起超过了五个小时，这五个小时内，无论是飞沫传播还是空气传播，都极有可能已经把病原体传播给了其他人，人群中抵抗力较低的妇女儿童就是易感人群。

如果是其他类型的呼吸系统传染病，早期可能有发热、咳嗽、食欲减退、乏力等症状，但是结核性肺炎不一样，它会有一段潜伏期，在潜伏期之内是不会有任何临床症状的，这就是目前遇到的最棘手的问题。他无法判断谁被感染了，也无法做相应的隔离和治疗，哪怕是痰培养的复检，也起码得在24小时之后才有效。

谁又能保证，这24小时内不会有新的感染者出现？

邹亦时沉着脸思考了很久，他脸色铁青，拿着化验报告的检验员踯躅了很久，才忐忑地说："邹上尉，又发现了一个结核杆菌阳性的患者。"

同一地区，同一时间段如果同时发生三例以上同一种传染病，就能断定为传染病的爆发，现在出现了两例，情况已经很危急，没有时间继续拖延了。

思及此，邹亦时联系了其他几个营的营长和副营长，一起到别墅里商议这件事的解决方案。

他先行回了别墅，刚进门，张荣华就扑到他跟前诉苦："邹少，你看看我的黑眼圈，都是被温大夫害的。这人把门反锁了，不吃不喝不睡，把我吓坏了，我趴在门框上瞅，人是没事儿，就是趴在窗户上看……"

邹亦时现在哪有心情顾这个，他面色沉重，揪着张荣华的领子把他拽到沙发上："灾区发现了两例结核性肺炎，患者已经被隔离了，但不确定潜伏感染的人数，我已经把大家叫来了，一起商量一下。"

张荣华一听，吓得脸色惨白："这是天要亡我啊！真要爆发了结核，我别说解脱了，估计得老死在这儿，邹少，你得救我，好人做到底，送佛送到西啊！"

眼前灾情严重，不仅关系到无辜村民，更关乎张荣华自己的切身利益，因此他没说完的那句"温大夫一直在看着你离开的方向"也就显得无关紧要了。

没过一会儿，几位首长就面色沉重、行色匆匆地赶来了，人群之中还有一个不速之客——张恒远，张荣华看他不顺眼，气得直咯吱咯吱地咬牙，邹亦时面无表情地揪住他："现在都什么时候了，你还有心思和他计较！"

一群人在客厅围坐好，邹亦时把灾区的情况言简意赅地说了一遍，众人听了之后都面露难色，他们在意的和邹亦时在意的一样，致病菌还在潜伏期，无法做排除。

一片死寂之中，突然传出一道与这压抑的氛围截然不同的声音："大家放轻松，这么垂头丧气干吗！你们在这儿愁眉苦脸的，该得病的还得得病，干吗做这种无用功！"

张恒远跷着二郎腿，一副幸灾乐祸的表情，看好戏的成分大过于出谋划策的成分。在这种天灾面前，能齐心协力、尽自己最大的能力解决灾民的问题才是当务之急，像他这样袖手旁观、说风凉话的态度立刻激怒了众人，但是碍于等级制度，也没人敢正面同他起冲突。

在场唯一不怵他的就是邹亦时，邹亦时勾唇看着他，笑得云淡风轻："那张营长倒是说说，什么才是有用的？"

"哦？这个我倒是觉得应该是邹上尉的事儿，没那金刚钻就别揽那瓷器活儿，你既然揽了这摊子事儿，那出谋划策的自然是你，我可不干那费力不讨好的事！既然不吃那果子，我何必挖那树坑呢！”张恒远靠在沙发上，神情轻松，一脸的漫不经心。

“那你他妈来这儿凑什么热闹！老子三叩九拜求你来的？”张荣华被这个二皮脸气得坐卧不宁，早知道这个孙子来没好事儿，无非是仗着自己官高一级，恨不得横着走，帮忙帮不上，尽是来看笑话了！要不是这孙子玩阴的，现在当营长的可是邹亦时，哪能轮到他来这儿大放厥词！

张恒远被这么一呛，立马坐不住了，他本来就是一个争强好胜的公子哥，当了兵也没把那点纨绔子弟的劣根性改了，这会被激起了火，腾地一下站起来，指着张荣华的鼻子骂道：“张荣华，你还真别把自己当成个物件儿，你以为我乐意来！”

说到这儿，他话锋一转，语气由愤怒突然转为嘲讽，目光悠悠地落在邹亦时身上，居高临下地看着他，一种报复成功的快感油然而生，冲昏了他的头脑，让他不顾场合是否合适，对邹亦时讥讽道：“要不是我们邹上尉能力不足，巴巴地请我过来，你以为我愿意来你这荒郊野外？”

“张恒远，你别欺人太甚！你以为你是什么东西，还不是因为扒了别人的功劳，鸠占鹊巢！现在倒懂得耀武扬威了，小人一个！”

张荣华这话一出，满座皆惊，一众人面面相觑，一时间不知道该说什么，当下连救灾的事情都忘了，只是好奇张荣华所说的到底是真是假。

部队里等级森严，管理严格，又加上高强度的训练，每天机械化的生活，身体和意志力都被打磨得坚硬无比，一群血性刚强的男人没有那么多闲暇心思去讨论家长里短，所以突然听到这样的消息，像是尘封已久的蛇群突然被掀开了洞顶，压抑到变形的好奇心嘶嘶地吐着芯子，带着迫不及待的窥探。

气氛变得僵硬而沉重，张恒远被响亮地打了一巴掌，虽然他不想承认，但不能否认这是事实。底下的人不知道，但他自己心里清楚，如今在心底窝藏着的龌龊事被揭出来，他自然不能承认，但面上还是无光。

被戳了脊梁骨，他恼羞成怒，一把扯住张荣华的衣领，反手给了他一拳。张荣华又岂是闷声吃亏的人，两个人顿时互不相让地扭打在一起，周围坐着的几位首长面面相觑，既震惊又觉得难堪，而事件的主角邹亦时却从头到尾一言不发，只是脸色渐渐阴沉，趋于爆发。

在两人扭打到地上时，邹亦时终于爆发，拍案而起，厉声吼道："你们还有没有一点军人的样子！现在受灾群众还没有安顿好，又爆发了结核性肺炎，情况紧急到连喘气的工夫都没有，主意想不到，精神头倒是挺足，既然有力气使不完，干脆去灾区运救灾物品吧！发泄发泄你们这多余的精力！"

张荣华向来忌惮邹亦时，这会面上讪然，一把推开张恒远，鼻青脸肿地爬起来，闷声道："知道了。"

"呦呵，邹上尉还真是有领导的架子，主意没有，命令不少。"张恒远不服邹亦时，更受不了他命令式的口气，当下冷哼道，"你以为你是谁！"他反手擦了擦嘴角的血迹，一脸不屑地重新坐回到沙发上，眼神里是令人厌恶的鄙夷神色。

邹亦时并非是善茬，他生长的环境和他骨子里的自傲都把他渐渐打磨成了不可一世的模样，在从军之前，他从未遇见过敢对他有所不敬的人，哪怕有，他也会不择手段地让对方臣服。后来进了军队，他身上尖锐跋扈的性子被打磨了一些，懂得审时度势，不再肆意妄为，但是私下里却还是盛气凌人的样子，这会儿要不是形势紧急，张恒远这个小人，他绝不轻饶！

这场闹剧在邹亦时的破例宽容下很快就平息了，几个人开始讨论处理方案。邹亦时的意思是把灾民紧急转移，在医院里进行更进一步的确诊治疗，其余人不置可否，不赞同却也不敢当面否决，只有张恒远，并不判断方案的可行性，只是单纯地与邹亦时为敌。

"邹上尉可真是不当家不知柴米贵啊，二百多号人住在医院里做全面化验，你知道得花多少钱吗？除了检查、治疗，住院费、生活费谁掏？不就是发现两例结核吗，就算得了又怎么着？又不是绝症，要不了命，等安顿好了让他们自己治呗！"

邹亦时紧紧攥着拳头，额头上青筋暴起，胸口剧烈地起伏，呼哧呼哧地喘着气，他克制了许久，才压下了汹涌而起的怒火："张营长，你觉得这么做负责任吗？我们是军人，首先应该为百姓考虑，你当兵这么多年，官衔往上升，党训倒是进了狗肚子里了！现在不是考虑钱的时候，是考虑怎么样把伤害降到最低。"

张恒远跷着二郎腿，摸着自己嘴角的伤口，神态散漫，没有半点火烧眉毛的紧张感，兀自说着风凉话："为人民服务？你还真以为自己多神圣啊！邹上尉，你觉得钱不是问题，那你说，钱从哪儿来？只要你把这钱掏出来，我们都无所谓啊！"

他这一番胡搅蛮缠，其他几个首长却都噤若寒蝉，个个埋着脑袋，谁也不愿意当这出头鸟。邹亦时怒火中烧，深邃的眼底渐渐涌起愤怒，像是沉寂许久即将爆发的火山口，一旦开闸，杀伤力不容小觑。

张荣华好些年没有见过邹亦时发火了，通常情况下他都是一个人出任务，其他部下对他的意见都会认真地考虑利弊，冷静地去权衡，不像这帮人，一个颠倒黑白、胡搅蛮缠，剩下的事不关己，高高挂起，一帮不成气候的，他不发火才怪！

邹亦时骨子里还流淌着桀骜不驯的血液，就像野兽一般，就算被圈养在笼子里，被激惹了照样兽性大发，不管不顾。张荣华打心眼里害怕，邹亦时要是发了火，就不会是像他和张恒远厮打这样小儿科的反应了。

偏偏张恒远这个孙子压根没注意到事情的严重性，还在挑战邹亦时的底线，眼看着邹亦时就要爆发了，张荣华灵光一闪，急中生智，拔腿就往楼上跑。

"温大夫，你下来劝劝邹上尉，下边要打起来了！"他心脏突突地跳。刚说完，温寒就开了门，白皙的脸，消瘦的身子，清冷纯净的气质，像是天仙一般，跟下边乌糟糟的气氛截然不同，凭空的一股清流，瞬间让他醒了神。

"温……温大夫，那个……你下去看看。"他看得眼睛发直，脑袋空白，思路远远跟不上。

温寒没说话，轻轻点了点头，她回身穿了鞋，又转身出来，轻飘飘地往楼下走，一袭黑发散在肩头，无端地衬得皮肤越发地白嫩。张荣华脑袋嗡嗡地响，他知道她是美的，却不想会是这样清冷的美，和这环境格格不入，说矫情点，像个仙子。

温寒下去的时候，邹亦时已经伸手抓住张恒远的衣领了。张恒远虽然同样是军人出身，可到底疏于训练，身上的力道锐减了不少，不像邹亦时，连骨缝里都蓄积了力量，两人力量相差悬殊，以至于张恒远虽然快要窒息，却挣脱不开。

有几个想要规劝的，都被邹亦时推倒在地，眼看着气氛变得剑拔弩张，紧张的氛围里突然传来一声清浅柔软的低呼："邹亦时，我饿了。"

像是把钢铁扔进了熔炉里，再怎么坚硬，最终也只能化成了水。邹亦时瞬间松了手，身上尖锐冷硬的气息还没来得及收，依旧散发着迫人的气场，眉眼却突然变得柔软，眼底蓬勃的怒火变成了一汪春水，轻缓温柔。

"昨天晚上不舒服？怎么都不吃不喝？我这儿还有点事，一会儿给你做吃的好不好？"邹亦时伸手摸上温寒的脸颊，她难得地没有排斥，温顺地由着他亲近，并且不像往常那样冷漠，而是顺势揪住他的衣袖，固执地说道："就现在。"

邹亦时就是有再大的火也被她这副乖巧的模样给消融了，她一直对他就是不冷不热的模样，让他一颗心悬吊着，没有着落，如今这样使小性子简直让他欣喜若狂。

顿时他也顾不得张恒远这个小人，也顾不得周围人瞠目结舌的表情，牵起她的手往厨房走，宠溺地问她："想吃什么，我做给你吃，但不可以吃辛辣刺激的，太重口的也不行，要清淡的。"

温寒不说话，低头看着两人交握的手，皱了皱眉，若有所思。邹亦时心里一咯噔，以为她会抗拒，没想到她愣了愣，只说了句："水蒸蛋，我想吃水蒸蛋。"

邹亦时眉开眼笑："好，我做给你吃。"

厨房里的两个人难得亲近地一起做饭，外头坐着的人却是各怀心事，心潮翻涌。张恒远刚才还恼羞成怒，准备和邹亦时彻底撕破脸殊死一搏呢，如今却是目光呆滞，满心满眼都是刚才那个柔软清冷的女人。

那女人，原来就是温寒。

难怪值得邹亦时这个冷面佛爷情根深种，金屋藏娇。这样难得的美人，气质脱俗，带着远离红尘的恬静淡雅的气息，涤荡人心，任谁都舍不得放手。

她比他见过的所有女人都要漂亮，却不单单能用漂亮形容。她面容精致，气质清冷，肤白发黑，乌沉沉的瞳仁里清澈见底，嘴唇红润，偏又透着一股妖艳气息，这样清冷与妖艳的交会，最是能勾魂夺魄。

他的那缕精神气儿立刻被她吸去了，最后转化为心底的嫉妒与愤恨，为什么这样的女人是邹亦时的，却不是他的？

厨房里的两人却不只是简单的洗手做羹汤，温寒靠在墙壁上，眼神空荡荡地落在别处，并没有看着邹亦时，开口说话时，声音也不似刚才那般绵软，又恢复了从前的漠然："还有一个办法，就是做结核杆菌DNA的杂交试验，这种方法哪怕是潜伏期的细菌也能检查出来。"

邹亦时正拿着打蛋器搅拌蛋液，听了她的话，眼神一亮，如同被逼到绝处的人突然看到了从天而降的绳梯一般，惊喜地问道："哦？这样的话既能避免资源浪费，又能把感染者与健康者区分开，不愧是我的温寒，关键时刻救我于水火之中。"

他情难自抑，扔了打蛋器，掐着温寒的下巴把她摁在墙上，一俯身，吻在她娇嫩的唇上。她唇瓣温热娇软，带着清甜的香气，他无法自拔，把她的身子箍得更紧。

他少有这么失控的时候。外界传他不近女色、铁石心肠，除了训练出任务以外，没有任何事情能触动他，但只有他自己清楚，他也是正常的成年男人，无论是心理还是生理，都渴望一个温软的女人。他之所以独身这么多年，并非其他乱七八糟的理由，只是口味挑剔，眼光太高，抱着宁缺毋滥的心态克制着自己。

如今遇到了自己真正喜欢的，自然不会再刻意地压抑。

温寒在他怀里哼哼唧唧地叫着，像只小猫，他体内有火焰四下奔突，横冲直撞，把他的嗓子都灼烧得低沉暗哑。他微微起身，离开了她的唇瓣，眼底带了迷离的神色，低声问她："温寒，你喜不喜欢我？"

温寒抬头看着他，轻轻地喘着气，眼底没什么波动，不娇羞，也不愤怒，只是呆滞着，过了半晌，反过手背擦了擦嘴，答非所问道："鸡蛋我不吃了。"

她转身离开，步伐有些凌乱慌张，邹亦时心底一寒，远没有初时的激动和惊喜。如果她真的病了，那么她的思路不会这么清晰，生着病还能替他出谋划策；但如果她已经恢复了，那她刚才的举动就是在演给其他人看，目的很单纯，为了化干戈为玉帛，而不是真心地想要亲近他。

他眼底的光芒渐渐暗淡下去，心口沉沉的。果然是没有希望就不会有失望，她稍微的改变就足够他空欢喜一场。

因为有了温寒的缓冲和计策，救灾计划得以继续进行。温寒提供的方案可行性较高，这样既能控制疫情，又能节省资源，众人终于心服口服，没有异议。

制订好了实施计划，又联系了上级做申请，一切都安排好后，几位首长这才起身离开，张恒远落在最后，临出门时回头冲空荡荡的楼梯间看了一眼。

一路上，几个人都在窃窃私语，“邹亦时有个捧在心尖上的女朋友”这样的消息，无异于在平静的湖面投了颗石子儿，顿时激起了千层浪，纵然是几个大男人，也免不了惊讶地啧啧出声。

“这么些年来，我可从来没看见邹上尉身边有别人，他对自己过于苛刻，感觉除了待在部队玩命训练就没别的事可干了，这下突然冒出个女朋友来，还真是让人接受不了！”

“我是头一次见他那么温柔，我还以为这人生来就不会笑呢，今儿一看，呵，原来脸上的肉也是能动的！”

“这女的也不知道什么来头，能把这出了名的冷面佛爷给拿下来，想来是有点本事的，一般的女人哪能入得了邹亦时的眼，那人眼光可高得很。”

“就是说啊，不过我看那小姑娘确实不错，那一身的皮肉，好得很呢！”

“……”

之后的话题就渐渐带了点龌龊的意思，男人们求而不得的隐晦心思藏在里头，听得人又羞又臊。

因为要联系医院准备相关的医疗器械和医疗用品，所以邹亦时没有多少时间和温寒独处，他上楼的时候她锁着门，任他怎么敲她都没有反应。张荣华悄悄地猫腰上来，肿着一只眼睛幸灾乐祸地说道：“看吧，昨天一晚上就是这样，我可没骗你！”

说完，他又有点害怕，还没人敢这么给邹亦时甩脸子，万一玩脱了，遭殃的可是他的爱巢，因此，他话锋一转，阴笑道：“光敲门不是事啊，你得变通！”

说罢，他把备用钥匙拿出来，在邹亦时面前晃了晃，后者面无表情地看着他：“那你昨天晚上怎么不拿钥匙开门？”

“我的老天爷！这是你的女人，大晚上的，孤男寡女，我拿钥匙开人家门？温大夫不打死我，你能留活口吗！开玩笑！”张荣华撇撇嘴，看着邹亦时嘴角扬起的笑意，知道自己是猜对了。

“好了，你先下去，我进去看看。”邹亦时接过钥匙，低头开门。

张荣华看着他认真的样子，眼底的笑意渐渐变得暧昧不清，隐隐泛了丝猥琐：“没关系，这里肯定没人打扰，不拉窗帘也可以，外头都是荒山野岭的，没人瞧！怎么刺激怎么来！”

他一贯是个荤腥不忌的人，邹亦时见怪不怪，抬脚将他踹下楼梯，自己拔出钥匙，推门进去。

他脸上的笑意还没散，只是看到屋里的场景后表情突然变得僵硬，就连身上的血液在这一瞬间也仿佛凝固了一般，不知道该流向何处。

温寒手里捧着大大的毛巾，正在擦头发，光溜溜的身体上还有水珠滚下来。她的湿发落在胸前，柔和了胸前高耸的弧度，也遮挡了让他意乱情迷的风景。她个子高，腰也高，入目就只有一双笔直修长的腿，偏偏皮肤又白得异常，映衬着窗外洒进来的光晕，氤氲着光洁如玉的色泽，美好得让人窒息。

邹亦时只觉得自己喉头发紧，一种前所未有的强烈冲动在胸腔里肆意横行。他并非不谙情事，血气方刚的年纪对美好的肉体总有一些非分之想，关于男女之事他早早地就懂了，之所以不盲目实践，不是没有欲望，只是觉得单纯地发泄生理需求和动物没什么分别。

因此，入伍之前他也和一些风流的公子哥儿去过一些拿高档会所的名头包裹里头淫靡气息的场所，其他人沉迷其中、醉生梦死，唯有他极其不耐，觉得这样机械性的肉体交易实在恶心。

后来入伍之后就越发没了时间和心思，渐渐地，他性取向异常的小道消息也就不胫而走了，他不置可否，只是自己清楚得很，他不是不吃，只是挑食。

现在面对如此香艳的场景，他体内压抑的、深埋的欲望蠢蠢欲动，几乎要把他的身体撑破。面对自己喜欢的人，他引以为傲的自制力全线崩塌。

而温寒对于自己致命的诱惑力全然不自知，她回头看着他，不羞不恼，愣了一会儿，只是淡定地把擦头发的毛巾拢在身上，捡起地上的拖鞋冲他扔过来。

邹亦时反应敏捷地接住飞过来的拖鞋，这才回过神来，面色一僵，缓了半晌才哑着声仓促地说道："那个……我没别的意思，就是想和你说一下，我一会儿要走，张荣华留下来照顾你，你要是觉得不舒服，立刻给我打电话，我马上赶回来。"

见她只是背着身在床边坐着，不说话，也不理他，邹亦时按了按狂跳的胸口，心绪平复之后，才又轻轻地喊了她一声："温寒？"

她依旧没理他，两条长腿晃啊晃的，他知道她是听进去了，就是单纯地不想理他。他难掩失落，但无论她怎么闹腾，怎么耍小性子，他都不舍得说她半句，她愿意和他耍脾气，未尝不是一件好事。

"电话就在床边，按1可以直接拨给我，鸡蛋我弄好了，想吃的时候让张荣华给你热，有什么需要的，你不想和我说，就和他说，不要客气，想怎么使唤就怎么使唤。"

温寒垂了头，像是在思索，又像是压根没听进去，邹亦时勾了勾嘴角，转身准备离开。

他手搭在门把手上轻轻一拧，门吱呀呀地打开。他还没回神，身后突然冲上来一具娇软的身体，他浑身肌肉紧绷，脊背僵硬，只听见温寒低低地喊了一声："别走，留下来陪我。"

邹亦时心口一滞，没有任何预兆地就想起了她发病前的那一晚上，那时候的她多无助，才能鼓起勇气让他留下来，他却丝毫没有注意到她的异样，毅然决然地离开了她。

他转身过来抱着她，她轻轻地哆嗦了一下，但没有反抗，很乖巧地靠在他怀里，他既心疼又愧疚地解释："关于那次的事情，我向你道歉，我当时是真的不知道你也难受，我不知道你有抑郁症，所以才去了萧然然那里，如果知道你难受，我绝对会不顾一切地陪着你。”

温寒仰头看着他，双手打开他的衣襟，钻进他的外套里，神色天真地问他：“那这次呢？你知道我病了，还会走吗？”

邹亦时想说，这次不一样，上次是私事，这次是公事，他向来公私分明，这是两码事儿，不能混为一谈。可是上次的事已经让他心疼不已，他这次无论如何也舍不得再让她难过，不管是不是触及他的底线，他会不会因为这件事情受到处分，只要她能安心，那就是值得的。

因此，他抱紧她，正色道：“你希望我留下来，我就一定不会走，我哪儿也不去，就在这儿陪着你。”

“真的？”温寒开口问他，只是眼睛里没有任何波澜，不辨喜怒。邹亦时正欲回答，她已经跳出他的怀抱，远远地看着他，娇笑道：“但我是开玩笑的，你走吧，我不想见你。”

邹亦时一愣，面上有些尴尬，她是开玩笑的，他却无比认真。从她为他犯病那天起，他就发誓，以后一定护她周全，不管付出什么代价，都绝对不让她再因为自己而难过。

“好，那你先休息，有需要就找张荣华。”邹亦时眼底有一丝不易察觉的落寞，温寒看在眼里，却一言不发。

邹亦时走后，温寒躺在床上怔怔地看着天花板，思忖着自己接下来应该怎么办。其实她的病已经康复了，心病还需心药医，邹亦时的真心她看在眼里，误会也澄清了，她的心结也就顺势打开了，但她不知道要如何面对他，只能继续装傻充愣。

她喜欢他。

从她为他发病那刻起，她就清楚，他已经重要到了能左右她思想的地步，她潜意识里不愿意承认，可是在这里的时间渐渐地让她认清了这个事实，她已经确信无疑，却不知道如何面对。

她一个人待到天黑，张荣华跟她打招呼说下楼给她买吃的，她照样不想说话，张荣华习以为常，跟她道别走了。别墅里安静了一会儿，不多时，就有人进来。

温寒起身出门，站在楼梯口居高临下地看着这个不速之客，眼神清冷，眉尾上扬，哪有半点呆滞懵懂，一开口，声音清朗冷淡，不见白天那副娇软可人的模样。

“张营长，这么晚来是找我有事？”

张恒远还穿着作训服，他握了握拳，心脏突突地跳着，带着急不可耐的冲动，以至于他的声音都微微发颤：“要说事儿倒还真有一件。”

他抬步上楼，一直走到温寒面前才停了下步。鼻端是她清新淡雅的香气，这样冷冰冰的美人最让人欲罢不能，他低哑地开口，一点也没有掩饰自己的欲望：“温寒，跟着我吧！你要什么条件，只要邹亦时能满足的，我都能满足。”

温寒失笑，表情依旧波澜不惊，她淡淡一笑，语带讥讽地说：“张营长说笑了，你什么条件都符合，就是你这个人我不喜欢，不知道张营长有没有办法改？”

张恒远被呛声，非但没有觉得羞恼，反而被她勾得越发心痒难耐，当下眸色一暗，把她逼至墙角，喘着粗气说道：“没关系，你喜欢什么样的，我就变成什么样的。我还以为你真病了，原来是装的，明明机灵得很。邹亦时不是什么好人，你跟着我，我一定好好待你。”

说话间，他已经把她推到了墙上，整个身体将她箍得死死的，他眼里燃起了两簇火焰，嘴里呼哧呼哧地喘着气，身上极其地热，像头发情的公牛。

温寒气定神闲地靠在墙上，没有一丝惊恐慌张的神色，她双手揣进兜里，低头摆弄着手里的东西，嘴里冷冷地说着：“邹亦时是什么人，还轮不到你这个渣子做评价……”

话说一半，她停顿了一下，把组装好的手术刀抵在他剧烈跳动的颈动脉上，勾唇一笑：“张营长这是打哪儿来的自信，觉得邹亦时不在，我就能和你勾搭成双？也不看自己是什么货色，我温寒再不成气候，也还没到出卖色相、委身于人的地步。收起你那点龌龊心思，不然，我一刀下去，你的一条命只能换一句正当防卫，多不值！”

张恒远原本还意乱情迷、浑身燥热着，这会子却是浑身上下变得冰凉，手术刀的刀刃贴着他的皮肤，锐利而冰冷的触感直直地蹿到他脑门上，他磕磕巴巴地妥协：“好好好，温大夫，我们有话好好说，你把刀放下，我这就走！”

温寒见他眼底有了惧色，一时松懈，手术刀就下意识地挪开了，就这一转神的工夫，张恒远狠狠敲了她的手腕，震掉了手术刀，接着将她的双手反剪，顺势压住她的双腿，把她按在墙上，一连串动作做得行云流水。

“张营长的近身擒拿都用在绑女人身上了，真是白白糟蹋了。”温寒怒极反笑，语气凉薄地讽刺道。

“只要是用在你身上的，不管是什么，都是值得的。”张恒远把她搂在怀里，嘴里喷着热气就靠过来，眼底暗沉，带着情动后的急色，声音粗重。

温寒直反胃，但是挣脱不开。就在这时，门却突然响了，邹亦时连喘气的工夫都没有，一路担心她吃不好睡不好，归心似箭地赶回来。

而她，却被另一个人抱在怀里。

邹亦时阴沉着脸，像是扑食的猛虎，又像是散发着杀气的阎罗王，眼底结了千年不化的寒冰，让人置身室内却周身阴冷，如坠冰窟。

有一瞬间，温寒竟然是害怕的，她甚至在想，他给自己的底线到底在哪里？她现在才知道真正发火的他有多可怕，所以心底的坚信开始动摇，他对自己的感情到底值不值得这眼见为实的考验？

“张恒远，你真是不想要这条贱命了。”邹亦时几步上了楼，走到张恒远面前，阴沉着脸，拳头夹着风，狠狠地砸在他脸上，力道大得将他整个人打翻在地。

“邹亦时，你也不动脑子想一想，要是没有温大夫的默许，我怎么进得了这别墅，又怎么能把她抱在怀里。”张恒远口齿出血，但还不忘把屎盆子扣在温寒头上。

愤怒容易让人丧失理智，尤其是这种戴绿帽子的事，是个男人就经不住挑拨离间。温寒靠墙站着，眉眼如初，好整以暇地看着，并不辩解，反而好奇邹亦时的反应。

“所以……”邹亦时一把将张恒远揪起来，咬牙切齿地说道，“你说是温寒先勾引你的？”

温寒心里一沉，面上却没有表现出来，只是静静地看着，看着邹亦时一把将张恒远扔下楼梯，肉体和楼梯撞击的闷响持续了很久，等一切安静时，她才神色寡淡地看着他，轻声地开口问道："你信吗？"

邹亦时回头，余怒未消，阴森依旧。

"我说，如果是我先勾引张恒远的，你信吗？"温寒又问一遍。

温寒面上纹丝不动，心底却思绪难平，如果他说是，那么她应该如何自处？

邹亦时怔怔地看着她，眼底暗潮涌动，带着山崩海啸前压抑沉闷的死寂，他抬步走到她面前，伸手捏起她的下巴，不咸不淡地说了一句："你再说一遍。"

"我说，如果真的是我勾引张恒远，你准备怎么办？"温寒仰着头直视他，面无惧色。

"张恒远？他还不配！"邹亦时从牙缝里挤出几个字，在她还没反应过来时，他擒住她的下巴，把她压在墙上，狠狠地吻上来。

她和他接吻过两次，前两次他都格外温柔，小心而克制，好像她是个玻璃做的，搂得紧了都能捏碎，就连亲吻都带着小心翼翼的成分。但是现在，他压抑的本性肆无忌惮地释放，霸道的、蛮横的，狂风骤雨一般席卷而来，她像是风浪里的一叶扁舟，再也把控不了自己，只能随着他掀起的波涛起起伏伏。

他把她死死地压在墙上，一手揽着她的腰，一手擒着她的下巴，她动弹不得，浑身虚软，连挣扎的力气都没有。他就是一头发怒的野兽，血液里的兽性和野蛮破闸而出，让她难以招架。她被他拢在怀里，他的胸膛坚硬炽热，灼烧得她的身体快化成一摊水，她脑袋昏昏沉沉，身体直直地坠下去。

"温寒，即便我得不到你，别人也别妄想钻了这个空子。"邹亦时声音暗哑，带着情动后的粗重低沉，但是并非意乱情迷，依旧冷硬。那种许久未见的高高在上的霸道让温寒有一瞬间的怔忪，她心想，即便圈养在笼子里，猛兽依然是猛兽，骨子里的兽性和蛮横是无法根除的。

"这……是我的事，由不得……"她低低地喘着气，两颊酡红，嘴唇鲜艳，她无力地攀附着他的肩，语不成调。话还没说完，邹亦时就抬起她的下巴，嘴角勾起一抹笑，带着点戏谑和玩味，但是眼底还是黑沉沉的一片，他低沉地开口，声音暧昧且不容置喙：“你的人……都是我的。”

他眼底有两团火焰开始燃烧起来，让他的眼神都变得灼热而迷离，温寒后知后觉地感到害怕，挣扎了一下，却动弹不得，他的手臂像是铁钳一样箍着她，把她牢牢地困在他的怀里。

邹亦时关上卧室门，抱她上床时，温寒脑袋里还是混沌的。他身上散发的气息渐渐由刚硬冰冷转为火热暧昧，被荷尔蒙浸染了的味道带着成熟男人动情后特有的性感，她不自觉地被蛊惑，竟然没有反抗。

邹亦时眼神越发迷离，眼底暗沉，有情潮翻涌，他的呼吸越来越重，温寒觉得自己像是置身蒸笼，身上的水分都随着他的呼吸一点点被蒸干，动弹不得。

“温寒，可以吗？”他的声音嘶哑异常，浑身紧绷，胸膛坚硬得像块铁板。温寒身体酥软，她的双手被他箍在头顶，胸脯就在他眼前剧烈地起伏，这样被动羞人的姿势让她有些不适应，她扭转头，没好气地说：“不可以！”

“那……”他揽着她的腰把她抱起来坐进他的怀里，嘴里越发口无遮拦，“你在上面，嗯？好不好？”

温寒脑袋里嗡嗡作响，已经开始意乱情迷，她喜欢他，对于他的撩拨没有抵抗力。

就在她的心理防线快要坍塌之时，邹亦时突然问了一句：“他……碰你了吗？”

她像是三伏天被人兜头浇了一桶冰水，从内到外凉了个通透，她眼底的迷离渐渐消失，嘴角抿成一条线，心底不知是失落还是气愤。她一把推开他，拢了拢自己的衣襟，冷冷地说：“好歹相恋了那么长时间，水到渠成的事儿自然是做了，邹上尉这话问得倒是多余！”

她只觉得心口憋涨，一颗心直直地往下坠。她知道邹亦时介意她和霍瑾轩的过往，毕竟那段初恋对她来说算得上刻骨铭心，没有一个男人想戴一顶不好摘的绿帽子，邹亦时这样骄傲的男人，占有欲和控制欲更强，怎么能容忍她心有杂念？

只是她没有想到，他能把她捧高，也能把她狠狠地摔在地上。他再怎么宠她，到底也是有分寸的，他骨子里照旧是不可一世的，她还没重要到能挑战到他的底线。

她闷头往外走，不知道为什么喉头和鼻尖开始酸胀。她正要开门，身后却突然传来邹亦时疏朗的笑声，他几步冲上来，把她搂在怀里，柔声哄着："这就不高兴了？你是不是又多想了？我问的是，张恒远那个孙子有没有碰你，他要是碰了你，我就打断他的手脚，他要是没来得及碰你，那我就暂且饶过他。你又想到哪去了？"

他说得认真，并没有狡辩的意味，温寒脑袋清明后，这才反应过来是自己想岔了。他早已经得知了她和霍瑾轩的过去，却从来没有过问过一字一句，他向来尊重她，又怎么会突然问这么唐突伤人的问题？倒是她自己因为太在乎他，反而有点草木皆兵了。

她面上讪然，一时尴尬得不知道如何是好。邹亦时毫不介意，埋头在她的颈窝里，低声地喟叹道："温寒，我不介意你的过去，没资格也没有那个勇气，我只是期盼着，现在的你，未来的你，能是我的，这样我就满足了。我不会给你任何压力，不会勉强你，我会等着你，等你真正能接纳我，让你心底的那个人变成我。"

他摸着她的脸颊，一点点摩挲到她耳后的文身，他这么高傲自大、不可一世的人，在她的面前却总是这么小心翼翼，语调里带了难掩的落寞。她心里微微疼了起来，却想不出来该在怎样的契机下表白自己的心意。

"你刚才，不就是在勉强我吗？"她不知道如何回应，只能转移话题。

邹亦时从不舍得逼迫她说明心意，看她不愿意说，便从善如流地接了她的话："那不算勉强，算是半拒半迎。"

他笑意浓厚，带了调笑的意味，温柔宠溺。温寒无声地叹了一口气，依旧不适应他的宠爱，当下挣脱了他的怀抱，把门一开，下了逐客令："行了，你走吧。"

对于她的冷漠拒绝，邹亦时也习以为常。走到门口时，又忍不住戏谑道："就这么让我走，不表示表示？"

温寒不说话，冲门口努了努下巴，示意他赶紧走。

邹亦时勾唇一笑，微微俯身，猝不及防地在她唇瓣上啄吻了一下，之后才满意地抬步离开，温寒恼羞成怒，狠狠地摔上了门。

这时候张恒远已经悻悻离开了，买饭回来的张荣华又被邹亦时莫名其妙地揍了一顿，邹亦时生动形象地给他上了一堂防火防盗防小人的思想政治课，张荣华不明所以，觉得格外委屈。

第十章

只怕不再遇上

救灾的事情步入正轨，疫情已经得到控制，并没有造成恶劣的影响，但是随后而来的问题同样让人忙得焦头烂额。

邹亦时已经紧急安排人手把村民有序地送到指定的医院去做结核杆菌的杂交试验，但是实际面临的问题却是，医疗设备不先进，一次性耗材储备少，检验时间长，费用消耗大，医院资金周转不开。院长虽然答应接收病人，但是邹亦时在了解了实际情况后权衡了一下，觉得所有的病人都放在这里并不合适。

因为所有的耗材、检验，以及检查费用都是医院出，但是医院能给的费用是有限的，如果所有人都在这里治疗，有相当多人的相关费用是没有着落的。让村民自己出自然不合适，就只能让军队出，军队的资金又不能随便挪用，这么兜兜转转下来，原先以为解决了的资金问题，就又成了最大的绊脚石。

除此之外，后续的治疗费用也是一个问题，军队已经接手了这摊子事，就一定要善始善终，否则留了负面影响，反倒成了费力不讨好。他们已经在网上发起了募捐活动，但是收效甚微，毕竟灾情不是很严重，又没有人员伤亡，谁的钱也不是大风刮来的，自然想用在刀刃上。

这么折腾下来，所有的问题都回到了钱上，邹亦时想着，果真是一分钱难倒英雄汉，他吩咐下去，先组织募捐，再是寻找医疗耗材的赞助商，如果哪条路都行不通，到时候就只能请示部队批钱了。

这边治疗稳步进行着，另一边大家找筹钱的路子，邹亦时忙得脚不沾地，但还不忘把温寒接到身边。他现在是心有余悸，一刻都不敢让她离了人，万一她再出点什么事，他就真的消受不起了。

两人住在酒店，其余人住着小旅馆轮流值班。温寒被接过来时一脸不屑地讽刺他："不是说没钱吗？"

邹亦时气得牙痒痒，俯身在她白嫩的脸颊上咬了一口，被她呼了一巴掌才松开。他刷卡进门，不忘郑重其事地解释："他们是公款，我是自费，我能和他们挤，但我不能委屈了你。好了，乖乖待着，我出去一趟。"

安排好温寒，邹亦时去医院看了看情况，目前一切顺利，还有时间供他们做周转，他刚从病房出来，李副官的电话就打过来了。

"邹上尉，有个厂家要赞助，应该是个大金主，你要不要去看看？"

邹亦时靠在墙上，思索了一下，问道："条件是什么？"

"条件就是医院以后得由他们提供相关的医疗用品，最低期限是一年。"李副官乖乖回答。

"那让科室主任或者是院长说就可以了，不需要我出面。"邹亦时说完正要挂电话，就听见李副官嘟嘟囔囔地补了一句："那人说他叫霍瑾轩，说如果不见你，这单生意就没法儿谈。"

"哦？是吗，那我还真得会会这个……霍瑾轩了。"后三个字邹亦时几乎是从牙缝里挤出来的。原本碍于温寒的面子，他还不好直接和霍瑾轩交手，这会儿人主动找上门了，且来者不善，他怎么能错过这大好的机会？

两人约好见面，邹亦时准时到场，霍瑾轩已经提前到了，见他进来，很客气地起身同他握手。两人目光交接，面上都是礼貌客套的笑容，眼底却早已乌云翻覆，剑拔弩张的气氛无须多言，仇人相见，只需要一个眼神就能火花四溅。

"邹上尉，我们公司可以承担这次灾民的医疗费用，条件就是凡是灾民就诊的医院，这一年内只能采购从我们公司渠道内流出的医疗器械或者是医疗用品。商人不干无利可图的事儿，这一点我想邹上尉应该清楚。"

"清楚是清楚。"邹亦时靠在椅背上，指尖在桌上轻叩着，漫不经心地说道，“只怕是霍总还在这里和我玩太极呢。”

有侍者端来咖啡，邹亦时端起来喝了一口，顺势掩去了嘴边阴森的寒意。

霍瑾轩在商场摸爬滚打了这么多年，加之自己叫邹亦时出来原本目的就不单纯，爱着同一个女人的前任与现任，能坐在一起把酒言欢，那才是滑天下之大稽。

霍瑾轩是明白人，他也不想揣着明白装糊涂，干脆开门见山道：“我的目的很单纯，如果仅仅是为了谈生意，我想还不至于需要邹上尉亲自出马，不过我是为了温寒的事儿，这件事，就有必要当面和你说清楚了。”

他顿了顿，接下来的话却让邹亦时瞬间脸色铁青，他郑重其事地说：“邹上尉，我要重新追求温寒！还希望你恢复温寒的自由，不要打着照顾的名义软禁她。她不是个物品，在你身边就是你的，公平竞争才是君子之道，不是吗，邹上尉？”

邹亦时顿了顿，握着咖啡杯的手青筋暴起，他开口，语气低沉冷冽，带着不怒自威的寒意，傲慢狂妄：“公平竞争？在我邹亦时眼里，就没有什么公平，公平是弱者的借口，得到了就是得到了，你着急给自己找台阶，我可没时间奉陪。霍总，告辞了，赞助的事还是免了吧，这点钱我还出得起！”

邹亦时正要起身，就听见霍瑾轩悠悠地说了一句：“怎么，邹上尉这是害怕了？”他语调轻慢，那些虚伪的包装被撕开，骨子的轻狂暴露出来，两人没了客套，剑拔弩张的气氛一触即发，谁都不是好惹的主，无非是明面上的对垒变成了暗自的较量，火药味越演越浓。

“哦？”邹亦时重新坐下，神色依旧散漫，他双手合拢，把玩着自己的手指，低垂着眼，掩了眼底的寒意，再开口时，就带了点随心所欲，“那霍总想怎么玩就怎么玩吧，需要我怎么配合？”

霍瑾轩原本还想着会是一场恶战，他已经在心底铺排好了各种台词，尖锐的，一针见血的，能把邹亦时那张不可一世的嘴脸彻底击垮的，他甚至都能幻想出看到他窘迫难堪的样子后，自己得意的笑容，却没想到邹亦时这么不屑一顾，倒让他蓄积了浑身的力量软软地打在了棉花上，平添了几分憋屈。

“呵，倒是不需要邹上尉怎么配合。恢复温寒的自由，让我能随时见到她就可以。”霍瑾轩急火攻心，大口地灌了一杯咖啡，才缓解了心底的燥热。

“可以是可以，但是要看温寒愿不愿意见你了。”邹亦时眉眼带笑，神色轻松，刚才紧张的气氛消失不见，一派气定神闲的模样，仿佛他们讨论的不是所爱之人的归属，而是茶余饭后的无聊消遣。

“邹上尉这是害怕温寒跟我走了，掉了自己的面子，提前打个预防针？”霍瑾轩努力地克制着自己的怒意，心中却愤愤不平。邹亦时到底是个老狐狸，已经到了这种地步还能保持面不改色，果真是军队里历练过的人，城府可比一般人深沉太多，不过他的目的也不单纯是激怒邹亦时，如果能带温寒走，受再多的窝囊气也是值得的。

“霍总说笑了，感情的事无非讲究个两情相悦，温寒的意志不是你我能左右的，人我自然会放，到时候霍总要是再丢了脸，可别怪是我从中作梗了。”邹亦时面带微笑地说完，淡然地起身，拢了拢衣襟，冲霍瑾轩微微点头，礼数周全，气度不凡，颇有处变不惊的定力和不屑一顾的傲慢。

他抬步离开，身姿挺括，步伐笃定。霍瑾轩实在气不过，扯了扯领带，冲着他的背影低吼道：“两情相悦？起码我和温寒两情相悦过，但是邹上尉你呢？平心而论，你敢说温寒喜欢你吗？”

邹亦时的背影几不可察地僵硬了一下，但是步伐未停，毫不在意地伸手冲身后的人挥了挥，大步流星地离开。

只是在转身出门后，他的脸才突然变得铁青，眼底越来越冷，浸满了森冷的寒意，室内温暖如春，他身侧的气息却冰冷得让人如坠冰窟。

等电梯时，他拳头紧握，狠狠地砸在墙上，一旁同样等电梯的服务生很明显地听到墙壁发出一声沉闷的巨响，连绵的声音嗡嗡地扩散着。服务生看了一眼身边的人，指关节的血都流出来了，但脸上一点表情都没有，阴沉沉的一片，他突然觉得后脊背阵阵发凉，电梯门悠悠地打开，他也不敢再进去，拔腿就跑。

温寒在酒店里百无聊赖地看电视，拿着遥控器一轮轮地转台，正准备关了睡觉，门就突然打开了。她眯眼瞧了一眼回来的人，他夹带了一身寒气，面容冷硬，见了她也罕见地没有一丝笑意。他把外套脱了，卷着袖子露出肌肉健硕的胳膊，弯腰从床头柜里找她的药瓶，也不看她，漠然地说："记得按时吃药，我感觉你最近好得差不多了，我也定时给兰大夫说明了你的情况，她说应该没什么大碍。"

温寒盘腿坐着，双手扒着床边晃晃悠悠地看着他："你要干吗？"突然摆了冷脸，又留了后话，他不说，她也猜出了几分。

"我最近有事，暂时把你送到别的地方，药按时吃，好好吃饭，别挑食。"邹亦时把她的药瓶收拾好又转身去衣柜里替她收拾衣服，温寒看着他指关节处的血痂，眉头皱紧："邹亦时，你跟我说实话！"

部队拉练那么紧张，他都长途跋涉地赶回来看她，抗震救灾也不忘分神照顾她，这会儿却莫名其妙地说有事。这么蹩脚的借口，她要是乐意配合他也就勉为其难地接受了，但如果她要不吃他这一套，那他就别指望糊弄过去。

她赤着脚跑下去，从邹亦时胳膊底下钻进去，仰头看着他，板着脸又问："邹亦时，你有新欢了？"

"没有。"邹亦时把她抱起来放回床上，"地上凉，别光脚乱跑。"

他把她的内衣、保暖衣、打底套装还有外套分门别类地整理好，整整齐齐地装进行李箱里，"内衣穿得码大一点，你的胸没那么小，别不讲究，对身体不好。衣服勤换勤洗，放在太阳底下晒，阴干的衣服穿着不舒服。"

说完，他无视了她困惑的眼神，转身去卫生间收拾她的洗漱用品。温寒气急，看着他棱角分明的侧脸和他深邃暗沉的眼神，眉心皱了皱，正色道："邹亦时，你要是觉得厌烦了，大可不必这样，我自己也能走。你总得给我个理由，为什么？"

邹亦时的手一顿，修长有力的手指微微发颤，缓了半晌，才抬眼看她，眼底有一层薄薄的雾，不辨喜怒，他一字一顿道："我没有新欢，但你却有旧爱。"

他这么一说，温寒瞬间明朗了，归根结底还是因为霍瑾轩。他这副模样想来是和霍瑾轩打过照面了，不管他们谈了什么，她肯定都是主角，也肯定是唯一的受害者。

她一直担心的，他一直耿耿于怀的，终于在这一刻彻底撕裂了，最后一块遮羞布也掉了，她不想歇斯底里地质问，也不想做无谓的挣扎，他有他的考量，她也有她的自尊。

“放着我来吧。”温寒不知该作何表情，只能冷着脸夺过他手里的收纳箱，把台面上的东西一股脑儿地扫进去，邹亦时就在她身后冷漠地看着，一言不发。

她正在气头上，他突然一把握住她的肩，把她按着伏趴在洗手台上，另一只手沿着她宽松的家居服伸进去，摩挲着她裸露的腰，最后摸到她内衣的暗扣上。

他的手极凉，贴在她温热的皮肤上，刺激得她浑身打战。她感觉到他慢条斯理地解开她的内衣，之后把宽厚的大掌拢在她的胸口，五指收拢。

她浑身痉挛，趴在洗手台上动弹不得，他俯身下来，在她耳边低沉地开口，声音阴冷，有愤恨有压抑，却不带一丝情欲：“温寒，有时候我就想着，干脆直接把你办了好了，没了惦记的，也就没了顾忌的。”

她咬咬牙，声音都在打战：“邹亦时……”你要仅仅图的是我的身体，一夜欢好我随时给你，但你要仅仅图的是这个，你就是一禽兽！

“我给你安排了你们医院附近的公寓，你先去住，之后的手续和行李我会替你办好。”邹亦时替她扣好内衣，没有再看她，起身离开。

温寒并不是胡搅蛮缠的人，也不愿意自讨没趣，他既然要驱逐她，她做不到觍着脸求他。于是头一天他说了要她离开，第二天她就已经住进了他安排好的公寓，快到她自己都觉得不可思议。

之后的生活依旧波澜不惊，只是她却再也做不到淡然处之，一个人的独居生活里因为邹亦时蛮横地插入进来，现在她已经无法全身而退了。每次看着空荡荡的屋子，她总是难以控制地想起他无微不至的照顾，想起他没有原则的宠溺，想起自己过了二十多年，还从未被如此珍视过。

公寓里天天有人过来，送吃的，送喝的，送药的，送衣服的，一日三餐，衣食无忧，每个人来无一例外会和她说：“麻烦您给我们签个字吧，不然我们回去交不了差。”

她看得清清楚楚，上头写着四个大字，“一切安好！”

她想不明白，他既然放不下，又为什么这么决绝地逼自己离开？

就这么混混沌沌地住了近半个月，温寒突然接到了霍瑾轩的电话。他没有在电话里和她长吁短叹，只是和她约了在咖啡店见面，温寒没有拒绝，她和他的那些不堪回首的过往，终究得找个契机做个了断。

到了约定的那天，老天爷很给面子，乌泱泱地攒了一场瓢泼大雨，兜头地往下浇，雨幕挂在眼前，一切都变得朦胧不清。温寒裹得严严实实的，顶着伞，深一脚浅一脚地赶过去。

进咖啡店时，她依稀觉得身后有个熟悉的影子，回头之后却只剩下了绵延不绝的水幕，她自嘲地想着，她已经想他想到出现幻觉了，真是矫情。

她进去时，霍瑾轩已经到了，他穿得简单，但是长身玉立，倒也气度卓雅。见她进来，立刻微笑着迎上来，下意识地握上她的手腕，一脸关切地说："外头冷吧？怎么没多穿点。"

温寒厌烦，甩开他的手，径直坐到他对面，开门见山地说："你想说什么，说吧。"

"温寒，你别这样，我知道当年是我对不起你，但是那个时候少不更事，毕竟不成熟，只想着有朝一日能名正言顺地在你身边陪着你，所以，脑袋一热，就干了蠢事。这会儿我也算事业有成，底气也足了，所以，就算这件事太恬不知耻，但我还是想说，温寒，我们重新开始吧！"

他说得真诚，眼底的神色诚挚无二，带了祈求哀怨的意味。两个相爱过的人因为一些误会分开，重聚之时肯定少不了感慨万千抑或旧情复燃，但是她心底已经有了别人，再见时就只剩了物是人非的喟叹。

"霍瑾轩，这是我最后一次和你坦诚相告，我们俩不可能了。你觉得这五年的感情还留着给你飞黄腾达，但是对于我来说，这五年，说矫情点，足够我脱胎换骨了！我为你吃过苦，受过罪，渐渐认识到了自己当年的天真可笑，从今往后，我不会再因为你，或者是五年前的感情继续折磨自己，因为现在有了心疼我的人，也有了值得我心疼的人，我不想因为不相干的人和事白白辜负了他的一片真心。"

霍瑾轩听得心口沉闷憋涨，记忆中的她一直是娇俏可爱的，虽然性格娇纵，对他却是毫无芥蒂地依赖和爱慕，从来没有过这样的冷漠决绝。她的言语间并没有对过往的纠结，眼中俱是看开想通之后的淡然，他心口直直地往下坠，绝望地想着，或许，是真的无力回天了。

“是邹亦时？”他明知故问，抱着最后一丝希望。

“嗯。”温寒单手托腮，眼神悠悠地落向窗外，“他待我真心，又有成熟男人的气度，最大限度地尊重我，爱护我，从来不发脾气，遇事理智冷静，考虑周全细致，我从来没见过像他这样优秀的男人。”

她嘴角的笑意沉静温婉，眼底是浓稠得化不开的爱意。她果然成熟了，蜕变得知性优雅、温润无声，所有的棱角都变得圆滑，整个人散发着恬静淡然的光芒。

他能给她的只有飞扬跋扈，而邹亦时能给她的却是成熟温婉，这就是他们两人的差距。

“他既然待你好，又怎么会把你一个人扔在公寓里不闻不问？他知道有我的存在，还不是照样对你有了顾忌？男人都是这样，占有欲极强，最受不了这样的事，尤其是他那种自大狂妄的人，怎么能接受得了你有一段忘不了的过去？”霍瑾轩觉得自己被逼得急了，有些口不择言，但此时却顾不得那么多。

温寒扭头看着他，眼底有一闪而过的凌厉，不过转而又变得若无其事，她轻声开口，声音坚定：“你又怎么知道他是不闻不问？难怪他突然让我搬离，看来是你的功劳！霍瑾轩，以后我们桥归桥，路归路，绝无可能了，你千万别干那些让我瞧不起的窝囊事！”

霍瑾轩还欲争辩，温寒已经不耐烦地起身准备走人。她拎着湿漉漉的雨伞往外走，霍瑾轩小跑着追上来，伸手接过她手上的伞：“外面雨下得这么大，我送你回去吧！”

温寒回头瞪他，眼尾上挑，一双美目中映着他落寞的神情，她眸光流转，却没有一丝同情：“不用了，我打车回去。”

“你身体不好，一淋雨就容易感冒，还是我送你吧。”霍瑾轩话音未落，温寒就像是被踩了尾巴的猫似的炸了毛：“霍瑾轩，我警告你，不要再拿过去的事情恶心我，我为你受了那么多罪，你心疼我感冒，未免太多余！”

“温寒，你不要这么激动。”霍瑾轩苦笑道，“我不是那个意思，你既然心意已决，我再死乞白赖也没什么意思，你放心，就算我再放不下你也绝不会再骚扰你。”

外头的雨越下越大，瓢泼大雨砸在地上的碎响不绝于耳，霍瑾轩的话隐在雨声里，变得几不可闻，温寒拿着伞在地上磕了磕，看着地上的一小摊水渍，又补了一句：“还有邹亦时，你也不要去招惹。”

“我知道。”霍瑾轩僵硬地勾了勾嘴角，“走吧，我送你，就当是出于绅士风度，没别的意思。”

“好吧，送我到楼下就行。”温寒看着窗外的雨，权衡半天，还是勉为其难地应下了。

窗外的雨点越来越密集，渐渐地看不清外头的人影，李副官看着身边的人，吞了吞口水，小心翼翼地问道：“邹上尉，我们走吗？温大夫他们已经走了。”

邹亦时的脸色并没有什么变化，眼底笼了一层薄薄的雾霭，嘴角紧抿成一条直线，既没有狂风骤雨般的怒火，也没有天寒地冻似的阴翳，不喜不怒，只字不言。

李副官看得久了，觉得这人似乎连气都不喘了，丢了生气似的，当下也忘了害怕，一踩油门，车子蹭蹭地蹿出去，驶离了这糟心的地方。

最先发现邹亦时不正常的，除了李副官，还有张荣华，作为他的好友，张荣华这点眼力见儿还是有的。这天，邹亦时照例约他去酒吧，张荣华在心里直犯嘀咕，按理说，借酒浇愁这样的事儿只有像他这样百花丛中过、片叶不沾身的风流才俊才做得出来，不为别的，就为给自己两段感情之间打个分隔符，但是这事儿放在铁面无情的邹亦时身上，怎么想都惊悚异常。

两人进了包厢，邹亦时开了一瓶人头马，张荣华直乐道：“开一瓶82年的拉菲，多喜庆！”邹亦时抬眼看他，眼底阴冷，嘶嘶地冒着寒气，张荣华生生地把话头咽回去，明哲保身地选择闭嘴。

邹亦时来这销金窟里就只是闷头喝酒，虽然钱是他出的，但张荣华还是觉得肉疼，想着不能白白地浪费这大把的银子，于是他把陪酒的、陪唱的、捏腿捶肩的叫了一屋子，这才觉得心里舒坦了点。

几个姑娘进来后，眼珠子直勾勾地盯着邹亦时看，他这种又帅又拽的性子最讨人喜欢。张荣华气不过，捏着一姑娘的小脸儿哼哼唧唧地骂："别瞧了，眼珠子要掉地上了，那是个活死人，不开男女这一窍，你那媚眼就是砸他脸上，他都不会正眼瞧的，省省吧！"

这姑娘收回了眼神，但面上还是灿如桃花，含羞带怯。

不多时，荷尔蒙的气息就已经悄然弥漫，邹亦时心里烦躁，这里被张荣华折腾得乌烟瘴气的，他扔了酒瓶，起身离开。

出了酒吧，迎着冷风，邹亦时感觉整个人都在放空，心底压抑的思念汹涌而出，再也无法熟视无睹，他按了按胸口，径直下楼，打车直奔温寒的公寓而去。

当初和霍瑾轩谈条件时，他其实远没有看起来那么镇定自若，他表现得满不在乎，只不过是不想落了下乘，白白地给霍瑾轩看了笑话。他心知欲盖弥彰，可还是硬着头皮掩饰自己心底巨大的落差，不得不承认，霍瑾轩最后那句话像是一柄利刃狠狠地刺穿了他的胸口，让他所有的骄傲都摔得支离破碎。

他自恃高傲，狂放不羁，目中无人，所有经手的事他都有十足的把握，从来都只有别人揣度他的心思，小心翼翼地讨好他，他理所应当地偏偏求而不得。

在她面前，他放下了所有的骄傲，可是即便如此仍旧抵不过霍瑾轩与她那年少青涩的初恋，他不怕放低身段去追求她，却受不了她心有所属，他还要强人所难。

起初他还抱着一丝幻想，幻想自己那样的真心或许会打动温寒，在过去与现在之间会选择他。但是那个雨天，他却亲眼看着她和霍瑾轩言笑晏晏地在一起聊天，她的目光温婉，融化了窗外的湿寒，而他从未见过她这样温暖的眼神。

车停在了她楼下，他却带了丝近乡情怯的忐忑，他下了车，点了支烟，在烟雾朦胧中看着从她屋子里透出的昏黄的光。

不知道她有没有好好吃饭，有没有按时吃药，会不会在夜深人静的时候也偶尔想起他。

他在楼下站了一夜，抽掉一整包烟。天悠悠地转亮，灰蒙蒙的颜色和他周遭的烟雾融为一色。早上霍瑾轩上了楼，一直没有下来，邹亦时的心像是掉进了无底洞，无边无际地往下坠，他终究没有办法去见她一面，她要是和霍瑾轩复合了，他是第一个不祝福他们的人。

邹上尉莫名其妙地消失了一晚上，等他回来之后，李副官发现人越发地不对劲了，面如冰霜，眼底冰封一片，隔着厚厚的一层冰，不辨喜怒。不像往常，虽然他不苟言笑，但是好歹发火的时候整个人还是生动的，这会儿看着，倒像是冰雕的模子，除了阴恻恻的，再没有多余的情绪。

他好久没看到邹亦时身边的温大夫了，这么想来，或许根源就在此了。

“最近灾民怎么样？治疗到哪个阶段了？”邹亦时一扫而过上头派下来让他去演练的文件，头也不抬地问李副官。

李副官看着他眼底的血丝，心想这身上的伤不耗人，心上的伤才耗人，没几天，这人就憔悴成这样了。

“都安顿好了，后续的资金也跟上了。”这么一想，李副官又有点心理不平衡，“邹上尉，那个叫霍总的不是答应给我们赞助了吗？你为什么还要自掏腰包出这个钱，就算……”就算你有钱，但也不是这么个花法。

“不用，就当我捐助了。”邹亦时面无表情地接话，语气稀松平常，好像这不是动辄几十万的买卖，而是吃饭喝水上下牙一磕那般简单。

他这么一说，李副官也不敢说什么，不过趁着邹亦时终于开口说话，他顺着杆往上爬：“哦，对了，这么长时间不见温大夫了，她调回去了？”

他话音刚落，邹亦时就抬头看着他，眼底的冰霜裂开，里边的深邃暗沉暴露出来，散发着瘆人的寒意。李副官一愣，只觉得后脊背嗖嗖地蹿上来一股寒意，汗毛倒竖，邹上尉死寂了许久的表情突然有了丝变化，看来真是因温大夫而起，只是他可不敢继续捋他逆鳞，连连点头，慌忙退了出去。

邹亦时把自己投身到演练当中，甚至刻意地让自己忙起来，只有这样他才无暇顾及其他，也就不会去想他爱的人已经和别人在一起了。而对于他的变化毫不知情的温寒，却依旧在傻傻地等着他主动来找自己。

霍瑾轩还是时不时地来骚扰她，某天一大早的就来敲她的门，她混混沌沌地去开门，从猫眼里看到是他，脑袋瞬间清明，二话没说，扭头就走，她心安理得地睡了一个回笼觉，醒来之后才发现他还在门外站着，门神一样一动不动，她叉着腰在门边和他对视，左思右想，觉得这样隔门相望的做法太矫情，倒不如请进来，和他利利索索把话说清楚了。

她给他端茶倒水，礼数做得周全，她越这样，霍瑾轩的脸色越难看，最后实在受不了，尴尬地说明了来意："我知道你不愿意见我，可是也不用把我当洪水猛兽看待，我说不骚扰你，就一定不会骚扰你，只要你过得幸福，我就知足了。"

温寒翻了个白眼，打断他的话："有什么事电话不能说吗，你这样老往我家里跑，给邹亦时撞见了，我怎么交代？"

且不说他身正不怕影子斜，就算退一步讲，他有这个想法，邹亦时那么忙，又怎么会恰好撞见？无非是她在乎邹亦时的想法，所以旁人在她眼里就都成了阻碍。

"这事儿得当面说。我和邹亦时谈了救灾的事，我们公司赞助了一笔费用，不过因为私人的关系，邹上尉有点硌硬，就没收这个钱，但是一码归一码，公私分明，这个钱还是得给医院，他既然不要，就只能麻烦你捎给他。"

霍瑾轩说清了来意，温寒眼珠子滴溜溜地转，半晌才说："他既然不要，那我更不能当这过路财神，邹亦时不差这点钱。"

她说这话的时候，表情和邹亦时如出一辙，带着点傲慢，很是不屑一顾。霍瑾轩了然，点了点头，放凉的茶水也没有喝，起身离开了。

不知不觉温寒已经在公寓里待了近一个月，这一个月里她无时无刻不在期盼着邹亦时能来找她，那种浸入骨血的思念折磨得她夜不能寐，好几次把兰素吓得还以为她又病发了，吵着闹着要来看她。

兰素对她的事总是格外地执著上心，听说她又睡不着，休息的时候立刻马不停蹄地赶了过来。

温寒难得亲自下厨，给她做了一桌家常菜，很有洗手做羹汤的妇人味道，对比之前不食烟火的清冷疏离，这个样子更让人觉得温暖自然。

兰素欣慰，心里想着，解铃还须系铃人，她的心结解开了，才能回归正常人的生活。

温寒厨艺不精，但饭菜还算爽脆下饭，两人边吃边聊，问到她失眠的原因时，兰素满脸担忧，温寒却失笑出声："是心病。"

兰素饭也吃不下去了，越发害怕："怎么了？又厉害了？上次邹上尉给我说你的情况，我还觉得你恢复得挺好的，可比之前你自己一个人瞎对付要强多了！"

"不是抑郁症。"温寒摇摇头，眼底的光芒变得幸福满足，声音也不自觉地变得柔软，"是因为我喜欢上了邹亦时，最近一直见不到他，思念成疾。"

她向来冷漠，性子好转之后也不见半点揉捏作态，反倒是落落大方，自然得体，原本矫情的话让她这么说出来，只觉得诚恳真挚，让人感动。

"吓我一跳。"兰素嗔怪地瞪了她一眼，"既然想他，就去见他啊，很简单的事，还非要弄到睡不着觉的地步。"

"我也不知道为什么，他突然对我很冷漠，可能是顾忌我之前的一段感情，所以我也不敢主动找他，想等他不生气了来找我的时候，我再和他解释。"

"哎哟喂，傻姑娘，感情的事不是欠债还钱，死等着债主上门来要。他不来找你，你去找他啊！"

温寒原本就不是矫揉造作的人，认清自己的内心后也不会瞻前顾后，畏首畏尾，经兰素这么一点拨，她心里有了主意，神色坚定地说道："那好，既然这样，我就过去找他吧！"

"小两口有误会，床头吵架床尾和，什么事儿都说清楚了，冷战最不可取，吵也得趁热吵。"

第十一章

我的心里只有你没有他

虽说温寒已经打定主意去找邹亦时了，可到底不能说风就是雨，所以她在动身之前先缓了几天做准备工作，而就在她缓冲的这几天，邹亦时那边却发生了一件大事。

之前地震的村落，周边三十公里范围发生了七级的余震，规模远远大过最初的时候，伤亡情况尚不清楚。

当李副官神色凝重地汇报这件事时，邹亦时刚从直升机上速降下来。他的气还没喘匀，一边解了腰带上的安全扣，一边往外走，听李副官火急火燎地说了半天，他沉着脸，正色道："你先别着急，既然灾情已经发生了，我们协助各单位把救灾工作做好就行。"

"哎，真是的，都这么长时间了，怎么还会发生余震！而且规模远远超过了第一次，第一次还算好的，没有人员伤亡，传染病也在我们掌控范围内，怎么着一下子也要不了命，这下可好，咣当一余震，据说是晚上发生的，好多人压根没有感觉到，估计不少人睡着睡着人就没了。"

李副官没怎么亲自到灾害现场进行过实地救灾，光是从一个旁观者的角度看这件事情，言辞里少不了悲天悯人的消极成分和无法自持的慌张无措。

看着他眼底流露的悲痛绝望，邹亦时神色未动，重重地拍了拍他的肩："现在说这些没用，兵来将挡水来土掩，把伤害降到最低，把希望放到最大，这才是我们应该做的。"

因为灾情发生得突然并且波及范围广，加上伤亡情况无法统计，所以部队不再单独指派任务，而是由团长进行统一部署。

各营的营长和副营长迅速列队集合，团长中途从阅兵仪式上赶回来，身上还穿着观礼的制服，胸口的勋章因为急促的步伐而发出凌乱的撞击声。

“首长好！”众人齐刷刷地敬礼，团长回敬之后，脸上的表情由严肃渐渐变得凝重。他沉声开口，气沉丹田，声若洪钟，带着不怒自威的冷硬：“现在灾区是什么情况？医疗队和搜救队派去了吗？”

负责调查灾区情况的士兵朗声回答道：“报告团长！此次余震震级七级，波及方圆三十公里，受灾面积近一千平方公里，包括十个乡镇，近三万人口，已经有序迁移到安全地带的百姓为两万人，剩余近一万人正在疏散和解救中，目前伤亡情况尚不能完全统计。”

团长的脸色越来越沉，听到最后，略一思索，立刻沉稳笃定地进行部署：“一营，配合灾后物资的配送；二营，继续抽调医护人员，处理伤情；三营，配合消防兵进行现场搜救，努力把灾害降到最低！我是总指挥，救灾现场遇到任何突发状况，均有邹上尉进行统一调度，任何人不得违令！”

邹亦时背脊紧绷，脚后跟清脆地一磕，干净利落地敬了一个军礼，声音铿锵地回答道：“是！服从首长安排！”

解散之后，各营迅速抽调人员投入救灾现场，邹亦时把部队里二十架直升机全部抽调出来，自己带头，指挥众飞行员有序地进入救灾现场。

直升机在灾区上方盘旋时，不少飞行员直看得目瞪口呆，半晌发不出声音，个个心口像是灌了铅，又沉又疼。从天空俯瞰时，视野里触及的全都是土崩瓦解后的废墟，就连断壁残垣都找不到，只见尘埃瓦砾，所有文明社会的结晶被无情地摧毁，半点不留，人类在大自然面前变得无比渺小，连同那废墟也被掩埋得无处可寻。

废墟上已经有搜救队和医疗队开始争分夺秒地救人，即便是几百米的高空，也能看清灰黑色的基调里那一抹抹刺眼的红色，多少家庭前一秒还合家团圆，后一秒就已经天人永隔。天灾之于人祸，就是天灾永远不会手下留情，残忍到不给你半点喘息的时间。

几个飞行员在对讲机里说话时，声音里已经带了哽咽，到底是年轻，经历得少，面对这样的灾难，没有人能不动容。但是，既然他们是一名军人，在灾难面前能做的就不该只是同情与怜悯，而是作为灾民唯一的依靠和最后的希望，所以，他们要比任何人都要刚强，才能与老天爷抗衡！

“各队员听好，现在我进行救灾部署。一号机负责松庄区域的救援，二号机负责许西村区域的救援……十号机负责北张村区域的救援，十一号到十五号机配合现场的救援，随时做应急调度，十六到二十号机协助受灾群众的安置和救灾物品的运送。发现有伤亡人员立刻速降进行人员转运，必要时协助消防兵进行地面救援，收到回复！”

“是！”对讲机里传来整齐有力的应答声，邹亦时看了一眼地面情况，“开始执行任务，注意自身安全。”

邹亦时指挥着身边的驾驶员在灾区上方盘旋，以便了解各区域的受灾情况，最后，他停在受灾最严重的北张村附近进行救灾配合。

这里离震中较近，地质结构特殊，加上房屋大多为高于六层的高层建筑，缺少抗震设计的钢筋混凝土被震碎，原本占用空间的高楼层这时都回归到地平面来，导致了废墟压废墟，瓦砾裹瓦砾，把这处平地捂了个严严实实密不透风，要想救人出来，得挖通整栋高楼大厦。

挖掘机开不进来，当务之急就只能凭一双肉手对抗这钢筋铁骨，废墟上散落了十几个消防员，大家弯下腰，拼命地在废墟里刨，手套磨破了也来不及换，像没知觉似的继续刨，拿自己的血肉给下头压着的人一丝活下去的希望。

邹亦时取了绳子，一头挂在机舱，一头拴在自己腰间，双腿勾住绳子，干净利落地从直升机上滑下来。一旁的驾驶员看得目瞪口呆，且不说他腰间连安全扣都没有，就是这近百米的高空，也不是每个人都有胆量把自己的命交给一条绳子的，邹上尉不愧是邹上尉，这是真正铁打铜铸的军人！

邹亦时安全降落，他没有工夫喘息，立刻投入救援，搜救犬和生命体征探测仪随后才能跟上，目前他们就只能凭借实战经验和呼救声判断幸存者所在的位置。

有两名消防兵抬着一块水泥板挪不动，他快步追上去，替他们分了一边的力。救灾面前不分上下级，这两个消防兵喘着粗气冲石板下方努了努下巴："下面压了两个小孩，但其中一个趴在水泥板的边上，只要一救那个，这边上的小孩立刻就会被废墟活埋，但是，如果先救边上那个，就必须得把那头的废墟全部刨开，这期间不排除废墟继续坍塌的可能，到时候可能两个孩子一个都救不了。"

他俩的双手已经满是污垢，指甲缝里的血和污泥混在一起，粘连了血肉，就连脸上都已经遍布灰尘和泥土。说话的那人脸颊上被眼泪冲刷出了两道干净的痕迹，他的哭声压抑而透着无能为力的绝望，那是一种想要拼尽全力救人，却人胜不了天的绝望。

两个小孩子已经停止了哭泣，水汪汪的大眼睛从黑暗的废墟里向外张望着，因为看到了救援的人，所以连害怕也忘记了。

他们越是这般单纯可爱，那消防兵哭得越伤心。邹亦时心口沉沉，并不想这么苍白无力地接受现实，他仔细看了一下废墟下的情况，大约估计出孩子们所在的地方应该是卫生间的位置，如果是这样的话，角落处的承重力就比一般墙壁要强，所以，他的想法值得一试。

"你俩尽力把板子抬高，我从空隙里钻进去，之后你们把孩子抱出去，我是成年人，抗压能力肯定比孩子强，而且受力面积大，受到的创伤也会小一点。"

他这种做法无疑是饮鸩止渴，虽然孩子得救了，但是他不一定能生还，原本就是来施救的，再搭一条命进去，任谁也狠不下这条心。

两个消防兵开始落泪，最后犹豫片刻，还是决定救孩子。

邹亦时顺利地钻进废墟里，消防兵迅速把一个孩子解救出来，等把第二个孩子救出来后，废墟下的石板应声而落，连锁反应导致上面全部坍塌，邹亦时瞬间被淹没进尘土之中。

那个消防兵边哭边挖，嘴里呜呜咽咽地喊着："首长，你不能死啊！你要是死了，我怎么向你的家人交代啊！"

他跪在地上刨，瓦砾簌簌地往下掉，半晌，才从废墟下面传来一阵沉稳有力的应答声："别哭了！我好着呢！你把我头顶上这块板掀开，千万要小心，只掀一个角，就你所处的位置十点钟方向，这个角没受力，你轻轻掀开，我就扒住这个缝隙，到时候你再救我！"

这两个消防兵把孩子送上直升机，又按照邹亦时的吩咐小心谨慎地把他救了出来，等他灰头土脸的从底下爬出来时，那消防兵直接扑进他怀里，拍着他的背激动地大哭：“首长，你没事就好！你没事就好啊！”

邹亦时的脸色瞬间变得苍白，狠狠咬着牙才忍住了背后的钝痛。他虽然性命无忧，但石板坍塌下来却狠狠地砸在了他的肩胛骨上，不出意外应该是骨折了，他整条胳膊无法动弹，一动，就撕心裂肺地疼，还好他经验丰富，又沉着冷静，分析好了形势，这才以轻伤换来了一条命，若是刚才那两个小孩子，怕是只能扼腕叹息了。

只是现在情势紧张，所有能用的人手都用来抗震救灾了，他作为地面总指挥总不能再来添乱，好在骨折不算太严重，他把肩膀固定了一下，重新投入救灾工作。

这么一忙，就是整整一天，眼看着夜幕降临，黑暗吞噬了所有的光明，把灾区变成了一个坟场，供电线路被全部破坏，让原本就棘手的救灾工作变得越发雪上加霜。

邹亦时一早吩咐好的应急灯陆陆续续运送过来，大伙水米未进，连喘气的工夫都没有，戴上探照灯，继续救援。

“邹上尉，一号机申请支援！松庄区域有个歪倒的大楼，以前应该是学校的教学楼，这里有个德育楼的牌匾，牌匾的九点钟方向，发现十多名幸存者，请求直升机支援！”

“先把幸存者解救出来，我立刻派直升机过去！”

邹亦时沉稳地下令，他的右肩完全不能动，这让他的一举一动都变得格外不方便，他咬咬牙，稍微动了动，右肩钻心地痛，看来一时半会儿还没法恢复，就只能暂且将就了。

直升机载着邹亦时到达了德育楼附近，直升机无法降落，邹亦时单手攀着绳子往下滑，一旁的驾驶员满脸担忧地配合着他降低直升机的高度，邹亦时咬着牙，沉声呵斥他：“往上升！现在不确定废墟内部情况，任何一点外力都可能引起不可预估的后果，我可以的，你不用管我！”

“是！首长！”驾驶员依言往上升，螺旋桨的轰鸣声和漆黑的夜色让他无法判断周遭的情况，直到邹亦时笃定的声音从对讲机里传来，他才松了口气，在衣服上擦了擦满手的湿汗。

德育楼的情况比其他地方要稍好一些，因为有旁边低矮的平房做受力点，它是呈整体式坍塌，楼板之间存有相当大的空隙，这就给救援行动和幸存者的生存机会提供了极大的优势。

邹亦时单手把探照灯绑在额上，小心翼翼地观察着周围的地形，确认无碍后，才向生存者被困的地方飞快前进。

废墟旁的石堆上，两个被解救出来的学生已经吓得目光呆滞，话都说不出来了，嘴唇冻得青紫也毫不知情。邹亦时原本想脱了外套给他们，但是肩膀动不了，只能作罢。

废墟之下还有十个人，八个学生，两个老师。老师们虽然害怕到声音都在颤抖，但还是把怀里的学生搂得紧紧的。

邹亦时跪趴在地上，把探照灯的光投到缝隙里，仔细地观察了废墟下的情况。幸存者应该是躲在了教室讲台这个位置下方，因为有受力面积比较大的桌面做支撑，才使得废墟中保留了供人躲藏的空洞。

这样的空洞很极端，一头连着生存，另一头就连着死亡。如果施救方法不当，破坏了建筑物原有的平衡，那么废墟坍塌，人被活埋就是转瞬间的事情。

已经消逝的生命，他们无力回天，但是近在眼前的希望，绝对不能因为他们有一点闪失。

几个学生缓过神之后开始小声地啜泣，被救出来的学生哭着说道："我的好朋友没有躲在讲台下，她把位置留给我了。"在灾难面前，人都是脆弱的，脆弱到转瞬即逝，不留痕迹，却也是顽强的，人性的光辉让所有的软弱都变得强大，变得坚不可摧。

在这样阴冷绝望的环境里，任何一点负面情绪都可能肆意增长，废墟里渐渐传来此起彼伏的哭泣声，几个消防兵心口沉重，面露悲痛。

邹亦时面色笃定，沉着冷静，当下拿手指比在唇间："嘘！现在不是哭的时候，人救出来要紧！"

他像高山阔水般包容万千，又带着超脱一切的淡定自若，不怒自威里含着镇定刚毅，对于处在绝望中的人们来说，就是最耀眼的一道曙光。

幸存者的情绪渐渐平复，邹亦时指挥消防兵进行施救。

因为提前掌握了地理地形，所以人员全部救出之后，废墟才轰然倒塌，众人皆劫后余生般地松了一口气，只是欣喜的声音里传出了一丝压抑的哭声。

有个年纪较小的孩子受伤了。

石块和楼板的积压，加上孩子身形娇小，骨骼脆弱，承受能力差，所以右腿骨折，并且因为长时间挤压，已经出现了骨筋膜室综合征。

她灰头土脸的面孔上惨白得不见一丝血色，因为疼痛，她张着乌青的嘴呜呜咽咽地哭，小手紧紧攥着老师的衣服，没有大吵大闹，乖巧得让人心疼。

又是骨折。邹亦时摸了摸自己肿胀酸麻的肩膀，脑海里突然闪过了那抹清丽倔强的身影，她大刀阔斧做手术的沉稳果敢，她在血肉模糊中不露一丝惧色的镇定自若，她不是被人观摩欣赏的花瓶，而是一把镶了宝石的长剑，能收藏，也能见血封喉。

如果她在这里，一定不会像他这样茫然无措。

孩子骨折之后无法移动，邹亦时只好安排直升机把医护人员和医疗用品送过来，现场条件不足，只能进行简单的包扎，无菌操作更是无从谈起，所以清创、固定、缝合、打石膏这些骨外科的基本操作都没法进行。

调了两个人用担架把受伤的孩子运送到安全区域，随后安排救治，邹亦时片刻未歇，继续投入救援。

他们的每一分努力和每一秒的坚持都会化作废墟之下幸存者的希望，他们无法对抗这场灾难，只能尽自己最大的努力让更多的人活下来。

在这种信念的驱动下，没人感觉到苦和累，体力透支了也毫不自知，心中只有一个念头，那就是救人。所以在第二个消防兵低血糖晕厥之后，邹亦时下令让最先过来救援的这批人先去休息，后来的人顶上，轮流进行休息，恢复体力。

有个兵临走前问了他一句："首长，你不去休息一下吗？"

邹亦时摇摇头："没关系，我没问题，你们先去休息。"他在军营里待了十多年，身体早已练就的像是铜浇铁铸一般坚硬刚强，这种强度的救援还不到他的极限。

救援到了天亮，大部分废墟表浅的幸存者已经顺利救出，运送到安全区域进行救治。邹亦时交代了现场的救援工作，自己沿着废墟深一脚浅一脚地去医疗基地查看。

临时搭建的十几个大型帐篷上贴了醒目的红十字标志，穿着白大褂的医务人员步履匆匆地进出忙碌，邹亦时抬脚进了其中一处，四下环顾了里头的环境。

一个帐篷大概五十平方米左右，里头整整齐齐地安置了二十张简易行军床，伤患就躺在这样的床上进行治疗，输液架也没有，吊瓶都挂在帐篷的帆布上。

因为是突发的自然灾害，所以伤情大多是强大外力所导致的机械性外伤，少部分会有外伤救治不及时而出现的各种并发症，所以这个时候最需要的不是内科医生，而是外科的。

“首长，您这肩膀怎么了？骨折了吧！得赶紧处理一下，否则要留后遗症的，这肿得老高了，您都不觉得疼吗？”

身后一个刚处理完伤口、洗了治疗盘进来的医生看着邹亦时瘆人的肩膀大呼小叫。邹亦时反倒不以为意，仿佛疼痛的不是他自己，“没什么，先把受灾群众安顿好了再说，我的伤不着急。”

“救伤如救火，一样的道理，这东西拖不得，再拖得迟了，右胳膊就废了，关节畸形，以后抬都抬不起来！”医者仁心，看着这么严重的伤，小医生总是想尽力救治。

邹亦时看着已经安顿好的伤员，皱皱眉，略一思索道：“既然这样，那你来吧！”

那小医生吓得直后退，头摇得像拨浪鼓：“不行不行，我干不了这个！”

“你不也是医生吗？难不成你是干内科的？”邹亦时摸了摸自己的肩头，整条胳膊酸胀麻木，确实是更加严重了。

“那倒不是！主要是你这样的伤处理起来比较麻烦，你不知道肩关节里头有多复杂，那是牵一发而动全身，万一出点岔子，还不如不治呢！况且现在条件这么简陋，什么器械都没有，贸然上手那是凶多吉少，我可不敢接这挑子，多吓人啊！”

听她这么一说，邹亦时又想起温寒抄家伙替他做手术的场景，想来也确实不容易，于是摇头作罢：“既然这样，那就再说吧！你先忙！”

“好嘞，首长慢走！条件允许的话你赶紧去外头医院做手术，这玩意儿拖不得！”

邹亦时没有回话，单手撩起帘子出了帐篷。

救援行动还在刻不容缓地进行，邹亦时和其他部门几个指挥官围坐在废墟上开了一个简短的会议，现在面临的问题有两个，一是救灾人员不足；二是施救难度增大。

人员的问题主要有两块，一来是志愿人员、消防兵、部队士兵这些能抗震救灾的人手明显不足；二来是用来救治伤患的医护人员严重不足。

拼尽全力救出来的人却因为人手问题而延误救治出现二次伤害，那岂不是得不偿失？

关于医务人员的抽调，主要负责人是消防大队第一支队的李队长。他人到中年，体力远远不及年轻人，救援持续了近二十四小时，他已经有点体力不支了，面色憔悴，形容倦怠，说话时声音都微微发哑：“这个问题已经尽力和当地医疗机构协商了，可是医护人员紧张是目前整个医疗圈的现状，很多医院一下子抽调不出那么多人手，能调出这么多人已经是极限了。”

李队长顿了一下，愁眉不展道：“不仅如此，医生的技术水平也参差不齐，许多人没有接触过这样大型的突发状况，手忙脚乱的，一点头绪也没有，加上设备简陋，都束手束脚的，所有人的技能都没有发挥到最大。而且因为大家来自不同的医院，都有自己的一套理论，谁都不服谁，一点都不团结，像一盘散沙一样，医疗工作开展得颇不顺利。”

剩下的人纷纷说了自己救援中出现的问题，之后向各自的上级汇报了工作。

简单的会议开完后，邹亦时正要去查看一下救援物资的跟进情况，就见一个他部队里的手下气喘吁吁地跑来跟他打报告。

“什么事？这么着急！”邹亦时动了一下肩膀，疼得狠狠地咬了咬牙，但面上还是纹丝不动。

“上尉……那个……那个……”士兵跑得上气不接下气，一口气提不上来，一句话半天说不完。

邹亦时皱眉，声音不自觉地变得严厉：“说！到底什么事！”

"温……温大夫来了！"

邹亦时叫来了直升机，直接飞往温寒所在的地方，直升机没法降落，他攀了绳子速降下来，刚落地，就看到了不远处站着的那个他日思夜想快要焚心的女人。

螺旋桨扇起的大风把她的发丝吹得肆意飘扬，她穿了一身黑色的衣裤，干净利落，面容姣好，眼神坚毅，一如他钟爱的模样。

伴着直升机离开的轰鸣声，他大步走向她，没有给她任何反应的时间，单手抬起她的下巴，狠狠地吻上她的唇。

多日来压抑的心痛和思念在这一刻爆发，他所有的猜忌和绝望全部尘埃落定，她能来，一切便不言而喻。

四周是破败坍塌的景象，他蓬头垢面，身上俱是污泥与汗水混杂的味道，温寒却毫不介意，伸手攀上他的脖颈，无比依恋地靠在他的肩窝上，轻声却坚定地说道："从今往后，你在哪儿，我就在哪儿。"

灾情紧急，再多的风花雪月也没有时间酝酿，满腔的思念在一个深吻中泯尽，所有的误会与不理解都像是春光下的冰雪，无须过多的言语，自然而然地便消融殆尽。片刻后邹亦时领着温寒往医疗基地走。

他重新把几个指挥官叫过来，郑重其事地为他们做介绍："这是温寒，骨外科医生，技术精湛，是不可多得的人才，能解决一部分让我们头疼的问题！"

温寒回头瞧了他一眼，不置可否，落落大方地和大家握手，不忘补充道："有什么是我能帮得上忙的，大家不要客气，我是邹亦时的女朋友，都是自己人！"

邹亦时一愣，脸上随即漾起一抹得意自豪的笑容。待大家散开后，他轻轻吻了吻温寒的耳垂，低语道："怎么，怪我没有好好介绍你？我这不是害怕你不从我吗！"

温寒瞪他一眼："才不是，你是我的都是我的，介不介绍有什么关系！"

邹亦时重重地亲了她一口："我爱死了你这副傲娇的小模样！"

两人耳鬓厮磨了一会儿，温寒就察觉出了不对劲，扳着邹亦时的肩膀冷着脸问道："怎么了？什么时候伤的？做过什么处理？"

“被石板压的，估计是肩胛骨碎了，昨天晚上伤的，十来个小时了，没时间处理。”

温寒问什么，邹亦时就回答什么，一板一眼，滴水不漏，直让她气得咬牙切齿。她脸色气得红一阵白一阵，看着他若无其事的样子，眼底又突然生了泪，带了哭腔拉着他的手往外走：“哪里能做手术，现在立刻上台！你的命自己不稀罕，我稀罕！”

邹亦时冰冻了许久的心终于渐渐回暖，失而复得的狂喜让他忘乎所以。看着温寒眼底的泪，他心里柔软一片，果然，只有跟她在一起，被她爱着，他才是一个活着的、有温度的人。

到了简易搭起的当作手术间的帐篷，温寒环视了一下四周，这里虽然条件简陋，但是必要的手术用具还是有的，她把需要的东西摆放在充当器械台的桌子上，在帐篷外挂了手术中的牌子，拿脚踹了踹简易的手术床：“躺上去！”

邹亦时不敢惹她生气，乖乖躺上去，刚一躺下，小腿就挨了她一脚：“你傻啊！你后背不疼啊！好好趴着！”

“你不是让我躺下吗！”

温寒狠狠瞪了他一眼，邹亦时乖乖闭嘴，转身趴好。

温寒沉着脸穿上一次性手术衣，戴好口罩和帽子，这里没有器械护士和巡回护士，甚至连麻醉师都没有。没人帮她上麻药，递器械，清点用物，事无巨细都得她一个人来。

她徒手掰开了麻醉剂的安瓿瓶，玻璃渣子四下飞溅，邹亦时微扬着头看她，神色冷峻：“温寒，我不能上全麻。”

温寒无视他，戴了口罩的脸显得冷漠生硬，她开了支注射器，两指夹着尾栓把药液抽出来，轻拍注射器，排出了针尖处的空气。

“不行，这次必须麻醉。”她坚定地开口，没有一点商量的余地。

邹亦时沉默了一下，同样不妥协：“现在情况这么紧急，我必须得尽快回到救援中去。上次我不也没有麻醉吗？你不也照样做了手术吗？这次你也照着那样来！”

温寒的手颤抖了一下，再开口时，声音也开始发颤：“那不一样，上次因为你是陌生人，是我无数个病人里的一个，但现在不一样，你是我的爱人，我下不了手，所以，邹亦时，这次必须麻醉！你必须听我的！”

她的眼底有泪花闪烁，邹亦时突然心软了，放弃了所有的原则和底线：“乖，别哭，我听你的！”

温寒给邹亦时上了全麻，不多时，他就沉沉地睡去，意识全无。温寒把无菌大单铺好，所有的器械又清点了一遍，之后深呼吸一口气，戴好手套，开始手术。

邹亦时肩上的伤已经恶化，因为骨折部位没有固定好，断段已经出现了骨质的缺损，要想完全对接是不可能了。她单手握着骨勺，另一只手取了块钢板垫在断段中间，之后拿着最大号的骨勺把骨折部位所有坏死的组织全部挖出来，一勺一勺地倒进一旁的弯盘里。

最后上钢板的时候，因为这里缺乏骨钻和骨凿，所以打眼、上钉、固定都得徒手操作，温寒力气不够，于是双手在胸前平举，踢开帐篷的帘子，目光搜寻到一个穿白衣的医生，冲他喊了一声：“麻烦你过来帮我一下！”

那医生应声进来，温寒拿了无菌器械套包裹了一个捡来的铁块，伸手递给他：“我扶着，你用力往下凿！”

那医生虽然是外科的，可是也没这么简单粗暴地做过手术，一时间有些怔忪，迟迟不敢动手。温寒眼神变得凌厉，夺过他手里的铁块，让他扶着钉子，她用尽全力，狠狠地砸下去。

骨头被钉子刺穿之后发出轻微的低鸣声，她力道之大，整个简易床都在剧烈晃动，金属和金属剧烈撞击的声响不绝于耳，那医生看了看钉子下白森森的骨头，双腿突然有些发软。

这个女人……也太狠了！

“看到了吗？就这么砸！”温寒神色未变，把铁块抛给他，那医生接过来，一跺脚，一闭眼，狠狠地砸上去，温寒在一旁冷声地指挥：“再使点劲儿！”

里头“乒乒乓乓”的敲击声，听得外头路过的人头皮阵阵发麻，一个劲儿嘀咕：“这是谁啊！知道的是做手术，不知道的还以为杀人分尸呢！”

钢钉顺利地打好，温寒镇定自若地缝合伤口，那医生已经脱了手术衣下了台，兀自靠墙站着，双腿还在发抖，手心还是麻的。虽然刚才手术的过程看着粗暴蛮横，但是他清楚，只有这样才能确保钢钉的牢固性，骨折断段才能严丝合缝地长好。

他从医这么多年，从来没有见过如此雷厉风行、气定神闲的医生，如果不是经验相当丰富，在这样严苛的条件下绝对不能做到如此的镇定自若，他是打心眼里佩服这位女医生。

手术结束，温寒脱了手术衣，把器械收拾好。等她收拾好后，邹亦时也悠悠醒转，麻药的药效还没有彻底消退，所以他的眼神还有些涣散，开口说话声音也含糊不清："不愧是我的温寒，手术做完，我轻松多了！"

温寒像是一个长途跋涉的孤独旅人终于见到了同伴，满身的坚硬突然卸下，整个人变得虚脱，她浑身发软地瘫坐在地上，把帽子口罩胡乱地扔在一边，双手捧着脸，崩溃大哭。

他不知道她当时有多害怕，多不忍心，她可以给任何人做手术，无论是怎样的血肉模糊她连眼睛都可以不眨。可如果换作是他邹亦时，她却无论如何都做不到泰然自若，他受了这么严重的伤，竟然坚持了十多个小时，那是怎样的痛苦？

她每一刀下去都觉得像是割在自己肉上一般疼痛，唯有拼尽全力控制着自己，才坚持到了手术结束。

温寒号啕大哭了很久才停下来，邹亦时动弹不得，不能抱抱她，只能满眼心疼地看着她，嘴里安慰着："乖，别哭了，再哭我要心疼了！"

温寒胡乱地抹着脸上的泪，抽噎地说道："邹亦时，你以后不要再受伤了，不要再让我给你做手术了！"

"好好好，我答应你，以后一定好好保护自己，绝对不受伤。"

邹亦时输了消炎药安置好后，温寒的情绪也稳定了许多，她把邹亦时交给了护士照顾，自己赶去照看其他病人。

新抽调来的医生原本就没有主心骨，乱成一盘散沙，这会儿有了那跟台的医生把温寒夸得神乎其神，众人自发地听命于温寒，纷纷向她汇报目前的情况，并且询问处理方法。

现在也不是矫情推辞的时候，温寒不摆架子，也不忸怩作态，不卑不亢地接受了众人的崇拜，跟随他们一一查看了伤患的情况。

“这个孩子是伤到哪儿了？”温寒指着病床上躺着的受伤的孩子，问一边的责任医生。

那医生回答：“伤了腓骨。”

“伤了腓骨？”温寒眼底有丝质疑，抬手翻了翻孩子腿上固定的木板，冷声道，“这种固定方法不可取，对于成年人来说，可以这么固定，因为成年人的骨骼生长速度较慢，所以会有一定的缓冲和调整期，但是孩子不一样，孩子的长骨柔软而弹性大，而且生长速度较快，这种方法很容易致畸。”

那医生听得一脸震惊，下意识地反问道：“那温大夫，现在应该怎么处理？”

“立刻重新进行手术。”温寒头也不抬地回答。

“温大夫，这不行啊！这都已经固定好了，再手术那不是成了二次伤害了！”

“如果不重新手术，那就是一辈子的伤害。”温寒沉声回答，声音坚定，不容置疑。

众人见她成竹在胸、目光坚定，虽然面容姣好，看起来柔软，身上却有一股松竹般坚韧的气质，让人不得不信服，加上她专业技术确实过硬，当下也没人敢反驳，大家一起动手，做好重新手术的准备。

那小孩被这阵势吓哭了，在手术床上拼命地挣扎，几个人都按不住，他腿上有伤，大家也不敢下死劲去按，没一会儿竟然把众人都折腾得满头大汗。

温寒准备好了器械，一回头见孩子还在哭，她微微皱眉，看着几个大老爷们手足无措的样子，有点哭笑不得。

“来，小朋友，姐姐给你放动画片。”温寒摘了口罩，点开手机，找了动画片给孩子看。她长得漂亮，眼神又温柔，声音甜美悦耳，孩子的情绪渐渐被安抚。

“愣着干什么，拿着，我得麻醉。”温寒把手机给了边上的人，自己转身去准备麻醉用物。

边上的人看得大眼瞪小眼，心中都忍不住腹诽，这医生变脸变得真快，刚才还冷冰冰的，这会儿又笑得如沐春风的，真是阴晴不定。

麻醉好孩子，温寒穿好手术衣，戴好手套准备手术。她拆除孩子腿上固定的硬板，查看了一下伤口的缝合情况，拿指腹摸了摸缝合线，眼底泛起一丝愠怒：“谁做的手术？”

底下的人像是被老师点名批评的学生一样，个个缩了脖子，面面相觑，谁也不吱声，温寒边拆线边指点：“这儿不能这么缝合，得逐层缝，要先缝合深筋膜，再缝合浅筋膜，最后是表皮和真皮，不逐层缝合的话以后组织就会变硬，对于骨骼的生长愈合极其不利。”

有一个胆大的很是不服气，手上给温寒递器械，嘴上却嘟囔着：“我就听过剖腹产逐层关闭腹腔的，还没听说过骨科也得这样。”

温寒没说话，重新固定钢板，吩咐道：“找点石膏去，这个孩子必须用石膏固定。”有人跑去找石膏，温寒这才得空对那不服气的人解释道，“腿上的组织确实没有腹部分层明显，但是未成年人又比成年人特殊，组织细胞分裂能力强，新陈代谢旺盛，如果不注意，也会导致肌肉僵硬。所以以防万一，还是得逐层闭合。”

她表情淡然，眼底波澜不惊，一副沉稳笃定的模样，不卑不亢的回答让人不自觉地信服，那人点点头，不再说话了。

给孩子重新手术后，温寒又接了一台手术，一个肋骨骨折的，骨折断段戳断了小动脉，胸腔里全是积血，病人已经出现了早期休克症状，其余人俱是六神无主的样子，不知道该如何是好，唯有温寒冷静地进行抢救治疗。看着他们慌张的样子，她冷声道：“都愣着干吗？把血水吸出来，没有吸引器，就拿五十毫升的注射器往外抽！”

她的脸上和手上沾满了鲜血，对比她白净的脸色，带着一种诡异的妖艳美，众人不敢迟疑，按照她的吩咐配合手术。她气定神闲，从始至终都带着胸有成竹的笃定，其他人也渐渐镇静下来，手术做了近五个小时，天黑之前终于让患者脱离了生命危险。

温寒从帐篷里出来时，天都黑了，她从来没有在这么紧张急迫的氛围里奋战过，一时间竟然有些虚脱，看着外头月上柳梢头的夜色，整个人都还是僵僵的。

她拖着一身的疲惫去医疗帐篷里找邹亦时，小护士告诉她邹上尉调去单独的帐篷里养伤了，她双腿灌了铅似的坠胀，只能掉头继续找，心中直腹诽，果然是首长，到哪儿都有特殊待遇。

好不容易找到邹亦时，一进帐篷，就见他正靠在床头打电话。他严肃起来的时候眉心会下意识地皱起，锋利如剑的眉目，斜飞入鬓，狭长的眼睛微微眯起，眸光如同星辰般璀璨，深海般幽静的神采，看得人像是陷入了旋涡，被勾魂夺魄。

他刚做完手术还不能穿衣服，直接袒露着健硕的胸膛靠在床上，左手拿着电话，身体舒展成性感的弧度，肌肉线条紧实流畅，每一丝纹理中蕴藏着野性与阳刚，雄性荷尔蒙肆意蔓延。

见温寒进来，邹亦时微微勾了勾手，温寒浑身酸软，彻底累瘫了，走过去避开他的伤处，小心地靠在他怀里，满足得直想叹息。

“关于救灾物资的事，一定要分工明确。”邹亦时一把将她揽进怀里，俯身吻了吻她的额头，眼神温柔似水，但跟电话那头的人说话时语气却依旧凌厉，“是谁负责的，就从头到尾地管下去，别人不要半路插手，责任不到人的话，反而会乱了套。”

他皱眉听着对方絮絮叨叨地说话，温寒玩心大起，攀着他的脖子胡乱地亲他，或轻或重，啃吻或啮咬，他的呼吸瞬间变得凌乱，喘息声渐渐加重，声音也不再清朗，渐渐变得沙哑低沉。他努力克制着，不让电话那头的人听出异样，却再没了沟通的心情，匆匆叮嘱了几句，就仓促地挂了电话。

他把手机扔在一边，翻身把怀里作乱的女人压在身下，啄吻着她的唇，眸色变得比夜色还要深沉，他的嗓音像是被撕裂了般沙哑，开口说话时醇厚而性感。

“胆子不小，懂得调戏我了。”他右肩不能动，身体吃不上力，只能半撑在她头顶，“我的自制力没你想象得那么好，不要撩拨我，不然小心我把你吃干抹净，连骨头都不剩！”

他咬牙切齿的模样像极了蓄势待发扑食的野兽，温寒却不害怕，帐篷里没有暖气，她浑身却被炙烤得快要融化掉，她伸手主动攀上他的肩，眼底却透着无比坚定的神色，她不刻意挑逗，但依旧妖艳魅惑到让人销魂蚀骨。

“邹亦时，你要吃得动，那就来吃吧。”她轻声开口，吐气如兰，幽香的气息萦绕不散，像是迷惑水手的妖精，性感，带着致命的诱惑，再坚硬的男人也会被化作绕指柔。

邹亦时慢慢俯下身子，轻轻吻了吻她的耳垂，在她耳边暧昧的低语：“你就是这么表衷心的，嗯？”

温寒咯咯地笑，探手进衣服里解开内衣的暗扣，胸前随着她的动作微微震颤。邹亦时眸色一暗，浑身僵硬如铁，温寒解开肩带，圆润白皙的肩头一闪而过，影影绰绰看不真切，她笑道：“这样可以吗？”

“宝贝儿，不要这样诱惑我。”邹亦时深深地嗅着她身上让人安定的馨香，贪恋的低语，“现在还不是时候，起码，不能是在这种地方。”

年少轻狂的时候，温寒曾经把交付身体当作一种仪式，一种把自己自认为轰轰烈烈的爱情具象化的仪式，觉得把自己的身体交付了，就等于给了这场爱情一个完美的交代。

所以，她不止一次想着突破最后的防线，偷尝禁果，只是霍瑾轩那会儿总是不同意，每次她含羞带怯的暗示他时，他就会点一支烟像个大人一样语重心长的教育她：“女孩子要好好爱惜自己，要自重，懂不懂？”

她当时骄傲跋扈，高高地扬起下巴说道：“和爱的人做爱做的事，有什么自重不自重的！”

霍瑾轩笑得直不起腰，但终究什么都没做。

这会儿想起时，温寒才像是醍醐灌顶般顿悟，那会儿把爱情想得太伟大，认为证明感情忠贞不渝的唯一方式便是交付身体，而如今看来，如果是真正爱的人，那么，这样的事情便不拘泥任何形式，任何时间。

和爱人灵欲交融，这种事，本身就是至高无上的。

但邹亦时似乎并不这么想，温寒感受得到他沉闷的呼吸声，和他压抑的喘息，以及他紧绷如铁的肌肉线条，偏偏他只是抱着她，没有半点逾矩的举动。

邹亦时从见她第一面起就想彻底拥有她，想让她成为自己的女人，可是纵然如此，他却舍不得她受半点的委屈，她交付自己，绝不能如此草率仓促，再者说，现在救灾刻不容缓，他们偷得这片刻温存便实属不易，又怎么能彻夜欢好？

见他努力的克制自己，温寒也收起了玩闹的心，抚着他的肩低喃道：

“别给自己太大压力，你也不是上天遁地的神，人定胜天都是用来自我安慰的，人到底还是不堪一击的，你只能尽全力救人，却扭转不了既定的悲剧。”

“嗯，我知道。”邹亦时翻身搂着她的肩，声音低沉，却带了一丝落寞孤凄。温寒心知，越是外表强大的人，内心反而越脆弱，因为懦弱的人会找一切借口开脱，强大的人只会怨自己没办法做到尽善尽美。

“不管发生什么，我会一直在你身边。”温寒揽着他，轻声开口，声音笃定，带着不容置疑的决心。邹亦时心底像是吹过了三月的微风，温暖而熨帖，让人不自觉地卸下所有伪装，他吻着她的唇，喃喃自语：“温寒，谢谢你能陪着我。”

帐篷外还是死一般的沉寂，不管是天灾，抑或是人祸，都让这片原本安详宁静的大地生灵涂炭，废墟皑皑。暗黑的色调弥漫了整片天空，阴沉浓厚，被死亡一般的阴霾笼罩，而帐篷里的人因为真情不渝，却显得格外鲜活。

第二天一早，邹亦时就起身收拾好进行救灾支援去了，他的胳膊还不是很方便，隐隐有丝锐痛，但痛苦已经减轻很多了，单手活动也并不碍事。

他走的时候温寒还睡着，她昨天做了一天的手术，已经累坏了，晚上早早地窝在他怀里睡着了。她向来是个慢热又略显冷漠的人，昨晚却格外依恋地躲进他的怀里，安稳地沉睡，毫无防备。

他深情地看着她，仔细地替她掖好被子，俯身吻了吻她的额角，这才恋恋不舍地离开。

温寒这一觉睡到了天大亮，邹亦时什么时候走的她压根不知道，因为她连自己昨天晚上是什么时候睡着的都不记得了。她被抑郁症折磨了好多年，鲜少有好眠的时候，每次能安稳入睡她都觉得是上天多赐予的一份恩惠，但是如今有邹亦时在身边，她竟然能一夜无梦，酣睡到天亮，果真是心病还得心药医，她的病药石无医，唯有邹亦时才能把她从这魔障里解救出来。

帐篷外救援还在进行，难度却越来越大，容易发现的幸存者已经全被救出来并妥善安置了，但是废墟深处到底还掩埋了多少条鲜活的生命，却无从得知。

几个指挥官随遇而安，找了略微平坦的小土堆开会。都是经历过大灾大难、临危不惧的人物，让人三尺开外就能感受到不怒自威的气场，所有人面色都阴沉严肃，气氛就又冷上了几分。

即便如此，最为耀眼的却还是邹亦时，他容貌比其他人更加硬朗出众，轮廓分明锐利，一双眼睛鹰隼般矍铄有神，身材高大颀长，带着铜浇铁铸般的硬气与野性，比松竹之气更加阳刚，比生铁之姿更加威严，远远地看着，带着一股高高在上、凌驾一切的气度。

就是这样一个铁骨铮铮、目空一切的冷血军官，如今却是她的爱人、她的男人，温寒想想，还真是做梦一般的不真实。

她愣愣地看了一会儿，他们神情肃穆，她知道情况紧急，不敢上前打扰，于是准备悄悄地离开。

刚一转身，邹亦时突然远远地喊了她一声："温寒。"

她回头，邹亦时神色淡漠，眼底也不见一点温情，嘴角抿成一条直线，看着冰冷严肃，她一愣，心底有些忐忑，难不成是找她有事？

路不平坦，瓦砾纵横，她走不快，挪着小碎步靠过去，邹亦时神色疏离，公事公办地介绍道："这是从市医院调来的温大夫，是骨外科的一把手，我们救灾正缺乏这样的人才，这次让她统管整个医疗组，效率会相对高一点。"

其他人有的是消防大队的队长，有挂着军衔的长官，还有几个人她看着眼熟，倒像是医疗圈的人。这些人俱是有头有脸的大人物，温寒不敢造次，落落大方地鞠躬道："服从领导安排！"

"昨天几个抢救都是你做的？"一个身材魁梧、声若洪钟的中年男人开口问道。温寒愣了一下，心脏突突地跳，说不出的激动。这人是人民医院的院长，兼任骨科的主任，是骨科圈里声名远播的人物，凡是圈子里的人都知道他的大名，她入了这行之后越发把他当作偶像一样崇拜。

"是。"温寒斟酌了一下，还是装作没有认出他的样子，没做任何称呼，以免自己这小女生作态露了怯。

"抢救做得不错，技术娴熟，看着不像是小姑娘做的。"院长沉了声，又朗声笑道，“我还以为是哪个医院的主任下来了呢！”

温寒浅浅一笑，不置可否，表现得不卑不亢。周围的人继续商量后续的工作，邹亦时没有插话，不露痕迹地把手按在她腰上，趁别人不注意，俯身在她耳边暧昧地低语：“睡好了吗？你倒睡得香，把我折磨得够呛。”

深秋的天气泛着湿寒的凉意，温寒的脸却轰地涨红，平时再多的伶牙俐齿和傲娇半点施展不出来，对面是面色严肃的领导，他却这么明目张胆地调戏她。

“我都英勇献身了，是你自己不知好歹。”温寒不甘示弱地回敬他，顺势翻了个白眼。

“好，那我下次一定痛改前非，把你吃干抹净。”

“……”

这样的话，偏偏说得面不改色心不跳，果真是厚颜无耻。

领导们开了简短的会，确认了后续的工作方向，温寒也领了命。那院长临走前格外赞赏地看了她一眼，掷地有声地说了句：“是个好苗子！”

温寒的眼睛像水洗过一样晶亮，她得意地拉了拉邹亦时的衣角，小脸红扑扑的，格外兴奋地说道：“那个院长可是我们圈内的名人，他能赏识我，我真是太高兴了，他可是我偶像！”

现在没了外人，邹亦时也不用藏着掖着，大大方方地圈着她的腰，宠溺地吻了吻她的额角：“你高兴就好，好久没有见你这么开心过了。”

“倒也是，跟你在一起的时候我就格外不开心。”温寒一本正经地回答。

邹亦时心里“咯噔”一下，心底一直耿耿于怀的回忆又涌上心头，他哽了一下，轻声道：“温寒，对不起，我……”

“比如说昨天。”温寒狡黠地抬头看他，像只狡猾缠人的小狐狸，“你不领情，我就一点都不开心。”

邹亦时彻底噎住，愣了半晌，才气急败坏地在她唇上咬了一口：“你个妖精，我迟早被你折磨死！”

两人回了医疗帐篷，温寒替他换了绷带和支板，看着他的伤口啧啧出声：“邹亦时，你真不是人，伤口好这么快！身体素质真过硬！”

伤口包扎好，邹亦时扭头把她压在帐篷上，眯着眼瞧她，眼底的神色性感诱人，声音微带磁性，像是砂纸摩挲过后的沙哑低沉：“你要不要试试，看看我身体素质到底过不过硬？”

“……”

邹亦时嘴上占便宜，其实也不过是开玩笑，这会儿可不是偷香窃玉的时候，他贪恋地吻吻她的唇，叮嘱她：“这儿信号不太好，要是联系不到我就乖乖在帐篷里等着，不要到处乱跑，这里随时可能坍塌，也可能会再次发生余震，你千万不能有一点危险，知道吗？”

看到他眼底不加掩饰的关切，温寒重重地点点头，郑重其事地保证：“好，我知道了。你也要注意安全，你的胳膊可不能乱动！”

“嗯，好。”

两人分头行动，温寒去医疗基地挨个儿查看病人，邹亦时继续配合救援行动。

小型挖掘机、搜救犬和生命体征探测仪都已经陆陆续续地补送过来，但现在的状况却比之前更棘手。之前的幸存者都在表浅，无论是发现还是救援都相对容易，可现在表浅的幸存者已经全部救出，废墟之下是否还有幸存者却无法判断。

即便是发现了救援也存在一定的困难，废墟深入的情况无法用肉眼判断，底下的结构不得而知，不管是挖掘还是搬运都极容易造成二次坍塌，反而会对废墟下的幸存者造成不可预估的伤害。

可即便如此，救援行动照样刻不容缓，灾后24小时是救援的黄金时间，他们已经最大化地利用了这段时间，那么在灾后的48小时同样不能有一丝松懈。

消防兵和部队士兵有条不紊地进行搜救，不多时就陆陆续续发现了数十名幸存者，因为在废墟深处，加上缺水缺氧的时间较长，所以这批幸存者的情况明显不及之前救出来的人。

伤者被迅速运送到安全区域进行救治，邹亦时又跟随其他人去查看用来安置灾民的帐篷。

安置帐篷坐落在地势平坦空旷的区域，上千顶帐篷已经全部落实，扎扎实实地排列整齐，邹亦时过去的时候有几个士兵正在检修确认帐篷的牢固性，见他过来忙不迭地起身，干净利落地敬了一个礼：“邹上尉好！”

他回礼，之后上前摸了摸帐篷的质量和韧性，随即问道：“这帐篷防雨吗？”

那士兵嗫嚅了一下，略一思索，忐忑地摇摇头：“上尉，紧急领来的救灾帐篷都是帆布的，不是很防水。”

“帐篷既然已经搭好了，没必要返工，但是一定要领防水雨布，这个时节正是这里连绵秋雨的时候，要防患于未然。你的队长是谁？”

那士兵迟疑了一下，才回答道：“张恒远，张营长。”

邹亦时神色未动，心中却忍不住鄙夷，这个张恒远当真是个只懂得削尖了脑袋往上钻的谋略家，却不是个合适的指挥官，这么大的地震灾害，帐篷却连基本防水都做不到，如果天降大雨，他怎么向这几万灾民交代？

“张营长现在在哪里？”邹亦时手里攥着帐篷的帆布，眼神却比周遭阴湿的空气还要冷上三分。小士兵早就听闻过邹上尉的大名，在心底对他也是敬畏有加的，只不过自己的直属领导是张营长，有些话是事实，但不好直说。

“张营长开会去了，估计晚上才能回来。”

“好，等他回来，让他来找我。”抗震救灾情势严峻，他是有天塌下来的大事，竟然把这头的重担扔了跑去开会，不愧是张恒远，这拨弄小算盘的本事可是日益见长。

第十二章
有心人

温寒做了一天的手术，基本上没下过台。为了不上厕所，她连水都不敢喝，最后一台做完的时候她整个人几乎累到痉挛，瘫坐在地上缓了半天才觉得重新活了过来。

她摘了帽子手套，叮嘱其他医生："晚上就拜托你们照看了，这里没有心电监护仪，所以生命体征一定要认认真真量，不能有一点敷衍，有任何突发状况随时叫我，我就在邹上尉的营帐里。"

原本前半句还是正义凛然的，但是后面的话一说就有点暧昧不清的意思。同住一个营帐，这种随军侍寝的感觉颇让人面红耳赤，她抬头一看，见那几人果然一副了然于心的暧昧神色，她懒得争辩，有气无力地摆摆手："爱怎么着怎么着吧，总之，伤患不能有任何差池，不然谁都跑不了。"

等她脱了手术衣从帐篷里出来时，天色已经完全变暗了，空茫茫的大地被废墟覆盖，天地一色，像是不见底的黑洞，张牙舞爪地侵蚀着黑暗，把所有的生命力都吞噬殆尽。

她穿得不是很厚，风一吹过，密密匝匝的冷风从衣服缝隙里一拥而上，吹得她每个毛孔都透着寒意，她忍不住打了个寒战，猫着腰往外走。

灾区所有的水电都断了，瓦砾纵横的废墟上全凭一缕月光照着，寒风在空旷的地上吹过，带着哀嚎般的嘶鸣声，她脖子一凉，脚下的步伐忍不住加快。

到了营帐后，邹亦时不在，温寒冻得直吸鼻子，蜷缩着在原地兜了几圈，原本还想休息一会儿，想着他的伤口还没换药，干脆跺跺脚，又出了帐篷。

她沿途问路，终于在专门行政办公的营帐里找到了邹亦时。他们几个指挥官连夜开会，映衬着漆黑森冷的氛围和昏黄模糊的应急灯光，个个神情肃穆，脸色难看。

邹亦时坐在左侧，首位是一个身姿魁梧、面容冷硬的中年男人，看样子应该是他们的首长。她在营帐外，既听不到里头的谈话声，也不敢出声打扰，只好抱着胳膊浑身哆嗦地在外头等着。

现在情势紧张，营帐里的气氛压抑而急迫，团长声若洪钟，开口时声线粗重沉闷，透着不怒自威的威严："张恒远存在严重的失职，作为一名抗震救灾的军官，你这是重大的决策失误，不过事已至此，关于你的处分以后再说，现在就处理方法大家谈谈自己的意见。"

旁边一营的营长斟酌了一下道："现在帐篷的搭建已经落实了，如果再全部更换，首先是物资跟不上，人手不足，再来是全部返工的话时间精力也不足。"

"那是自然，现在是救灾的关键时刻，哪有工夫返工。"团长沉思片刻，虽不至一筹莫展，但是眉心紧紧地拧着。他虽然有海纳百川的气度，但是现在情势不同以往，一点差池都是对群众的不负责，所以他的脸上难免有一丝无法掩藏的愠怒。

作为众矢之的的张恒远，此刻脸上所有的骄傲和张狂都消失殆尽，一脸的灰败局促，他面色僵硬地勾了勾嘴角，犹豫了半天才低声说道："要不，先找些雨布盖上，如果真下雨了，也能挡一阵。"

"雨布这个方法不是很妥当，首先物资没有办法解决，大家募捐的钱都用来采购生活用品了，现在天气转凉，棉被、电热毯、棉衣、发电机都需要大笔的支出，还有食物、饮水、伤患的手术医疗等，就是笔巨大的费用，我们现在连灾民的基本生活需要都是勉强能满足，拿救命的钱买这暂时应急的雨布，是不是有点本末倒置了？"

说话的是二营的营长，他话音一落，边上的一个副营长随声附和道："是啊，最近募捐的款项都用来解决基本安置问题了，资金不到位，就没有余钱买其他物品。就目前而言，我们救援人员的吃住都没有彻底安顿好，资金确实是个问题。我不是很赞同这种方法。”

“那你说应该怎么办？”团长反问一句，那副营长想了一下，小心翼翼地说道：“就我看，其实我们现在这么紧急的状况，防患于未然这样的事缓一缓也可以，这天也不见得会立刻下雨，这几天先这么着，我们着手先筹备着，兴许还不下雨呢！”

“就是因为情况紧急，所以得未雨绸缪，难不成非得等瓢泼大雨把帐篷冲了再去补救？”团长语气中带了丝恨铁不成钢的愠怒，话毕，又觉得自己现在发火也无济于事，于是一脸冷漠地摆了摆手，叹了口气，目光落在邹亦时身上，把最后的希望放在他身上：“邹上尉，你有什么想法？”

邹亦时沉思了一下，斟酌好之后说道：“我倒是觉得张营长说的也确实可行，毕竟现在这是唯一的方法，真要下雨也能应急，给日后的改进作准备。关于物资的来源，我倒是有些渠道，如果首长同意的话，我先试试。”

“嗯，好！就按你说的来，明天之前务必把这件事妥善解决了，万一出了岔子，唯你是问！”团长看似语气严厉，脸上没有半点轻松的神色，眼底深处却有赞赏和欣慰一闪而过。

张恒远回头看着邹亦时，狠咬着后槽牙，一脸的怨毒。

他苦心经营了这么久，步步为营，一点点爬到如今这个位置，但是到了关键时刻还是不敌邹亦时的风头。

找雨布的事情落在邹亦时头上，这是一荣俱荣、一损俱损的事，没人有这个能耐去冒险，毕竟今时不同往日，是没有时间供你试手的，必须一出手就稳稳地拿下来，所以压力很大。

可是看邹亦时气定神闲、胸有成竹的模样，倒不像是有困扰的，众人心中揣测，但愿邹亦时能挑得起这大梁，他们也能避免被连坐。

紧急会议开完，邹亦时起身往外走，一抬头就看见了营帐外冻得直哆嗦的温寒。

他毫不介意周围人的眼光，几步走过去把她搂在怀里，冷着脸呵斥她：“这么晚了跑出来干吗，你不知道冷？”

温寒吸吸鼻子，从他怀里挣脱出一只手来，探到他背后摸了摸他肩胛骨上的固定板：“今天没动胳膊吧？伤口感觉怎么样？麻不麻？”

邹亦时贪恋地轻吻她的脸颊，答非所问：“每天不管多苦多累，只要有你在身边就觉得浑身有使不完的劲。”

温寒失笑出声：“把你使不完的劲给右胳膊匀一匀，也不至于让我天天操心。”

“今天晚上你早点休息，我得出去一趟。”邹亦时摸着她的发顶。虽然深更半夜的夜色透着清凉孤寂，但是他深邃黝黑的眼底却氤氲着绵延不绝的宠溺，温暖到能把人融化。

“要去干吗？方便说吗？”温寒仰头看着他，神色纯粹，大方自然。

“去找霍瑾轩。”邹亦时坦然开口，心知她并不会在意。

果然，温寒没有多想，却很机敏地想到了事件的始末：“你想要他赞助？”

“嗯，赈灾的帐篷都是不防水的，这个季节这里又正好赶上梅雨气候，如果老天爷不给面子，一场瓢泼大雨下来，那就不是天灾，而是人祸了。”

温寒意识到事情的重要性，心知两万多的灾民可不是闹着玩的，任何不以为然的细节都会造成不可预估的严重后果，她点点头，面色严肃，嘴上说道：“我先给你换个药，你再走也不迟。”

“来不及了，”邹亦时侧身就要走，温寒一把扯住他的袖子，态度强硬地说道：“必须包扎！你得清楚现在不是任性的时候，万一你出了什么岔子，你准备把这挑子撂给谁？”

邹亦时一愣，眯着眼睛瞧了瞧她，半晌，俯身啄吻了一下她微启的嘴唇，柔声道：“好，我听你的！”

两人去了医疗基地，温寒手脚麻利地替他重新换药包扎伤口，确认他的伤口没有感染化脓后才稍稍放心。

“你准备怎么和他说？”

温寒替邹亦时拎着衣袖穿上上衣，他的肌肉紧实健硕，线条美好，泛着健康的浅麦色。听了她的话，他身子一顿，扭过头来看她，嘴角泛着一丝浅笑，眼底有一闪而过的玩味，他眯着眼，所以看不真切。“怎么？怕我吃亏？”

“没有。就是他之前找过我，要我把钱转交给你，我说你不差钱，不稀罕。”温寒替邹亦时系扣子，眉心皱着，似乎很苦恼，半晌又诺诺地说道，“你自己看着办，总之，以大局为重。”

邹亦时朗声笑出来，胸口嗡嗡作响，笑声甜腻绵软，漫不经心的性感微微荡漾开来，他单手捏起温寒的下巴，蜻蜓点水般吻了一下，低声道：“你放心，我好歹是个军人，懂得孰轻孰重。”

温寒羞红了脸，轻轻点了点头。

邹亦时直接乘坐直升机离开，温寒送他出去，机翼扇动起来的大风吹得她发丝凌乱、衣摆飞扬。耳边轰鸣，她听不见任何声音，只能冲邹亦时用力地挥了挥手，他矫健的身姿很快消失在机舱里，随着直升机的轰鸣一并消失不见。

送走他，温寒争分夺秒地休息了一会儿，身体是革命的本钱，现在这种情况，他们这些人是最不能倒下的。少了邹亦时的陪伴，她心里身侧都是空荡荡的，没个着落，压力一大就开始习惯性地失眠，她盯着帐篷看了几个小时，心中极其哀怨，好不容易有了休息的时间，她却不能安然入眠。

第二天天不亮温寒就起来了，灾区条件艰苦，没那么多讲究，她拿凉水抹了把脸，扎了头发往外走，一出帐篷，阴冷潮湿的风扑面而来，直吹的她心窝都犯凉。

天空暗沉，像是拧不干的抹布，透着沉甸甸的湿意，空气都不那么干爽清透，吸进肺里都觉得憋闷坠胀。

邹亦时还没回来，这天气阴沉，看着有一场大雨蓄势待发着，如果雨布供应不及时，那邹亦时的一切辛苦就都是枉然。

温寒照例查看病人，刚去了医疗基地，就见帐篷外头乱哄哄的。她心一惊，赶紧冲进去，里头乱作一团，抢救的，准备手术台的，测量生命体征的，把病人围得水泄不通。

一个小护士惨白着脸，口齿不清地拉着她说道：“温大夫你来得正好，我正准备去找你呢！”

温寒冷了脸，额头跳痛，都经历了这么多抢救了，他们照样慌乱不堪，没有一点头绪，遇事压根不晓得沉着冷静，闹闹哄哄反倒延误病情。

“都散开，我来做心肺复苏，小张，去准备心电图仪顺带给患者做紧急心电图，小李，你去测量生命体征，顺带给患者吸氧，小王，你去准备手术台。”温寒嘱咐完，看了一眼患者，又道，“准备胸腔大器械包，得开胸！”

众人得了令，像是被堵的水龙头终于疏通了。人们有序地干活，温寒撸起袖子，直接跪在地上，撕开患者的前襟，开始标准有力地做胸外按压。

“患者有气胸，给我一个五十毫升的注射器！”温寒按压得大汗淋漓，手腕红肿虚脱，但力道不减，患者渐渐有了生命体征，总算活了过来。

取注射器的大夫走出去几步，又猛地刹住脚，一脸怀疑地问道：“开气胸？”

“不然呢？”温寒抬头，眼神清澈，雪白的脸颊上沾了一丝血迹，红与白的极端，泛着妖艳的美。她眼底似乎有一潭深水，既看不穿，又猜不透，只是泛着潋滟的光泽，让人感觉神秘而又高傲。

那大夫愣了一下，心中却忍不住嘀咕，气胸最怕的就是贸然地释放胸腔气体，如果操作不当极易引起胸腔负压消失，从而导致肺不张，最后人会因为机械性窒息死亡。这种情况很凶险，即便是在手术室，如果不做充分的准备，不是经验丰富的医生上手的话，手术中的突发情况很难预料，预后也不是很好，相对来说是胸外科手术里比较棘手的一类。

就算抛开手术本身来说，温大夫擅长骨外科，即便同为医生，也讲究术业有专攻，胸外科的大夫都不擅长的手术，她一个骨外科的怎么敢上手？

他原本还想反问一下，但是这个温大夫向来冷漠又不通晓人情世故，偏偏能力超强技术过硬，虽然受不了她的性子，她的专业技能却让人心服口服。

这么一琢磨，这大夫觉得她这么说自然有她的道理，当下也不敢再质疑，急忙跑去找五十毫升的注射器。

找到注射器后，他正欲递给温大夫，营帐外突然急匆匆地冲进来一个人，白大褂的衣摆扇起一阵冷风，火急火燎地扑到温寒面前，把那递到中途的注射器一把夺了过来。

温寒满手是血，摊开的手掌落了空，慢慢地握成拳，她一抬头，眸中有一闪而过的不满，她蹙眉想了想，不确定中又带了点不以为然："中心医院的刘主任？"

这个刘主任是行业内出了名的恃才傲物的大夫，平时眼高于顶，从来不会听任何人的意见，说好听点是有主见，说直白点就是一意孤行。他的技术过硬，有些观点也确实独到尖锐，一针见血，因此凡是和他共事的人渐渐也被他磨平了脾气，习惯性地听命于他，到目前为止他还没栽过跟头，所以狂妄自大的本性越发被助长。

温寒并非他手底下的人，没必要听从他的使唤，再说，现在情况紧急，哪有时间去争执辩驳？

"你管我是谁！我是胸外科的主任，你是谁？气胸多凶险你知道吗？你拿五十毫升的注射器刺穿胸腔，在你放气的过程中胸腔负压会消失，肺不张之后患者立刻就机械性窒息，不到五分钟就会彻底死亡，你凭什么冒这个险？"

"这个我清楚。"温寒并不是刚进入临床无知无畏的小医生，她在做任何操作前都会进行充分周全的权衡和利弊的分析，当潜在危害小于潜在利益时，临床上是允许冒一定的风险的。

刘主任势必也懂得这个道理，但似乎觉得这是他的专长，不允许别人挑战他的权威，直白地表示就是不允许她进行风险操作。

"清楚你还这么做？你这是对患者不负责，你一个骨外科医生在这里班门弄斧！我坚决不允许这样的操作！"

刘主任是出了名的固执，温寒又一直高冷傲娇，两人谁也不落下乘。

这个病人必须立刻放出胸腔气体，在这一点上温寒不作任何退步，她扫了一眼生命体征还算有起色的患者，估摸了有两分钟的时间来掰扯这些废话，她在白大褂上擦了擦血，眼神淡漠清冷，言简意赅地说道："首先，我希望您明白，我攻读的是胸外的硕士生，虽然临床经验不丰富，但利弊还是懂得的；其次，这是救灾现场，不是在手术间，没有时间和物资去准备这些精细的东西，我们只能以保住患者性命为唯一的目的；最后那就是，刘主任，你觉得如果不用这种方法放气，你还有什么其他方法？"

如果在手术间，胸腔排气是需要用特制的胸腔排气管，连接上呼吸机之后才可以进行。这些东西灾区里压根不会有，巧妇难为无米之炊，即便刘主任有通天的本事，又如何空手打开胸腔，维持肺扩张？

大约是刘主任也后知后觉地意识到不妥，面子上过不去，避重就轻地呵斥道："这是抢救，在治病！什么叫不注重细节，稍有不慎就能要了患者的命，你说得倒轻巧！"

他还在絮絮叨叨地说，给自己铺够了台阶，温寒面无表情地看了一眼时间，又看了看手足已经开始变白的患者，当机立断道："注射器给我！"

刘主任没来得及说话，温寒手腕翻转，已经将注射器狠狠地插进了患者锁骨中线第二肋间。

胸腔积血呈泡沫状瞬间喷射出来，温寒掌心被血沫濡湿，众人哗然，唯有她镇定自若。待喷射状的血沫不再溢出时，她才把注射器拔出来，下巴冲一旁愕然的大夫努了努，道："过来进行人工呼吸。"

那医生茫茫然地过来做人工呼吸，温寒正准备处理胸腔的内出血，一旁的刘主任扯着她的袖子把她拉开，厉声道："小姑娘就是没轻没重，不知道深浅！放着我来！"

他到底比她经验丰富，温寒见他终于肯妥协，心底自然是乐意他这样的专家来做主刀，于是嘴边挂了一抹轻笑，也不介意他的愠怒，娴熟麻利地替他打下手。

两人都是技术过硬、胆大心细的医生，加之专业互补，配合起来毫不夸张地说算是如虎添翼，手术结束后，患者已经脱离了生命危险，转危为安。

开胸是个体力活，所以下了台后，温寒的衣服已经彻底湿透了，刘主任扔了手套，脱下手术衣，怒气虽然散了，但语气还是不客气："要不是我在，今天你就闹出人命了！"

"那是，全靠您力挽狂澜。"温寒轻声开口，却也是真心感谢不带半点针锋相对，虽然没有刘主任她也不见得会乱了阵脚，但是有他在她到底轻松许多。他专业技术超群，虽然脾气和她一样不招人待见，却是个值得人信服的专家。

见她态度转变，刘主任也没说话，冷冷地哼了一声，掀起帘子阔步离开了。

所有的后续工作都安排好后，温寒才彻底放松，浑身的关节像是生锈了一般施展不开。她揉着酸疼的脖子看了看时间，这才惊讶地发现现在已经接近中午十二点了。

邹亦时走了已经十几个小时了。

营帐外的空气还是潮湿阴冷的，天黑沉沉地暗下来，乌黑的云彩像是吸饱了水的海绵，颤颤巍巍，只要稍一碰，就能滴下大摊大摊的水。

看这个样子，今天势必有一场滂沱大雨。

温寒并不算是心浮气躁的人，相反的，对于大部分和她没有直接关系的事情，她是无动于衷的，但是这次不同，这事和她没有必然联系，却关乎着她爱人的切身利益。

他是那么有责任心的军人，如果因为救灾工作出现了失误，那样的痛苦是常人难以体会的。他要是难过了，她必定也不好受。

就这样等到十二点，她心不在焉地扒了几口饭，一个人跑到他们行政的营帐附近晃了又晃，却始终不见邹亦时的身影。

她心急如焚，头一次觉得等待变得如此煎熬。

快到下午一点时，就在温寒快要等成望夫石时，老天爷结结实实地给了她一个惊喜。

邹亦时没来，雨来了。

雨滴并不大，淅淅沥沥地散落下来，混杂着空气中的尘埃，泛着浑浊的凉意。温寒摸了摸脸颊上的雨滴，心中一凉，冲着灾民的安置帐篷拔腿跑去。

路上都是碎石瓦砾，坑洼不平，加上刚下的雨，使得每一步下去都是泥泞湿滑得让人打滑，温寒跌跌撞撞地往前跑，雨滴越来越大，渐渐变得密集，她的领口倒灌了雨水，每一个毛孔都透着湿漉漉的寒意。

她几乎是怀着怆然泪下的悲痛冲去灾民安置地的，等看到帐篷间穿梭忙碌的队员，以及一顶顶铺得整齐严实的雨布时，她拧了拧自己滴水的发尾，哭笑不得。

那个她心心念念惦记着的人正指挥官兵有序地放置雨布，他声音不大，没有一丝焦灼，沉着冷静，带着安定人心的穿透力在空旷的大地上一点点散开，他给足了大家安全感，所以所有人都临危不乱。

有人负责转移未披雨布营帐里的灾民，有人负责运送雨布，有人负责安置雨布，分工明确，有条不紊，人来人往，穿梭在绿色的营帐间，灵动得像是被雨水浇开的花。

雨势越来越大，没了建筑物的遮蔽，少了冗杂生活的干扰，这里的雨声干净清澈，并不让人厌烦。

披了雨布的营帐上雨点砸上去发出噼里啪啦的声响，明朗欢快，没有披雨布的营帐渐渐被濡湿，变成明澈的湿绿色。

负责安置雨布的队员们都穿着连体的雨衣和雨靴，唯有邹亦时只穿着作训服，任雨水把他浑身浇得通透，裤脚的雨水流下来汇集进脚下的水洼里，激起一圈小小的涟漪。

温寒已经躲进了灾民的帐篷里，帐篷里有个小姑娘，捂着肚子直打滚，温寒的注意力被转移，扭头问她："你哪里不舒服？"

小姑娘面色一讪，咬着嘴唇不说话，旁边她妈妈赶紧笑着接茬："天冷，来了例假，疼得难受，忍一忍就好了。"

温寒微一皱眉，并不觉得这是件小事，成年女性还好，如果是未成年女性，月经期受寒，极容易留下宫寒的后遗症，严重者可能会导致不孕。

她帮不了什么大忙，这些细节之处还是照顾得到的，她掀开帘子跑出去，以手做伞往后勤处跑。

到了后勤处，她瞅见有几个闲着的士兵，拧了拧头发上的水，客客气气地说了句："我领一下生热贴，顺便找几个人和我发一下。"

几个人面面相觑，一来不太明白她要的是什么，二来不知道这是谁的命令，灾区领取任何物资都必须有首长的批示，他们认令不认人，因此温寒话音落了之后，就剩一片沉默。

"就是暖宝宝，下了雨，空气潮湿，营帐里是湿冷的，电力供不上，电热毯就只能晚上睡的时候开，白天照样冷，有了这个，大家好过一点。"

她鲜少这么耐心地和别人解释，通常情况她习惯独来独往，自力更生，厌烦和人磨嘴皮子，奈何这里是灾区，由不得她率性而为。

半晌，几个人还是左右为难，温寒双手环胸思忖了一下，无所谓地冲他们摆了摆手，扭头往外走，她一挪步，几个人就有些慌，急忙解释："温大夫，不是我们不给你，是确实得走程序……"

"我懂的。"温寒打断他的话，一回头，眼神清澈宁静，格外平和，"我去请示邹上尉。"

她有些懊恼自己的自作主张，颠颠地又跑回灾区安置地，邹亦时安排好了一切，正一顶顶地检查铺好的雨布，她见他空闲下来，连忙小跑着迎过去。

她放任自己扑进他的怀里，邹亦时湿透的胸膛里猝不及防地扑进一具温热娇软的身体，顿时皱了眉，冷着脸呵斥她："下这么大的雨，你乱跑什么？雨衣呢？"

他没给她说话的时间，寻了间空着的营帐，一把抱起她，把她揽进营帐里。

帐子里有干的毛毯，他随手拿过来，袖口的水滴滴答答地渗进绒毛里，立刻消失不见。他把毛毯裹在她身上，掀起一角给她擦头发："说吧，怎么了？着急地跑过来。"

温寒眯着眼，像是洗了澡的猫一样由着他揉搓自己的湿发，嘴里哼哼唧唧地嘟囔："没事儿，就是过来瞧瞧。"

"口是心非。"邹亦时把她洁白的小脸擦干净，宠溺地啄吻了一下，看了看她水洗般清澈灵透的眸子，情难自抑，又捏起她的下巴，含着她微凉但柔软的唇瓣深深地吮吻。

邹亦时自认为他并不是重欲的人，他一直生活得刻板规整，像是布画好的棋盘，一步一条刻线地走，没什么缤纷的色泽让他左右彷徨，但如今眼前的这个女人像是默片里的一抹红色一般，瞬间照亮了他的人生，把他骨子里的浮躁也激发出来，面对她时他便怎么都做不到像从前那样一丝不苟。

他松开手，额前的水滴沿着他棱角分明的面部线条流下来，他眼底的幽深越发深刻澄明，透着一丝朦胧的暧昧，像是轻佻，又像是逗弄。

温寒把脑袋从毛巾里挤出来，笑而不语。邹亦时抓了抓滴水的头发，眼底的神色始终玩味而甜腻，看着她依旧沉默，只好妥协，正色道："好好好，我们公事公办，说吧，什么事？”

“物资申请需要你签字？”温寒揉着头发，一板一眼地问。

“是，得有书面文件。”邹亦时边回答边脱身上湿透的衣服，他神色自然地露出赤裸的胸膛。温寒嘴角有点僵，把视线挪了挪，又问：“我想申请暖宝宝。”

“哦？为什么？你不舒服？”邹亦时拿着湿透的衣服双手一绞，水流成柱地流到地上，他的肱二头肌绷紧收缩，肌肉线条变得越发真切，那种独属于成熟男人的性感魅力随着那水流一起被绞出来，美而不自知为最美，这真理同样适用于男人。

温寒的心思有些荡漾，邹亦时见她呆滞着，腾出手来曲起指节敲敲她的脑门：“说，怎么了？”

“哦。”温寒反应过来，摇摇头，“不是我，是有个小姑娘，生理期到了，肚子疼，这天气这么阴冷，一时半会也不会安置到其他地方，要是成了宫寒以后要受大罪的。再说，其他人也应该用，这里没暖气，光靠电热毯也不合适。”

“嗯，听你的，这个事我来安排吧。”邹亦时拿了一套新的作训服出来，穿好外套后，他敞着衣襟走到温寒面前。她披着毛巾，很自觉地替他系扣子，他空着双手，以手做梳，替她打理半干的头发。

头皮皮肤薄，血流丰富，神经分布密集，所以对于外界的感知会格外敏感，邹亦时手掌宽厚粗暴，从她发丝中穿过时会有一种微痒的触感，酥麻从头顶蔓延下来，温寒不自觉地眯起眼睛，喉咙里要是再有些呼噜声，就跟只猫没两样了。

“很舒服？”邹亦时轻笑出声。她点点头，又摇摇头：“一般般。”

邹亦时故意停了手，她微合的双眼忽地睁开，怔怔地瞧了他一会儿，一言不发地把他的手拉起来搁在自己脑袋上，直到他重新轻抚，她才慵懒酥软地说：“我看你忙着披雨布，所以没找你。”

“嗯，很乖。”邹亦时揽着她的腰，手掌转至她的后脑勺，微一用力，把她后脑勺抬起来，调整成最合适的角度，情不自禁地吻下去。

“我还以为你会从村口那头进来。”

“嗯，为了节约时间。”

“为什么要节约？”

“因为回来得晚了？”

“为什么会晚？”

邹亦时放开她红润娇嫩的唇瓣，狭长的眼微微眯起来，流露出洞察一切的眼神，他顿了一下，才故作恍然大悟地说道：“哦，原来兜兜转转这么半天，你是想问我这个？”

温寒自从和他在一起后，性子转变了很多，不再像从前那样冷漠呆板，永远冷冰冰的没什么生气，拒人千里，看着一点都不鲜活。现在虽然依旧不怎么和别人亲近，但起码在他面前她会流露出这种乖巧绵软的性子，唯一一点便是傲娇，半点未减。

被他揭穿了，温寒也不尴尬，仰着水汪汪的眼睛看着他，又问：“为什么？”

“担心我就担心我，这么别扭干什么。”邹亦时吻吻她的脸颊，这才正色道，“下雨路不好走。”

“霍瑾轩没有为难你？”

“没有。”邹亦时心中柔软异常，像是胸腔里装满了轻软的棉絮，轻飘飘的，舍不得触碰，“你放心，我会好好照顾自己，注意安全，不会拼命，避免受伤，不让你担心。”

“你保证？”

“嗯，保证！”

邹亦时在军队里历练了这么久，向来秉承言出必行的信条，所以他从不失信于人，每一句话都带着他人格魅力的重量。温寒毫不怀疑，却忽然想起铁一般的韩剧定律，那就是，说回来成亲的男人，多半都死在了沙场上。

当然，这定律或许仅适用于一般男人，邹亦时可不是一般人。

两人虽然在一起，却是聚少离多，争分夺秒地温存了一会儿，邹亦时就又要去忙了。温寒也不是肩不能扛、手不能提、只能摆着看的吉祥物，当医生的人大多能吃苦耐劳，当下她也没矫情，把毛巾拢在头上，和邹亦时兵分两路：“我去发暖宝宝，你去忙你的！”

“别，你安分待着，我派人就行！”

“你不用管，我懂得分寸。”

“好，由你吧，但不要太累，穿个雨衣，小心着凉，按时吃饭，水也喝上……”

温寒一脸鄙视地打断他：“你怎么跟老妈子似的！”

邹亦时只是笑，眼底温柔似水。

两人各自去忙，温寒找负责人要了一份物资申请单，拿着去找邹亦时。

人不在营帐里，她又跑去行政办公处，人还是不在，倒是在出了营帐后听到了掺杂着雨声的螺旋桨的轰鸣声，她心底一亮，循着声源跑过去。

直升机在十几米的高空悬浮着，螺旋桨把连成雨幕的连绵大雨拦腰斩断，雨水被劈散，漫天而下，晶莹透明得像是擦亮的星辰，她的耳蜗被巨大的轰鸣声填满，听不见任何声音。

邹亦时穿好了作训服，腰上扣了安全扣，正在戴头盔。他们有专门的手语，用于在这种不方便的场合进行及时有效的沟通，温寒不知道他们在说什么，无奈之下只能小跑着到他跟前。

散乱的雨点扑洒到她脸上，她冲到邹亦时面前时他已经戴好了头盔，全副武装的他冷硬刚强的气场从冷金属中渗透出来，宏伟而强大。周围渺茫一片，唯有铺天盖地的大雨，这一刻，天地间只有最原始的大自然在肆意妄为，人在此刻显得渺小而无助。唯有他，深沉似海，稳重如山，像是与生俱来的王者，即便这天地如此之大，他也是一个不容忽视的耀眼存在。

温寒觉得心口沉甸甸的，占据她心底的这个人分量很足，他不是安于清淡生活、拘泥柴米油盐的人，他肩上担着的是国家和百姓的责任，他不会局限于两人世界的那一方天地，他要翱翔的，是像现在这样的一望无际的蓝天。

需要他的不仅是她，还有千千万万的人。

温寒觉得自己头一次有这么浓厚的家国意识，顿时觉得自己从前的小打小闹实在是幼稚，她要做他的后盾，而非他的软肋。

邹亦时靠近她的耳边，声音浑厚但不刺耳，透着满满的关切和埋怨：“让你好好待着，怎么又乱跑？”

温寒把文件递给他，他眼神一暗，明显的不高兴，但转念一想，即便自己再怎么说，她也不会是那种袖手旁观的人，便只能由着她。

给她签了字，他摸摸她的脸颊，没有过多留恋，等她退到安全区域后，他冲身后的人挥了挥手，又冲直升机上的飞行员做了个手势，之后干净利落地攀在绳梯上。确认他安全后，直升机加速离开。

漫天大雨中，他悬浮在半空中渐行渐远。天空湿漉漉的，像是被海水倒灌了一般分不清天地的界线，他是不分属于谁的天神一样的男人，凌驾在海天之间，霸道嚣张，不可一世。

目送他离开，温寒抹了一把脸上的水滴，皮肤湿冷，心口却温暖柔软到不可思议。

这才是她爱的男人啊！

邹亦时去抢险，温寒也毫不松懈，换了干净衣服，穿好雨衣，深一脚浅一脚地随着大家一起发放暖宝宝。

她这边正忙得热火朝天，邹亦时那边也是刻不容缓的架势。直升机开到灾区最东南侧的山坡旁，找到可以安全降落的相对平坦的地方时，邹亦时沿着绳索下降，他胳膊的伤还没有彻底愈合，所以下降的速度较平时慢了不少，却也因为如此，他能把地面的情况看得一清二楚。

这里的情况不比里面好多少，相反的，救援难度反而更大。

这里依山傍水，平时算是山灵水秀的好地方，但一发生了地震，就成了杀人无形的修罗场，地震把地表结构破坏，地下水涌出，倒灌进废墟的空隙里，地质结构比较薄弱的山体随之滑坡，再加上今天的大雨，加重了山体滑坡的力度，幸存者被活埋在泥浆或者浸泡在水里，多半是凶多吉少。

他从上往下俯瞰，这里没有村镇里面那样瓦砾堆砌的硬性结构，完全被泥浆掩盖，一眼望去都没有一点空隙，就算有幸存者，生存也受到了极大挑战。

越是这样的情况，越不能放弃任何希望，因为任何人都无法体会那种被断绝了所有退路，在无边无际的黑暗里一点点窒息的绝望感。

雨越下越大，脚下都是雨水冲刷下来的泥浆，汹涌而下，已经有了江河之势，邹亦时站在没膝的泥水中，眉头越皱越紧。

救援队员已经准备就位，可大家的脸上都是茫然和焦灼的神色，不知道如何下手。如果是砖瓦横梁的结构，起码有可以施力的地方，无论是人工还是借助机器，都能逐层开解，但这里的情况最为特殊，它表面没有硬性结构，全部被泥浆覆盖，一来不知道幸存者所处的地方，二来是操作起来要冒很大的风险。钢筋水泥板坍塌时总有交叉形成的空隙，但是泥浆不同，稍微触碰，只会让泥浆倒灌，很有可能会彻底把幸存者活埋，最后弄巧成拙。

除此之外，还有一个不利因素，那就是雨声和水流声会把轻微的呼救声给掩盖了，让人又少了一份判断依据。

大家沉默不语，耳边只听见滂沱大雨融合进泥水里噼里啪啦的声响，夹杂着湍急而过的水流声，在人耳边轰鸣作响，搅得人心烦。

邹亦时仔细观察了地形地势，简单判断了周边情况，之后下令道：“一班的人去下游排查，你们搭成人桥，阻挡水中的漂浮物，如果有幸存者被冲刷下来，一定会随着水流冲到下游，你们做最后的筛查。”

“是！”一班的人领命后，深一脚浅一脚地在泥泞里蹚行，艰难却迅速地往下游移动。

余下的人留在上游，邹亦时逆流而上，一路上到了最高点。这里视野开阔，整个村子都能在视线范围之内，邹亦时擦了擦脸上的水，指着下方的地势解释道：“我查看过这个村子的一个简易的地图，我们所站的位置原先是村子里的打麦场，地势宽阔平坦，且相对较高，所以地震之后结构破坏得不是很明显。以这里为标杆，二点钟方向，一公里范围内呈一列排列的有二十户人家，十二点钟方向有十户人家，中间有一个村民活动的小广场，再往十点钟方向走，只有五户人家，其余的是一些商铺。这个村子是非字形结构，所以基本上所有的房屋都是这样的排列方式，你们记住这些方位，沿正南正北的方向进行摸索排查。”

众人皆是惊诧，不知道邹上尉什么时候竟然把这里的地势地形都摸查清楚了，他们之前压根都不知道有这么一个小村落，更不知道人口是如何分布的，因此突然接到指令来这里抢险，个个觉得压力重大，前路渺茫。

而这会儿，邹上尉的指示明确坚定，把他们混沌冗杂的思绪捋得顺当明确，他们顿时有了主心骨，空茫茫的心有了底，也不再茫然无助，竖着耳朵听从邹上尉的指示。

邹亦时并没有着急让大家行动，而是继续对每一处地势和可能发生的状况进行说明，并且把幸存者可能所处的位置也进行了大致的分析。

“这里一开始的时候震级不是很严重，只是轻微的波及，所以早期没有伤亡的情况，有部分人已经警惕地暂时搬离，剩下的一部分人应该也有所警觉，在地震发生时会选择相对安全的藏身地。”

说到这里，他停顿了一下，凝神四下逡巡，似乎在思考具体的位置。他在军队里冷面铁血，训练有方，严于律已，极有威信，所以手底下的人对他格外信服，无论他说什么都无条件服从，心甘情愿地听从他的指挥。

于是在他下令之前，没人说话，都竖着耳朵仔细听着，瓢泼大雨浇在头上，砸得脑袋都嗡嗡作响，起了共鸣。邹亦时想好了，才沉声开口，厚重低沉的声音穿透雨声，带了丝安定人心的威严：“村子里的环境和摆设不同于城市，所以城市里厕所夹角安全论并不实用，我们必须具体情况具体分析。我没有研究过这个村子村民家里的家具摆设，但它隔壁几个村子的情况我稍微了解过，他们习惯睡火炕，炕上会摆低矮的橱柜，用来放置寝具，这种情况下橱柜和墙壁之间就能形成一个稳定的夹角，哪怕村民并不知道这样的道理，当地震来临时，他们照样会选择最有安全感的地方避难，毫无疑问，一定会是这样的角落。再者说，地震发生在夜晚，人在睡眠的时候，神经反射不会很敏锐，会根据本能进行躲藏，这个时候，家里会是他们首要选择的地方。”

邹亦时说了这么多，一来是为了让大家有明确的行动方向，二来是把详细情况进行说明后，大家才能心安。

情况渐渐明朗，邹亦时心里把整个大局把控好之后，这才沉着下令：“现在先按初步方案进行排查，幸存者不好直接观察，就先排查橱柜这样的家具，有硬性物品掩盖的地方可能会是幸存者的藏身之处，大家抓紧行动！”

“是！”众人领命，像是在茫茫黑夜里漫无目的地游荡时，前方多了一盏领路的明灯。他们不需要考虑这黑暗里蛰伏的是毒蛇还是猛兽，也不用考虑身后是否是悬崖或者峭壁，只需要看着那盏明灯，身侧自然会有人替他们披荆斩棘，开出一条康庄大道。

雨势越来越大，密集成串的水珠渐渐交织成网，像是不透风的帘子一样兜头而下，众人虽然穿着雨衣雨靴，可也奈何不了这么猖狂的大雨，不多时，身上已经全部湿透。

邹亦时把人都妥善安排好之后，众人各自投入排查救援，他则是挨个儿查看，无法依赖任何工具，只能凭借经验来判断泥浆之中是否有生命迹象。

雨水沿着衣领灌进去，让人浑身上下都变得湿冷异常，偏偏这会儿情况紧急，根本没有时间顾及其他，只能任由雨水浸泡着，把身上最后一点温热也蒸发得一点不剩。

他们在泥浆中排查了几个小时，一无所获，众人渐渐有些气馁。有个沉不住气的士兵忍不住嘀咕道："到底有没有幸存者呢，兴许早就都……"

他后面的话没说出来，因为邹亦时鹰隼般锐利的眼神直直地扫视过来，眼底的寒意迸射，比这雨水更让人透心的凉。他立刻意识到是自己话说得过分，嗫嚅了一下，没敢再开口，待邹亦时收回那咄咄逼人的视线后，他才偷偷地松了一口气，觉得自己的心都僵了一块。

邹亦时虽然面上沉稳淡定，心底却也开始疑惑，如果说橱柜下都找不到幸存者，那么其他地方的生还机会就更加渺茫了，他凝眸看着忙碌的众人，皱眉不展。

就这样又坚持不懈地搜寻了近一个小时，一个让他们振奋不已的消息传来，有人在橱柜下找到了幸存者。

众人都围过去准备施救，邹亦时眼睛一亮，大喜过望，但是等他看到现场的情况时，脸上的笑容却渐渐地僵硬下来。

幸存者躲在橱柜里面，救援人员是听到了轻微的异响，这才断定有人在里面。橱柜整个被泥浆包裹，只有柜顶的一角露了出来，因为泥浆渐渐变得浓稠，这里的地势已经接近沼泽地，如果轻举妄动，只会让橱柜越陷越深，幸存者困在橱柜里将被活埋。

要想救出幸存者，正常情况下有两种方法，一是把整个橱柜挖出来，之后再进行救援；二是打开柜顶，把幸存者从里面掏出来。但是放在这里这两种情况却都不可行，没有机器的协助，他们不可能把橱柜挖出来，如果是打开柜顶，那么在没有其他负重做平衡的情况下，橱柜受力不均衡，泥浆会立刻倒灌进柜子里，幸存者瞬间就会被活埋，生机全无。

遇到这样棘手为难的情况，众人一致把目光投向邹亦时，他既不慌乱也不焦灼，面色依旧纹丝不动，眼神坚毅，透着安定人心的力量。他没有说话，而是整个人蹚进水里，让自己的身体变低，感受泥浆的吸附力，又把左胳膊探进泥浆里，触摸橱柜的边缘，确定深陷的情况，他整个人浸泡在泥浆里，只留了头在上面，这样才可以听清橱柜里微小的声音。

雨水飞溅，泥水湍急，邹亦时在被灌了好几口泥水后，才终于听清了里头的动静，等确定了情况后，他才起身，身上的雨水哗啦啦地倒出来，溅起了一圈圈的涟漪。

“幸存者气息微弱，我们不能再拖延了。我观察了橱柜的情况，它底面积比较小，所以我们外加的重力不能太多，否则极有可能把橱柜压进泥浆里。我想了一下，大致的方案可以是这样，我们先托扶着橱柜，之后派一个身材比较娇小的人钻进去，然后把重力施加在橱柜的侧壁上，使之受力面积增大，压强减小之后，橱柜就不会继续下沉，这个时候就可以趁机把幸存者救出来。”

救援人员虽然不像邹亦时这样的身经百战，但是该有的实战经验还是有的，略一思忖就知道，邹上尉的方法是唯一妥善可行的，于是没人质疑，大家七嘴八舌地出主意。

“我们的人里面有没有比较瘦小的，可以先下去？”

“不行，能进去的重量一定要小于五十公斤，它的负重力太差。”邹亦时一口否决。

“那我们放石头进去行不行？人直接进去会不会太危险了？”

“人是活的，石头是死的，人可以凭借脚下陷入的感觉控制自己的重心，但是放石头的话，很容易就把橱柜压沉了。”这个方案也被邹亦时否决了。

直到一人试探地说道：“那找我们的女兵行不行？她们瘦一点。”

邹亦时沉思了一下，微微点了点头，随即又摇了摇头：“这次救灾没有派女兵过来，从部队直调时间上不现实，目前营帐里除了灾民和医护人员外，没有合适的女性。”

“灾民肯定不合适，医护人员行不行？”另一个人提议道。

“可以。”邹亦时敛眉，终于确定了实施方案，他低头思忖着，大家都以为他是在思考这个方案的可行性和可能面对的风险，却没人注意到他眼底一闪而过的担心和惶恐。

既然已经定了比较有专业知识的医护人员进行施救，一个队员立刻从泥浆里脱离出来，准备乘坐直升机前往营帐，就在这时，邹亦时突然抓住他的衣袖，低声地说道：“不要让……”

他的声音格外地低沉，声带嘶哑，像是被掐住了喉咙一般，每个字都说得像是被撕扯了皮肉。大雨滂沱，雨声在耳边肆意张狂，以至于这队员无法分辨后半句，邹上尉是压根没说，还是说了他没听清楚，他唯一分辨得清的就是邹上尉眼里罕见的痛苦和挣扎。

第十三章 但愿人长久

而另一边的温寒根本不知道邹亦时的情况，更不知道他面临的艰难抉择，她已经和留守的士兵分发好了暖宝宝。她没怎么见过这样的大场面，所以在好几个小姑娘甜甜地说道“我长大也要像这个军人阿姨一样，要乐于助人，要做个对社会有用的人”时，她差点热泪盈眶，哽咽地说道：“你要是叫我姐姐，我想我会更开心的！”

被人无条件依赖和信任的感觉很美好，很温暖，以至于温寒浑身湿透到裤脚下都能淌成河，她都不觉得冷，心里像是揣了小火炉，一直温热着。

忙乎完了，她正准备去看看病人，换换药，有直升机轰隆隆地飞过来，上头麻利地下来一个队员，她扭头跟过去，就见他冲医疗基地里的医护人员喊道：“现在紧急救援中出现了比较棘手的情况，需要一位体重在五十公斤以下的女士进行配合救援，请大家迅速集合！”

温寒不知道发生了什么事，但一琢磨自己才九十多斤，在条件范围内，就很自觉地靠了过去。

几个护士医生不情不愿地凑过来，嘴里七嘴八舌地嘟囔着。

“什么救援啊，还非要女人过去！”

“对啊，还要瘦子，搞得人心惶惶的。”

“去救援的不是邹亦时吗？他那样的人物怎么还需要别人帮忙？八成情况凶险，兴许过去还送命呢！”

“就是，再说了，我们是医疗组的，他们是救援组，平时我们忙得四脚朝天的时候也没见他们帮忙，这会儿他们有事了，倒懂得使唤我们。”

“使唤就使唤吧，问题是他们的活可是要命的！万一有个三长两短，我们命没了，碍着人家啥事？到最后，人家活得好好的，你自个儿成一烈士！”

越是危急时刻，越是暴露人性黑暗的时候，温寒自认为自己不是圣母，但也受不了她们的尖酸刻薄，当即撇撇嘴道：“放心，邹上尉不是要小于五十公斤的吗？你们就是想去，也不达标，把心安安分分地放回肚子里吧！”

她被雨水浇得脸色惨白，嘴唇发青，眼睛却是更加透彻澄明，一头黑发披着，配上凌厉的语气，还怪吓人的。那几个人心里不满，嘴上却是没了抱怨。

那名队员神色焦急，但是为了征得大家的同意，还是仔细地说明了现场的情况和可能遇到的危险，这一说更没人去了，个个推搡着往后退，要是脚下有沙子，恨不得把脑袋埋进去。

“我去吧！”温寒举起手冲那队员挥了挥，眼神坚定，没那么多斤斤计较的情绪，一派坦荡自然。那队员面色更加纠结，等温寒走到他身边时，他很是为难地小声说道：“邹上尉好像不想让你来！”

这里谁不知道这温大夫是邹上尉的命根子，要是温大夫有个三长两短，他们都落不着好。

“没事儿，我好歹是医生，幸存者救出来，我第一时间就能做抢救，再者我心理素质强，能配合你们工作。”她一回头，勾唇一笑，拿下巴冲那几个目光躲闪的人努了努，道：“你确定带她们过去不是添乱？”

那队员想了想，也确实如此，温大夫遇事沉着冷静，能顾全大局，并且专业知识强，比起这些胆子比针尖还小的人，确实好太多。

思及此，他一点头，做了决定：“那好，温大夫，就麻烦你了！”

温寒跟着他上了直升机，她还是头一次坐直升机，只觉得这种看起来高大上的交通工具其实坐起来一点都不舒服，机翼和发动机的轰鸣声吵得耳膜快穿孔了不说，机身也比客机要颠簸得多，她像是开了振动模式，三百六十度无死角地晃动，直晃得她头晕眼花，胃里波涛汹涌，差点把隔夜饭都吐出来。

她被晃得七荤八素，心里吐槽着，那些个说能在直升机里谈情说爱的人，八成根本没坐过真正的直升机。

好不容易到了目的地，温寒已经被晃得不知道天南地北，她往下瞧了一眼，只觉得下面的水浪一波一波的，晃得她头晕眼花，她重心不稳，扶着机舱壁踉跄了一下。

那个准备下降的队员看了她一眼，欲言又止，待她坐稳了，才小心翼翼地说道："温大夫，你要是害怕，要不就别下去了。"

温寒一乐，有点哭笑不得："你要劝早点劝啊！我都走到这一步了，你来这马后炮！害怕确实有点，不过我要是下不去，估计别人更下不去。"

她话里带了玩笑的意味，眼神却高冷依旧，一双澄澈的眼里透出一丝不屑。那队员心中想着，可不能把温大夫和其他女人相提并论，她性格坚毅清冷，柔中带刚，是能顾全大局的人，不像一般女人，遇到大事慌张无措不说，只懂得把自己扎堆在弱势群体之中，认为有担当这样的中华民族传统美德，压根不属于她们那样的弱女子。

思及此，他也不再劝说，而是把下滑的注意事项仔仔细细地告诉温寒。她眼神清亮，大脑飞速运转，马上就领会了要点："好，我知道了，你先下去吧！"

那队员知道她是聪慧伶俐的人，理解能力强，便也没怀疑，自己滑下去给她做了个标准示范。

要说完全不害怕是假的，温寒攀着绳子往下滑，冰冷的雨点兜头而下，浇得她浑身湿冷僵硬。她深吸一口气，紧紧攀附着绳子，把自己全部的重量交给一根绳子的感觉不是很美好，空茫茫的没什么依靠，天地之间仿佛只有她一个人，头顶上是灰沉沉的天，脚下是乌泱泱的水，她挂在中间，进退维谷。

她不敢往下看，那湍急的水流看得她头昏脑涨，她一点点地往下滑，感觉比过了一个世纪都要漫长，等接近地面的时候她已经浑身虚软，没有一点力气了，双手麻木冰冷，怎么都握不住绳子，她身子一踉跄，眼看着就要栽进泥浆里。

身后却突然多了一双沉稳有力的大手，牢牢地托起她的后腰，把她揽进了怀里。

温寒紧绷的神经终于放松，浑身软成一摊烂泥，靠在邹亦时怀里半晌动弹不得。他把她打横抱在怀里，蹚着水一步一个脚印地往救援位置走，温寒缓过神来后，有气无力地说道："妈呀，吓死我了！"

邹亦时阴沉着脸，既不看她，又不说话，周身气压低到让人觉得窒息，温寒有些怔忪，不明所以，正纳闷着，就听见他声音阴冷地开口："觉得特别光荣是吗？"

他的声线像是被这冰雨浇灌过一样湿冷异常，他铁青着脸，眼底俱是愠怒，温寒鲜少见他真正动怒，一时间竟然不知道该如何应答，晃神间，他又道："你以为你出尽风头会落着好？呵，可惜了，没人会感谢你救她们于危难之中，你一个人抗下了这挑子，觉得伟大得很？别人只会觉得你傻得可以，不考虑后果，只逞一时之快！"

温寒这时才琢磨透他的意思，自己的一番好心倒是被他当成驴肝肺了。她主动请缨或许是有些勉强，她没参加过实战，没有丰富的经验，就像不会水的跳河救人，给别人添了乱，只感动了自己。但是当时情况特殊，她确确实实是考虑了其他人的情况，认为自己再不济，也比她们强一点，出于这样的初衷，她才主动站了出来。

而非他说的那样，为了出尽风头。风头值几个钱，值得她这么拼命？

她来这里既不是为了出风头，也不是为了向他邀功请赏，仅仅是出于想替他排忧解难的初衷，不承想被他这么一说，倒成了弄巧成拙。

她心口潮湿阴凉，像是被雨水倒灌了一样，冷得她后槽牙都在发抖，她挣扎着从他身上跳下来，眼底的愤怒不加掩饰："我自己走！"

邹亦时没说话，攥了攥拳头，冷着脸跟在她身后。两人一前一后地走到橱柜跟前，队员已经把柜顶撬开了一条缝，温寒弯腰准备蹲下身去，邹亦时铁青着脸揪住她的腰，她头也不回，狠狠地甩开他的手，身子一矮，大半个人没进泥浆里，邹亦时侧了脸，眼底的神色又冷了几分。

"孩子气息微弱，目光空洞呆滞，皮肤黏膜苍白，有休克迹象，必须立刻抢救。"温寒从泥浆里出来，衣服袖口哗啦啦地流水，她抹了一把脸上的雨水，一张脸越发惨白，"需要我怎么配合？"

周围几个士兵心口都咣当咣当地跳，一时间竟然不知道怎么回答，他们看了一眼一旁沉默不语的邹亦时，越发没了主意。

邹上尉一直不苟言笑，冷面无情，眼底像是结了千年寒冰，长年不化，让人三尺开外都觉得满身寒意，所以众人对他这副冷硬凌厉的表情早已习惯。

只是这会儿，他的表情却和以往大不相同，少了些以往的坚不可摧，深邃黝黑的眼底多了份纠结和沉重，甚至有一丝一闪而过的痛楚。

底下的人都以为这雨势太大，视线模糊导致眼花了，但是看着他下意识地去护温大夫，又觉得他们似乎并没有看错。

“现在的泥浆已经是类沼泽的情况，必须加大橱柜的受力面积，才能让它漂浮起来，便于我们施救。”

最后还是邹亦时沉声开口。他的声音笃定沉稳，看似严丝合缝，不露破绽，但是跟着他的人都能从雨声干扰中清晰地分辨出他声音里不易察觉的颤抖。

既然时间刻不容缓，温寒也不磨磨蹭蹭，沿着柜顶慢慢往里爬，柜顶的缝隙不敢开太大，怕太多泥浆灌进去，还好温寒比较消瘦，勉强可以挤进去。

温寒刚把头钻进去，耳边就听见邹亦时的一声怒吼：“都愣着干什么！往上抬！”他的声音本就具有极强的穿透力，这会儿带了怒火，便铺天盖地地汹涌而来，夹杂着轰隆隆的回声，听得人心肝都打战。

橱柜里漆黑一片，温寒努力地适应着，探手一摸，就摸到了幸存者的手，很小，却带着不正常的湿冷僵硬，温寒心底一沉，知道孩子是已经休克了。她把孩子放平，自己身子往后仰，她能明显地感受到柜子在慢慢倾倒，并且在一点点地上浮，眼看着就要浮出水面，那孩子却突然挣扎了一下，柜子一下失去平衡，泥浆顿时倒灌进来。

温寒倒是难得的镇定，因为她迅速后仰，保持了平衡，所以泥浆只灌了一点进来，还不足以威胁到他们。外头似乎闹哄哄的，她听不太清楚，没一会儿，她就感觉柜子在动，似乎是有人在往上抬柜子，她心知或许是外边的人以为他们里头情况危险，她赶紧敲敲柜子侧壁，喊了声：“我们没事，暂时很安全！”

她话音落了之后，外头就安静下来，她松了口气，把孩子稍稍移动了一下，继续往后仰。

就这样缓慢谨慎地移动了近半个小时，柜子才完全漂浮起来，有一半的柜体露在了水面之上，温寒问了声："可以出去了吗？"

外头一阵沉默，温寒耳边只有密集的雨点迸溅声，过了半晌，她才听到外头沉沉地传来一句："救人！"

她搂着那孩子，让他躺在自己怀里，确保不会有泥浆误入口鼻，柜顶被一点点地撬开，外头的光瞬间涌进来，她下意识地眯起眼睛，把那孩子往前托了托，方便他们施救。

她感觉到孩子被妥善地转移出去，她正要往外爬，腰间突然多了一双大手，她还没来得及反应，整个人已经被拽了出去，接着被紧紧地揽进一个坚硬的胸膛。

邹亦时什么话都没说，只是紧紧地抱着她，似乎要把她捏碎揉进他的怀里。他身上被雨水浇透，浑身湿冷，唯有胸膛处泛着微微的暖意，她听着他沉稳有力的心跳声，突然觉得格外安心。

他伸手捧着她的后脑勺，俯身亲吻她的额头，直到现在她才感觉到他浑身都在颤抖，掌心湿冷。

原来，他也在害怕。

温寒在他怀里蹭了蹭，心底像是灌了蜜一样的甜，她还从来没有见他如此紧张害怕过。他是个敢于和大自然抗衡的男人，无论是多么凶险的状况，他都面不改色，沉着冷静，此时却因为担心她，整个人都在颤抖。

她刚才残存的小脾气消失殆尽，眯着眼睛正色道："我这不是好好的吗？你先放开我，我去抢救孩子！"

"好！"邹亦时轻轻松开手，带着劫后余生的释然，声音嘶哑得像是被撕裂一般，直到她转身离开，他的脊背都是僵硬紧绷的。

邹亦时带了两个人把那个孩子抬到平坦的地方进行抢救，他一伸手就把温寒打横抱在怀里，温寒在众目睽睽之下被他抱着，这姿势暧昧亲热，与这紧张危险的环境格格不入，她羞得满脸通红，说什么都要跳下来。

"乖乖待着别动！"邹亦时声色俱厉，胳膊上的力度不减，结实紧绷的肌肉硌得她肋间生疼，见他余怒未消，她撇撇嘴，没敢再争辩。

一行人到了相对平坦的地方，温寒观察了一下孩子的生命体征，当下扯开他湿透的衣襟，半跪在地上，双手交叠，胳膊伸直，在孩子胸骨柄下段进行胸外按压。她在心里默数按压的频次，嘴上吩咐道：“孩子右腿股骨骨折，伤及了小动脉，导致出血性休克，还好出血不是很严重，现在是暂时的休克，等有了生命体征后要迅速进行扩容。”

众人沉默，不明所以，只有邹亦时接道：“嗯，到时候我们直接转移到手术台，你这边还需要什么？”

“固定板。骨折端要进行简单的固定包扎。”温寒一刻不停地进行心肺复苏，邹亦时吩咐人去取固定板，然后上前拦腰把她抱起来放到一边，温寒瞪大眼睛正要询问，就见他冷着脸说了一句：“我来！”

她揉了揉红肿的手腕，从善如流地坐在一旁歇息，等固定板拿来，她简单地包扎好骨折断段，陪同他们一起把孩子送往手术部。

她接回来的病人自然是她主刀，温寒浑身湿漉漉的，衣服里都渗透着泥浆，她也来不及换，揪着衣摆拧干了水，直接准备上台。

术前已经进行了紧急扩容，输了血小板之后，小孩的血压恢复平稳，生命体征逐渐恢复正常，温寒等待所有术前指征都达标后，麻利地换好衣服，一声令下：“开始手术！”

医疗组的人对她渐渐信服，一开始人们难免觉得她恃才傲物，眼高于顶，但是经过几次紧急抢救后，她的精湛技术表现得淋漓尽致，加上她一贯宠辱不惊，毫不在意外界的闲言碎语，清高自傲，逐渐地，人们也没了那么多偏见，踏踏实实地和她一起工作，一起上台。

这台手术并不难做，没那么多凶险的情况，是最典型的股骨骨折后的清创复位内固定，按照标准的临床路径走就可以，温寒把大头拿下之后就把收尾工作交给了其他人。

她脱了衣服下台，觉得脑袋昏昏沉沉的，骨缝里都泛着酸疼，大大地打了几个喷嚏后，她揉着塞得一塌糊涂的鼻子想着，这下她是真的感冒了。

出了帐篷，天已经黑了，她身上的衣服还是湿的，冷嗒嗒地贴在身上，皮肤表面那点温度早就被稀释了个一干二净，她浑身直哆嗦，抱着胳膊猫着腰，一溜烟地跑回邹亦时的营帐。

回了营帐里，他罕见地没去别的地方，她哆嗦地跑过去，后槽牙都在抖："你不忙了？"

邹亦时斜睨了她一眼，眼底的神色明显很不待见，他悠悠地背过身去，结结实实地把她无视了。

"怎么，还在生气？"温寒无奈，蜷缩着身子绕到他面前，仰着脸看他那副阴恻恻的表情，"在生我的气？"

邹亦时没有说话，脸色阴沉，眼底的怒火隐而不发。温寒愣了一下，心知他是真的生自己的气了，她不喜欢讨巧卖好，也不习惯撒娇乖嗔，她好言好语地说，他既然不理会，她就只能和他讲道理。

身上的衣服吸收了外面的冷气，变得潮湿阴冷，温寒沉默了一会儿，一边换衣服一边和他解释："我知道你为什么生气，因为我擅自行动打乱了你的计划，但是，邹亦时你好好想想，就我们这一批人里头，有比我更合适的吗？再说了，如果我不去，其他人会怎么想？会觉得你给我开了绿灯，因为有你罩着我，所以有什么危险都有其他炮灰顶着，我能躲在你身后安然无忧，到最后你护了我的周全，但失了民心。"

她穿好衣服，系上最后一颗扣子，身上清爽之后，思路也捋顺了，见邹亦时迟迟不回应，她上前一步，正准备踱步到他面前，他却忽然转过身来，一把掐住她的下巴，眼底血丝迸现，那双幽深的眼睛里有许多她看不清楚的情绪交织，像是困兽一般，隐约带着些许狰狞，还有一丝并不真切的痛楚。

"所以……"他直直地看着她的眼睛，每一个字都像是从紧咬着的牙缝里挤出来的一般，"你觉得你这是为了我好，为了顾全大局，我是不是还应该谢谢你，谢谢你替我保住了民心？"

温寒的下巴被他捏得生疼，他勃发的怒意沿着泛白的指节蔓延到她的四肢百骸，她胸腔里顿时窝了一撮火，挣扎了一下，但是他手劲极大，她没有挣脱开，就这么仰着头看他，针锋相对道："你当然应该谢我，我帮了你多大忙啊！"

"伶牙俐齿！"邹亦时低斥一声，单手握着她的下巴，把她按到柜子上，空出的一只手迅速把她两条纤细的胳膊反剪按在她头顶。他眯眼看着她微张着的唇，看着她气急到胸口剧烈起伏，他怒极反笑："嘴还这么硬？"

“呵，大男子主义！”温寒冷哼一声，扭转头，心底憋着一股气，不愿意看他。

“看着我！”邹亦时把她的脸扭过来，看着她瞪的圆滚滚的眼睛，又问了一遍，“说，自己错哪了？”

“邹亦时，你丫有病！欲加之罪何患无辞，你给我安的罪名，我怎么能知道是哪！”

邹亦时脸上坚硬的表情没有一丝松动，却在她话音落了之际一言不发，低头狠狠地吻上她的唇。

她被箍着双手，按着后脑勺，只能被动地承接着他火热蛮横的吻，她心底的火蹭蹭地冒上来，张嘴咬在他下嘴唇上，散发铜腥味儿的血液流进她嘴里，他闷哼一声，动作未停，含着她的唇继续肆虐。

他的亲吻一贯蛮横霸道，但是这次却不同以往，他的吻里带了丝急切和慌张，像是失而复得般惶恐不安，温寒心底的余怒渐渐消散，微张着嘴，主动迎合他。

感受到她态度变软，邹亦时的不安也渐渐地平息下来，他松了钳制着她的手，慢慢地把她拥进怀里，胸口剧烈地起伏。他覆在她耳边，低沉却坚定地说道：“从今往后，不要再随便打着为我好的名头让我担心你，我在军队里摸爬滚打了这么多年，明枪暗箭，勾心斗角，该见的，不该见的，我都见过。你以为我会在意别人的一点流言蜚语？我唯一在意的就是你，也只有你，所以，只要能护你周全，我会不计任何代价！”

温寒空出双手缓缓地攀附上他的颈项，微微喘着气，心中虽然知道他是因为担心自己才大发雷霆，嘴上却依旧不饶，学着他的样子反驳道：“要担心我就说担心我，干吗拐弯抹角的。”

邹亦时松开手，目光胶着在她身上，眼神炽烈到似乎要把她融化，“温寒，你要清楚，我让你留在我身边，不是为了让你冲锋陷阵，而是在我可控制的范围里保护你，所以，你要是真的担心我，那就好好照顾好自己，不要让我担惊受怕。”

从他入伍的那天起，他就以为在他的生命里或许没有比国家和百姓更重要的了，在部队里历练了这么多年，渐渐地家国情怀对于他来说，远远胜过儿女情长，他以为他的心已经足够坚硬，坚硬到只有地动山摇才能撼动，却不曾想到在遇到她之后，他有了坚不可摧的盔甲，更有了不敢触碰的软肋。

他终于知道什么是英雄气短，什么是儿女情长，针没有扎在自己身上便始终觉得无关痛痒。当他的部下提议找医护人员时，他就已经开始艰难地抉择，他放不下深入骨血的责任与担当，却更不忍心把自己心爱之人推向危险边缘，前方是断崖，后方是烈焰，他腹背受敌，如同被炙烤，痛苦难熬，他头一次自私地想着，谁都可以，唯有她不行。

看到她轻灵的身体从飞机上滑降下来时，他的心却像是突然坠进了谷底，漫无边际地沉着。施救过程中，泥浆灌进橱柜里的那一刻，他浑身冰冷，似乎血液都停止了流淌，大脑一片空白，只是遵从本能地怒吼，直到听到她安然无恙的声音，他才放松了神经，后背湿冷，分不清是雨水还是冷汗。

他头一次明白被威胁的感觉，那种把最珍惜的人放在风口浪尖上摇摆的惊恐万状，他不想再体验第二次，无畏者之所以无畏，并非他比任何人勇敢，而是他没有顾忌，心中坦荡，毫无牵挂，才能义无反顾地往前冲。从前的他也是这般无所畏惧，但是自从他身边有了温寒，他就明白，他已经有了甜蜜的束缚，不可能再义无反顾了。

温寒仰头看着他，巧笑倩兮，故意娇嗔道：“邹亦时，我又不是一花瓶，只能摆着看，你别忘了，我也是救苦救难的白天天使，不比你们蓝天雄鹰差多少，你不能厚此薄彼。”

不计较她的狡辩，邹亦时伸出大拇指按了按她艳红的嘴唇，一字一顿道：“这里不比其他地方，不是医院那种和平安宁的环境，随时随地都有生命危险，没你想得那么简单，所以在这里你必须听我的，懂吗？”

“哦？那你的意思是，遇到危险我把普通老百姓推出去，自己在后头躲着？看着别人只身犯险，偷偷拍拍胸口，说，啊，还好不是我！”温寒挑挑眉头，眼底闪过一起狡黠，分明在和他作对。

邹亦时揉揉额角，没想到她孩子气起来也是这样难缠，简直是蛮不讲理，偏偏无论她怎么闹腾，他都拿她没办法，于是只好绷着脸，正色道：“温寒，我不是和你开玩笑！”

温寒一愣，随即咯咯地笑出声：“我也没和你开玩笑啊！这是事实！”

邹亦时的脸色渐渐沉了下来，二话不说握住她的腰，另一只手捏住她的下巴晃了晃，语气里带了丝凌厉：“趁我和你好好说话之时，最好乖乖答应！说你会听我的话，遇到危险时第一时间保护自己，说！”

他最后一个字像是刀锋削过般锐利，低沉的尾音带着愤怒的余韵，温寒晃了晃脑袋，没挣脱开，不情不愿地说道：“知道了，以后听你的话，遇到危险就赶紧跑！”

“向我保证！”邹亦时扳正她的脸，正视着她水汪汪的眼睛，逼着她向自己承诺。

“好，我向你保证，遇到危险我一定全身而退，绝对不把自己卷入不必要的麻烦，遇事沉着冷静，审时度势，不莽撞，不自作主张，保证把自己保护得全全乎乎的，这样可以了吗？”

温寒终于收起了玩笑的神色，很配合地向邹亦时保证。邹亦时像是得到了某种安慰，心口终于松懈了一点，他轻轻吻了吻她的脸颊，喟叹道：“记住你今天说过的话，如果哪天你食言了，我绝不轻饶！”

“好！”温寒蹭蹭他的脸，回答得略显含糊。

她不喜欢许诺，诺言是最不值钱的东西，许诺的人可以一笑而过，守诺的人却要为此背负沉重的心理负担，像是被戴上了枷锁，再也挣脱不开，一旦违背了这虚无缥缈的东西，身心都会受到重创。

霍瑾轩曾经说过要一直守护着她，她信以为真，把自己一颗真心、一腔热血都交付给他，最后换来的却是他嚣张地背叛。

如果当初没有希望，失望也就不会那么沉重。

所以她不敢承诺，她怕万一自己实现不了，到时候邹亦时会不会像她当初那般绝望难过？

她心中略存侥幸地想着，或许这次是不一样的。

晚饭后，温寒正坐在小马扎上写病历，邹亦时竟然很奢侈地给她找了一桶热水，腾腾地冒着热气端到她面前。她看着里头热气氤氲的景象，连连大呼：“邹亦时，你真是暴殄天物！这也太奢侈了！”

她嘴上否认，身体却很诚实，伸手探了探水的温度，舒服得直想打滚。邹亦时一脸宠溺地看着她，为了打消她的顾虑，解释道："你放心，不是拿饮用水烧的，接了点雨水，沉淀了沉淀，你就凑合洗洗。"

温寒也不矫情，整条胳膊泡在水桶里，舒服地眯起眼睛，嘴上软乎乎地说道："没关系，大部分致病微生物对一百摄氏度的高温无法耐受，水烧开之后，里头几乎不剩什么东西了，用来洗澡正好！"

"快点洗吧！洗完早点睡，晚上记得吃感冒药，提前预防，你今天淋了一天的雨，保不准明天早上就会发作。"邹亦时把药片放在简易的床头柜上，又给她倒了杯水，之后转身就要走。

"你呢？你不也淋了一天的雨吗？"温寒眼尾上挑，故意挑衅地看着他，一脸暧昧地低喃道，"邹上尉，要不，一起洗啊？"

邹亦时"扑哧"一声笑出来，眸色一暗，突然大步走到她面前，从善如流地开始单手解上衣的扣子，声音骤然变得低沉，像是微风吹过砂纸一般带着摩挲的沙哑，酥麻诱人。他露出一片小麦色的胸膛，肌肉结实光滑，纹理清晰流畅，他摸摸她的耳垂道："好啊！"表情格外认真。

温寒一愣，脸突地涨红，他认真起来，她却慌了，脸上的表情僵硬，慌忙摆摆手："这桶有点小，还是一个个来吧，我和你开玩笑的！"

邹亦时朗声大笑，浅浅地吻了吻她的脸颊，声音疏朗润泽，有调笑却没有动情之色："我也是开玩笑的，快洗吧！水该凉了。"

痛痛快快地洗了个澡之后，温寒觉得自己像是蜕了壳的蝉一般，一身轻松，外头僵硬的壳蜕去，里头的皮肉娇软鲜嫩，浑身舒服。她爬出来穿好衣服，擦干头发，直接猫进被子里，被窝里有邹亦时放好的暖宝宝，这会儿已经暖烘烘了，她喟叹一声，舒服得直想哼哼。

邹亦时是半夜回来的，他回来之前她总觉得身侧空荡荡的，没个依靠，虽然被窝里舒服得让人窒息，但是他不在她心里总觉得不安。

直到他轻手轻脚地钻进被窝，她闻到了他身上固有的成熟男人的气息，窝进他坚实温暖的胸膛，她的心才突然安定下来，虚空的没有着落的心被一种平和轻柔的舒适感填满，她揽着他的脖子，很快就沉沉睡去。

第二天天刚蒙蒙亮，温寒就醒了，她探手摸了摸枕侧，枕头松软，床铺平整，看来邹亦时走了已经有一段时间了。她慵懒地爬起来，一夜好眠消弭了昨天满身的酸疼疲倦，这会格外地神清气爽。

早起洗漱了，她也不在意邹亦时的行踪，自己去医疗基地挨个儿查看病人的情况。自从上次和她正面冲突后，胸外科的刘主任总是寻找任何机会创造一切条件来踩她几脚，温寒不与人亲近，却也不与人交恶，于是好几次他无中生有、含沙射影地讽刺她，她都充耳不闻，睁一只眼闭一只眼，并不和他斤斤计较。

但是今天他又溜达过来伺机挑刺，温寒戴了口罩给一个病人换药，他踱步过来，一双眼睛直勾勾地盯着她。通常底气不足的人最害怕这种监工似的直视，一紧张往往容易出纰漏，被人抓住把柄，但是温寒不同，一来，这个刘主任不是她的顶头上司，她没必要忌惮他，二来，她操作娴熟，闭着眼也知道该怎么做，谅他也挑不出什么毛病。

刘主任一直盯着她换完了药，温寒正要收盘子，手却突然晃了一下，盘子里污染了的带血纱布连带着镊子一起掉落在刚换好的新纱布上。

“啧啧啧，你是干什么吃的，就这样还敢给病人手术，连换个药都这么不利索，污染物都直接掉在病人伤口上了！”刘主任好不容易抓到了把柄，当然要逞口舌之快，待他絮絮叨叨地冷嘲热讽了一番后，见温寒低垂着头，没什么反应，以为她被自己拿捏住了，当下得意道：“还愣着干吗？把纱布捡起来啊！”

周围的人有些看不过去，听说过这刘主任是个恃才傲物、不好相与的主，但没想到是如此记仇的小心眼。温大夫虽然和他们不亲近，但是她有责任心，有担当，任劳任怨，工作严谨认真，抛开冷漠的性格，她是个很值得信服的人，加之她平素总是照顾他们，把活都揽在自己身上，加班加点也从来不会叨扰别人，所以久而久之大家已经把她当成自己人了，这会儿听一个外人阴阳怪气地说道，顿时有些坐不住。

一个小大夫年轻气盛，当下呛道：“您这么说话就不合适了，温大夫多少要命的大手术都做成功了，换药这点小事，马还失前蹄呢，谁不犯点小错误！”

“呦呵，小后生，你说得轻巧啊！你见过多少世面？区区几台小手术就让你折服了，什么叫犯点小错误，那是患者的命！你以为是儿戏？要是因为你的小错误要了患者的命，你觉得这个责任谁负得起？”

他故意歪曲那小医生的意思，站在道德的制高点抨击别人，那小医生被刺激到，气得脸红脖子粗，当下和他争执起来。

而作为事件主角的温寒却始终一言不发，她怔怔地看着掉落的纱布，面色一冷，听着耳边的争执声，突然觉得心烦意乱，沉声道："先安静。"

那小医生听话地闭了嘴，刘主任却是毫不退让，依旧咄咄逼人："呦，你个小姑娘怎么说话呢！你自己理亏还不允许别人指教了！"

"先别说话，情况不对劲。"温寒伸手示意大家噤声，眉头紧皱，试探性地问了一句，"你们觉不觉得刚才晃了一下？"

其他人都茫然地摇了摇头，表示没有感觉，刘主任鼻子里哼了一声，讥诮道："给自己找的台阶未免太冠冕堂皇了，你的意思是余震了把你的盘子给震掉了？你当我们是小孩子，那么好糊弄呢！"

温寒心中有种不可名状的忐忑，她心知这应该不是她的错觉。她抬头，头一次对刘主任的无理取闹做出正面回应。她面容秀美精致，语气清冷淡然，不怒不喜，不卑不亢，但是每一句话都掷地有声。

"刘主任，大家来这里都是为了救灾，在这里没有高低等级之分，大家的初衷都是一样的，只要能齐心协力把幸存者救活，这就是我们的价值所在。我不管您在自己医院是怎么样的高姿态，但我希望在这里您能网开一面，收敛一下您的性子，我没时间和您计较这些细枝末节的事情，是对是错，总有人来教训我，但那个人，还不是您。"

她话音刚落，刘主任的脸上就青红交加，气得呼呼地直喘气。

温寒现在的性子已经收敛了很多，要是换作从前，她指定送他一句："你以为你是谁？还轮不到你来管我！"

自己理亏，又被说得哑口无言，刘主任啐了一口，愤愤地打帘子走了，余下的人都义愤填膺地替温寒打抱不平，她倒觉得无所谓，面无表情地摆了摆手："行了行了，热闹也看够了，赶紧干活吧！"

说罢，她把盘子和换下来的纱布收拾好端出去，眼睛盯着手里的盘子，若有所思。

一上午安然无恙地过去了，温寒看着灰蒙蒙又沉重压抑的天空，心里想着，但愿是自己想多了。

第十四章

奔向未来日子

中午她刚吃了饭，就有士兵嗒嗒嗒地跑进来，铿锵有力地对她说道：“邹上尉让温大夫你下午在后勤处六点钟方向的营帐里等着他，他有话和你说。”

“什么话不能让你递过来？”温寒洗了洗手，直接在白大褂上擦了手。

那士兵嗫嚅了一下，表情憨憨的，想了半天，才说道：“邹上尉就让我把这句话捎过来，没说别的。”

温寒浅笑一声，冲他摆了摆手：“好了，我知道了，你先回去吧！”

木心说过，从前的日色变得慢，车、马、邮件都慢，一生只够爱一个人。

温寒这几天算是对这种长情的告白深有体会，没有手机电话，少了这种电波传递的信息，所有的思念和担忧都寄托在寥寥几句的口信上。等待让思念变得漫长，却也变得更加有力量，每一次的期待都带了不可名状的沉重，比起随时随地就可以联络到的方便，这样的不方便，反而平添了一份珍贵。

仅凭口头传递的约定最让人为难，她必须得按照两人说好的地点随时待命，一旦她偏离了这个地点一丝一毫，邹亦时就很可能找不到她，并且无处可寻。

所以下午她做完一个紧急粉碎性骨折的手术后，匆忙地换了衣服，拔腿往后勤处跑。

后勤处位于后山，是安置灾民中不太好的一处地段。为了保证灾民的安全和基本的生活需要，居住、医疗、物资、后厨的帐篷都集中安置在相对安全的地段，这些救灾必备的帐篷占据了有利地势，剩下的鸡肋地段就只能安置一些杂七杂八的帐篷，温寒不知道邹亦时为什么要叫她来这里，但是心中的疑问没有途径发泄，就算有十万个为什么也只能是当面问。

山里的夜晚总是来得格外快，还不到六点，天空就被夜色一块块地撕扯成碎片，光明开始消失，无边的夜幕把高山和平原慢慢地吞噬殆尽，不多时，触目之间就只剩了黑暗。

寒冷总是和黑暗并行，夜色夹带着湿淋淋的冷气降临，温寒心底无端地有些惴惴不安，她无意识地默念了一次那士兵的嘱咐，“后勤处的营帐，六点钟。”关键信息没有错误，但是等待的人却迟迟不来。

在这样特殊的环境里，一次无意识的失约都会让对方陷入恐慌，在没有更快捷的沟通方式之前，她能做的就只有等待。

山间偶尔有鸦雀飞过，翅膀扑棱的声音撩拨得人后颈发凉，嘹亮怪异的叫声在夜晚听起来略显瘆人，温寒只感觉自己寒毛直竖，连忙跑进帐篷里头，想着等邹亦时来了，她再出去也不迟。

就在她小跑着进营帐时，脚下却突然轻轻晃了一下，如果是平时，她一定会认为是自己踉跄了一下，但是结合早上莫名其妙的现象，她心脏突突地跳着，不可避免地想到，怕是要余震了！

就在她脑海中有这么个意识一闪而过时，不远处的灾民安置帐篷处已经灯光大亮，夜间巡逻的士兵敏锐地发现了异状，迅速敏捷地安排灾民进行有序撤离。

从她这个角度望过去，一顶顶帐篷之间人流如织，像是雨前搬家的蚂蚁，乌泱泱的一片，被明亮的探照灯照着，泛着刺眼的颜色。

唯有她所处的地方，光线无法渗透进来，只有帐篷里一盏昏黄的灯摇曳着，在这万分紧张的氛围里显得微不足道。

没过多久，就有几个士兵过来安排后勤处人员撤离，温寒纠结万分，走与不走都是煎熬。她问那个前来调度的士兵：“你知道邹上尉在哪里吗？”

漆黑的夜色是遮挡一切的烟幕弹，那士兵显然没有认出她来，语气焦灼又带着点生硬："这个时候谁都希望邹上尉在，不过这里有两万多人，邹上尉就是有三头六臂也顾不过来，你跟着我就行，我们都是军人，在这里谁都是一样的！"

温寒看了看身后的帐篷，脚下又趔趄了一下，这次的摇晃感比刚才更加明显，她脸色泛白，心里始终想着自己给邹亦时的那句承诺，无论什么时候，无论面对什么情况，都要懂得保护自己，只有这样他才能安心地救灾。

想到这里，她便没有犹豫，摸黑跟着众人往前走。就在他们走了不到十几步的距离，脚下的大地突然开始剧烈摇晃，身处黑暗之中，目不可视本来就让人缺乏安全感，而现在土地摇晃，破裂，坍塌，变成一道道深不可测的鸿沟，越发让人毫无依托。温寒虽然能在血肉模糊的手术现场保持沉着冷静、面不改色，但是遇到这种在自己把控之外的情况，还是被惊吓得手足无措。

耳边充斥着大地崩裂坍塌的沉重轰鸣声，惊慌失措的灾民的尖叫声，凄厉的哭声，还有飞禽走兽被惊动后四下逃窜的声音，温寒眼前一片黑，耳旁嗡鸣作响，让她分辨不清哪里该是她前进的方向。

"大家不要慌，跟着我走，不要掉队！"指挥他们撤离的士兵大声地嘶吼。平素听起来震耳欲聋的声音在大自然的怒吼面前显得微不足道，温寒循着声音往前走，身侧不停有人慌慌张张地逃窜，她猝不及防地被撞了一下，整个人重心不稳，重重地摔在地上。

她的膝盖和手肘磕在了石头上，尖锐的痛感立刻沿着伤口蔓延到全身。视觉出现障碍后，其他感知就变得格外地敏锐，她能感觉到其他人从她身侧一涌而过的惊慌和混乱，也能清晰地分辨出血液涌出和被人踩踏的痛感之间的差别。

她不停地被人碰撞，加上膝盖受伤，挣扎了好几次都没有站起来，大地还在不停地颤抖，她甚至觉得下一秒她就要掉进这深不见底的鸿沟了。

她一直以为自己是坚韧不拔、柔中带刚的，毕竟就她二十多年的人生历程中，没有出现过任何让她手足无措的事情，所以她一直把那句"你体会过什么是绝望吗"当成是一句笑话，轻飘飘地一笑而过了。

直到现在她才恍然大悟，从前她自认为的那些挫折是多么可笑，在危及生命的灾难面前，一切都显得微不足道。她无比地想念邹亦时，也只有现在她才明白，只有他，才能护她周全。

耳边的嘈杂声渐行渐远，脚下的震颤也微微缓和，温寒挣扎着爬起来，头晕眼花地望着人流涌动的地方，瘸着一条腿踉踉跄跄地往前挪，有温热黏稠的液体沿着她的手臂流下来，一直淌到她的掌心，她甩了甩发麻的手掌，随手在衣摆上蹭了蹭。

因为是紧急撤离，所以救援队员没有安排大家去太远的地方，只是远离坍塌地带，在相对平坦宽阔的地方稍作休息。

温寒不知道自己走了多久，黑暗让人失去了基本的辨识方向和判断脚程的能力，她觉得自己走了一个世纪那样漫长，才终于和大部队集合。

他们这儿聚集了大概两百多人，人不是很多，但在不足五十平方米的空地上还是略显拥挤狭窄。温寒站在最外围，脚边能触及坚硬的石块和地面裂开后的缝隙，她心口一凉，小心地往里头挪了挪。

“有没有受伤的？”那士兵见人群开始安静下来，第一时间检查伤员，温寒摸了摸自己手臂上黏腻浓稠的血迹，没有出声。有几个人陆陆续续地应声，他们被带出去做紧急消毒包扎，温寒的心底一亮，如果这两人是去医疗基地包扎，兴许还能见到邹亦时，于是她扬着声音喊了句：“如果你们见到邹上尉，麻烦帮我带句话，就说医疗组的温寒现在很安全，让他放心！”

人群中一阵沉默，短暂的沉默足够让人琢磨出她话里的意思，惊恐过度的人们急切地希望有某种事物能转移他们的注意力，消弭劫后余生的惊慌。温寒的话成了很好的目标，从人群窃窃私语的程度来看，无非两个意思，一她是邹亦时圈养的金丝雀，出了事，想让邹亦时特殊关怀，以便显示出她的与众不同，谋取点高人一等的私利；二她想拿邹亦时做个幌子，好借机得到其他人的另眼相待，两种观点却殊途同归，对温寒来说无论哪种揣测都不带善意。

那士兵低喝了一声：“都安静！还有没有受伤的？”他没有做任何回应，显然他潜意识里已经相信了第二种观点，温寒是在自说自话。

温寒心口一沉，知道托人捎话是行不通的，但如果贸然去了医疗组，万一邹亦时来这里找她，两人很可能又走岔了。不过她转念一想，兴许去了医疗组会有她熟悉的医生，那样的话问题也能迎刃而解。

于是她打定主意，高高地喊了一声："我也受伤了！"

那士兵狐疑地看了她一眼，眼神里写满了质疑，温寒从人群里走出来，把胳膊抬起来给他看："血都渗出来了，我得去消毒包扎。"

这里的光线不是很好，黏稠的血液渗进衣服里的色差并不好分辨，那士兵摸了摸濡湿的地方，在鼻端闻了闻，确定是血液的腥味后，面无表情地说道："先去前面等着吧！"

受伤的一小拨人由一个士兵领着去治疗，剩下的人在原地待命，等候上级指示。

温寒深一脚浅一脚地跟着众人往前走，身后的黑暗被甩开，眼前终于有了些许光明，又翻山越岭似的走了近半个小时，他们终于到了治疗的地方。

余震破坏了周边的紧急供电系统，除了安置灾民的帐篷周围没有受到影响，其他地方都多多少少被波及了，温寒觉得亮堂的光明，实则是临时搭建的医疗帐篷周边点的烛台，烛火摇曳，微弱却也足以让人安心。

只可惜事与愿违，此医疗基地非彼医疗基地，这里仅仅是后勤处临时搭建的帐篷，距离灾区总医疗基地还遥远得很，除非是严重的伤情，否则是没有多大希望往那里转移了。

她隐隐地还能看到远处明亮的灯光和拥挤的人群，中间零星地点缀着救援人员的身影，她远远地看着，心中却想着，这会儿，邹亦时在哪里？会不会也像她这般惴惴不安？

进了帐篷，一个护士模样的女孩子正前前后后地忙着，看样子就二十岁上下的年纪，水灵灵的模样，清朗明快，和这压抑苦闷的氛围截然不同。

见她进来，小护士小跑着冲过来，嘴里喊着："你受伤了？"

温寒无言以对，心里想着，我当然是受伤了，不然来这里是为了参观？

小护士去准备消毒包扎的用物，温寒席地而坐，脱了上衣，把胳膊上的伤口暴露出来。因为耽搁的时间长，出血比较多，所以伤口已经和衣服粘连在了一块，微微一动，就是拉皮扯肉般的生疼。

那小护士在一旁大呼小叫，哎哟哎哟地喊着："呀呀呀，你别扯了，生肉都给扯出来了，血又滋出来了！"

温寒这会儿才能借着微弱的光查看自己的伤口，皮肉外翻，泥土和干涸的紫黑色血迹混合着，新鲜的血液又涌出来，把伤口冲刷得越发狰狞。

她疼得额头冒冷汗，脸色发白，紧咬着牙，却还不至于到哭爹喊娘的地步，"好了，麻烦你给我上药吧！"

整个消毒上药包扎的过程中，温寒只是惨白着脸微微颤抖，从始至终没有哼一声，反倒是那小护士紧张地好几次把清创的镊子戳进她暴露出来的骨隆突处，疼得她咬牙切齿。

等膝盖上的伤口也处理好后，两人都是长叹一口气，温寒隐忍的嗓音都开始沙哑，穿好衣服后问她："你是刚实习结束吧？"

那小护士脸一红，轻轻地点了点头。她又仔细地瞧了温寒一眼，心中忍不住感叹，虽然这里黑灯瞎火的，面前这人身上的衣服也是脏污不堪、血迹斑斑，但是仔细打量的话，她虽然是灰头土脸的模样，面容却格外地精致，一双眼睛澄澈干净，涤荡人心，她褪了衣袖，露出的胳膊肌肤欺霜赛雪的白，滑腻润泽得晃花人的眼，让同为女人的她也艳羡不已。

除了精致完美的外表，她的性格也让她既惊诧又崇拜，遇到这么大的灾害还能保持沉稳淡定，不骄不躁，稳如泰山，远不像其他女同胞，惊慌失措，大呼小叫，跟受了惊的兔子没什么分别。

眼前这女人无论是从容貌还是气场上看，都不像是普通人，于是她凑过去，小声地问了句："姐，你不是这里的人吧？"

这山沟沟里怎么能孕育出这么精致美好的人？

"嗯，不是。"温寒并不擅长和陌生人热络，回答也是中规中矩，不多说一句。

"那你是做什么工作的？"小护士见温寒眼底清冷，但并不排斥，于是大着胆子又问了一句。

"我是骨外科医生。"

"哇噻！难怪你气场这么强大，我看着你就不是普通人！"

小护士眨巴眨巴眼，脸颊一红，娇滴滴地问她："那你认识邹上尉吗？”

熟悉的名字从陌生人嘴里念出来，带了少女含羞带怯的暧昧心思，这种感觉有些诡异。温寒眼底有一抹意味不明的神色一闪而过，这细微的变化被小护士默认为她是在难得地作回应，于是滔滔不绝地开始讲述她与邹上尉的渊源。

“我第一次见邹上尉是在我实习的医院，我只在电视里见过军人，所以头一次见到他时，我觉得我心率得飙到120了，我还从来没见过那么风度翩翩、英姿飒爽的人，我当时想着，世界上怎么会有如此英俊完美的男人？”

温寒勾勾嘴角，你没见过的东西多了去了！

“从那之后我就对他念念不忘，直到这次抗震救灾，我听说他是总指挥，立刻和我们护士长申请来支援，来了之后果然见到他了，他还是一如既往的帅，比在医院看着更有男人味了！我就觉得，能见到他，再苦再累都是值得的！”

嗯，这就是偶像的力量！温寒不置可否，对于自己的男人被别人略带侵略性地评头论足，这种感觉不是很美好，但好过被诋毁。她眼观鼻，鼻观心，保持缄默。

周围还有零零散散轻伤的患者被送过来，小护士关了话匣子，急急忙忙地去处理伤口。温寒落得清闲，找了个角落坐着，心绪难平，心口沉沉地坠着，没有一点睡意，只想着，她什么时候才能和邹亦时报个平安？

她这边慢慢地由最初的慌乱变得安定下来，而邹亦时那里才真正混乱起来。

他早上被紧急召回市里，就最近的赈灾情况进行了汇报总结，上级领导下发了通知，为了体恤他们在这次地震灾害中付出的艰辛和努力，在灾情平稳后允许他们撤离灾区，之后会派其他部队的救援人员来接替他们的工作。他听到这个消息，立刻派人送信给温寒，但为了给她个惊喜，他并没有说具体内容，只让她在约定地方等着他。

后勤处六点钟方向是赈灾帐篷中唯一一顶灰黑色的帐篷，在一片绿色帐篷中显得格外突出，正因为辨识度较高，他才把这里当成碰头地点。

哪知道他还没来得及和她碰面，却突然发生了余震，他被紧急调回进行应急指挥。

早前他已经做了预备的应急方案，所以遇到这样的突发状况也并不慌乱。他下了直升机，立刻把部下召集起来，把灾民按片区划分，每一个人负责转移自己管辖区的那片灾民，之后又把消防大队的人抽调过来，把医疗组、物资组等后备人员进行有序撤离。

他已经选好了应急安置的地方，大家有条不紊地领着人往上走，如果有拥挤踩踏、扰乱秩序的就可以鸣枪警示，确保人员有序撤离。

在邹亦时运筹帷幄的指挥下，余震的到来并没有给大家带来预料中的恐慌，每个人听从安排，安安分分、条理清晰地进行转移，其间并没有发生严重的伤亡事故。

等余震停止了之后，人员转移已经差不多完成了，邹亦时纵观大局，安排好后续的工作，确保没什么大问题时才有工夫找温寒。

他一路跑到那顶灰黑色的帐篷跟前，帐篷已经坍塌，周围瓦石崩裂，地面塌陷，露出狰狞的裂隙，早已经没有了原先的样子。他的心口突然凝滞，身体的温度随着那裂隙一点点地沉下去，他呆愣了几分钟，才迟迟地反应过来，这种暴露在外的裂隙是无法将一个成年人掩埋的。

胸口凝滞的浊气呼出去，他才清醒过来觉得轻松了点，确定温寒并没有来这里，他把帐篷周围仔仔细细地查看了一遍，确认她不在后才返身回去，轻声安慰自己，她多机灵一丫头，怎么可能傻到等着被活埋，兴许是躲去其他帐篷了也说不定。

于是他一边拼命地安慰自己，一边一刻都不敢放松地去其他帐篷找她。医疗帐篷里没有，他的独立帐篷里也没有，甚至连她偶尔去的行政办公的帐篷和物资处的帐篷他都一一找了，就是不见她的身影。

他的心越来越沉，沉得他呼吸都要停滞，他拼命控制自己不要往坏处想，可是一次次的失望像是张牙舞爪的恶魔，渐渐地把他的理智和镇定吞噬殆尽。他把替他传话的士兵叫来，厉声问他："你今天是怎么和温大夫说的？"

那士兵虽然不是刚入伍，但也是头一次见邹上尉这么凌厉的神色，眼神阴森锐利得像是淬了毒的锋刃，似乎能一刀刀地把人的皮肉分离。他吓得后背发凉，手足不自觉地打战，但还是硬着头皮回话："我和温大夫说让她在后勤处六点钟方向的帐篷等着您，她问我有什么话不能当面说，我说我也不知道，邹上尉就是这么吩咐的，她说她知道了，然后我走了，我真不知道温大夫去哪里了啊！”

那士兵哆哆嗦嗦地把原话复述了一遍，额头上冷汗直冒，沿着鬓角流下来，他紧张得直咽唾沫，生怕引火烧身。

邹亦时听了他的话，眼底精光乍现，二话不说抬脚冲出了帐篷。那士兵目送他离开后，才扶着帐篷大口大口地喘气，腿软得像是化了水，站都站不稳。

邹亦时一路赶到医疗组临时安置的地方，搜寻几个平时和温寒合作上台的医生，把他们从人群里拎出来，沉声问道：“你们最后一次见温寒是什么时候？”

几个人吓傻了眼，呆了半天其中一个人才磕磕巴巴地回答：“今天下午有台手术……我们……我们和温大夫一起上的台，手术结束后，她说时间不早了，得赶紧走……然后就风风火火地跑了……”

“然后呢？她还说了什么？”邹亦时听得不耐烦，眼底的愠怒山崩地裂般迸裂开来，那医生甚至能看到他额角因为愤怒而乍现的青筋，突兀恐怖，他觉得无辜又无奈，急忙道：“她就说六点前她必须走，其他的没说，你也知道，温大夫平时和我们不热络，她去哪里我们真的不知道啊！”

六点钟。这三个字像是晴天霹雳一般在邹亦时脑海里炸开，瞬间把他混沌的思绪炸得分明，因为他习惯性地利用时钟定位的方式表示地理位置，导致温寒把地理位置理解成了时间概念，所以她并没有去那顶灰黑色帐篷那里，而是去了后勤处，整个灾区地理环境最为恶劣的地段。

他没有时间思考其他，拔腿就往外跑，等赶到后勤处时，眼前的景象却让他顿时气血逆流，两眼一黑。

后勤处发生了山体滑坡，整片空地全部被滑落下来的山体掩埋，一点空隙不剩。

他感觉自己脑袋里似乎也有什么东西在一瞬间坍塌了，分崩离析，片瓦不留。他处理过无数次类似的灾情，他甚至能在见到这样的场景后条件反射般地想到应对措施，但是在想到这废墟下可能掩埋的是他的爱人时，所有的理智和镇定瞬间消失殆尽，只余下了茫然无措。

夜越来越沉，阴冷的风像是怒吼的野兽在黑暗中蛰伏、肆虐。邹亦时在冷风里站了近十分钟，仅存的理智才渐渐回笼，他握了握麻木的拳头，心中不停地安慰自己，或许，她并没有来这里，或许，她恰好失约了。

他后退了几步，想要往营帐那边走，抬脚的时候被脚下的石块绊得踉跄了一下，起身之后又觉得不能回去，万一她遇险了，现在该多绝望？

于是他又转身回去，但是在看到那片废墟时，心口又憋涨得疼痛难忍。他无论如何都不愿意相信她被埋在下面，于是又狠下心往回走，可是回去又如何？他已经找遍了所有她可能在的地方。

他就这样来来回回地走，幽魂一般，麻木又失魂落魄。

直到被一个回来撤离物资的士兵发现，那士兵狐疑地打量了他一下，小心翼翼地问道："邹上尉，你在这里干吗呢？"

邹亦时蓦地回头，思绪被强行拉回，反应了片刻，才低声地回道："你……见没见过……温寒？"

他的声音沙哑，像是被这寒风冻裂了一般，那士兵虽然看不清他的面容，但是听他的声音却是如此颓丧无助，远没有以往那么意气风发，一时间有些愣怔，反应过来后赶紧点点头："你说医疗组那个特别牛的温大夫？我还真见到了，下午她就来了这里，不知道是在等谁，等了挺长时间的，后来余震了，我忙着指挥人离开，就再没注意了。"

这士兵的话像是一把利刃，一点点地把邹亦时最后的希望生生地剜下来，留下触目惊心的血洞，涓涓地淌血。他脑袋里轰鸣，反复地想着这不可能，又在心里怨恨自己，为什么要多此一举，如果不是自己这番话，她兴许还乖乖地待在他的营帐里，看看病人，换换药，看着天色等他回来，不论发生任何危险，她身边那么多士兵总能第一时间护她周全。

即便他再不愿意承认，现实还是给了他当头一棒，是他，害了温寒。

那士兵回话之后，发现邹上尉并没有反应，从自己的角度看，他的背影像是孤峰一般落寞凄凉，竟然有一丝萧条感，他不知道是为什么，但还是象征性地问了一句："邹上尉，没什么事的话，我先去忙了。"

邹亦时没说话，背影像是定格了一般，一动不动，在这漆黑阴森的夜里凄凉得有点吓人，那士兵愣了愣，什么也没说，扭头跑了。

邹亦时冲进行政办公的营帐时，李副官正在写向上级申请紧急赈灾物资的文件，见他一身寒气、面色惨白的样子，手中的笔一抖，纸上晕开一片墨，辛苦半天的功劳付诸东流，他无暇顾及，把笔一搁，急忙问道："怎么了？"

救灾这阵子邹上尉几乎没来找过他，虽然他身兼秘书、助理、生活老师、情感专家、好哥们等数职，但是在这种危难时刻，他这种文职是派不上什么用场的。

所以迄今为止，他俩人都没怎么碰面。就李副官和他形影不离地相处了好多年来看，邹上尉这副模样不仅异常而且诡异，在他印象里，这人无论是在部队还是平时私生活，都是不苟言笑、一脸冰霜的模样，让人敬而远之，脸上要不是面无表情，要么就是铁青着，鲜少有这样正常人才会有的惨白颜色，加之他眼底竟然会有一丝惊恐和无助一闪而过，让李副官恨不得敲敲自己的脑袋，怀疑是不是自己魔怔了，出现了幻觉。

"温寒……遇难了。"

遇难这样的词是他们最常说的，面对无力回天、已然消逝的生命，用"死"来形容太过残忍冷血，于是他们只能委婉地、含蓄地向死者的家属说明这一残酷的事实。这样的话通常是他们说出来，然后面对崩溃大哭的家属同情却苍白地进行劝慰，但是如今说话的换成了自己人，李副官一时语塞，竟然不知道如何是好。

"为什么这么说？温大夫和你走散了？"李副官看着他惨白的脸，神情恍惚，心里吓得直哆嗦，不管消息是真是假，他觉得邹上尉这副模样，比听到温大夫遇难这样的噩耗更让他害怕。

"我让她在后勤处六点钟那顶帐篷等我，她听错了，六点钟去后勤处等我了，然后余震了，我哪里都找不到她，她肯定被活埋了。"

邹亦时像是终于找到了宣泄口，立刻把心中积压的茫然和无助倾诉出来。李副官看着他失神的眼睛突然觉得心疼，算起来自己比他还年长几岁，从前因为他待人一直冷硬疏离，气场又足，所以也磨平了年龄上的差距，但是这会儿他遇到了事，在自己面前找主意，他才觉得平素高高在上、叱咤风云的邹上尉，现在也只是个不知所措的孩子。

不管是出于年长者的经验阅历，还是局外人的清醒理智，李副官都觉得这件事不该太早下定论。

“事情也不见得那么坏，不能因为她没在你视线范围内你就说她遇难了，凡事不能往坏处想，兴许她早被其他人救走了也说不定啊！”

“我去了任何她可能去的地方，问了所有见过她的人，没人见过她，只有一个人说在后勤处见到她了，地震之后就没了踪影。”

说到这里时，他突然变得逻辑清晰，表达透彻。李副官一愣，看着他眼底的痛楚和灰败，心中一软，心知他是真正地无助了，才会想着放下坚硬的外壳，来自己这里找安慰。

所以要是给不了他一个满意的答复，他是不会释怀的。

“那也说不定，兴许你找的地方她恰好不在呢？又或者你过去找的时候，她正好去别的地方了，这儿这么大，你怎么能确保你一丝不落地都找过呢？按我说的话，你一个人的力量是不够的，现在余震过去了，灾民也安顿好了，你为什么不多派点人手呢！广撒网地去找，实在找不到了，再想找不到的办法！”

听完他的话，邹亦时眼神一亮，回光返照般盯着他，嗫嚅道：“对对对，我马上派人！”

说完便风也似的打帘子走了，李副官摸了摸额头上的汗，心中惴惴不安，一方面是担心温寒的安危，另一方面是焦虑，如果自己指的不是条明路，邹亦时会不会回过头来报复他？

听了李副官的话，邹亦时总算有了一点思绪，心中暗骂自己关心则乱，第一时间没有见到并不能说明人不在了，或许仅仅是走散了而已。

回了营帐，他迅速把部下抽调出来。众人严阵以待，以为有什么紧急命令，不承想却是让他们找温大夫，大伙心中存疑，邹上尉从来没有动用过士兵为自己办私事，如今在这抗震救灾的节骨眼上，却把人员抽调出来，当真是反常。

不过再一琢磨，倒也算意料之外，情理之中，只要是他的部下，都知道温大夫对于他的重要性，这么大张旗鼓倒也值得。于是众人没什么异议，领命之后就迅速分头行动了。

毕竟国难大于私情，所以邹亦时并没有抽调精英部队，而是抽调了除关键岗位以外的士兵。这些人中有不少新兵蛋子，领了命之后才茫茫然地问道："哪个是温大夫？"

老兵也描述不出来，只说："很漂亮，很漂亮，一看就不是普通人的那种。"

新兵还是茫然，老兵拍拍他的脑袋："别琢磨了，你就记住，温大夫大名叫温寒，你也别管长啥样，只要叫温寒，统统领回来就行！"

"好，知道了！"

老兵欣慰地拍拍他的肩膀，却并不知道自己的这一无心之举对于邹上尉来说，却无疑是灭顶之灾。

作为事件的主角，温寒这会儿已经在帐篷里蜷缩着小憩了，带领他们的那个士兵忙得焦头烂额，压根不会为她的琐事操心，她虽然觉得和这灾难比起来自己的小事微不足道，但是想到邹亦时可能会为她担心，又觉得无论如何她都得向他报个平安。

于是她不止一次向身边的士兵求助，麻烦他们捎话给邹亦时，可是换来的回应大多是无视。有个士兵被她缠得不耐烦了，冷声道："现在大家都忙着赈灾，哪有时间顾及这个？旁边帐篷的那对母女你看见了吗？他们家原本幸存了三个人，但是余震一来，小女儿不幸去世了，就在他们眼前，他们眼睁睁地看着小女孩掉进了沟里，被石头砸了个粉身碎骨，连哭的工夫都没有，最后一眼没瞧着，只能爬起来继续跑！没办法，多活一个是一个！你觉得和他们比，你算不算幸运的？所以你觉得你的那些事算个事儿吗？"

那士兵说得眼圈泛红，温寒的喉咙里像是梗了一根刺，不上不下，咽得她满脸通红，半晌才难堪地说道："对不起！"

"唉，人活着比什么都强！"那士兵感叹一声，抹了抹眼角，扭头走了。

从那之后，温寒再没动过让人捎话的念头，可是如果让她自己去找邹亦时，这种想法更不现实。余震把这里的地面撕扯得沟壑纵横，加上照明灯光不足，失足摔进去死透了估计都不会有人发现。

思前想后，唯一的办法竟然还是等待，温寒长长地叹了一口气，虽然焦灼，却无可奈何。

那小护士忙了一整夜，但精神很足，见温寒没睡过来找她聊天，但多半是自说自话，温寒平素都不愿意和人深交，懒得应付自己不喜欢的人和事，现在心事重重，连敷衍的心思也没了，那小护士倒也不介意，一个人说得欢畅。

“这次我一定要见到邹上尉，我喜欢他，我们科里的姑娘都笑话我，说我异想天开，但是人总得有梦想，万一见鬼了呢？那好多明星不也娶了自己的粉丝吗？那粉丝当初一定也抱着嫁给偶像的梦想，周围人指不定也嘲笑过她，可是当她和偶像一起步入婚姻殿堂时，没人会记得当时的嘲笑！”

少女的爱意简单又纯粹，却也蕴含着极大的能量，因为她们无所顾忌，也无所畏惧，温寒早年也有过这样的冲动，但回想起来，却觉得可笑，值得自己疯狂的并非良人，能给得了自己安定的才是真正的归属。

那小护士又絮絮叨叨了一阵，外头突然传来一阵骚动，温寒一个激灵爬起来，走到帐篷外瞧了一眼，原来是有个幸存者意外骨折了，众人正七手八脚地把他往担架上抬。

留在这里的医护人员都是充数的半吊子水平，处理个跌打损伤还可以，真正遇到抢救，个个呆若木鸡，没什么主意。温寒见状，瘸着一条腿过去，推开他们的手，冷静地说了一句：“先别动，放着我来，我是医生！”

在这种场合，只要救得了人，没人会计较怎么证明身份，众人原本也是手足无措，这会儿听说她是医生，当下感叹来了救星，纷纷停了手上的动作听她指挥。

温寒借着零星的烛火查看了一下患者的伤势，右肩关节脱臼，右尺骨骨折，万幸的是骨折端只伤及小动脉，出血不是很严重。她松了口气，跪在地上，对一旁傻愣着的壮汉说了句：“我给他正骨，他右肩脱臼了，你负责按住他，无论他怎么叫，都不能让他动一下！明白吗？”

那壮汉连连点头，直接跪坐在那人腰上，控制好力度按住他上半身，回答道：“大夫，我按好了！”

“让他完全伏趴，身体展开，但是你注意不要压到他左胳膊。”温寒看了一眼已经意识涣散的患者，心知所有的抢救必须争分夺秒，于是在壮汉重新调整好姿势后，她坐在患者腰部，双手牵制着患者的右胳膊，抬脚揣在腋窝处，双手和脚同时施力，把患者脱臼的胳膊重新复位。

众人甚至能听到骨骼归位的“咔嗒”声，患者疼得号叫，听得人毛骨悚然，其余人都是后背发凉，鸡皮疙瘩起一身，唯有温寒淡定自若，从地上爬起来后，冲他们伸了伸手：“麻烦给我找些绳子和几块木板，他脱臼的胳膊复位了，但是骨折的地方还是得固定好后尽快手术！”

众人对她刮目相看，没想到她看着柔弱，治疗起来却是雷厉风行，干净利落，当下找绳子的找绳子，找木板的找木板，温寒让壮汉帮忙把人翻过来，替他止血。

他们在这儿忙得热火朝天，帐篷里却也不完全安生。

因为有士兵过来找人了，口口声声要找一个叫温寒的人。小护士不知道温寒是谁，但看着士兵年轻，脸上的神色也还没磨砺得尖锐分明，于是大着胆子问了一句：“是谁要找这个温寒啊？”

如果是普通的灾民，肯定犯不着这么大张旗鼓，想来这个温寒一定不是普通人。

“邹亦时邹上尉。”新兵蛋子老老实实地回答。

小护士心中激荡，红着脸咬着唇，心一横，说了句：“我就是温寒！”

新兵蛋子狐疑地反问她：“你就是？”

小护士心想，我就是温寒，咋了？就算他认识温寒，还不许别人同名同姓了？心中想见邹上尉的渴望胜过一切，她笃定地点点头：“就是我，你……不，邹上尉找我什么事？”

“我也不知道，如果你是，那你跟我来就行。”新兵蛋子挠挠头，稀里糊涂地把小护士领走了。

等温寒抢救完那个患者，气喘吁吁地回到帐篷时，压根不知道刚才发生了什么，只是暗自庆幸那个聒噪的姑娘终于走了。

就这样折腾到了后半夜，夜色沉沉，冷风瑟瑟，温寒裹着条捡来的毯子缩在墙角，心事重重无法入眠，但是额头跳痛，叫嚣着让她无法休息，她睁着眼睛看着外头苍茫空旷的夜色，心里想着，只要天色一亮，她就立刻去找邹亦时。

第十五章

全世界只想你来爱我

算上那小护士，一共有两个“温寒”被带到了邹亦时面前，邹亦时看着这两张和心心念念的人完全重叠不起来的面孔，哑着声音道：“你们确定所有的帐篷都找过了吗？”

老兵理亏，不敢作声，新兵茫然，不知所措，半晌还是邹亦时的一个亲信开口道：“新兵不认识温大夫，但是把叫温寒的都带来了，我们老兵把人头一个个扒拉了，确实……没有见到温大夫。”

说最后一句话时他语气沉沉，像是跟家属说抢救无效死亡一样，既无奈又沉重，偏偏对方并非陌生人，而是他们敬畏信服的邹上尉。邹上尉鲜少这么重视一个人，他自入伍以来没少跟着邹上尉冲锋陷阵，这个男人无论在任何时候都是一副胸有成竹、果敢英勇的风姿，就连私底下他也没见过邹上尉对什么人或事有特殊的感情，这会儿好不容易有了个真心实意喜欢的女人，两人如天造地设一般相配，邹上尉对温大夫也是呵护有加，众人看在眼里替他高兴，他们的冷面阎王终于也有了柔情的时候。

但偏偏发生了这样的事，所以他这样的话说出来，对邹上尉的杀伤力不是一般的强。

人群中一片死寂，邹亦时脸上的血色一点点褪去，他气若游丝地重复道：“确定……没有吗？”

老兵扫了一眼沉默的人群，沉痛地回答道：“报告上尉，确实没有！”

“好，你们去忙吧！”邹亦时回头往营帐里走。老兵看着他突然憔悴的身影，一阵阵地心疼，他们山一般的首长，这会儿却突然变得沧桑，生气全无，像是被抽了三魂七魄，只剩了一副躯壳。

回了营帐的邹亦时，看着一脸担忧的李副官，缓缓地说了句：“陪我去后勤处吧。”

李副官心口一滞，看着他这副模样，心里想着他倒不如揪住自己的领子揍上一顿，也好过这副模样。

“好，我安排人手和挖掘机。”

一行人来到后勤处，邹亦时沉默不语，救援行动由李副官全权负责，他耳濡目染了不少，倒不至于出岔子，大伙都是拼了命地努力，为下落不明的温大夫，也为他们失魂落魄的首长。

李副官几乎是掘地三尺地找，一回神却见边上呆站着的人不见了，他四下逡巡，却发现邹亦时也加入了挖掘的队伍，整个人趴在土堆上，没命地刨。

“哎呀，邹上尉，我们有机器，你别上手，我们把搜救犬、生命探测仪都带来了，如果温大夫是在帐篷里的话，很可能是躲在柜子，桌子底下，一时半会是不会有危险的，她那么聪明伶俐的人，这样的安全意识还是有的！”

邹亦时缓缓地抬起头，看向他的眼神里泛着血红色的光，像是野生的狼，散发着原始的、野蛮的兽性。他咬牙切齿地说着，每说一个字都带着恨不得把他啖血食肉的恨意：“李崇，如果她当真被埋在下面，到现在已经过去了五个小时，山体滑坡造成的掩埋比建筑物的要严密，里面残余的空气不够人两个小时所需。现在你告诉我，她人没事？”

他突然冲上来揪住李副官的领子，把他从地上扯起来，他像是被激怒了的野兽，散发着狂躁骇人的怒火。因为愤怒，他额角的青筋乍现，目眦欲裂，面部的肌肉剧烈地抽搐，导致他的五官完全变形，鬼魅一般吓人。

李副官虽然已经料到他会发火，但没想到会这么让人毛骨悚然，当下忘记做任何反应，只是磕磕巴巴地说道：“我……我……对不起……首长……对不起！”

那般怒火耗尽了邹亦时所有的力气，火气散尽后，他颓然地倒在地上，被抽了魂一般，不理会任何人的劝阻，埋头继续挖着。

李副官喉头一哽，眼眶泛红，悔恨交加，他想着如果邹上尉不听他的话，而是先来这里搜救，温大夫是不是已经被找到了？

这一切或许都是他的错，邹上尉就是打残他，估计都不能解恨。

他抹了抹眼角的泪，吸吸鼻子，转身加入挖掘的队伍。

众人心怀悲痛，干起活来也不觉得苦和累，不知不觉挖掘的成果已经初现，掩埋在山体下的帐篷渐渐显露出来。

邹亦时看着空荡荡的帐篷，轻声说了句："人死了，连尸体都不留给我。"

他的双手已经伤得看不出形状，水肿和淤血导致他的手指粗大变形，污泥和血液混合在一起，中间显露出几片白色的物体，应该是他脱落的指甲。李副官看着他的手，又看看他空洞无神的双眼，嘴一撇，忍不住落了泪。

"好了，都回吧，就是死了也没落着全尸，大家都辛苦了，回去休息吧！"邹亦时面无表情地转身往回走，李副官一边抹泪一边伸手扯住他："邹上尉，我们再找找，人没准在下面，我们往里挖一挖，再挖一挖！"

邹亦时没回头，只说了句："别挖了，死在里头也好，别让我看见她尸体。"

李副官泪珠扑簌扑簌地掉，哽咽着说道："那我来挖……"

他话还没说完，邹亦时的身体毫无征兆地往前扑，轰隆一声重重地砸在地上，彻底没了知觉。

他抗震救灾操劳了这么久也没见半点倦怠，无论是体能还是意志力都非常人能及，李副官一直觉得这个男人是山一般屹立不倒的，这会儿却想着，要想摧垮他也很简单，只需要一个温寒。

邹亦时被七手八脚地抬回营帐，救援工作也宣告结束，天空蒙蒙亮，对于幸存下来的灾民来说这是新生，但对于床上那个昏迷不醒的男人来说，这却是末日。

李副官愁得满地乱转，灾区的医生也没几个技术超群的，除了能把那双快废了的手包扎好外，对于人昏迷这事折腾了半天只是嘟嘟囔囔地说道："邹上尉生命体征挺好的，可能是……可能是悲伤过度吧！"

“悲伤过度个屁！好好一个人都一头栽在地上，你告诉我是悲伤过度？！”李副官破口大骂，他向来文质彬彬，儒雅有加，这会儿暴跳如雷的模样让人招架不住。

“真……真的，就像……急火攻心那样！过度悲伤是会造成心肌短暂性缺血，急性休克的！”那医生擦了把脑门上的汗，哆哆嗦嗦地回答。

“那你的意思是就这么干等着他自己醒过来？休克了你倒是想休克的办法啊！你的本事学狗肚子里了！你这副德行还敢自称是医生！”李副官气得面红耳赤，吼得嗓子都哑了。

几个医生赶紧一哄而上，一通折腾，可是邹亦时还是没有一点要苏醒的迹象。

李副官急得焦头烂额，但是看着周围几个战战兢兢的医生，突然意识到自己行为过激，这般迁怒与别人也是无济于事，于是，无可奈何地说了句：“好了，你们先忙吧，我守着他，一会儿再说。”

几个人如蒙大赦，赶紧一溜烟跑了。

天已经擦亮了，有人经历了重生，有人却正陷在炼狱，但是对于温寒来说，她心态尚且平和，唯一的念头就是赶紧见到邹亦时，有了光明就少了束缚，她护着自己的腿，一瘸一拐地往回走。

过来的时候不觉得遥远，返程却觉得跋山涉水般艰难，沿途都是沟壑纵横，地表开裂，地底崭新的泥土层裸露出来，像是皮肉外翻一般触目惊心，混乱的夹层里偶尔会露出半截胳膊一条腿。温寒心口一沉，既悲痛又庆幸，还好自己昨天晚上没有贸然行动，否则这会儿保不准也给这新鲜土地添了肥料。

等她坚持走到新的扎营地时，终于见到了熟悉的人，这种劫后余生见到亲人的感觉让她难得地开怀，她热情地同他们打招呼，但是对方的表情很奇怪，仿佛见了鬼一般很有默契地往同一个方向跑，嘴里撕心裂肺地喊着：“温大夫回来了，人没死！活着呢！”

温寒心里咯噔一下，有种不祥的预感涌上心头，又走了几步，帐篷外的石头上又见到了熟人，是那个聒噪的小护士，这会儿双手捧着脸呈娇羞状，双眼水润，脸颊酡红，她上前俯视着她，狐疑地问道：“你怎么在这里？”

小护士抬头，愣了一下很快反应过来：“是邹上尉叫我来的。”

难怪含羞带怯，原来是夙愿以偿。

温寒脸色变了变：“为什么？”她可不相信这从天而降的馅饼。

“他要找一个……不是，反正就是他要我过来的。”

温寒看出她眼底的迟疑和躲闪，心中的疑惑越发放大，她眼神泛冷，却没有再和小护士计较，转身继续往前走。

李副官应声而出的时候，看着那抹熟悉的倔强身影，一个踉跄，差点跪在地上，当真是未语泪先流。温寒看着他一把鼻涕一把泪的凄惨模样，用自己完好的那个胳膊虚扶了他一下，皱眉道：“李副官，你先别哭了，邹亦时呢？你先带我去见他吧。”

一提到邹亦时，李副官哭得更凶了，嘴一张号啕大哭。男儿有泪不轻弹，只是未到伤心处，温寒并不觉得有什么，只是心里越发地忐忑，能让李副官如此失控的，绝对不是小事。

“你怎么……怎么才回来……你这好好的……邹上尉……那是进了鬼门关啊！”

听了他的话，温寒整个脑袋“轰”的一声炸开，心底最不愿意涉及的猜想成真，联系那几个奔走相告的熟人，她瞬间明白了始末，惨白着脸，声音发颤地问了句：“邹亦时……以为我死了？”

李副官脸上的肌肉微微震颤，悲喜交加到表情都无法控制，他气温寒把邹亦时折腾得死去活来，自己却这么若无其事地突然出现，又高兴她没死，对邹亦时来说终于不用再受这炼狱般的煎熬。

看着李副官僵硬的表情，温寒咬咬牙，沉默地朝他点点头，心知自己说什么也无法平息他的愠怒，于是一言不发地侧身往前走。

“温寒，你不知道邹亦时经历了什么，所以才能这么云淡风轻！”等她侧身而过之后，李副官终于还是按捺不住，嘶吼出声。

在温寒印象里，李副官一直是个温文尔雅的人，在部队那样血性粗犷的氛围里，他是唯一一股清流，温润的，平和的，她从未见他动怒过，就算再生气他也不会红了脸。

但是现在她能感觉到他的怒火，那种压抑的、找不到发泄口的愤怒在他身体里肆意乱撞，以至于他的声音都被撕扯得变了形，带着难言的痛楚，飘散在清冷的空气里，显得尤为凄凉。

温寒的性子一直冷漠，待人疏离客套，不善与人亲近，最怕的就是和别人生了牵扯，有了瓜葛。她非八面玲珑，也不是口舌伶俐的人，她可以在手术台上自信非凡，运筹帷幄，但是在私底下处理丝丝缕缕的人际关系时却手足无措，略显笨拙，无论是喜欢、讨厌、愤怒，还是苛责，她都不知道该用怎样的心态和面容去应对。

小事尚且如此，更何况是这样的大事。

因此她听了李副官的话，双手在身侧握成拳，心中的歉疚和不安逐渐放大。她变得局促难堪，嘴角动了一下，不知怎么处理这自己并不擅长的情况，缓了半晌，她长长地呼了一口气，轻声道："对不起。"

李副官的背影一僵，又颓然地软下来，叹了口气，冲她挥挥手："行了行了，进去吧。"

温寒点点头，一打帘子，进了帐篷里。

帐篷里除了邹亦时，还有几个他的亲信，也就是刚才欣喜若狂的那几个人，见她进来都默契地点了点头，轻声退了出去。

邹亦时在床上躺着，蓬头垢面，泥污底下的面容苍白得血色全无。他紧闭着眼，眉心紧蹙成深深的沟壑，温寒看不清他眼底的神色，只是见着他眼底那一抹青色时，蓦然在她心里投下了浓厚的阴影。

她举步上前后，整个人突然微微震颤，她举起邹亦时被纱布缠得密密匝匝的双手，眼角湿润地贴在自己的脸颊上，不用想她也知道，这伤是怎么来的。她捧着他的手，在他耳边一声声地唤着他的名字，起初他并无动静，但是呼唤得久了，竟然也能微微作回应，由原先的眼皮轻颤到轻轻地回握住她的手，最后他睁开眼睛看向她时，并没有太夸张的失而复得的惊喜，他只是怔怔地看着她，雾状的眼底一点点地弥散开来，直到彻底包容了她的身影，变得澄澈深邃，他才低哑地唤道："温寒，你回来了？"

自从与霍瑾轩分手后，温寒就鲜少落泪，一来是再没有遇到什么能让她情绪大起大落的事情，二来是她学会了用疏离冷漠的外壳包裹自己，把自己与外界隔离开来，喜怒哀乐都不与人分享。因为这样的独来独往，所以她的所有感情都不再交付别人去品评，被伤害或者被感动也就无从谈起。

但是自从认识邹亦时以后，她所有的情绪都被他牵制着，因为他的欢喜而雀跃，因为他的难过而落泪，如今看着他为了自己憔悴伤心到如此地步，她的心口像是被人狠狠地凿了一个洞，冷风呼呼地灌进来，吹得她整片胸腔都疼痛发麻，她眼底的泪肆意地涌出。李副官说她不知道邹亦时经历了什么，但是即便如此看着他眼底的灰败和沉在深处的还没来得及消退的绝望，他经历的那些绝望和痛楚，她都能感同身受。

他是那么高傲的人，向来没有什么事物能牵动他半分，如今因为自己他落得这般萧条颓丧，温寒心口酸楚，哽咽了几次也没说出话，缓了半晌才抽泣着说了句："邹亦时……对不起。"

邹亦时缓缓地起身，身体虚软得像是被抽去了所有筋骨。温寒脸上的泪也来不及擦，赶紧俯身扶着他的肩，他顺势抱紧她，轻轻地拍了拍她的背，低声安慰她："回来就好，回来就好，说什么对不起！"

温寒埋在他肩头，眼眶越来越红，邹亦时一直没有出声，只是紧紧地拥抱着她，她能感觉到他双臂都在颤抖，每一丝肌肉都紧张到快要痉挛。他沉默了很久，只是抱着她一言不发，急促却沉稳的呼吸喷薄在她颈侧，过了半晌他才像是清醒过来一般，长长地喟叹了一声："不是幻觉，你是真的回来了。"

温寒头靠在他肩窝处，突然泪如雨下。

经历了昨天晚上的大起大落，两人的重新团聚让所有人都备感欣慰，温寒回来后，邹亦时的精神状态也好了很多，除了手指严重损伤外，其他地方并无大碍。

下午温寒亲自端了炖得熟烂浓郁的鸡汤喂他喝，邹亦时的声带有些应激性的受损，一开口就连调笑都带了低迷颓丧之感："借花献佛，都不懂得亲自给我做一汤一饭。"

温寒翻了个白眼："现在是特殊环境，特殊时期，让我去发挥多浪费时间！"

"嗯，也是，你不能离开我太长时间。"

邹亦时低头把汤喝了，嘴角冒着白气，温寒舀了一勺继续吹着，他又自言自语地说了句："不然我会觉得这一切都是我的幻觉，一觉醒来，你又是一处坟冢了。”

“呸！你诅咒谁呢，热汤也烫不住你的嘴！”温寒同他生气，把冒着腾腾热气的汤灌进他嘴里，但是末了还是忍不住吧嗒吧嗒地掉眼泪。温热的泪掉进热汤里，激起一圈圈的涟漪，她看着那汤底自己的倒影，突然觉得她多年来秉承的潇洒自在与世无争的处事风格终究是一去不复返了，有了值得她牵肠挂肚的人，原先觉得烦不胜烦的琐事，如今看来也不全是无趣了。

下午邹亦时又睡了一觉，温寒原本要去看病人，他竟然像个小孩子一般拉着她的手死活不让她走，眼底有撒娇耍赖的意味，“你守着我，不然我睡不着。”

温寒心疼不已，又怎么舍得拒绝，于是邹亦时人高马大地睡着，她蜷缩在一边，捧着他纱布重重的手，静静地哄着他睡着。

其间李副官还来过一次，手里拿了份文件，看样子还挺重要，温寒换了换手，睡梦中的邹亦时反射性地不让她挣开，她只好继续放任胳膊更加麻木，小声地对李副官说道：“不好意思，能不能让他再休息一会儿？有什么事等他醒来再说，他不会睡太久的。”

李副官犹豫了一下，叹了口气，一言不发地转身离开了。

温寒原本是想着让邹亦时休息一会儿就叫醒他的，但是看他憔悴不堪的模样又不忍心打扰他，于是就这么放任他睡着，自己竟也不知不觉地依靠在他身边睡着了。

等她睁眼时，手心里已然是空荡荡的了。日落西山的时分，帐篷里笼了一层灰蒙蒙的暗色，她心里一惊，正要起身，身侧突然传来一阵低沉柔软的声音：“醒了？还累不累？要不要再睡一会儿？”

她回头，就见邹亦时正坐在凳子上一瞬不瞬地看着她，一双眼睛又恢复了从前的锐利有神，在这黑暗里照样熠熠生辉。她心念一动，一翻身顺势环住他的脖子，把自己半吊在他身上，声音软糯地嘟囔：“你什么时候醒的？还难不难受？都不叫醒我。”

邹亦时顺势把她抱在怀里，一只手摸着她的右胳膊，声音凉凉的，带着点愠怒，又带着更为厚重的心疼：“胳膊怎么伤成这样？没去好好包扎，嗯？”

温寒扭头看他，下巴和脖子绷成一条直线，这样的角度使得她的表情看起来格外地娇憨，她摸摸他肿胀的手，敛眉道：“哪有你伤得严重。”

“小伤而已。”邹亦时吻吻她的眉心，语气不咸不淡，似乎是无关痛痒。

最痛的并不是指尖，而是心尖。当他以为再也见不到她时，那一刻的心痛才是剔骨削肉般的疼，纵使他经过了千锤百炼，还是抵不过那瞬间钻心的疼，只要不要让他受那样的苦楚，肉体上的疼痛就都无关紧要。

晚上临睡前，温寒执意要给邹亦时换药，他一个劲推辞，语气含含糊糊，只是不让她换，却说不出个所以然，温寒气得柳眉倒竖：“我什么血肉模糊的场景没见过，你还怕吓着我啊！”

“那是谁在给我做完手术的时候哭得眼睛不是眼睛，鼻子不是鼻子的？”邹亦时斜倚在柜子上，两条长腿大咧咧地卡在路中间，温寒举着纱布要过去，他伸手轻松地一揽，就把她圈进了怀里，末了，低头戏谑地又问一遍：“承不承认，嗯？”

“笑话！给你做手术的时候骨头渣子蹦一脸，我眼皮都没撩，你哪来的自信？”温寒窝在他怀里，但也不老实，捧着他的手左右瞧着。

“我又没说咱俩第一次见面的时候，我是说我肩胛骨骨折的时候，你坐在帐篷里号啕大哭，我那会儿是全麻了，但不至于出现幻觉。”

温寒一愣，因为想起自己的窘态而突然涨红的脸让邹亦时兴致大发，他俯身拿门牙啮咬着她柔嫩的脸蛋，她被啃咬得不舒服，说话的时候嘴角漏风：“那会儿是太累，我在医院潇洒惯了，哪受得了这么高强度的工作，身体到了极限的时候，心灵变得脆弱也是情有可原的。”

“我住院的时候，有一次你连续工作了36个小时，眼窝都陷进去了，你一天喝了十几杯咖啡，眼球都充血了，可是连一滴不相干的液体都没有。”

邹亦时的手不方便抬她的下巴，于是只能圈着她的腰，把她凹成方便自己采撷的模样，慢条斯理地啃吻。温寒词穷理屈，眼珠子滴溜溜地转，又说：“那是因为环境不同，医院和这里不一样，在医院的时候身体疲累，但是心理压力小，哪哭得出来！”

邹亦时一口咬上她的唇，把她的痛呼一并含在嘴里百般品尝。他在她嘴角呢喃，带着丝情动后的缠绵暧昧，丝丝缕缕地缠绕着，撩拨人心，开口时声音更添了分说不出的性感魅惑：“温寒，我就爱死了你这副傲娇的小模样！”

温寒无力挣扎，浑身上下已经被他滚烫的温度融化成了一汪春水，她的心湖咕嘟咕嘟地冒着泡，意识开始混沌，逐渐意乱情迷。

邹亦时把缠了纱布的手探向她的衣襟，温寒顺势道：“我给你换药吧！”

“……”

在温寒死缠烂打的美人计之下，邹亦时乖乖地答应换药。她戴好手套，打开换药盘，一圈圈地解开他手上的纱布，等看到层层纱布下包裹的手指时，她手腕一抖，换药的镊子咣当掉了下去，发出清脆的低鸣声。

“温寒，我发现你今天眼泪特别多，说哭就哭，刚才谁嘴硬地不承认自己心疼我，却心疼得泪流满面的。”邹亦时开玩笑似的抹了把她眼角的泪，不承想却是越抹越多，她抬头看着他，眼泪把那双眼睛冲洗得越发地明亮动人，微带酸楚，招人怜爱。

温寒扔下镊子，把他的双手轻轻合拢，小心地捧着，温柔地贴在自己的脸颊上，泪水流下来渗进他的伤口里，有轻微而细密的疼。

“你要我答应你，无论如何都好好保护自己，你自己却不信守承诺。”

“当时情况特殊，我哪里管得了那么多。”

“以后别这样了，我特别心疼。”温寒低着头，话说得自然流畅，并没有觉得难为情。

邹亦时嘴角上扬，俯身亲亲她的嘴角，明知故问道：“你刚才说什么？我没听清楚。”

听到他调笑的声音，温寒的脸一红，刚才的深情款款被打破。她原本就不擅长这样的情意绵绵，之前旖旎的气氛下好不容易鼓起勇气向他表白，偏偏他并不当真，反而戏谑逗弄她，她又羞又恼，他嘴角噙着一丝笑容，少了几分平时的冷硬刚强，多了分暧昧性感，带着迷人的魅力，直直地盯着她，那眼神似乎有魔力，能把她吸进去。温寒害羞地低了头，钻进他的怀里，哼哼唧唧地说道：“不说了，不说了，你是故意的。”

“好好好，不逗你了。”邹亦时朗声大笑，胸膛嗡嗡作响，温寒张嘴咬在他裸露在外的皮肤上。邹亦时闷哼一声，也不挣扎，反手轻抚她的发尾，语气调侃，却透着不加掩饰的宠溺：“使劲咬，你怎么开心怎么来。”

两人打闹了一会儿，但温寒也没忘了正事，仔细地给他上药包扎，邹亦时感觉手背一凉，还没出声，就听见她自己吐槽自己：“最近眼泪真多。”

他不知道该心疼还是该好笑，突然觉得此时娇憨率真比起从前那般刻意的冷漠呆板可爱了许多，越发想让他放在心尖上去疼爱。

给他包扎了手，温寒执意要给他擦洗，邹亦时心中虽然柔软异常，但是又舍不得使唤她，她也受了伤，自己没有办法好好照顾她却还要让她受累，这个女人他都没来得及好好宠爱，一路上让她跟着吃苦受罪，他邹亦时从来没有对一个人如此上心，此时却备感心有余而力不足。

“怎么？觉得愧对我？你放心，前路漫漫，让你这样愧疚的机会不会很多的。”温寒仔仔细细地给他擦洗，心无旁骛，言辞犀利，但眼神柔软。

“好，那你就下了狠心地报复我，报复我一辈子。”

“一言为定，反悔是小狗。”

好不容易哄他睡着了，温寒坐在帐篷外，看着漆黑的夜色，吸着清冷的空气，感觉每个肺泡里都透着凉意，胸口却是温热的。人啊，果然得有丝牵绊有点挂念才好，这样才能在这寒夜里相互取暖，喜欢独自一个人的，或许是没有体验过两个人在一起的温暖，一如她一般，以为独身是潇洒，其实却是难言的孤独。

她少有伤春悲秋、独自感伤的时候，但是还没等她深刻顿悟，帐篷里就传来一阵阵急促的呼喊声。

她一个激灵，赶紧起身跑回去，一撩帘子，就见邹亦时赤裸着上身光着脚跑了出来，他眼神慌张，像是迷路的孩子，惶恐而不安，看见她回来，立刻把她紧紧地拥进怀里，嘴里念叨着：“你在呢，你在呢，我还以为一觉醒来我又做梦了，原来不是做梦。”

他絮絮叨叨地说着，人还未完全清醒，语无伦次，更像是呓语。

“是我不对，不该抛下你一个人，好了，回去睡吧，外头冷得厉害。”

“你不许再离开我，我要醒来的第一时间就看到你。”

“好好好，听你的。”

温寒被邹亦时折磨了一晚上，她刚一翻身，他就条件反射地醒来，紧张不安地把她拢在怀里。她憋屈得厉害，刚要动，他就嘟嘟囔囔地撒娇：“不要动不要动，我怕你走。”

就这样到天亮后，温寒黑着脸一巴掌拍醒邹亦时，他睡眼惺忪的时候格外地纯良无害，看着极其单纯可爱。他软糯地哼了一声，温寒低声吼他：“看见我了吗？”

“看见了。”邹亦时揽着她的腰撒娇，温寒揪着他的脖子扯开他，又道：“既然看见了说明我好好地活着，现在我要去看病人了，你不要咋咋呼呼地乱跑，一会儿我就回来了，听清楚了吗？”

邹亦时又凑过来，眯着眼，声音格外委屈：“我也是病人。”

“是，你脑子有病！”

“……”

大灾大难过后，老天爷似乎也有了感应，在人们重拾希望、开始新生活时，它也难得地露出了笑脸，阳光暖意融融地照耀大地，让人心里都亮堂了不少，温寒心情不错，所以在见到不速之客时也难得地保持了好脸色。

“张连长有何贵干？”上次雨布事件之后，张恒远被降级，从前在邹亦时面前趾高气扬，这会儿气势矮了一截，很长时间没来招摇了，选邹亦时身体抱恙的时候来找她明显居心叵测，温寒并非睚眦必报，但也绝不是任人搓扁揉圆的面团。

张恒远脸上青一阵白一阵，紧咬着后槽牙，心中想着，若不是被邹亦时钻了空子，他又怎么会沦落到如此地步，所以他无论如何都得夺回原本属于他的东西。他看了一眼面前这唇红齿白、明眸皓齿的女人，心痒难耐，暗自发誓，迟早有一天，他会把她压在自己的床上！

“温大夫，也用不着把我当洪水猛兽一样提防，私底下的交情可以避讳，但工作上的事没必要这么泾渭分明吧？”

他语带轻蔑，狂妄自得。温寒勾唇一笑：“哦？我还不知道我和张连长能有什么工作上的交情。”

温寒一撩帘子进了帐篷，把气得脸色铁青的张恒远落在了外头。他怔怔地看着那抹消失的倩影，她越是这样高傲，触不可及，他越是想要得到她，男人的劣根性就是如此，挂在枝头的永远比捧在手心里的要甜美。

就算是为了这个女人，他也必须不择手段地爬上去，不能再被邹亦时压制。

上午温寒拆了几个固定板，换了一拨药，又拆了几个石膏板，活不多，但是耗时间，等她忙完出来已经接近中午，她惦记着邹亦时，匆忙洗了手往回赶。

回了帐篷才发现被褥整齐，他人已经不见了，温寒打听了半天，才知道原来他是去开会了。

会议冗长，等他回来时天都黑了。温寒在路口等他，一行人神色严肃，不怒自威，温寒不敢放肆，规规矩矩地在寒风里站军姿。

邹亦时走了几步才看见她，原本冷硬的脸上突然绽开一抹笑容，像是冰雪消融，雨后初霁，好看到耀眼。温寒挪着步子过去，周围有认识她但不知道他俩关系的，一脸了然地指来指去。

温寒脸一红，偷偷拽邹亦时，他一把揽住她，朗声道：“一直没来得及介绍，这是我女朋友温寒，大家多担待。”

郎才女貌的搭配大家喜闻乐见，纷纷表示祝福。温寒不习惯做人群里的焦点，闷声说了几句谢谢，待人群散去后才长叹一声道：“我还是习惯被人漠视。”

“知道我当初为什么对你感兴趣吗？”

“不知道。”温寒调皮地眨眨眼，“因为我天生丽质难自弃？”

“不是。”邹亦时偷笑，“我就喜欢你那副不招人待见的德行。”

“邹亦时，你给我滚！”

晚上，邹亦时给温寒传达了一下今天的会议思想，大致意思就是现在灾情稳定了，救援行动也告一段落了，剩下的工作就是灾区重建，用不着他们特殊救援部队，而且大家辛苦了这么久，应该好好休息休息了。

温寒眼神一亮，眼底兴奋的神色简单纯粹，声音里透着说不出的明快："意思是我们可以回去了？"

"嗯。"

"不来了？"

"嗯，不来了。"

"哇，真好！"

第十六章

共同度过

第二天他们返程的时候，温寒刚出了村口就看见一辆风骚的凯迪拉克招摇地停在路边，车身锃亮，线条流畅舒缓，泛着高贵的金属色泽，和这周遭破败的氛围形成鲜明的对比。温寒啧啧出声：“干着为人民服务的活，变相地搜刮民脂民膏。”

邹亦时不以为然，揽了她的肩往前走：“我个人的人生志向又决定不了我的家庭环境和生活模式，你总不能让我一当兵，全家人跟着吃土吧？”

“能把炫富说得这么清新脱俗的富二代，你是第一个。”

邹亦时居高临下地斜睨她一眼，眼神傲慢不屑：“怎么，你歧视富二代？我虽然家庭环境优越，可是纨绔子弟那些劣根性我可没学，根正苗红得很！”

温寒对他的狡辩嗤之以鼻，嘴上不说心中却清楚得很，江山易改本性难移，虽然多年的军旅生活把他打磨得刚强无情，身上浸染了军人刚正不阿的气场，但是私底下他那种养尊处优的条件下滋养出来的高高在上、不可一世的秉性却半点没改，霸道蛮横，占有欲强，大男子主义，无论是感情还是生活中都无法掩饰。

车上的司机一早就候着了，见二人过来，弯腰开门，笔直的西装挺括板正，声音严肃低沉，透着良好的教养：“少爷，温小姐，请上车，这几天辛苦了。”

邹亦时习以为常，温寒却毛骨悚然，撇撇嘴，赶紧猫腰上车。

一路上司机的表情都是谦恭有礼的，邹亦时离开了严肃紧张的氛围，形色松散，渐渐地流露出他口口声声说的并不存在的纨绔气质，慵懒散漫，高傲自大。

“少爷，您的手受伤了？”司机问道，但似乎又并非询问，而是带着某种试探。

邹亦时不耐烦地回了一句：“一点小伤，你别总什么都告诉我妈。”他说完，单手把温寒揽在怀里，嬉皮笑脸地说道：“她，你倒是可以说，长篇大论都没关系，把我俩的感情史声情并茂地和我妈说一说，说我给她找了一个好儿媳妇，让她趁早断了撮合我和萧然然的念头。”

萧然然，这三个字遥远到似乎是上个世纪的事了，温寒沉默了一下，抬头看向他时眼底多了份探究：“邹亦时，你私底下就一直是这副德行？”

邹亦时失笑出声，前方的司机似乎是对她肆意评判他们少爷略微不满，嘴角几不可察地抽搐了一下。

温寒考虑了一下第三者的心情，重新斟酌开口：“你这样，我觉得很陌生，好像不是我认识的邹亦时，感觉怪怪的。”

邹亦时没说话，脸色突然沉了沉，扭头看向窗外。司机很善解人意地接话道：“温小姐，此一时彼一时，人都是多面的，不同环境下会呈现不同的性格，千人一面才会奇怪。”

温寒苦着脸：“可我就是那种千人一面的人。”

“温小姐，是我失礼了。”

司机把温寒送到邹亦时的小别墅，又要送邹亦时回他父母的大别墅，温寒对于陌生环境感到不安，拉着邹亦时的袖子：“你不能带着我吗？”

“奇怪的年轻人要去见奇怪的中年人，你一正常人跟着干吗！”邹亦时翻了个白眼，扭头就走。

睚眦必报，幼稚！

温寒只好在他格局宽敞又大气、装修考究又格调的别墅里歇脚，她的手机有了信号，充电一开机，短信电话差点挤爆。

她逐一地翻看，零散的垃圾短信，兰素的关心，家人跟例假般准时、明明不喜欢偏偏躲不过的问候，最多的就是霍瑾轩的骚扰，长篇大论，滔滔不绝，有理有据，目的只有一个，约她见面。

她踌躇万分，似乎没什么话好说，可是转念一想，她和邹亦时已经是情投意合，准备比翼双飞了，老有绊脚的总是硌硬，干脆趁现在一次性把话说清楚了，断绝了他一切不该有的念想，给邹亦时，也给她自己一个交代。

于是她回了话，和他定好时间地点，只身前往，临了也没知会邹亦时。她也有奇怪的人要见，告诉他只会让他不舒服，他讨厌霍瑾轩，所以她不想给他添堵。

到了约定的地方，霍瑾轩已经叫好了餐，衣冠楚楚地等着她，她面对他时格外地心平气和，竟然可以寒暄，她问道："最近忙什么呢？"

霍瑾轩眸色一暗，答非所问："温寒，你瘦了。"

温寒咬咬牙，把那句关你屁事咽了回去，面无表情地说道："废话，在灾区我还能胖了，不得遭天谴！"

饭菜上桌，都是她爱吃的，不管霍瑾轩是不是想打回忆牌，她都不会接招，兀自吃得不亦乐乎。霍瑾轩面色尴尬，但也只是一瞬间，想开了其实也就不会太难过了。

如果说他之前还抱有一丝旧情复燃的希望，这会儿已经丁点都不剩了，温寒从前虽然也乖张黏人，但是细数起来却没有什么深沉的感情在里面，任性地、狂妄地彰显花枝招展的爱情，经年累月之后他才知道，真正的爱情是细水长流，是云淡风轻，是危难时期并肩相伴，赴汤蹈火。

能让温寒拼尽全力的从来都是邹亦时，而不是他。

他也已经成熟，再不是从前那个死要面子活受罪的少年，而成长为一个能屈能伸的男子汉的代价，就是他必须放下他执著了多年的珍贵的东西，譬如难以忘怀的青涩爱恋。

"温寒，你不用这么防备，我是真的想开了，勉强挽留不实际，也不君子，你和邹亦时的感情我看在眼里，就算我再怎么舍不得你也应该清楚，我不是那种下作的人。"

温寒一顿，过往的种种，无论是爱慕，还是憎怨，一一从脑海里翻转而过，浅淡地只剩下朦胧的影子，几乎不剩什么深刻的痕迹了。她抬头，难得平和地说道："嗯，借你吉言。你也一样，赶紧解决自己的终身大事吧。"

霍瑾轩苦笑："这个事情着急不来。"

这一餐饭难得吃得宾主尽欢，临走时霍瑾轩冲她伸出手，神色坦荡，已然释怀，温寒也不忸怩作态，伸手回握。

"温寒，祝你幸福！"

一如他当初说的那句"温寒，我们分手吧！"言不由衷里又带了不得不放手的妥协，君子得让人唏嘘。温寒感触颇深，一时竟无言以对，顿了半晌，只说了句："嗯，谢谢。"

离开了霍瑾轩的同时，她也终于和过去做了个了断，终究无果的青涩爱恋和她那段肆意妄为的青春一同被过往的时间碾压，她终究成熟，也终于懂得了放下。

等她回了邹亦时的别墅时，一开门就见他正在沙发上坐着，没有在家里时该有的放松懒散，感觉每一块骨骼都紧绷着，张力勃发。见她进来，他悠悠地抬头，修长的手指在腿上轻叩，似乎是斟酌了半天才轻声开口："去哪了？"语气中带着一种明知故问的审讯味道。

温寒下意识地皱眉，嘴角一沉，格外坦诚地回答："我去见霍瑾轩了。"她心中无愧，所以没必要欲盖弥彰。

"背着我？"邹亦时起身，抬步向她走来，长身玉立，丰神俊朗，眼底早没了之前在车上的玩世不恭，幽深的一潭，深不可测。温寒撇撇嘴，看来千人一面的果然只有她一个。

她心中坦荡，仰视着他，面无惧色："不然呢，带着你？新欢旧爱把酒言欢？"

"你在这个时候总是格外地伶牙俐齿。"邹亦时眼底渐渐有了些愠怒，他忍着，但声音中的冰冷却无法掩饰。温寒心知他并非是斤斤计较、小心眼的人，也从来不善于以恶意去揣度别人，之所以会这么做，一来是太在乎她，加之她之前的感情确实看起来过于轰轰烈烈，二来是他骨子里的高傲自大和强烈的占有欲让他近乎偏执地排斥她的感情史。

"明明是你小题大做。"

"我小题大做？我的女人一天天私会前男友，你让我坐视不管？你给我戴绿帽子，我不能摘还得心安理得戴着？除了这次，地震前你还和他见过面，言笑晏晏，比起和我在一起时郁郁寡欢的模样不知道开心了多少倍。温寒，我和他就这么让你难以抉择？”

“你不相信我和他已经彻底了断，所以你跟踪我？”

“不是我不相信你，是你不给我信任你的机会，如果你值得我信任，你今天就不该再去见他！”

“我今天和他彻底说清楚了，我们俩已经没了瓜葛，更不可能复合。我承认，以前我是很喜欢他，也为了他做过傻事，但是你不能因为我过去的感情而怀疑我现在的忠心。”

“比如说？”邹亦时顿了顿，微微合上眼睛，眸光乍现，一字一顿地问道，“什么傻事？”

他没有直接问出口，或许是他还没到气急败坏、失去理智的地步，又或许他的家庭教育、个人素养不允许他问得太过无礼，所以他问得含蓄，带着咄咄逼人的试探。

但是这样的问话反而更加伤人，温寒深吸一口气，努力地控制着自己的情绪，但还是忍不住反唇相讥：“你不就是想问我有没有和他上过床吗？以前有没有，上一次有没有，这一次有没有！”

邹亦时没有说话，自然不是因为被问得哑口无言，而是因为他默认了她的回答，他问不出口的，她替他说了，简单而粗暴。

那一瞬间，温寒心底一凉，几乎不过脑子地说了句：“如果我说做过，又怎么样呢？你计较我和霍瑾轩，我何曾计较过你和萧然然？”

“呵，你凭什么计较？我敢说我只爱过你一个人，那你呢？”

“邹亦时，你不要胡搅蛮缠！我说了，我和霍瑾轩现在已经没有瓜葛了。”

一如邹亦时骨子里没有低头二字一般，温寒的性格里也没有娇嗔耍赖的成分，只剩倔强耿直，这样的性格对于平时生活工作并不碍事，在感情中却未必是好事。

在灾区的时候，他们两人之所以相处融洽，如胶似漆，是因为国难当前，他们的目的是一致的，不管是救援还是医疗，都是为了救助百姓，大方向一致，路上的小偏差也就不足为道了。

但是如今，没有宏大的遮挡一切的共同目标，他们性格中的不合适，三观的不同，这样的差异性渐渐暴露出来，就成了互相撕扯的源头。

他们性格里的尖锐是双刃剑，面对灾难时一致对外，这样的尖锐势不可挡，所向披靡，但是对内时，便是不可避免地互相伤害。

邹亦时眼神一暗，亟待发火，温寒性子里的刻薄也被激发出来，正欲开口，却突然扫见他依旧缠着纱布的手，心底一软，话锋突转道："好了，我们都累了，不要做无谓的争吵，先冷静冷静吧。"

"我是很累了。"邹亦时回答得意味不明。温寒心里一顿，没来得及说话他便已经侧身大步离开了，她伸出去的手只抚到他的衣角，空余了满手心的风。

他们之间的爱是毋庸置疑的，但其中不可调和的矛盾也是无法规避的，如果没有人主动示弱，这段感情迟早会被撕扯得疲惫不堪。

邹亦时负气离开后就一直没有回来，温寒等了一天也不见他的踪影，她心不在焉地盘腿坐在沙发上，从白天等到了晚上。

快到十点钟的时候，突然有人敲门，她心中一喜，又很快沉了下去，他知道密码，又怎么会敲门。

一开门，果然不是他，却也不是陌生人，是那个谦恭有礼的司机，见她一脸错愕，恭恭敬敬地说道："少爷喝多了，劳烦您去接他一趟。"

他开着空车回来，让自己这个孑然一身的人去接，很明显地递台阶，温寒要是不接，就太不识时务了。

"好，您稍等，我先收拾一下。"

"您随意。"

温寒握了握拳，一直以来都是邹亦时排除万难、屈尊降贵地一步步靠近她，小心翼翼地呵护她，如今她就是有再多性子，也不能使在他身上，他是用来爱的，而不是用来伤害的。

她上楼在衣柜里翻了翻，果然看见了不少他替她新添置的衣服，她挑了件黑色的包臀短裙，性感却不风骚，魅惑得恰到好处，邹亦时给她准备得一应俱全，她化了妆，卷了头发，宛如脱胎换骨般明艳动人。

司机看她第一眼时，眼里闪过满满的赞赏，手一伸，轻声道："温小姐，请！"

把温寒送到包厢门口，司机就识趣地退下去了。温寒抬手敲了敲门，里头的嘈杂声有一瞬间的停滞，接着有人大声喊了句："谁啊？报上名来，爷才让你进！"

是张荣华。温寒二话不说，一把推开门，径直走了进去。

包厢里人不多，但都是主角，邹亦时在主位，落在阴影里沉默地品酒，张荣华在他左侧，另一个他的好哥们在右侧，萧然然在边上，伸着一双大长腿，姿态娇媚。

余下几个人应声抬头，眼中的惊艳之色久久不能平息，萧然然愣怔了一下，反应过来之后也是愤恨得咬牙切齿。

她自诩从未见过比自己更美艳的女人，要么赢了皮相，输了气质，要么气质脱俗，却面容寡淡，而眼前这个女人明明之前还是个死气沉沉的村妇，如今却像是重新投胎了一般，美得让人无法直视。

温寒的妆容精致却不夸张，刚好把她明亮动人的五官突显出来，放大了她在清纯与性感之间的迷人气质，她身材匀称修长，皮肤瓷白，穿了黑色的裙子，双腿笔直修长，带着惑人的吸引力。

张荣华看得眼都直了，伸手碰了碰邹亦时，邹亦时明知道她来了，却依旧垂着头，一言不发。

温寒并不觉得尴尬，把颊边的头发掖在耳后，开口道："今天我不该跟你吵架，我知道前男友的身份确实敏感，但是我对你说的话每一句都是真的，不管你有多少疑虑，我对你是问心无愧的。"

说完，不出意料地，邹亦时的手轻颤了一下。温寒勾勾嘴角，在毫无征兆的情况下，大步走到他面前，学着他的样子抬起他的下巴，微微弯腰，低头吻上了他的唇。

对于年轻时候的她来说，这样的举动并不算疯狂，可是和霍瑾轩分手以后，她一直墨守成规，刻板沉默地活着，中规中矩，把自己套在壳子里，每一步都走得小心翼翼，从不敢越线，而现在邹亦时唤醒了她骨子里的疯狂，给了她继续狂妄的胆量。

邹亦时的两个哥们吹着口哨起哄，萧然然气得脸色煞白，起身走人，唯有被强吻的当事人镇定自若，微张着眼睛瞧她。温寒咬着他的唇角，用只有两个人听得清楚的声音低喃道："我是你的，也只能是你的。"

她说了这句话后，邹亦时才总算满意，一把握住她的腰，让她双腿分开跨坐在他的身上。她矮了身子，他便又能居高临下地攻城略地，一如既往的霸道蛮横，带着他骨子里的嚣张扑面而来，温寒口腔里都是他清淡醉人的酒香，不多时就已经浑身娇软，动弹不得。

张荣华识趣地招呼其他人离开，包厢里只剩下深情拥吻的两人，萎靡晕黄的灯光下气氛变得暧昧不清，就连空气都变得火热异常，邹亦时把她放倒在沙发上，她身体娇软得不可思议，深陷进身下的垫子里，软得快要融化。

她星眸里水光荡漾，红唇微启，娇喘连连，邹亦时咬着她的唇，心情舒朗润泽，低哑的声音里透着难以言喻的惊喜："温寒，我还真吃你这一套。"

"在这里？"温寒用手肘半撑着，身体的弧度更加地美好诱人。邹亦时眸色一暗，探手落在她的锁骨处，之后暧昧地轻移，一直落在她身体最高耸的曲线上，"当然不是，我怎么舍得。"

两人相拥着出来，司机再次一脸赞赏地看了温寒一眼，之后风驰电掣般驱车赶回别墅，温寒猫在邹亦时的怀里，暗自感叹，老司机很懂她的套路嘛！

两人进了屋，积压的热情一触即发，几乎还没等进了卧室，邹亦时就已经把她像剥笋一样剥了个白净。温寒在他疾风骤雨般的攻势下嘤嘤啜泣，无助地挣扎，陌生的情欲在体内肆意翻滚，她像是被抛上了扁舟，无处攀附，只能在他的猛攻之下肆意颠簸，任凭波涛汹涌，云翻雨覆。

当风平浪静后，温寒已经被榨干了体力，浑身疲倦得无法动弹，邹亦时却像是食髓知味的孩童一样不舍得放手，情动之后的声音越发地低沉暗哑："再一次，嗯？你放心，这一次我一定特别温柔，绝对不会疼。"

温寒耐不住他的恳求，无可奈何地答应了，直到他把她像面团一样搓扁揉圆，她身体炸裂一般地疼痛时，她才神色恍惚地想到，就像大灰狼对小白兔说"你放心，我就是舔舔你的毛，我不吃你"，但最后还是吃干抹净一样，男人在床上的话是最不可信的。

第二天一早，温寒悠悠地睁开眼后，身上酸疼得像是把骨头打散了重新拼接了一样，她尝试着动了一下，腰腹酸疼，她默默地问候了邹亦时他家祖宗，然后挣扎着起身。

在那个对性懵懂而好奇的青春期，躁动的荷尔蒙和甜腻张狂的爱情让温寒不止一次地想要勾引霍瑾轩，不过每次他都行为检点，但是语气流氓地拒绝了她：“不要贪图享受，偷吃禁果，女孩子第一次如果也遇上一个没开荤的男人，偏偏这个男人还格外喜欢她，那她的第一次完全没有快感可言，一定生不如死，所以说我不能动你，你以后找个经验丰富的老男人，老男人会调情才会舒服。”

她记得她当时把霍瑾轩打得抱头鼠窜，但是这会儿想起来，他的话也不无道理。

“你也是第一次？”

温寒捡了睡衣披上，邹亦时看了一眼旖旎凌乱的床单，很满意她这委婉的措辞，眉峰上扬，沉声道：“怎么？太过生猛，有点不像？”

温寒没说话，嘴角抽搐了一下，像，怎么不像，果然男人最了解男人，一如霍瑾轩所说，对于邹亦时这种禁欲已久的男人来说，又偏偏遇了个想疼到心尖里的人，所有缠绵的爱意都变成了对灵欲交融近乎偏执的热爱。他在部队里历练了这么久，身上铜浇铁铸般坚硬，加上体能好到人神共愤，她没惨死床榻，就已经是他网开一面了。

她僵硬地把腿搁在地上，刚一起身，就立刻像一摊烂泥一样软在地上，邹亦时眼疾手快地把她捞起来，贴在她耳边暧昧地低语：“不管我像不像，你倒是不像，身体那么软，由着我折腾，虽然哼哼唧唧没有一刻不求着我饶了你，却总能完美地配合我，要不是你这么让人欲罢不能，我也不舍得折腾你一整晚。”

温寒脸红得滴血，再多的伶牙俐齿也说不出口。她本不是放浪的人，床榻上让人面红耳赤的话当真是被逼到了绝处才说的，绝没有调情的意味，但是被他这么描述，她反倒成了浪荡妖媚的狐狸精，专在床上榨干他。

“邹亦时，你大爷的！”

她一瘸一拐地去洗漱，他寸步不离地跟着，她叼着牙刷，满嘴泡沫地警告他：“最近一周都不要碰我！”

邹亦时双手撑在洗手台上，从背后环抱着她，语带威胁地反驳：

“知道什么是食髓知味吗？有开了荤又让人禁欲的吗？最多三天，没得商量。”

“五天。”温寒从镜子里狠狠地剜了他一眼。

“不行，就三天。”邹亦时俯身咬在她肩窝处，她闷哼一声，气急败坏道：“这种事情不应该讲究个你情我愿吗？”

“你不愿意？你不愿意昨天晚上我脱你衣服，你还自己解内衣扣子？手脚麻利得很，看不出半点不情愿。”

温寒脸颊再次充血，咬牙切齿道：“谁知道你昨天晚上会像畜生一样，把人折磨得死去活来！”

“我也就在你面前是畜生，平时高傲得跟神兽似的，别人倒贴，我都嫌脏！”

“神兽是羊驼，又叫草泥马。”

“哦，这样啊！那有没有一种神兽叫草泥？”

“邹亦时，你大爷！”

两人的谈话越来越露骨，温寒脸上的红晕一直没褪下去，她不知道平时清高冷傲、铁血无情的邹上尉流氓起来会这么让人招架不住，最后在他再次情动之际，她赶紧妥协，三天就三天，车到山前必有路。

休养生息了一天之后，温寒就回医院准备正式上班了，等她再次踏入科室时，恍如隔世的感觉扑面而来。当初离开的时候她和邹亦时还未心意相通，陌生的环境、严苛的制度、繁忙的工作让她忘记了原本的生活，之后又去了灾区，那里脱离她的认知，让人无法接受的断壁残垣陪伴了她将近一个月，时隔两个月的离别，让她分不清到底哪个才是真实的。

当真是恍然如梦，令人唏嘘。

科室里的人欢迎她的回归，丁洁玲尤为高兴，原本想拥抱她一下，但还是下意识地瑟缩。温寒早已经摒弃了从前的冷漠疏离，很自然地伸手抱了抱丁洁玲，把这个丫头高兴得脸颊都是红扑扑的，其实身边的人并没有恶意，只是她的刻意冷漠让每个人都敬而远之。

她由住院医师变成了副主任医师，连升两级，与陆乾同级，他过来祝贺她，并且委婉地说：“温寒，现在你工作也稳定了，老是一个人也不合适，女孩子年纪大了，是该找个好男人依靠了。”

危难时刻他选择了逃避，风平浪静之后又想坐享其成，温寒冷笑一声道：“陆乾，你是说我老呢，还是说你自个好呢？你又是从哪里得的小道消息，说我还是一个人？别说一个人，没准几个月后是三个人也说不定，还真是劳烦你操这份闲心了！”

陆乾的脸红了又白，最后面如死灰，嗫嚅半晌，却是半句话也没说。

回了医院，自然是得问候兰素。温寒在神经内科办公室找到了兰素，兰素一见她，一脸欣慰地说道：“看看，心里有了盼头就是不一样，脸色好看多了，没再犯病吧？”

“没有。”温寒开朗了许多，心知兰素也是一个真心待她的人，当下有些心疼地问道，“倒是你，怎么这么憔悴？最近病人多？”

“哪有，不是工作问题，是私人的事。”兰素抬头看她，眼底有一抹释然后的云淡风轻，“我离婚了，上周办的手续。刘霖出轨了，找了他们公司前台那个二十岁的小姑娘，他净身出户，房子和孩子都是我的。”

温寒一愣，她嘴拙，不知该如何安慰兰素，但眼底的伤痛和气愤是真的。兰素心中温热，拍拍她的肩膀：“没关系，又不是什么寻死觅活的大事，早散早好，我也受够了。”

“那个……”温寒顿了一下，“要不，我给你介绍一个邹亦时他们部队的吧？他那几个亲信就挺好的。”

兰素嘴角抽搐：“不着急，不着急。”

下午临下班时，温寒突然瞥见张荣华鬼鬼祟祟地跑进来，她下意识地以为他找自己，靠在门框上喊他：“找我有事？”

张荣华一哆嗦，跟被抓了现行似的，憋了半天，才英勇就义一般问道：“不找你。丁洁玲在吗？”

“在呢，估计在病房，你等等吧。”温寒不以为意，扭头回去了，张荣华松了口气，麻溜地跑了。

下班后，温寒换了衣服准备回家，邹亦时说他回部队报到，晚上派了司机接她，两人互相嘱咐了几句，温寒挂了电话正欲往外走，眼睛余光一瞥，好巧不巧，又看到了张荣华。

不过这次不是他一个人，还有另一个她再熟悉不过的小姑娘——丁洁玲。

她无意偷窥，只是张荣华是个万花丛中过、片叶不沾身的浪荡公子哥，丁洁玲是个心思单纯诚恳、涉世未深的无知少女，这样的搭配不得不让人警惕。

张荣华这种只要见了漂亮姑娘就会想方设法上下其手，把人家拐上床的流氓，这会儿却显出些狗咬刺猬无从下口的无措来，他似乎想吻丁洁玲，却被她面红耳赤地推开了。

他难得地红了脸，踌躇了一下，突然很纯情地轻轻碰了碰她的手，把一个小巧精致的东西塞给她，之后逃也似的跑了。

温寒一愣，忽然间恍然大悟，冬天到了，丁洁玲的手因为经常清洗消毒，皲裂得厉害，但是她平时太忙，没时间也没心思去买护手霜，想来是张荣华注意到了。

啧啧啧，看不出来，他也有如此贴心的一面。

但愿，有情人终成眷属。

晚上邹亦时又打了电话过来，在电话里告诉她张恒远联系了不太正经的路子，动了灾后重建的念头，他原本以为能神不知鬼不觉地立功，但不承想这厂家也不地道，走漏了风声，被首长给逮住了，这种事情传出来严重损害军人形象，首长根据军规，直接削了他的军衔。

温寒也觉得高兴，乐呵呵道："这就是报应，谁让他当初抢你功劳，这下自食恶果了！"

"军队里的人没那么多花花心思，少了这个害群之马，不正之风也能肃清一下。好了，我还得去演练，你早点休息！"

"嗯，你注意安全，千万千万注意哦！"

"记住我的三天之约，好好养你的身体，不然到时候求饶我是不会听的。"

"呸！你个饱暖思淫欲的流氓！"温寒红着脸，挂了电话。

一年后的一天，温寒一拉开窗帘，便被满目的雪白晃花了眼。

人们对于初雪总是有着过分的期待，并非这雪景多难能可贵，而是在经历了一年的季节变迁，吃够了秋风黄沙，看尽了满目凋零之时，突然尘埃落定。铺天盖地俱是纯洁清透的白色，干净清新，静谧的，安逸的，掩盖了所有的招摇和脏污，变得天地一色，这时人们波折了一年的心情变得安稳，在这年末柔软异常。

温寒也不例外，格外地高兴，穿好衣服出去时，外头的商店挂好了彩带，摆好了圣诞公公，门口的小音响清脆地放着《铃儿响叮当》，她哈了哈气，心中欢快。

平安夜到了啊。

她准备去医院，刚下楼丁洁玲的电话就来了，她在电话里嘟嘟囔囔，温寒皱眉，问她："你想说什么啊？我这儿有点吵，听不清！"

"她说你今天别来了，医院给你休假！"说话的是张荣华，两人小声地嘀咕。温寒了然，连连点头："知道了知道了。"

挂了电话后，温寒还有点茫然，不去医院，她能去哪？她刚要往回返，旁边商店的老板娘试探地问了她一句："你……是温寒吗？"

她愣愣地点头，老板娘把手里的东西递给她："有个人让我给你的，他说你看了就知道了。"

老板娘给她的是一顶头纱，雪白的颜色，繁复的花纹，精致通透的镂空，里头夹着一张卡片，她打开一看，上面是邹亦时苍劲有力的大字："往前走三百米。"

她觉得自己像个傻子，那老板娘一脸莫名，估计和她感同身受。

走了三百米，就遇见了熟人，兰素递给她一捧鲜花，芳香馥郁，温寒百思不得其解："邹亦时到底想干吗？"

兰素耸耸肩："我也不知道，你去前面拐角处，有车等着你。"

"你确定不能告诉我？"

"那当然，去吧，到了自然就知道了。"

温寒点了点头，捧着花和头纱，一脸茫然地往前走。到了拐角处，又一熟人，谦恭有礼的司机穿着笔挺的西装，在打开的车门前候着她，见她过来，轻声道："温小姐，请上车。"

温寒就这样懵懂地被拉到了一个陌生的军营，一下车，门口执勤的士兵就齐声地冲她喊了声："嫂子好！"洪亮的声音在空旷的雪地里穿透力极佳，她竟然吓了一跳，反应过来后赶紧颔首。

越往里走，列队欢迎的人就越多，那一声声“嫂子好”魔音绕耳般挥散不去，一路走到队列的尽头，她才看到了穿着制服的邹亦时。

自她认识他以来，他就一直穿着作训服，奔波在演练场和灾区之间，鲜少会穿如此正式的制服。裁剪合身、挺括板正的制服衬托得他越发地英姿飒爽、刚正不阿，属于成熟男人的雄性魅力被无限放大，他像是聚啸山林的野兽，张扬而锐不可当。

温寒愣愣地站着，邹亦时像从前无数次那样，一步步地向她靠近，最后停在她一步之遥的地方，凝视着她，深情地说道：“第一次见你，我觉得你像我见过的千千万万的女人一样，平凡而普通，但是你能面不改色地处理我血肉模糊的腿，像屠夫一样磨刀挫骨，我又觉得，这个变态女人或许真有点与众不同。”

周围列队的士兵忍不住低笑出声，温寒娇嗔地瞪他：“胡说什么呢！”

“我承认，我对你的爱最开始只是源于男女之间最原始的冲动和无法克制的欲望，但是后来看到你为了另一个男人辗转难眠，为了他尘封自己，我竟然会觉得难受，那时我就知道，我要的不是睡你一次，是睡你一辈子。”

温寒脸红，众人开始大笑，邹亦时丝毫不受影响，深沉的眼底像是凝了一片深海，里头不再仅有冷漠，更多的是缠绵的爱意。

“后来，我让你进了部队，想要把你放在我身边，不给任何人接触你的机会，但没想到却是我亲手害了你，你发病之后我头一次觉得茫然无措，我能处理任何天灾人祸，却唯独你，是我跨不过去的坎。

“再后来，我们一起去灾区，我拼尽全力保护你，不想让你有任何意外，但是我护得了两万灾民，却还是丢了你，那一刻，我就想着，如果你真的死了，那我的人生就没有任何意义了。

“我在军队里待了太久，不知道怎样的浪漫才能让心爱的人开心，虽然我无法上天摘月，下海捉蛟，却能在向你求婚的这天为你降一场大雪。你，喜欢吗？”

温寒眼眶湿润，努力地眨了眨眼才憋住了泪，邹亦时顿了一下，最后问她：“温寒，我向你走了九十九步，只需要你向我走一步就好。”

“邹亦时，谢谢你！”温寒啜泣一下，大大地向前跨了一步，猛地扎进他的怀里，邹亦时满足地摸着她的头：“好乖！”

在她猝不及防的时候，张荣华突然从司机手里抢过了捧花，一把塞到她手里，顺势把她从邹亦时的怀里扯出来，丁洁玲看着两人分开了，才仔仔细细地给温寒戴好头纱。

邹亦时眉眼含情地看着温寒，张荣华眼珠子一转，得意地说道：“昨天晚上，我们邹上尉亲自开飞机撒的碘化银，今儿果然就下雪了，这一场雪下来好几万，下的不是雪，可都是白花花的银子！”

温寒瞪大眼睛感叹：“真贵！”

张荣华气得吹胡子瞪眼：“温寒你能不能动动脑子！贵就是贵，加什么前缀！”

“没前缀？”温寒被他们折腾得没了脾气，言听计从，乖乖地说道，“贵！”

她话音刚落，张荣华就一脸得逞地贼笑，赶紧碰了碰邹亦时：“听见了没，让你跪呢！”

邹亦时了然，从兜里掏出戒指盒，干脆利落地单膝跪地。盒子打开，戒指璀璨耀眼，他深情地注视着温寒，用最温柔的声音，神色坚定地说道：“温寒，我想要护你一世安稳无忧。你愿意嫁给我吗？”

过往的种种像是默片一样在眼前一一闪过，她那段肆意妄为的青春，以及那青春里她以为会亘古不变地左右她一生的人，都被时间打磨得褪了颜色，曾经她以为的沧海桑田，如今看来却是少不更事的妄言。

唯有眼前的这个男人，像是她平淡乏味的生命里一抹耀眼的光华，照亮了她快要灰败的人生，她乏善可陈的人生瞬间开遍繁花。

他的出现，带走了青涩的、张狂的、不安定的青春，却给了她安定的、包容的、可以坐看庭前花开花落的恬淡宁静，他们的爱情里没有太多坎坷和波折，却有地动山摇的见证。

这样的爱情或许并不是她一开始期望的，但是因为这个男人的出现，成了最值得她不离不弃的。

这世间的不幸是千差万别的，但是幸福却是大同小异的，她和所有沉浸在幸福中的小女人一样，泪流满面地看着那个单膝下跪的男人，用自己整个胸腔里激荡的回声坚定地回应道："我愿意！邹亦时，此生，我温寒非你不嫁！"

震耳欲聋的掌声里，她尝到了他唇瓣的温度，也听见了自己心底花开的声音。

邹亦时，原来我这么爱你！

全文完

图书在版编目（CIP）数据

医见钟情 / 叶紫著 . -- 南京 : 江苏凤凰文艺出版社 ,
2017.10

ISBN 978-7-5594-1099-3

Ⅰ . ①医… Ⅱ . ①叶… Ⅲ . ①长篇小说–中国–当代
Ⅳ . ① I247.5

中国版本图书馆 CIP 数据核字 (2017) 第 217611 号

书　　名　医见钟情

著　　者　叶　紫
责任编辑　丁小卉　姚　丽
特邀编辑　周汝琦　黄靖文
责任监制　刘　巍　江伟明
策　　划　读客图书
版　　权　读客图书
封面设计　读客图书　021-33608311
出版发行　江苏凤凰文艺出版社
出版社地址　南京市中央路 165 号，邮编 : 210009
出版社网址　http://www.jswenyi.com
印　　刷　三河市良远印务有限公司
开　　本　880mm x 1230mm 1/32
印　　张　9.25
字　　数　280 千
版　　次　2017 年 11 月第 1 版　2017 年 11 月第 1 次印刷
标准书号　ISBN 978-7-5594-1099-3
定　　价　36.00 元

如有印刷、装订质量问题，请致电 010-85866447（免费更换，邮寄到付）